D1751987

Inseln der Träume

Dream-Islands

Iles de rêve

Erich Loest

Inseln der Träume

Dream-Islands

Iles de rêve

MIRA

Inselgefühle

Die erste Insel, die ich sah, liegt in der Zschopau in der Nähe von Mittweida, meiner Geburtsstadt. Sie ist etwa fünfzig Meter lang und zwanzig breit und wenige Handbreit hoch. Soweit ich weiß, ist sie namenlos. Auf ihr wachsen Erlengebüsch und Brennnesseln, sie ist auch in trockenen Zeiten sumpfig und vermückt, mehrmals im Jahr wird sie überschwemmt. Dennoch errichteten Pfadfinder um 1930 herum auf ihr eine Hütte, denn sie empfanden es als absolut romantisch, auf einer Insel zu kampieren. Meine Eltern zeigten hinüber: Eine Insel! Bislang kannte ich Inseln nur aus Sagen und Geschichten. Lange hat diese Bretterbude auf Pfählen nicht gehalten.

Eine Insel! Später kamen Stevensons *Schatzinsel*, Robinson und Freitag, If vor Marseille – von ihr flieht der spätere Graf von Monte Christo –, Elba und Sankt Helena und das rote Helgoland in meinen Büchern und Vorstellungen hinzu. Die erste richtige Insel, die ich betrat, war Usedom, die Brücke hinüber kurz; ich war enttäuscht. Ich begehrte diese letzte Steigerung: *einsame* Insel.

Eine Insel hat überschaubar zu sein. Die größte der Welt ist Grönland, wie wir alle wissen; sie berührt uns wenig – ich kenne niemanden, der jemanden kennt, der dort war. Die zweitgrößte ist Neuguinea – immerhin, dort sollen noch Steinzeitmenschen leben. An dritter Stelle rangiert Borneo – es ist weit weg, rund und voller Urwald und weckt wenig Sehnsüchte. Ein Buchtitel drängt aus dem Vergessen: *Unter den Kopfjägern von Borneo*. Die viertgrößte ist Baffinland, sie liegt noch hinter Grönland und ist nun wirklich das letzte mit seinem ewigen Eis. Die fünftgrößte: »Wir lagen vor Madagaskar und hatten die Pest an Bord.« Sumatra, das mag angehen. Es folgen Neuseeland – beide Inseln zusammen –, Hondo und Celebes. Kuba erweckt schon eindeutig ein Inselgefühl. Großbritannien nicht, dazu ist es uns zu nahe, das gilt schon als »richtiges Land«.

»Und ein kleines Mädel, das wünscht er sich her, das zu Haus so heiß er geküßt«, heißt es im Madagaskarlied. Hawaii wurde hundertfach besungen, und das gewiß des Reimes wegen. Was reimt sich schon auf Mallorca?

Meine ideale Gefühlsinsel sollte nur so groß sein, daß ich sie an einem Tag umwandern kann. »Helgo-land« hat leider einen Rhythmus, der zum Vierviertaltakt, zum Marschieren verleitet, und dafür ist der Felsen wirklich ungeeignet.

Meine Trauminsel ist immer die, auf der ich noch nicht war.

»Und dann schaut er hinaus aufs weite Meer, wo fern seine Heimat ist«, wird vom Madagaskarfahrer behauptet. Diese Spannung gehört dazu. Wohnte ich auf Dauer auf einer Insel, könnte ich sie nur schwerlich als Insel empfinden. So geht es den Engländern mit ihrer berühmten Zeitungsschlagzeile: »Nebel im Ärmelkanal. Der Kontinent ist abgeschnitten.«

Manche Inseln können sich etwas auf sich einbilden. Der höchste Berg Spaniens liegt nicht in den Pyrenäen, sondern auf Teneriffa. Die britischen Kanalinseln haben eigene Briefmarken, jede für sich. Die Grundstückspreise auf Capri können es mit denen in jeder Weltstadtcity aufnehmen. Tahiti darf man nicht mit Haiti verwechseln. Irland besitzt pro Quadratmeile die meisten Dichter.

Wenn Kinder Fangen spielen, ziehen sie einen Kreidekreis. Das Innere nennen sie Insel, wer sich dorthin flüchtet, gilt als tabu. Das lehrt, daß sich jeder seine Insel selber schaffen kann.

◁◁ *Griechenland/Kykladen, Naxos, Fischerboote in der Hafenbucht*
▷▷ *Frankreich/Bouches-du-Rhône, Marseille, Stadtansicht mit Château d'If und Inseln*

Island feelings

The first island I ever saw was the one in the River Zschopau, near Mittweida, the town where I was born. It is about fifty metres long and twenty wide, and a few hands high. As far as I know it has no name. Alders and nettles grow on it, and even in dry periods it is swampy and mosquito-infested; it is flooded several times a year. Nevertheless boy scouts erected a hut on it in about 1930, for to them camping on an island seemed like a romantic idea. My parents pointed it out to me: an island! Till then my only contact with islands had been through the medium of sagas and stories. The boy-scout hut soon fell into ruin.

It was not long before further islands were added to my repertoire: Stevenson's *Treasure Island, Robinson Crusoe's*, the Ile d'If just off Marseille – where the later Count of Monte Christo was incarcerated –, Elba and St. Helena, and Heligoland. The first island I set foot on was Usedom, reached by a short bridge; I was disappointed, for the ultimate island experience – remoteness – was missing.

An island has to be small enough to register as such. The world's largest, as we all know, is Greenland; it hardly affects us in any way – I know nobody who knows anybody who has been there. The second largest is New Guinea, which at least has the advantage of housing Stone Age people, so we are told. The third place is taken up by Borneo – it is far away, circular in shape, and not terribly attractive; a book title surfaces from the memory: *Among the Headhunters of Borneo*. The fourth largest is Baffin Island, which lies behind Greenland, and with its permanent ice-cap is totally unattractive. The fifth largest brings an old shanty to mind: "We were anchored off Madagascar, and had the plague on board." Sumatra may be all right. Then follow New Zealand – both islands –, Honshu, and Celebes. Cuba has a very island-like feeling about it. Britain not – it is too close to us, and counts as a "real country".

Sentiments insulaires

"And the little maiden he'd kissed with such fire, how he wished she were here with him now!", runs the Madagascar song. Hawaii has had plenty of songs written about it – helped, perhaps, by the grass skirts image – but not the less exotic Majorca. My ideal island would be small enough to be walked round in a day. "Heli-go-land" has a rhythm that suggests 4/4 time and a walking tempo, but the rocky terrain is totally unsuitable for that activity. My dream island is always the one I have not yet visited. "And he stares far across the deep blue sea, to where his homeland lies", the Madagascar song says of its hero. This yearning feeling is an essential part of the island syndrome. If I lived permanently on an island I would find it hard to regard it as one. That is just the feeling expressed in the famous English newspaper headline: "Fog in the Channel. Continent cut off".

Some islands have something to boast of. The highest mountain in Spain is not in the Pyrenees, but on Tenerife. Each of the Channel Islands issues its own stamps. The price of building land on Capri can compete with that of every metropolis. Tahiti should not be confused with Haiti. Ireland has the greatest number of poets per square mile.

When children play the German variety of tag they draw a chalk circle on the ground. Whoever manages to enter the circle is taboo. This shows that everyone can create his own island.

◁◁◁ *Greece/Cyclades; Naxos, fishing-boats in the bay*
▷ *France/Bouches-du-Rhône; Marseille, view of the city with Château d'If and islands*

La première île que j'ai vue se trouve dans la Zschopau, à proximité de Mittweida, ma ville natale. Elle a environ cinquante mètres de longueur, vingt mètres de largeur et quelques dizaines de centimètres de hauteur. Autant que je sache, elle n'a pas de nom. Des buissons d'aulnes et des orties y poussent; même en période de sécheresse, elle est marécageuse et pleine de moustiques et elle est inondée plusieurs fois par an. Cela n'a pas empêché des scouts d'y ériger vers 1930 une cabane, car ils trouvaient tout à fait romantique de camper sur une île. Mais cette baraque sur pilotis n'a pas tenu longtemps. Ce sont mes parents qui me montrèrent cette île! Jusque-là je ne connaissais les îles que par des légendes et des histoires.

Une île! Par la suite, d'autres îles me furent révélées par les livres: *L'île au trésor* de Stevenson, Robinson et Vendredi, l'îlot d'If en face de Marseille avec son château – d'où s'échappa le futur comte de Monte-Cristo – l'île d'Elbe et Sainte-Hélène et la rouge Héligoland. La première île sur laquelle j'ai mis le pied est Usedom, le pont qui y mène est court; je fus déçu. Je convoitais le summum: une île *solitaire*.

Une île ne doit pas être grande. La plus grande du monde est comme chacun sait le Groenland; elle ne nous touche guère – je ne connais personne qui connaisse quelqu'un qui y a été. La deuxième par ordre de grandeur est la Nouvelle-Guinée – des hommes de l'âge de la pierre y vivent encore, dit-on, c'est un plus. En troisième place vient Bornéo – elle est bien loin, de forme arrondie, couverte de forêt vierge et n'est guère tentante. Le titre d'un livre l'a tirée de l'oubli: *Parmi les chasseurs de têtes de Bornéo*. La quatrième sur la liste est la terre de Baffin, elle se trouve derrière le Groenland et n'a vraiment rien d'attirant avec ses glaces éternelles. La cinquième nous est rappelée par une chanson: «Nous étions devant Madagascar et avions la peste à bord.» Sumatra, c'est passable. Viennent ensuite la Nouvelle-Zélande avec ses deux îles, l'île du Nord (ou «île fumante») et l'île du Sud (ou «île de jade»), l'île de Honshû et les Célèbes. Cuba a déjà de quoi inspirer de vrais sentiments insulaires. Mais pas la Grande-Bretagne, elle est trop proche, c'est déjà un «vrai pays».

«Et cette fille qu'il avait embrassée avec tant d'ardeur, il aurait voulu l'avoir près de lui», dit la chanson de Madagascar. Hawaï a été maintes fois chanté et très certainement à cause de la rime. Qu'est-ce qui pourrait bien rimer avec Majorque?

Mon île idéale devrait être d'une taille qu'on puisse la parcourir en un jour. «Héli-go-land» a malheureusement un rythme qui tient de la mesure à quatre temps, un rythme de marche, mais le rocher n'est vraiment pas indiqué pour cela.

Mon île de rêve est toujours celle sur laquelle je n'ai pas été.

«Et puis, il regarde la mer au loin pour voir où est sa patrie», dit la chanson malgache. J'ai besoin de cette tension. Si j'habitais en permanence sur une île, je pourrais difficilement la concevoir comme île. Il en est ainsi des Anglais avec leur célèbre manchette de journal: «Du brouillard sur la Manche. Le continent est coupé.»

Certaines îles ont de quoi s'enorgueillir. La plus haute montagne d'Espagne n'est pas dans les Pyrénées, mais à Ténériffe. Les îles britanniques de la Manche ont chacune leurs timbres-poste. Les prix des terrains à Capri peuvent rivaliser avec ceux de n'importe quelle capitale. On ne doit pas confondre Tahiti avec Haïti. L'Irlande possède le plus grand nombre de poètes au kilomètre carré.

En Allemagne, lorsque les enfants jouent à chat perché, ils tracent un cercle à la craie, l'intérieur est pour eux une île, celui qui s'y réfugie est tabou. Ce qui nous dit que chacun peut se créer sa propre île.

◁◁◁ *Grèce/Cyclades, Naxos, bateaux de pêche dans le port*
▷ *France/Bouches-du-Rhône, Marseille, vue de la ville avec le château d'If et les îles*

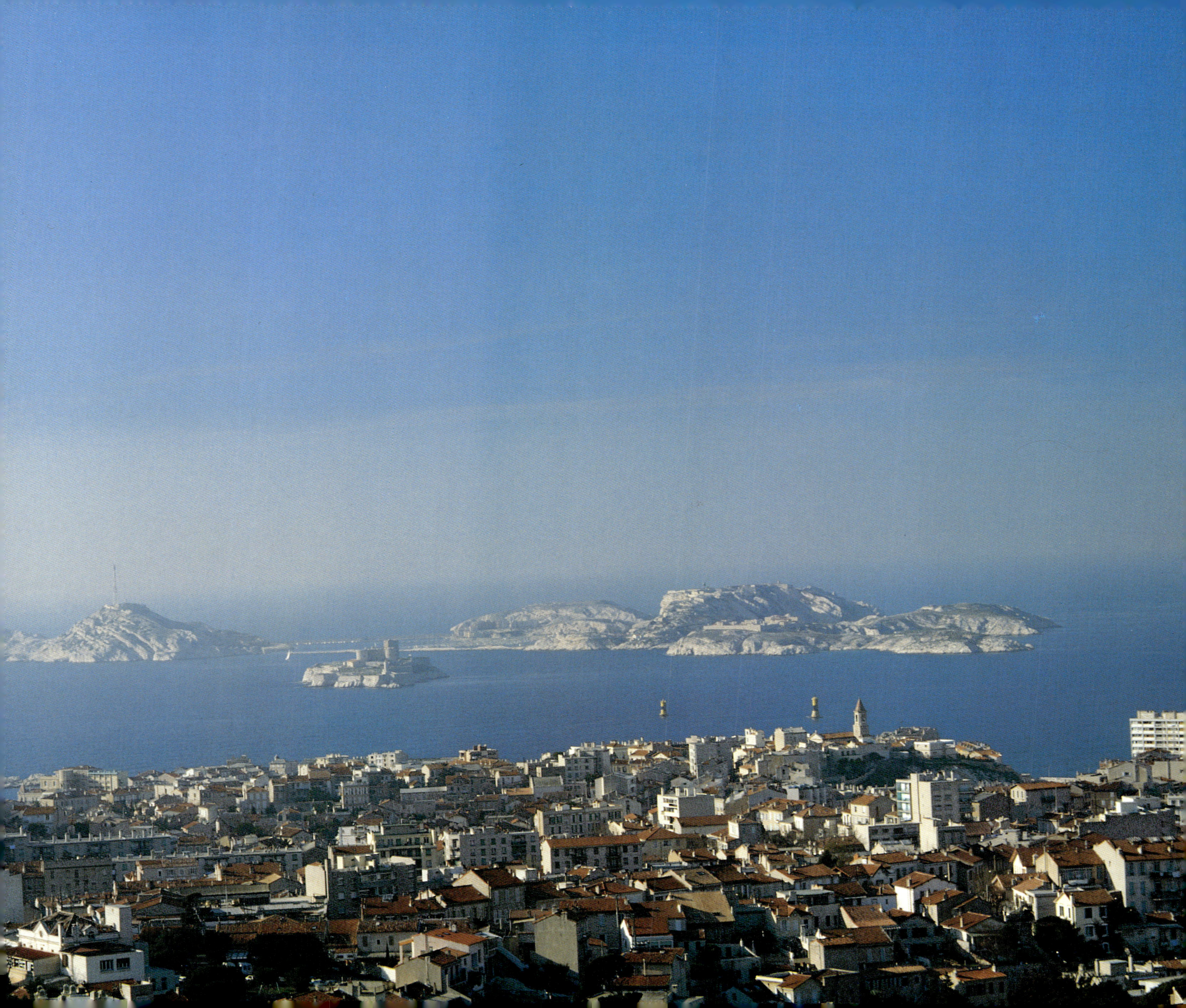

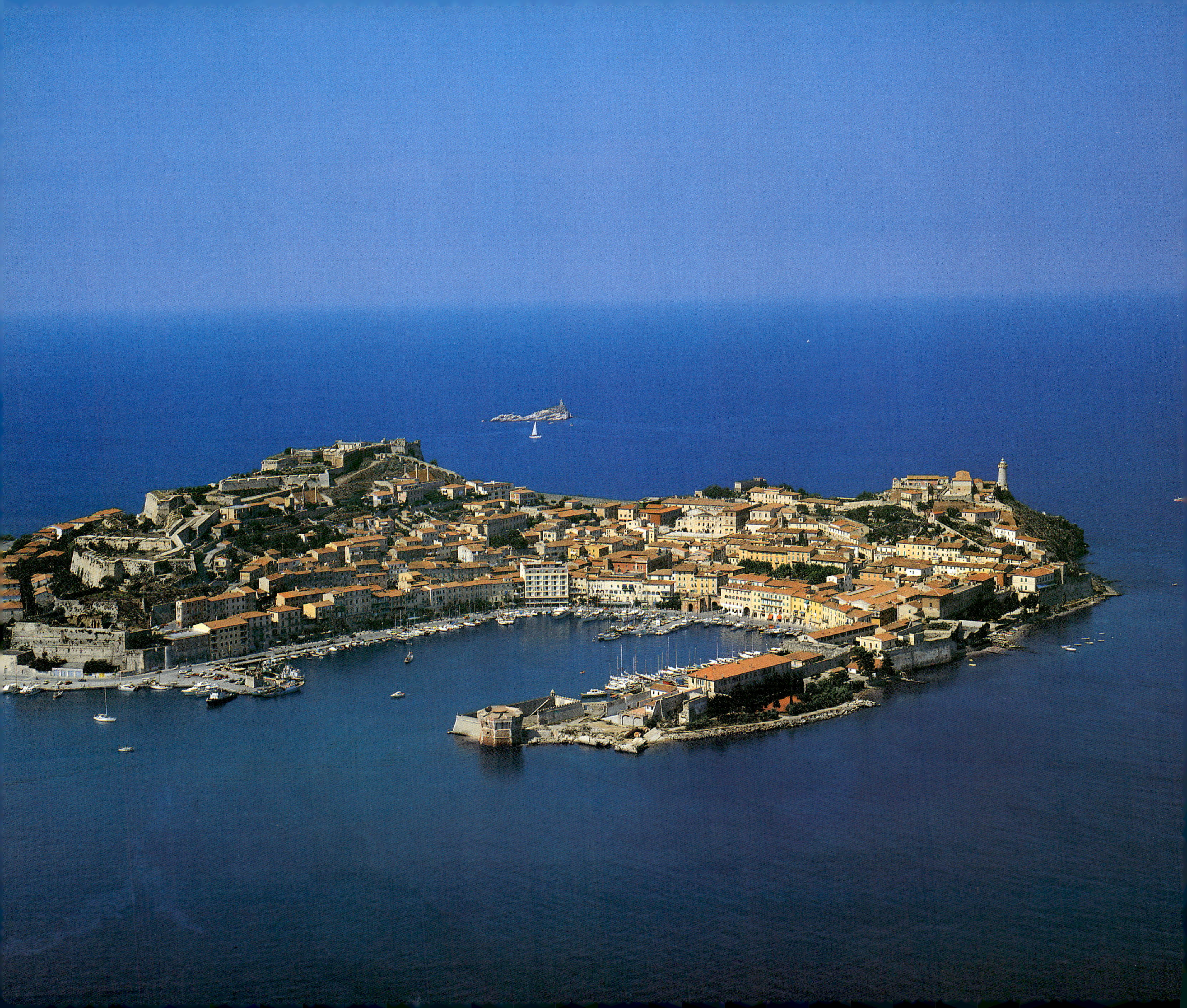

◁	*Italien/Toskana, Elba, Blick auf Portoferraio*	◁	*Italy/Tuscany; Elba, view of Portoferraio*	◁	*Italie/Toscane, Elbe, vue sur Portoferraio*
▽	*Sankt Helena/Longwood, das Haus Napoleons*	▽	*St. Helena/Longwood; Napoleon's house*	▽	*Sainte-Hélène/Longwood, la maison de Napoléon*
▷▷	*Dänemark/Grönland, Hafen von Jakobslann (l.)*	▷▷	*Denmark/Greenland; Jakobslann harbour (l.)*	▷▷	*Danemark/Groenland, port de Jakobslann (à g.)*
▷▷	*Dänemark/Grönland, Gletscher im Mondlicht*	▷▷	*Denmark/Greenland; glacier by moonlight*	▷▷	*Danemark/Groenland, glacier au clair de lune*
▷▷▷	*Papua-Neuguinea/Tropischer Regenwald*	▷▷▷	*Papua-New Guinea/Tropical rain forest*	▷▷▷	*Papouasie–Nouvelle-Guinée/Forêt pluviale tropicale*
▷▷▷	*Malaysia/Borneo, Blick auf den Kinabalu*	▷▷▷	*Malaysia/Borneo; view of Mt Kinabalu*	▷▷▷	*Malaysia/Bornéo, vue sur le Kinabalu*
▷▷▷▷	*Brunei/Borneo, islamische Schülerinnen*	▷▷▷▷	*Brunei/Borneo; Moslem pupils*	▷▷▷▷	*Brunei/Bornéo, écolières islamiques*
▷▷▷▷	*Brunei/Borneo, Moschee*	▷▷▷▷	*Brunei/Borneo; mosque*	▷▷▷▷	*Brunei/Bornéo, mosquée*

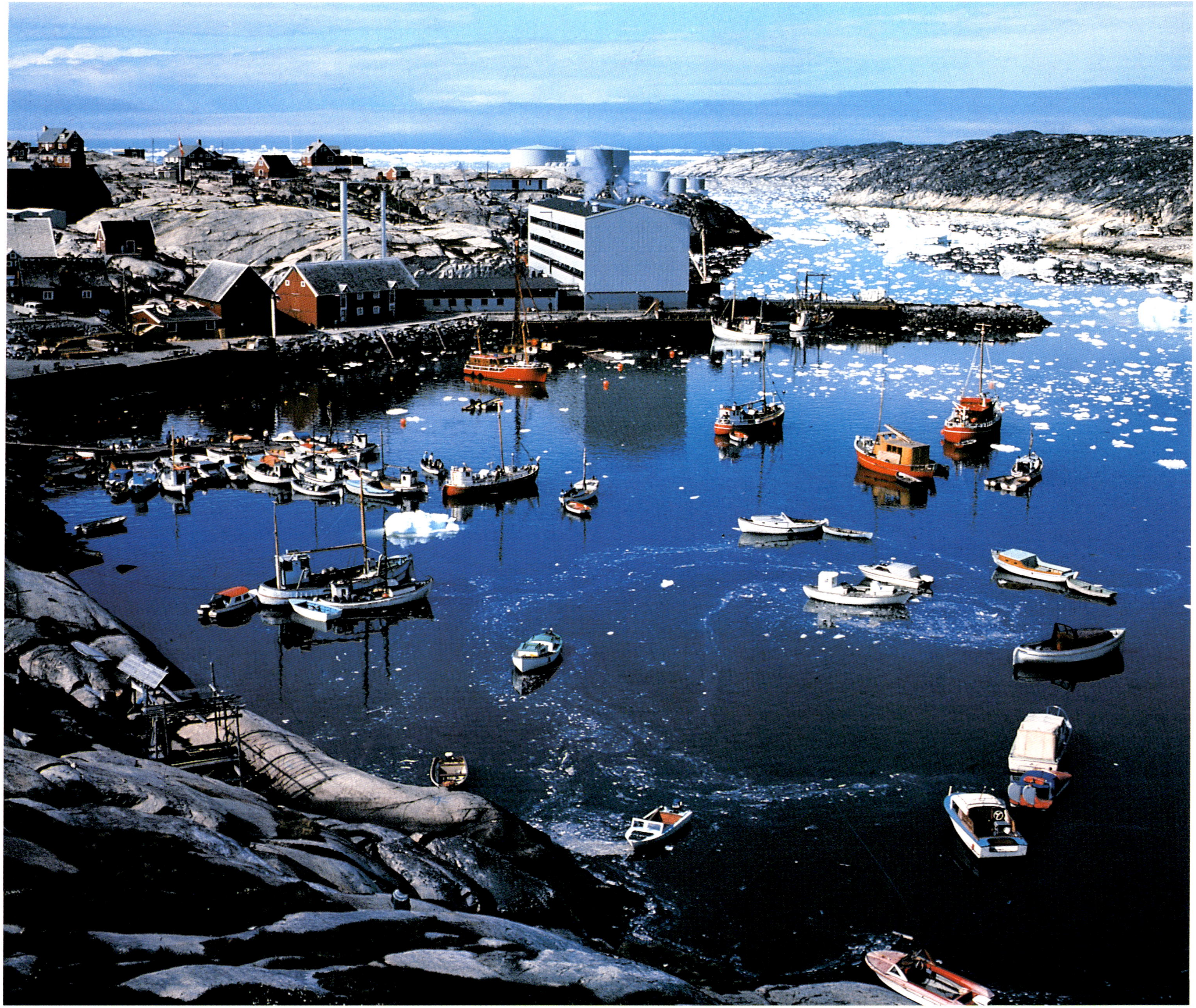

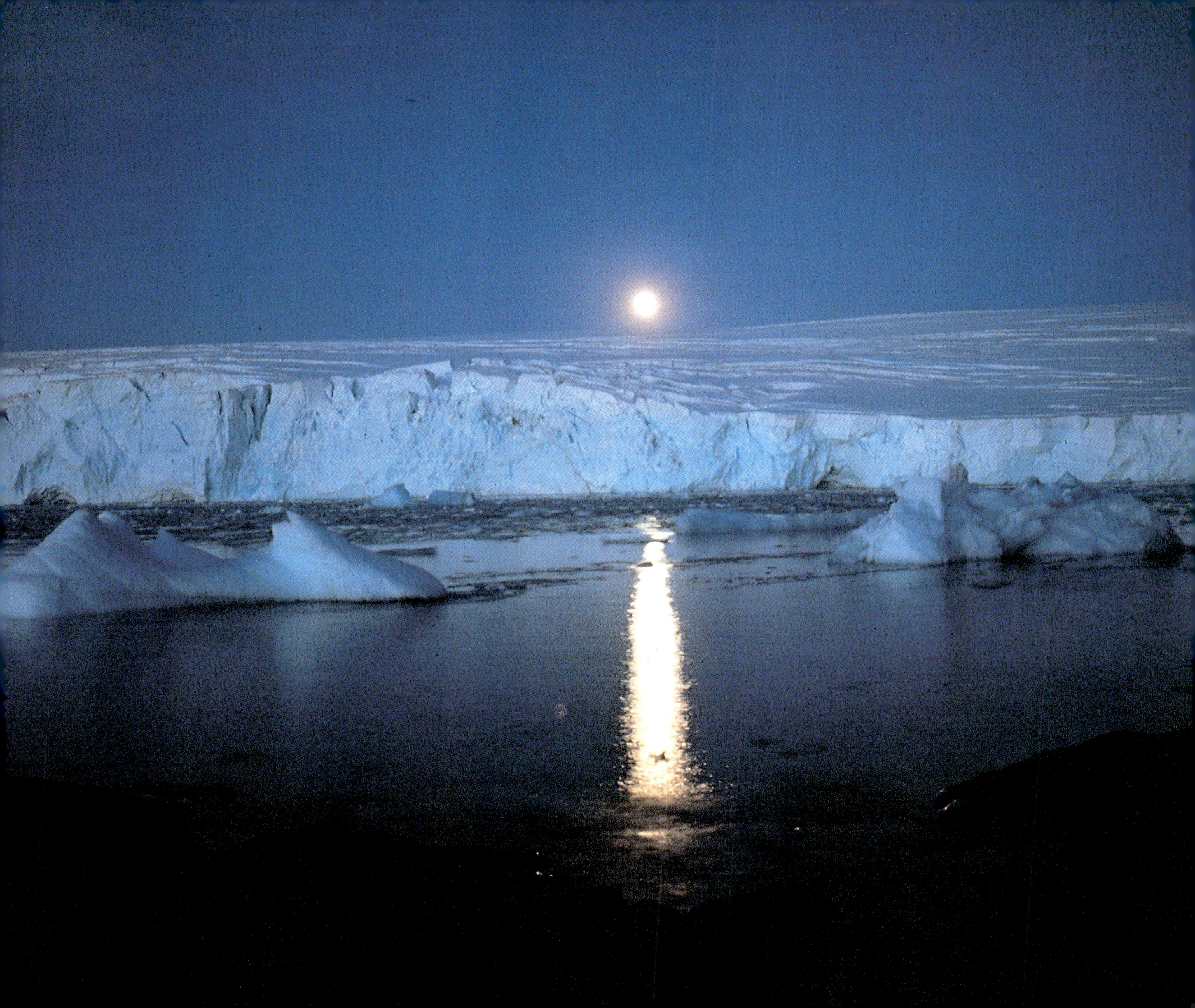

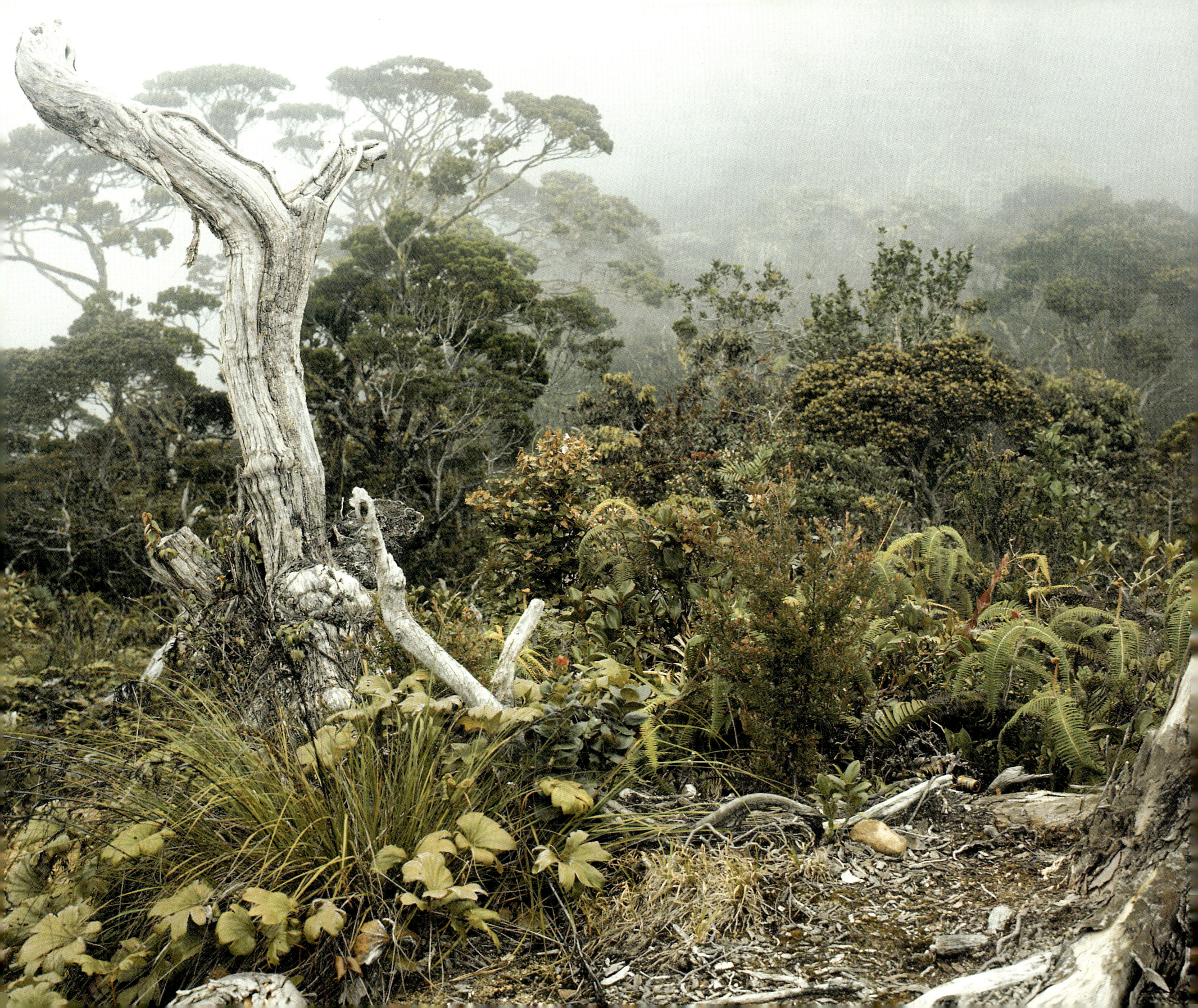

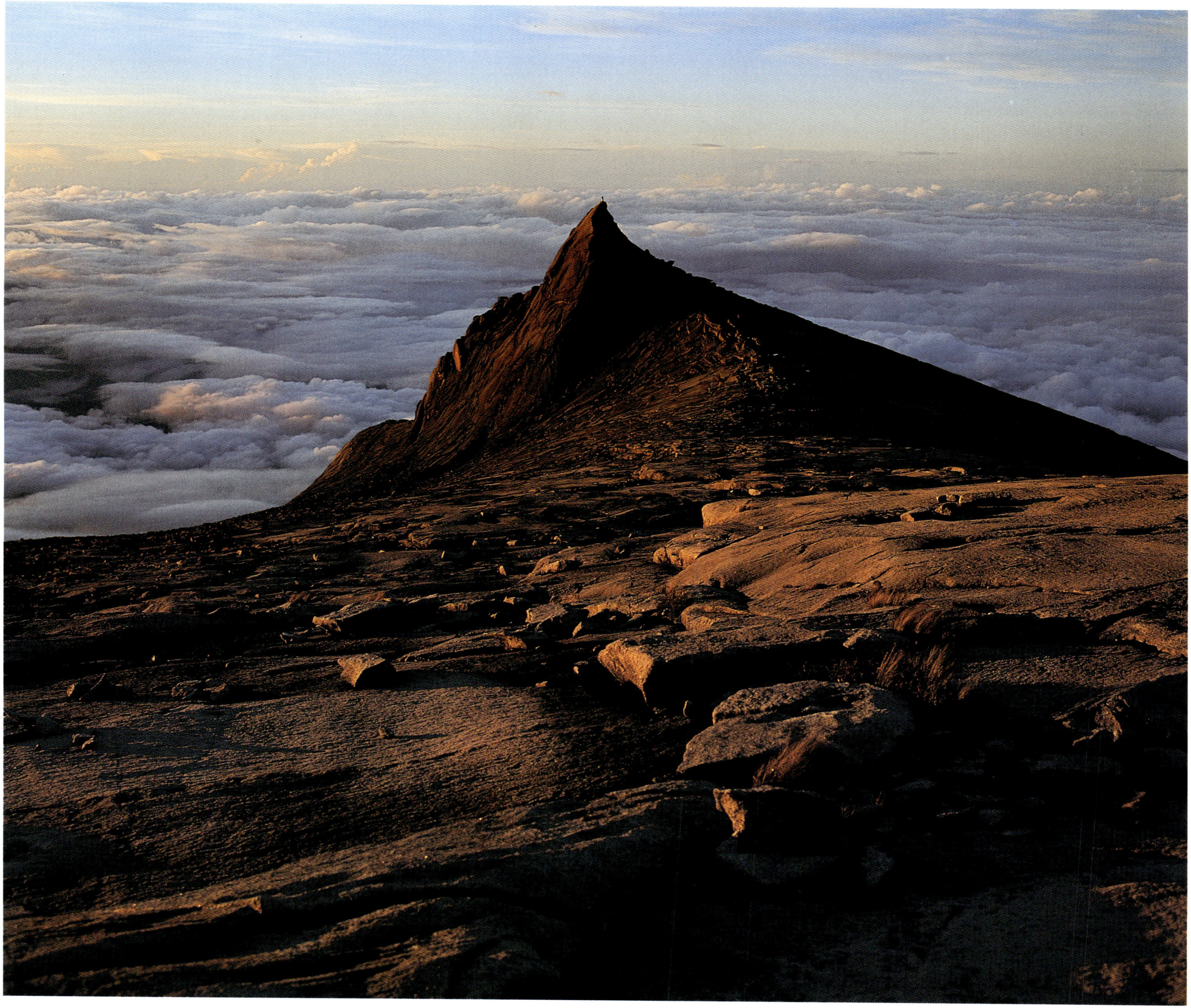

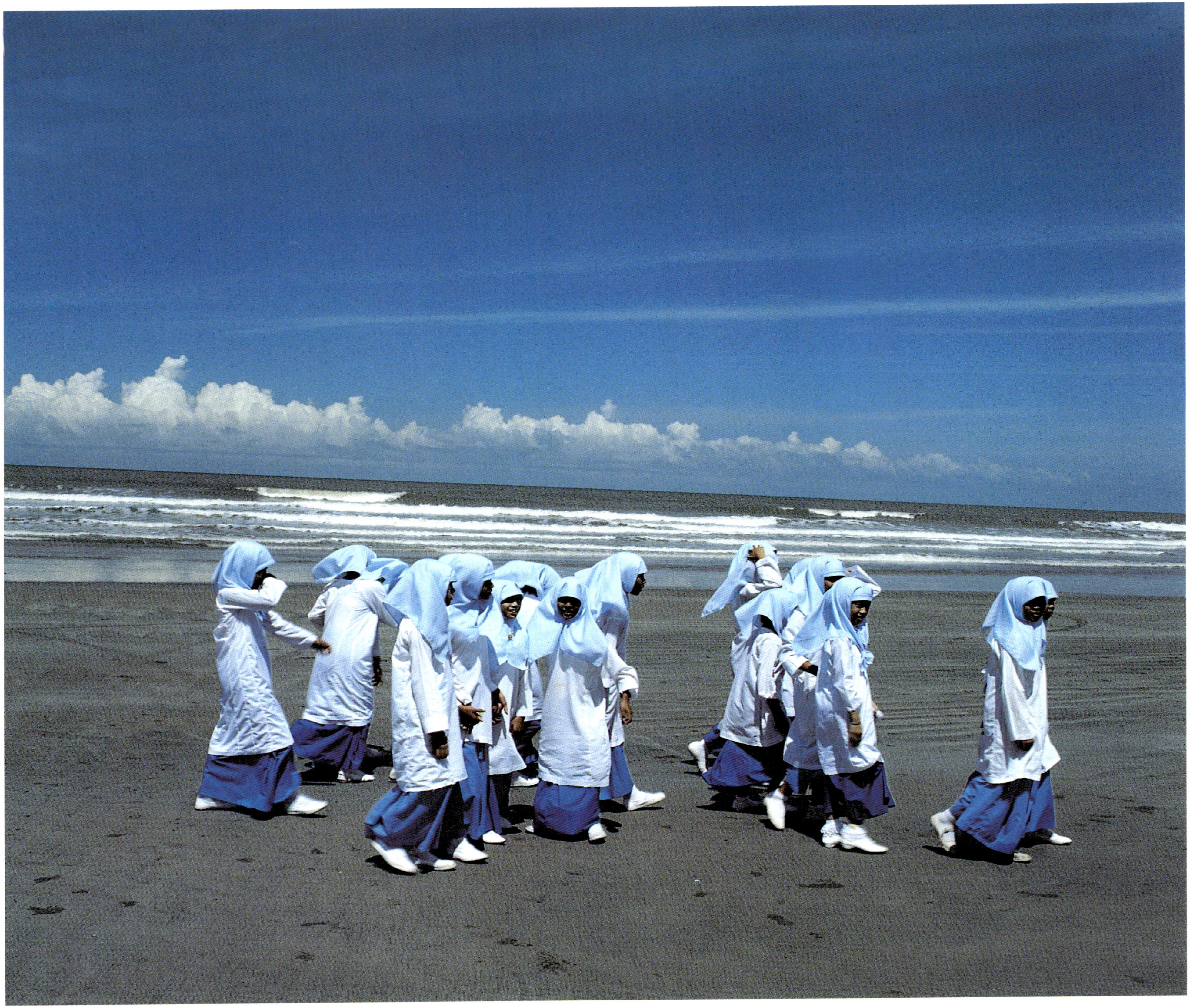

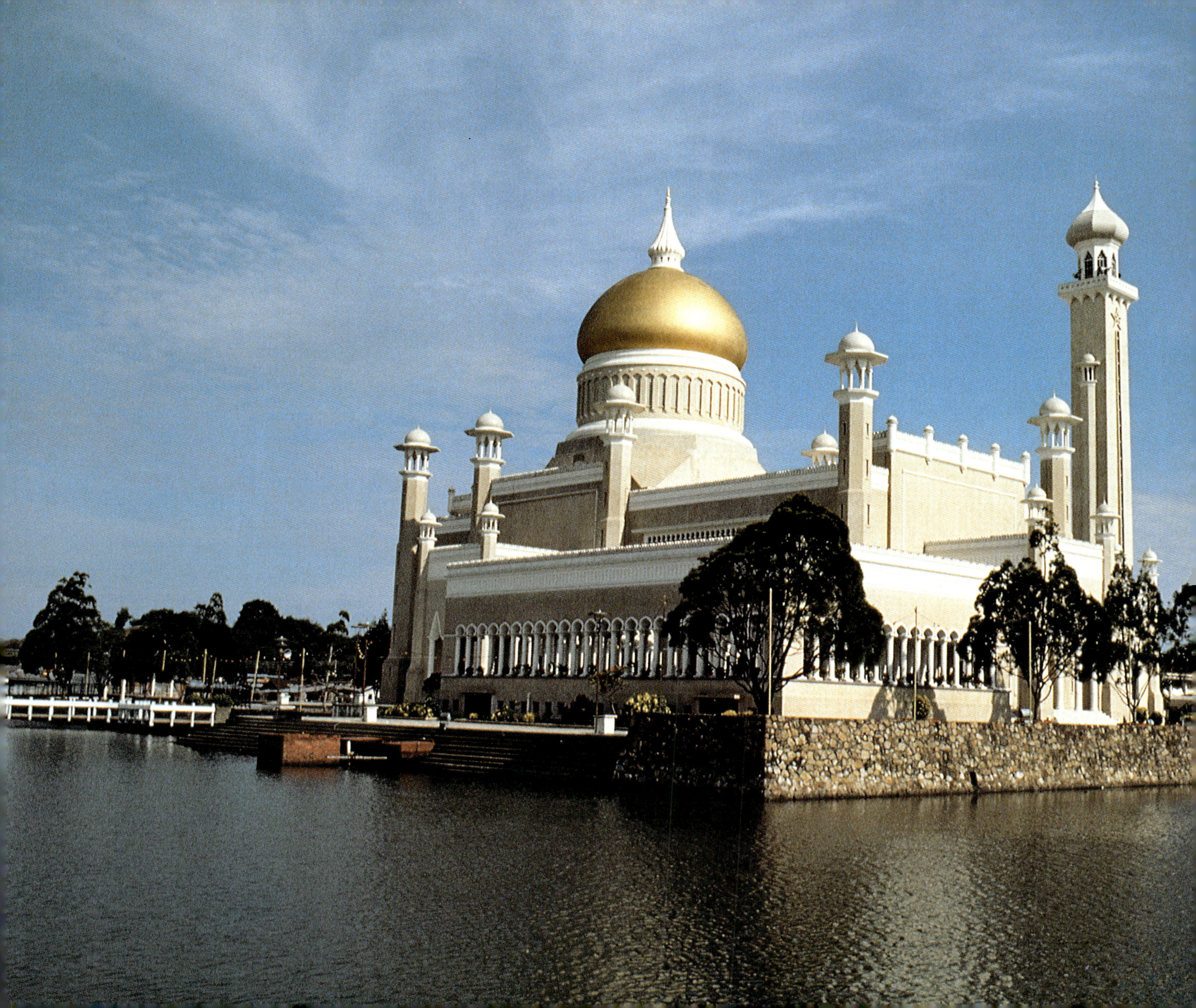

▽ *Madagaskar/Markt in Antananarivo*
▷ *Madagaskar/Erosion am Ufer des Betsiboka-Flusses*
▷▷ *Kanada/Baffinland, Cape Searle im Abendlicht*
▷▷ *Indonesien/Sumatra, Tobasee*
▷▷▷ *Neuseeland/Nordinsel, Bay of Plenty, White Island Vulkan (l.)*
▷▷▷ *Neuseeland/Nordinsel, Pohutu Geysir bei Rotorua*

▽ *Madagascar/Market in Antananarivo*
▷ *Madagascar/Erosion along the Betsiboka River*
▷▷ *Canada/Baffin Island; Cape Searle at sundown*
▷▷ *Indonesia/Sumatra; Lake Toba*
▷▷▷ *New Zealand/North Island; Bay of Plenty, White Island Volcano (l.)*
▷▷▷ *New Zealand/North Island; Pohutu Geyser near Rotorua*

▽ *Madagascar/Marché à Antananarivo*
▷ *Madagascar/L'érosion sur la rive du Betsiboka*
▷▷ *Canada/Terre de Baffin, Cap Searle au crépuscule*
▷▷ *Indonésie/Sumatra, lac Toba*
▷▷▷ *Nouvelle-Zélande/Ile du Nord, baie de Plenty, volcan de l'île Blanche (à g.)*
▷▷▷ *Nouvelle-Zélande/Ile du Nord, geyser de Pohutu près de Rotorua*

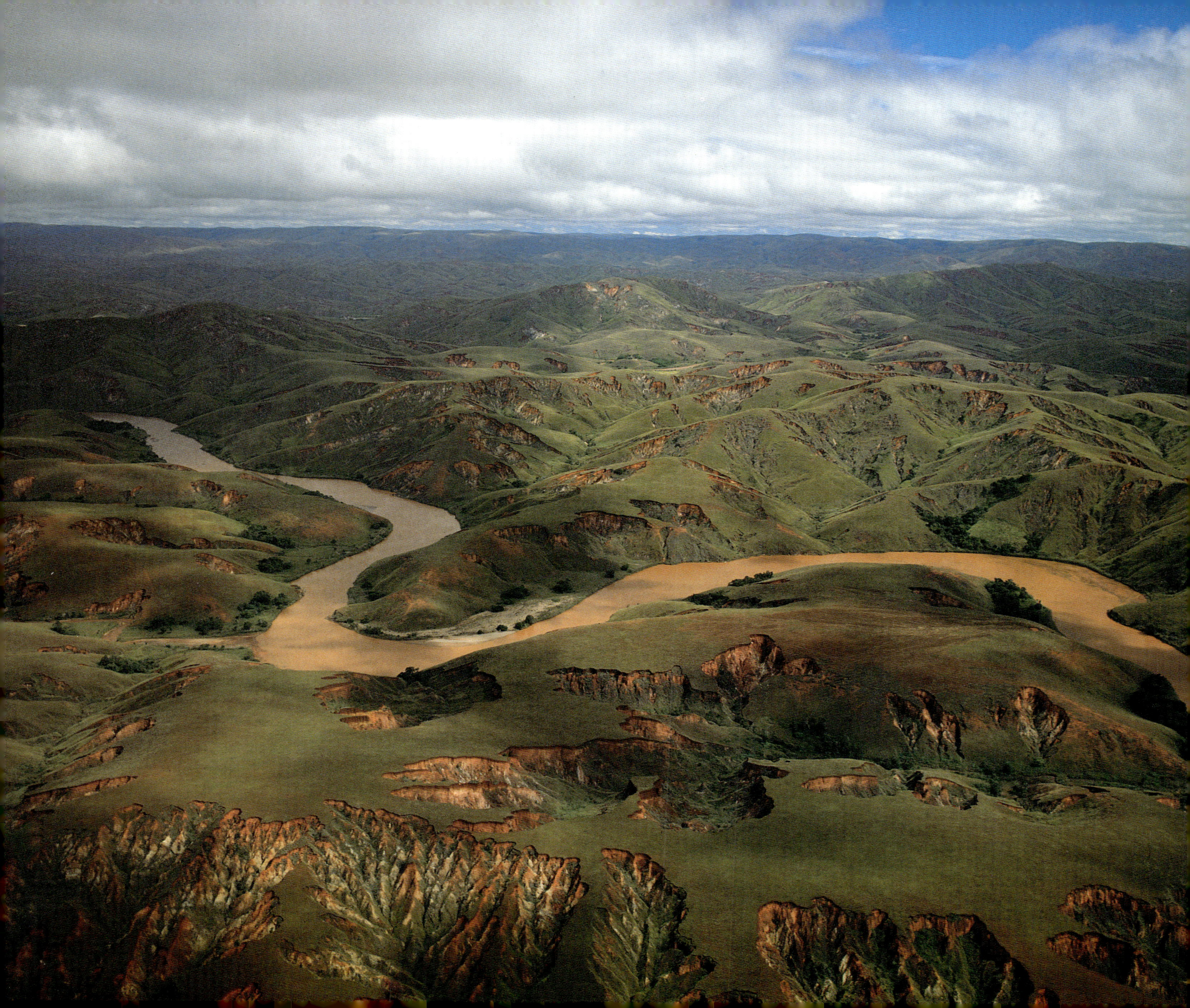

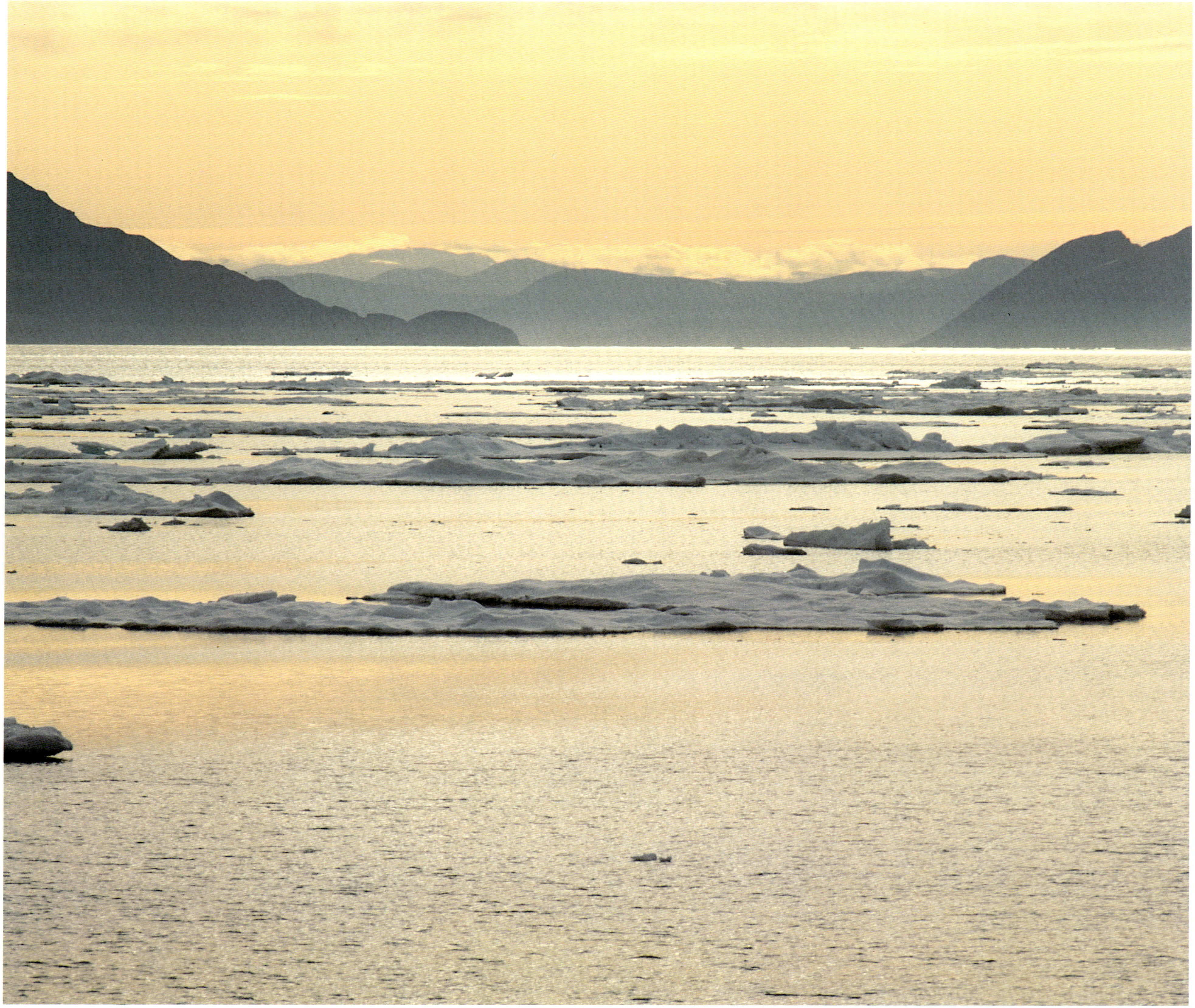

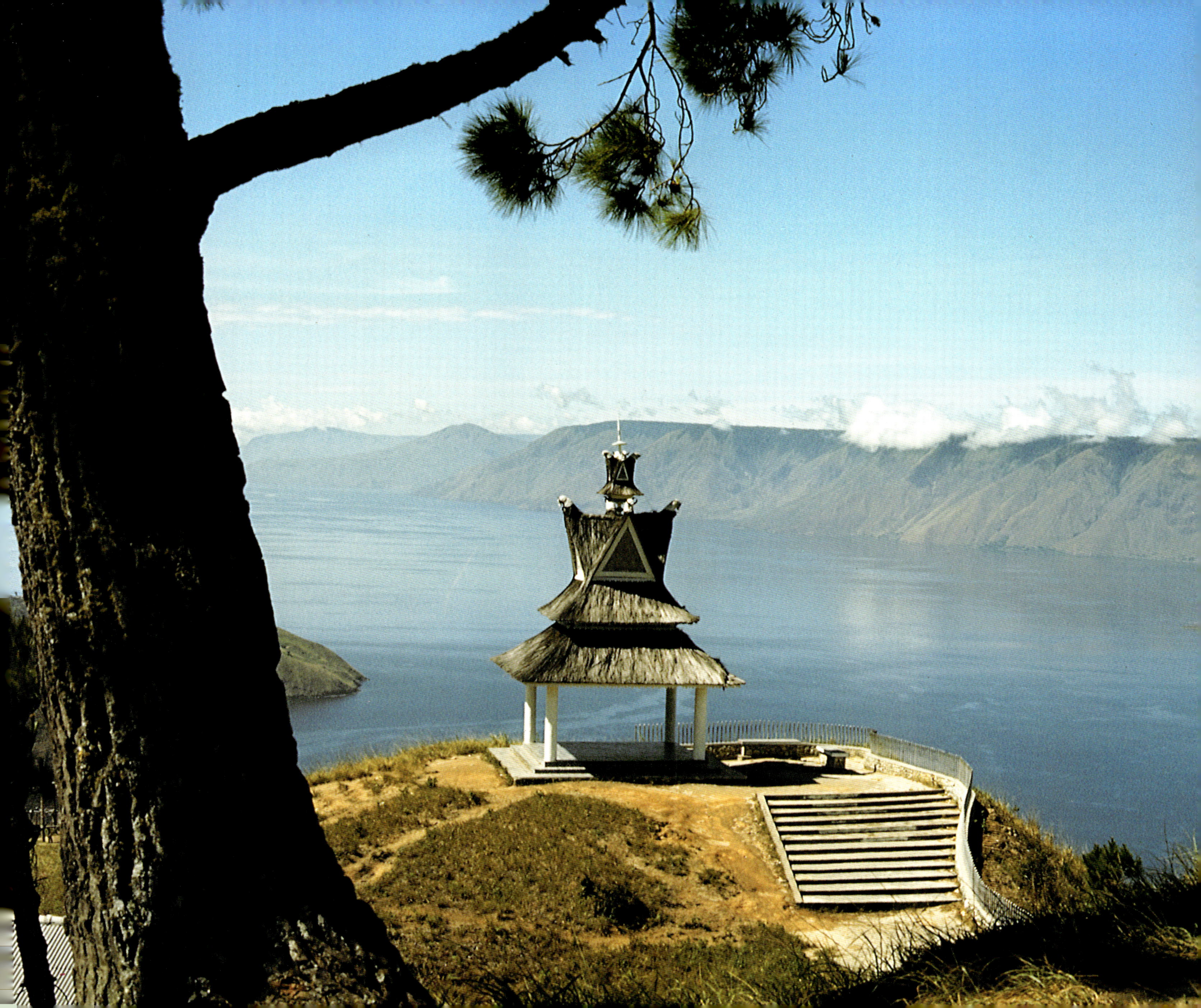

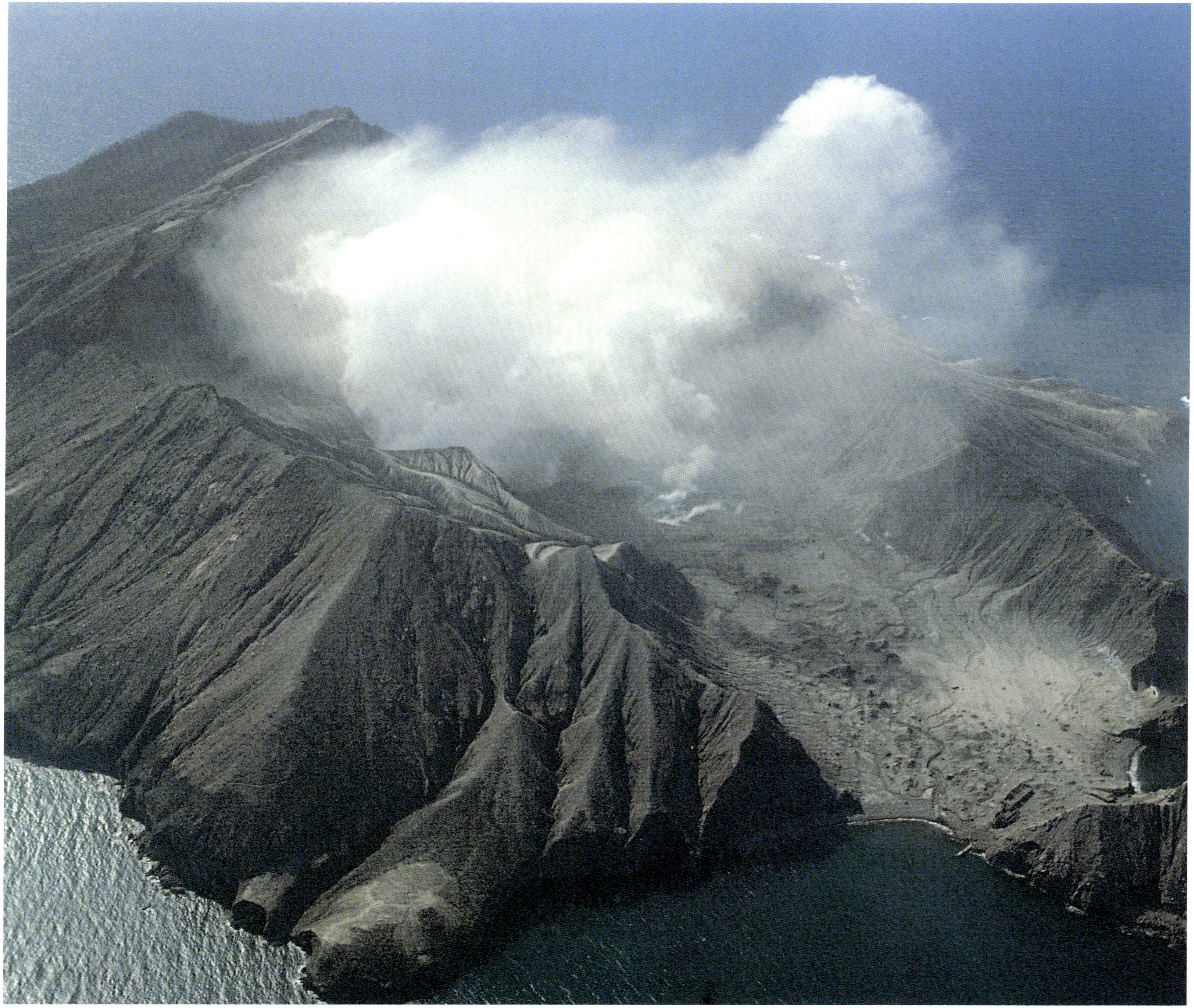

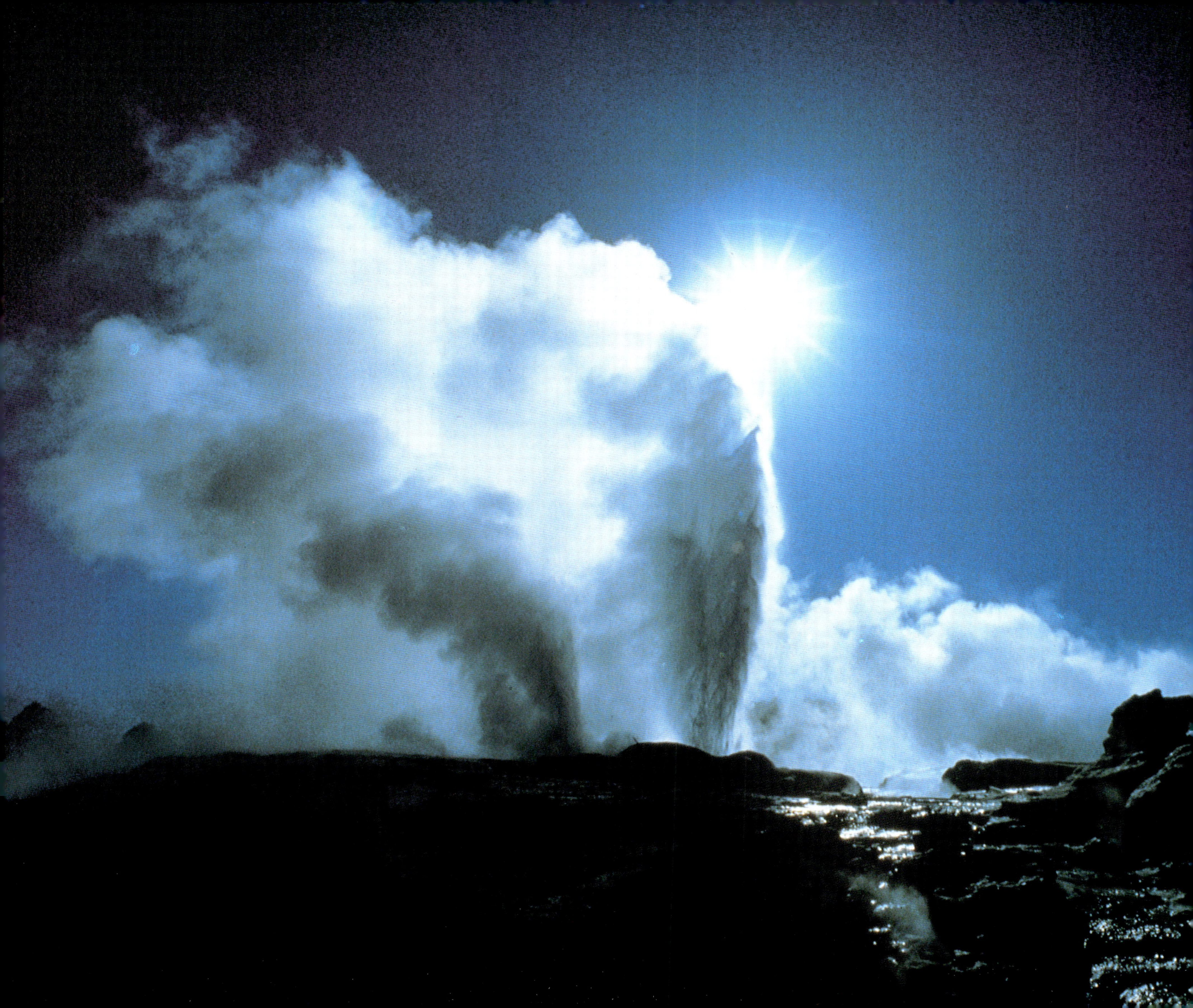

▽ *Neuseeland/Nordinsel, Blick auf Auckland*
▷ *Neuseeland/Südinsel, Bergsteiger im Mount Cook National Park*
▷▷ *Kuba/El Cobre bei Santiago de Cuba, Kirche zur Jungfrau der Barmherzigkeit*
▷▷ *Großbritannien/England, Leuchtturm auf Inner Farne*
▷▷▷ *Großbritannien/England, Cumbria, Brougham Castle bei Penrith (l.)*
▷▷▷ *Großbritannien/England, Gloucestershire, Bredon's Norton bei Tewkesbury*

▽ *New Zealand/North Island; view of Auckland*
▷ *New Zealand/South Island; mountaineer in Mt Cook National Park*
▷▷ *Cuba/El Cobre near Santiago de Cuba; the church of the Virgin of Succour*
▷▷ *Great Britain/England; lighthouse on Inner Farne*
▷▷▷ *Great Britain/England; Cumbria, Brougham Castle near Penrith (l.)*
▷▷▷ *Great Britain/England; Gloucestershire, Bredon's Norton near Tewkesbury*

▽ *Nouvelle-Zélande/Ile du Nord, vue sur Auckland*
▷ *Nouvelle-Zélande/Ile du Sud, alpiniste dans le Parc national du mont Cook*
▷▷ *Cuba/El Cobre près de Santiago de Cuba, église de la Vierge de la Miséricorde*
▷▷ *Grande-Bretagne/Angleterre, un phare sur Inner Farne*
▷▷▷ *Grande-Bretagne/Angleterre, Cumbria, château de Brougham près de Penrith (à g.)*
▷▷▷ *Grande-Bretagne/Angleterre, Gloucestershire, Bredon's Norton près de Tewkesbury*

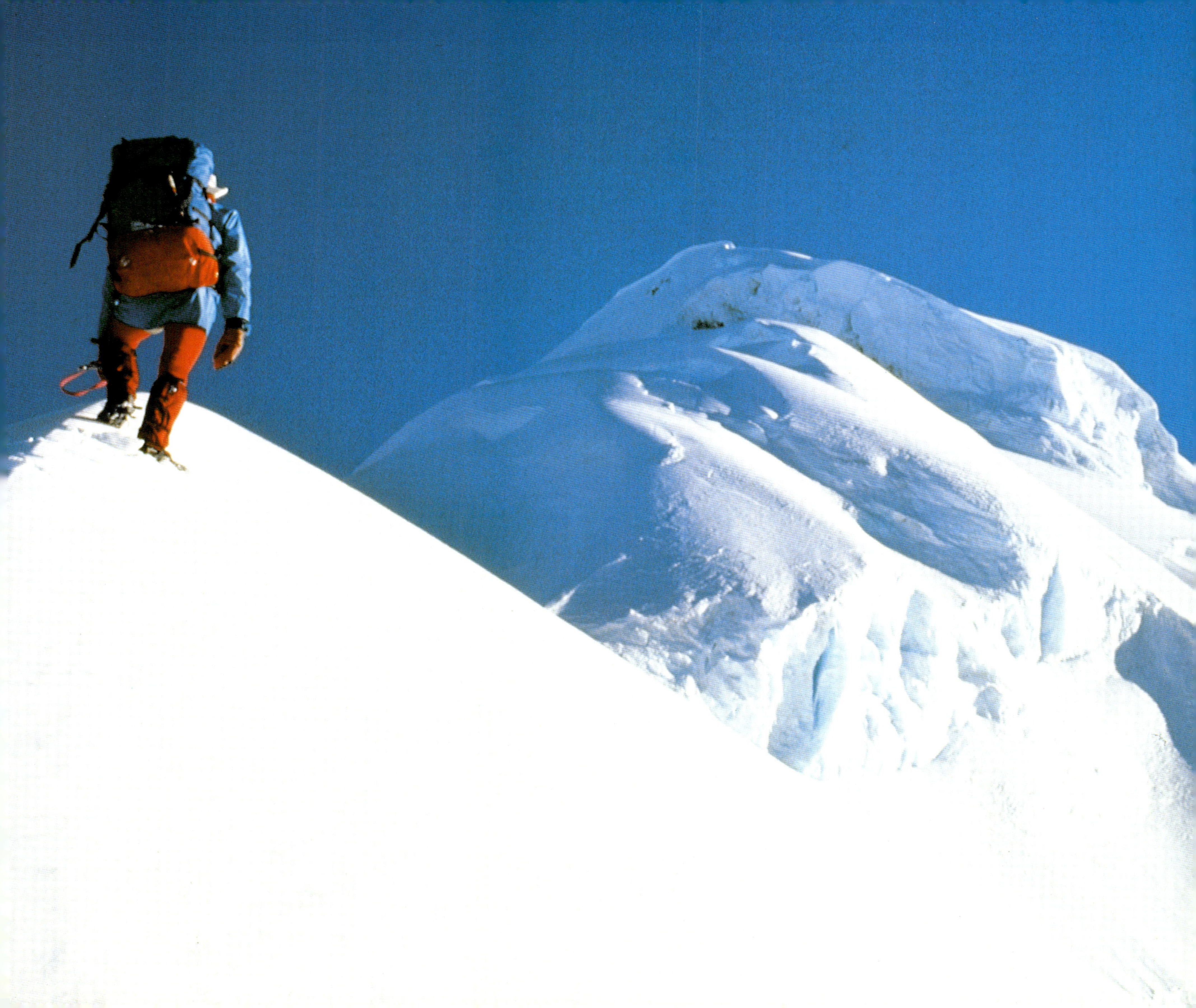

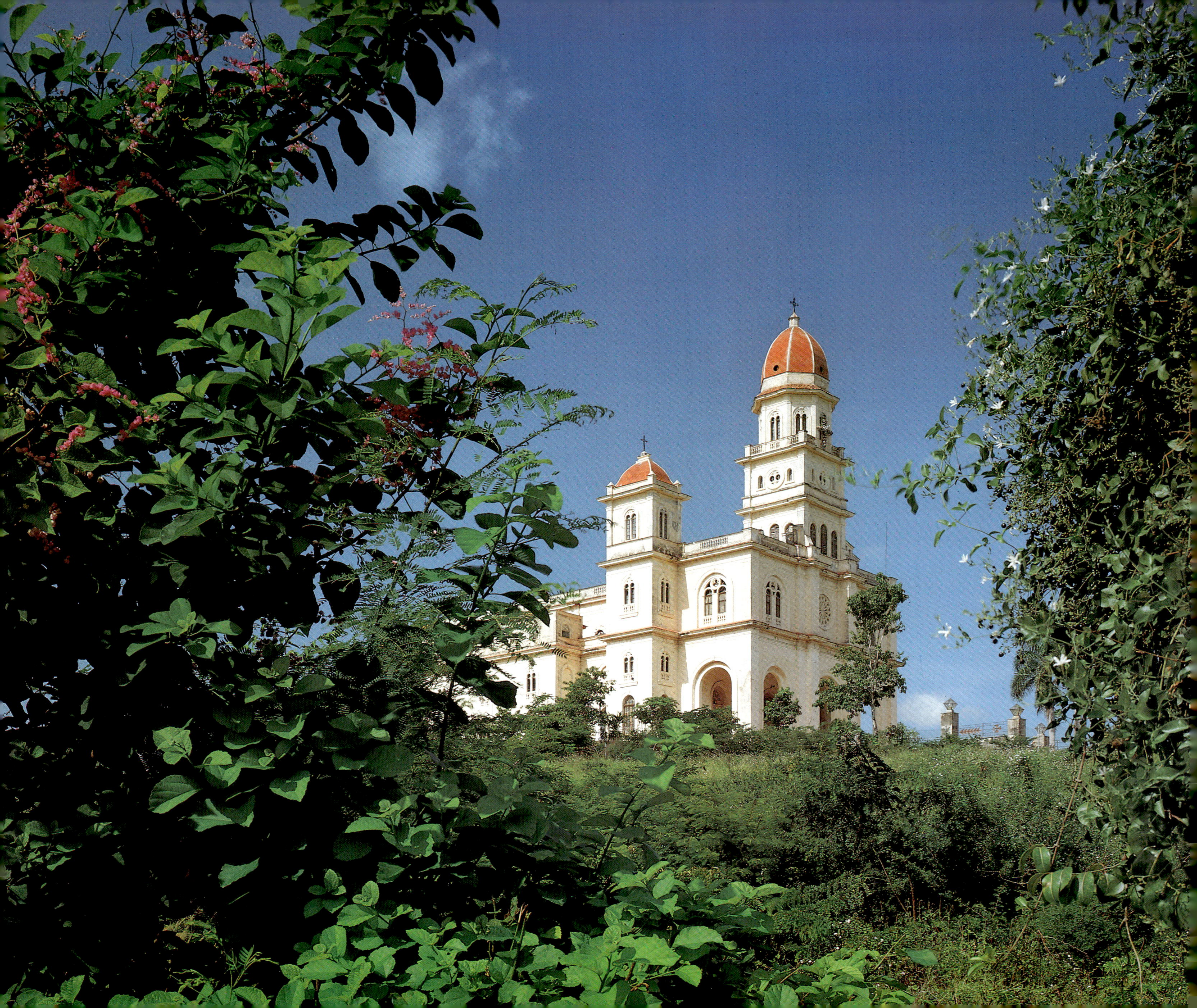

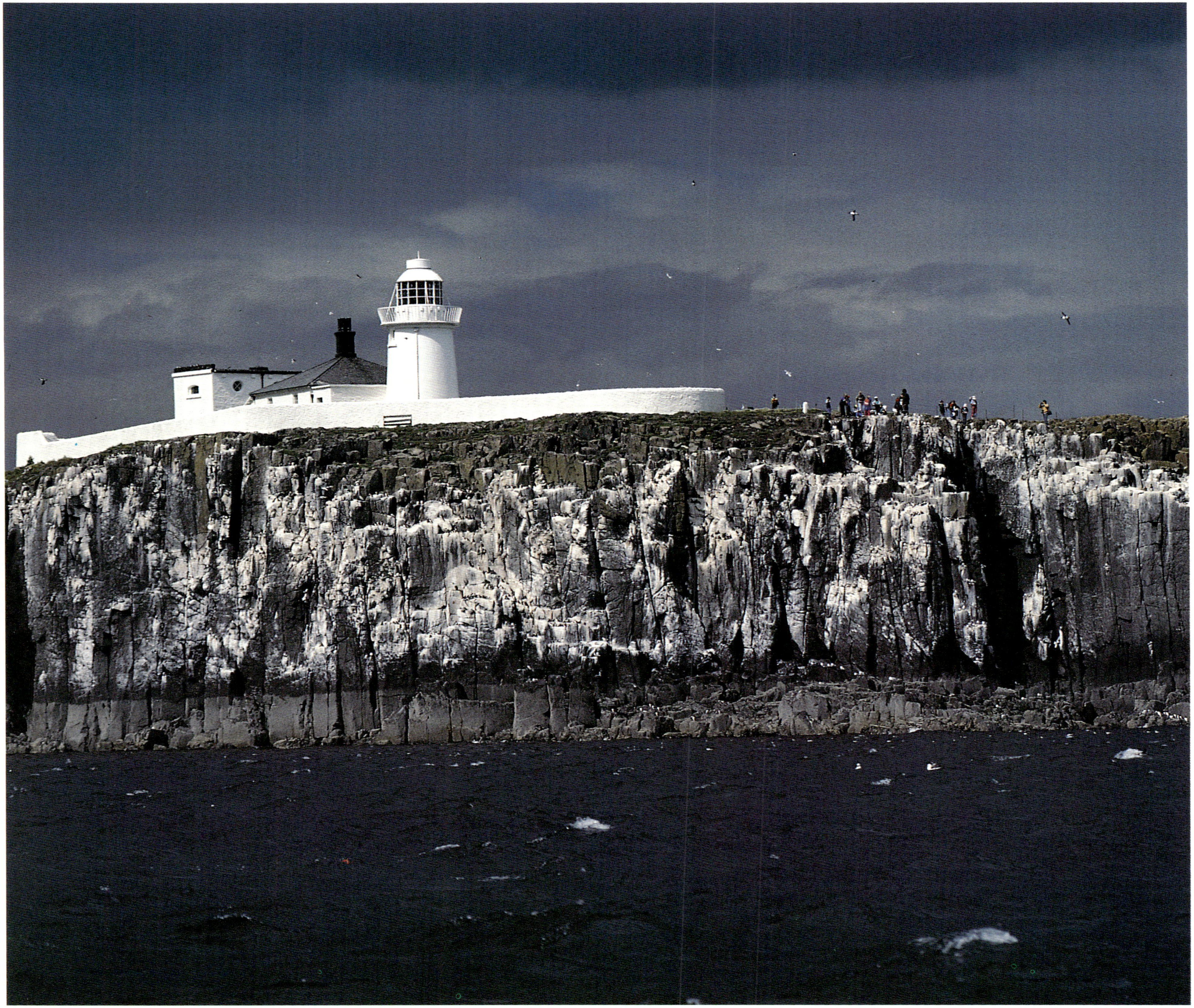

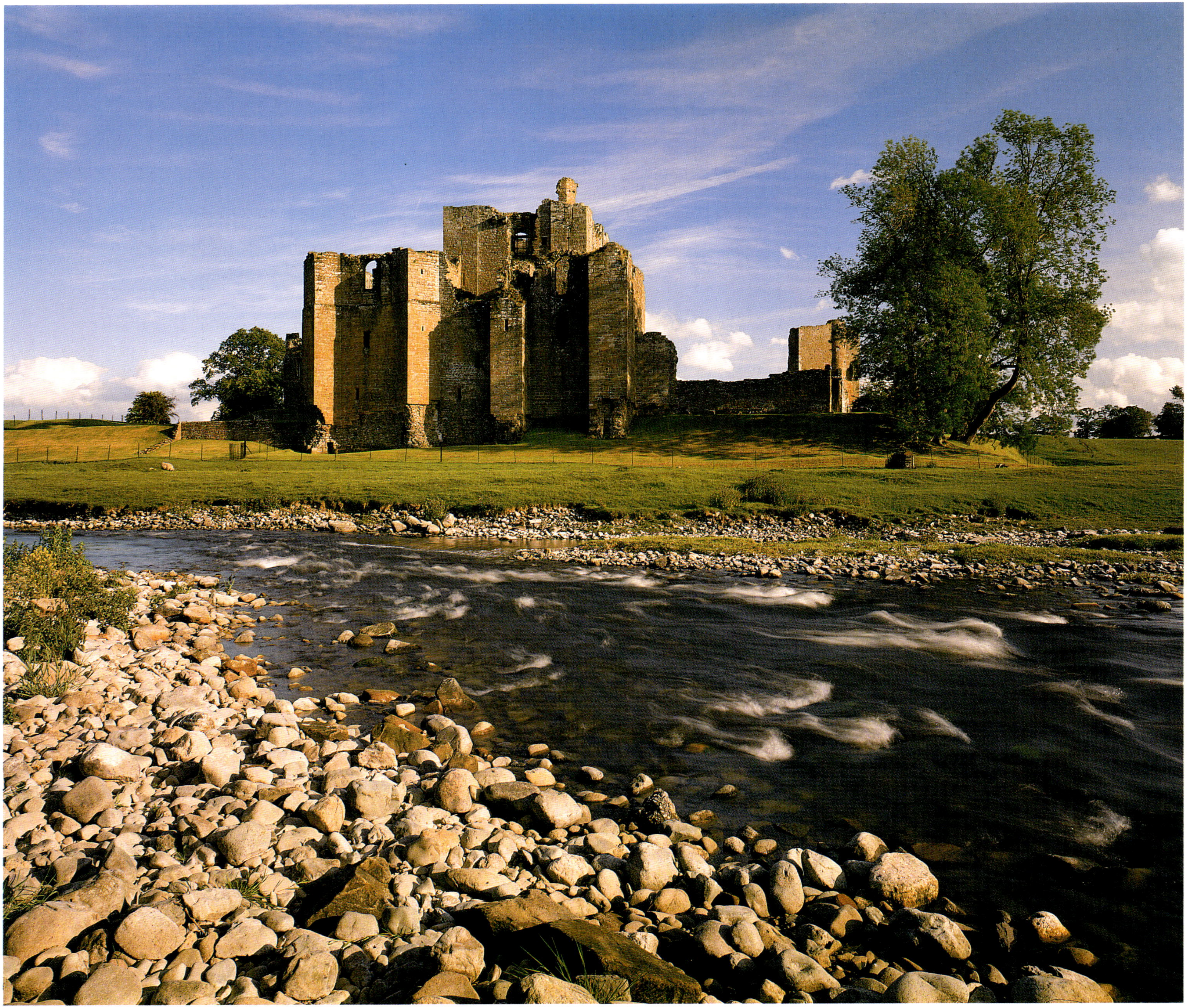

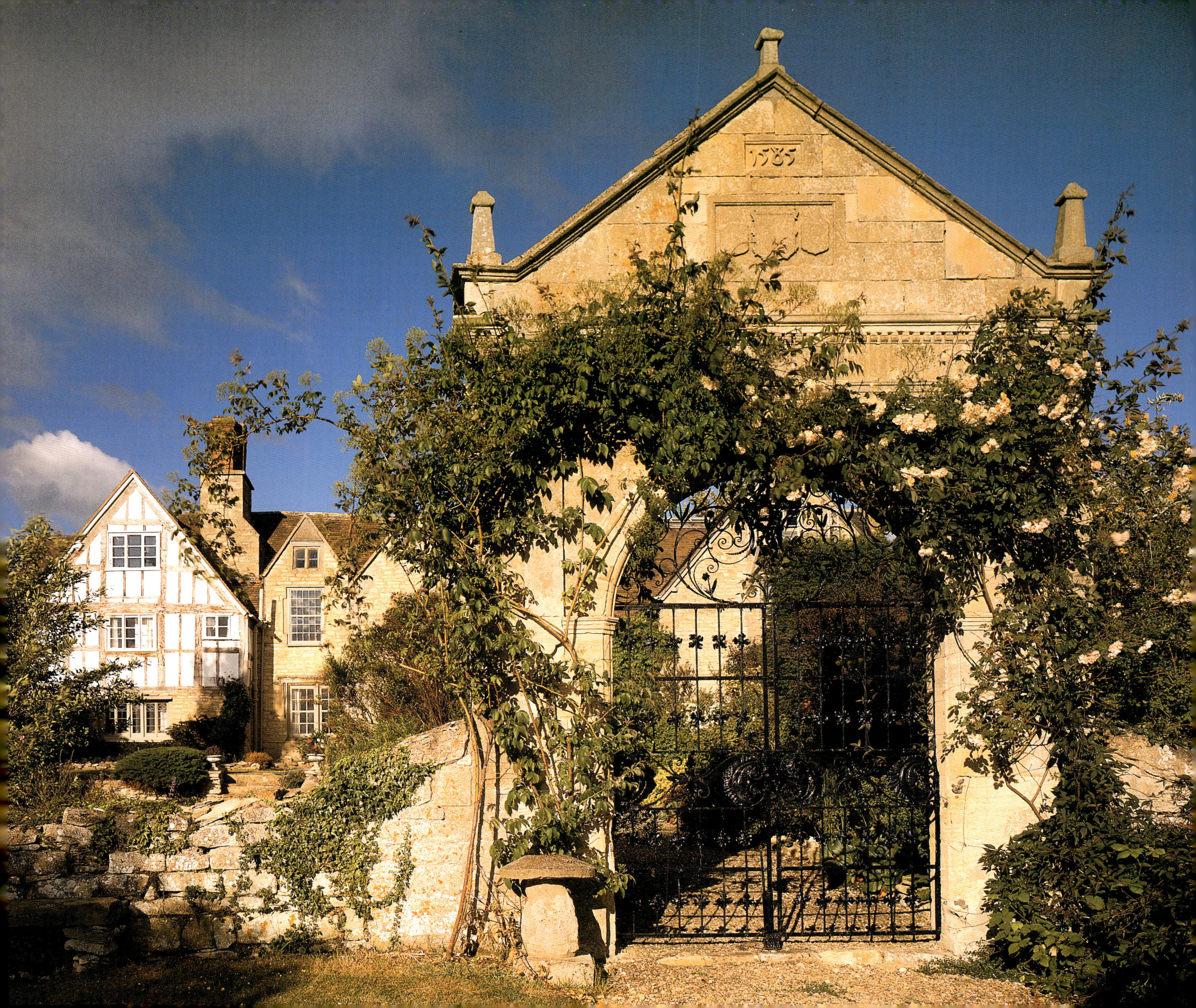
1585

▽ *Großbritannien/England, Gold Hill in Shaftesbury*
▷ *Großbritannien/England, Cornwall, Küste bei Kynance Cove*
▷▷ *Spanien/Kanarische Inseln, Teneriffa, im Tenogebirge (l.)*
▷▷ *Spanien/Kanarische Inseln, Teneriffa, Felslandschaft Las Cañadas und Pico de Teide*
▷▷▷ *Spanien/Kanarische Inseln, Teneriffa, Playa de las Americas (l.)*
▷▷▷ *Spanien/Kanarische Inseln, Teneriffa, Bauernhof an der Atlantikküste bei Puerto de la Cruz*

▽ Great Britain/England; Gold Hill in Shaftesbury
▷ Great Britain/England; Cornwall, the coast near Kynance Cove
▷▷ Spain/Canary Islands; Tenerife, in the Teno Mountains (l.)
▷▷ Spain/Canary Islands; Tenerife, the rocky terrain of Las Cañadas and Pico de Teide
▷▷▷ Spain/Canary Islands; Tenerife, Playa de las Americas
▷▷▷ Spain/Canary Islands; Tenerife, farmstead on the Atlantic Coast near Puerto de la Cruz

▽ *Grande-Bretagne/Angleterre, Gold Hill à Shaftesbury*
▷ *Grande-Bretagne/Angleterre, Cornouailles, la côte près de Kynance Cove*
▷▷ *Espagne/Îles Canaries, Ténériffe, dans le massif du Teno (à g.)*
▷▷ *Espagne/Îles Canaries, Ténériffe, paysage rocheux de Las Cañadas et le pic de Teide*
▷▷▷ *Espagne/Îles Canaries, Ténériffe, Playa de las Americas*
▷▷▷ *Espagne/Îles Canaries, Ténériffe, ferme sur la côte atlantique près de Puerto de la Cruz*

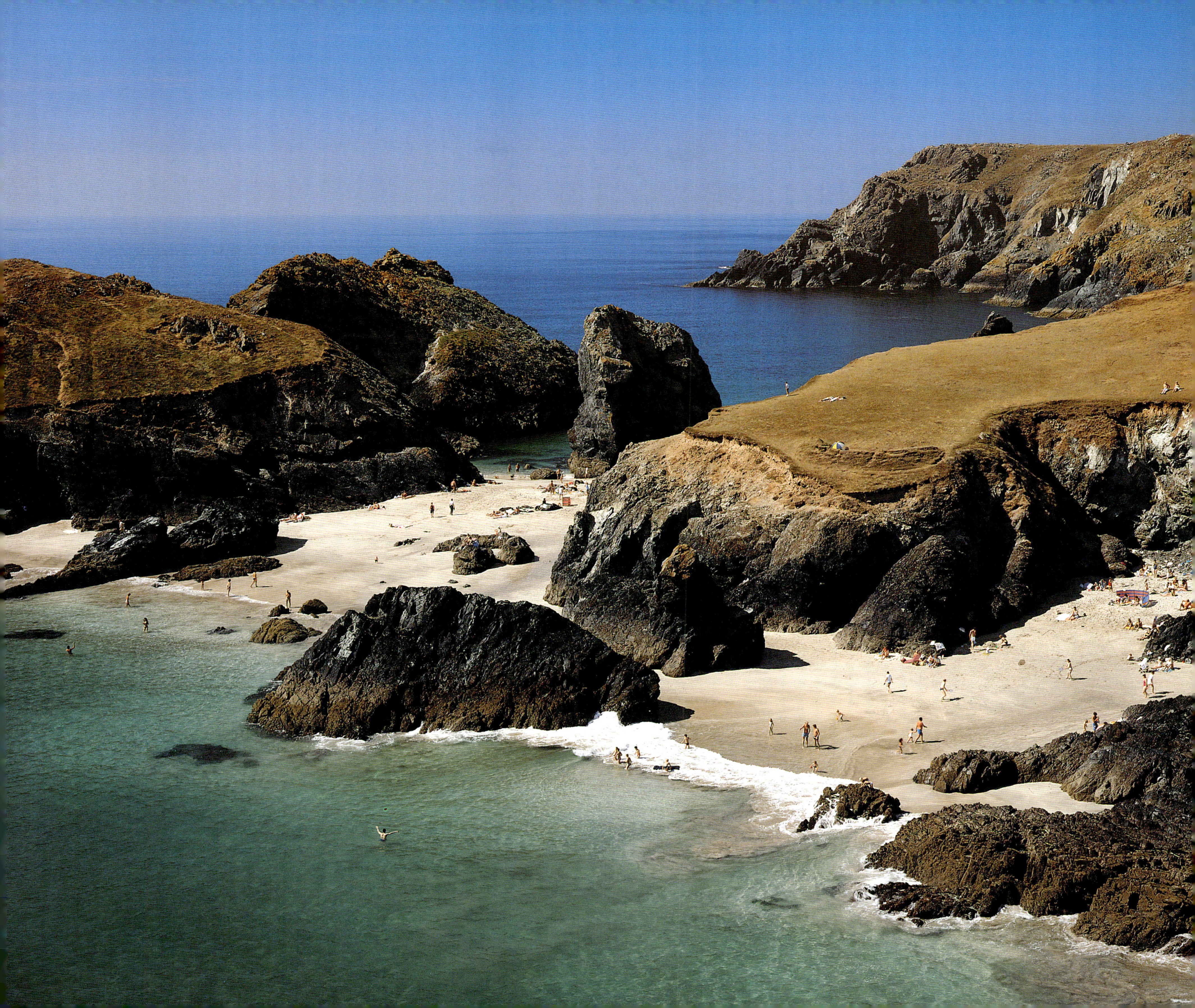

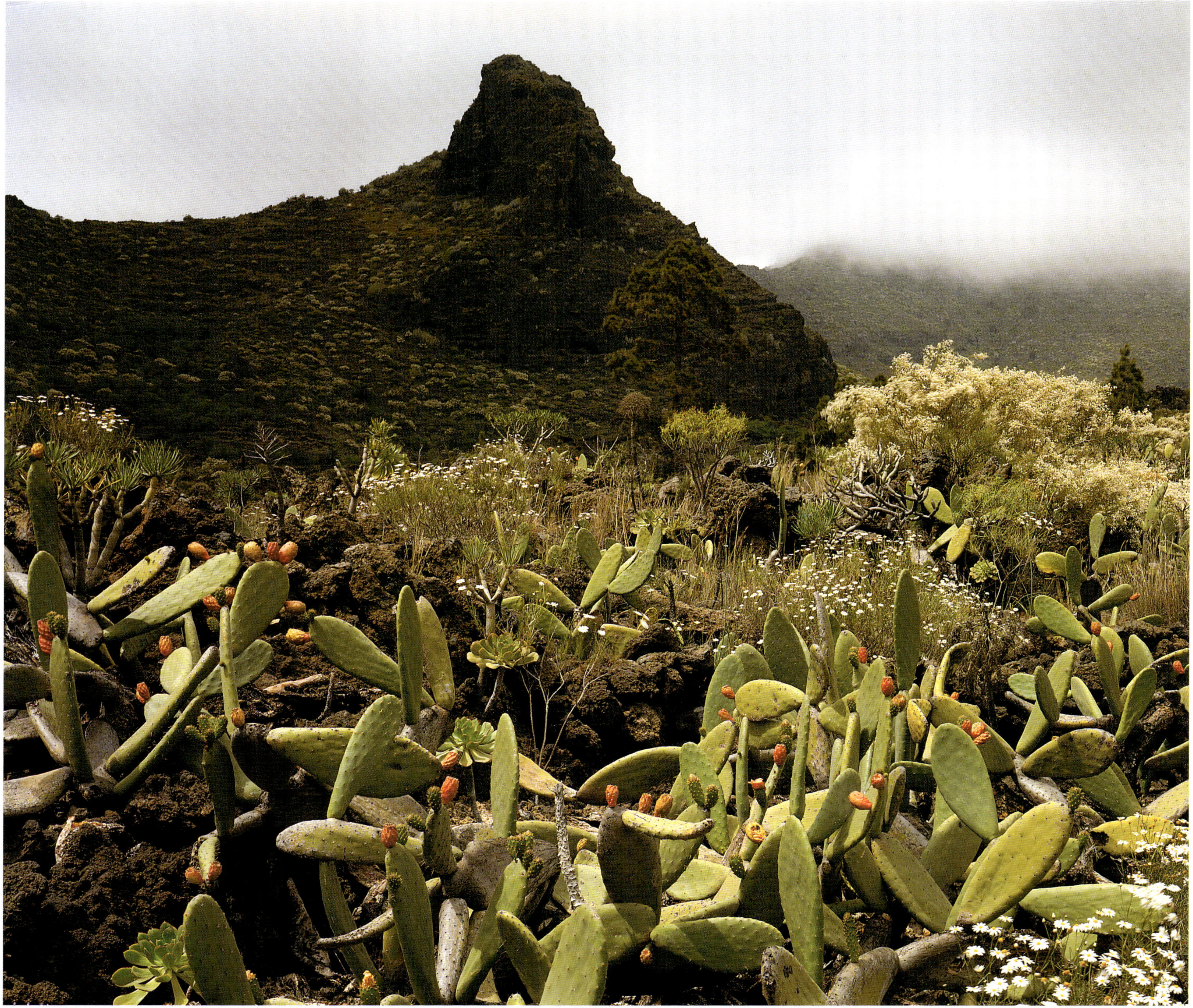

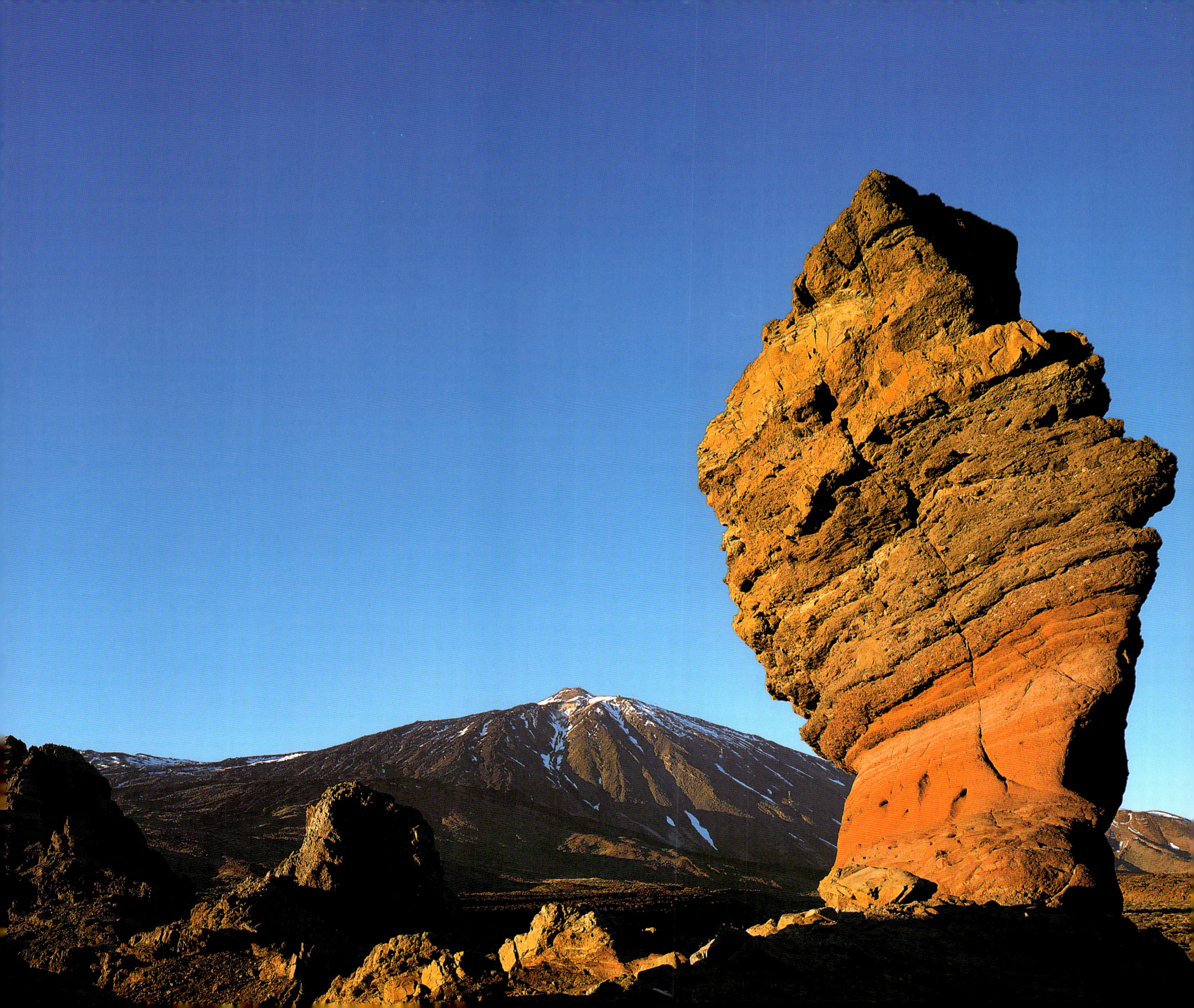

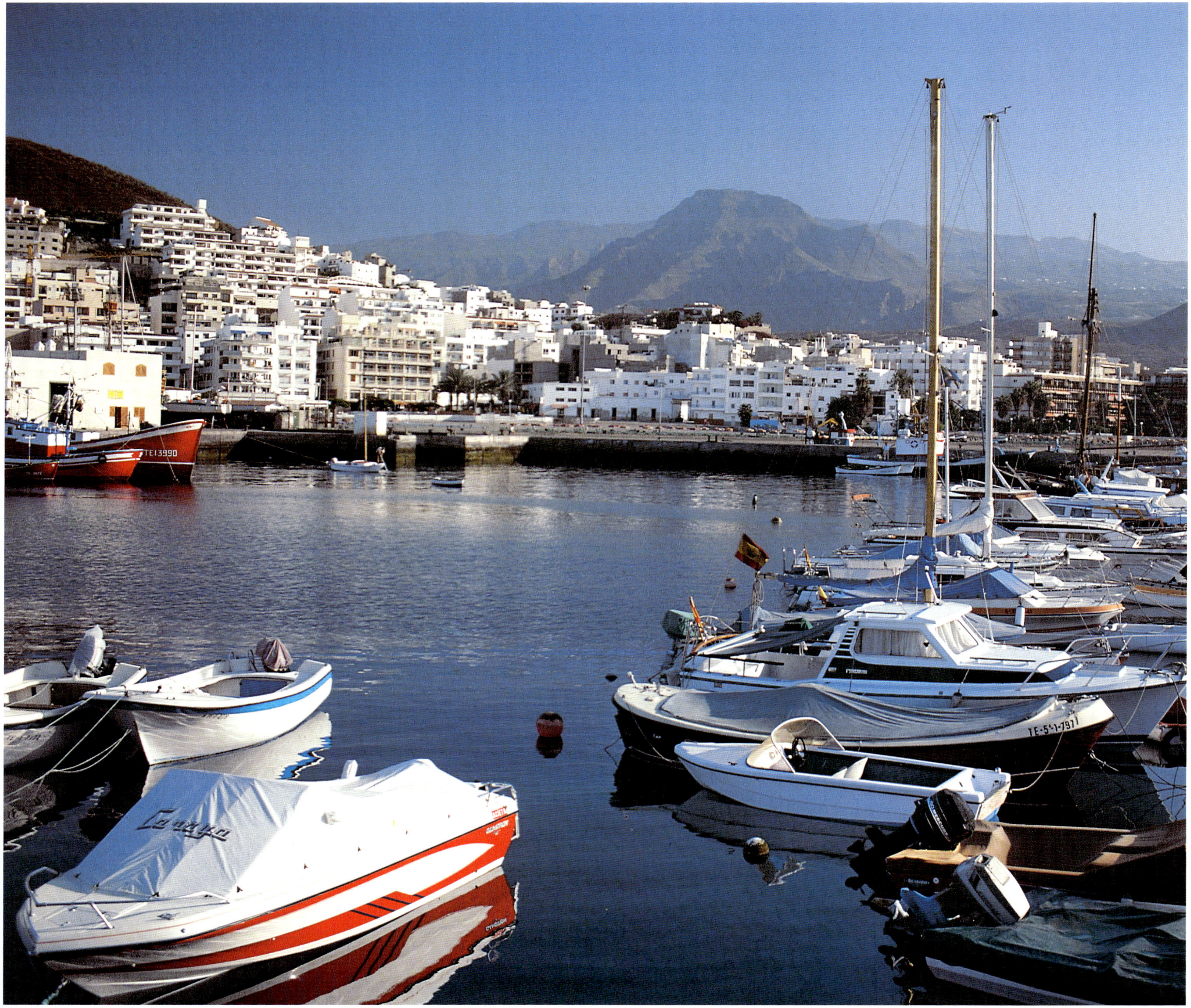
TE13990

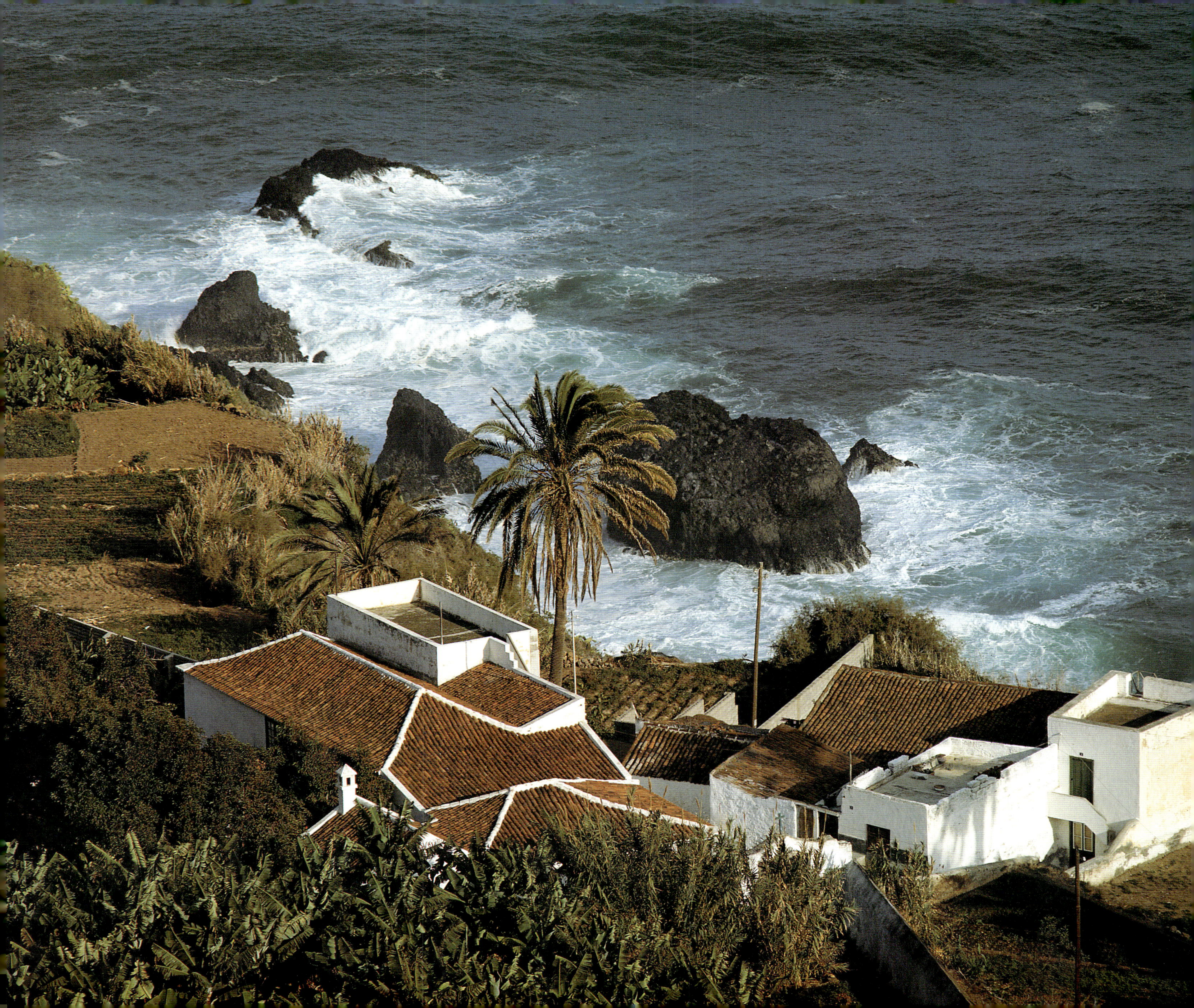

▽ *Großbritannien/Kanalinseln, Jersey, Saint Brelade's Bay*	▽ *Great Britain/Channel Islands; Jersey, St. Brelade's Bay*	▽ *Grande-Bretagne/Iles Anglo-Normandes, Jersey, baie de Sainte-Brelade*
▷ *Großbritannien/Kanalinseln, Jersey, La Corbière, Leuchtturm im Mondlicht*	▷ *Great Britain/Channel Islands; Jersey, La Corbière, lighthouse by moonlight*	▷ *Grande-Bretagne/Iles Anglo-Normandes, Jersey, La Corbière, phare au clair de lune*
▷▷ *Haiti/Hispaniola, Port-au-Prince, Marché de fer (»Eisenmarkt«)*	▷▷ *Haiti/Hispaniola; Port-au-Prince, Marché de fer*	▷▷ *Haïti/Port-au-Prince, marché de fer*
▷▷ *Französisch-Polynesien/Gesellschaftsinseln, Mooréa*	▷▷ *French Polynesia/Society Islands; Mooréa*	▷▷ *Polynésie française/Iles de la Société, Mooréa*
▷▷▷ *Irland/Wicklow, See in den Wicklow Mountains (l.)*	▷▷▷ *Ireland/Wicklow; lake in the Wicklow Mountains (l.)*	▷▷▷ *Irlande/Wicklow, lac dans les monts Wicklow (à g.)*
▷▷▷ *Irland/Galway, Aran Islands, Blick auf Inisheer*	▷▷▷ *Ireland/Galway; Aran Islands, view of Inisheer*	▷▷▷ *Irlande/Galway, Aran Islands, vue sur Inisheer*

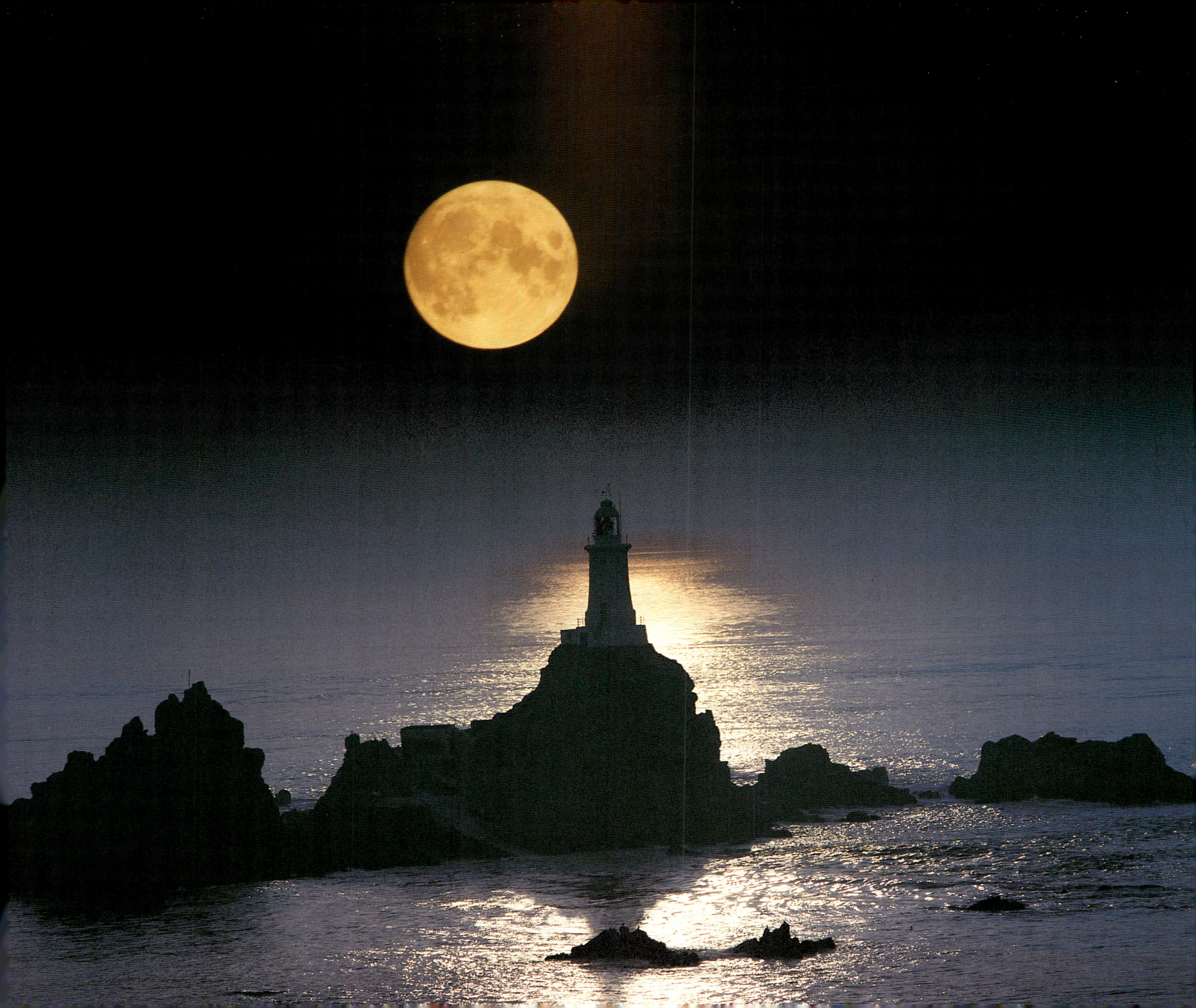

36

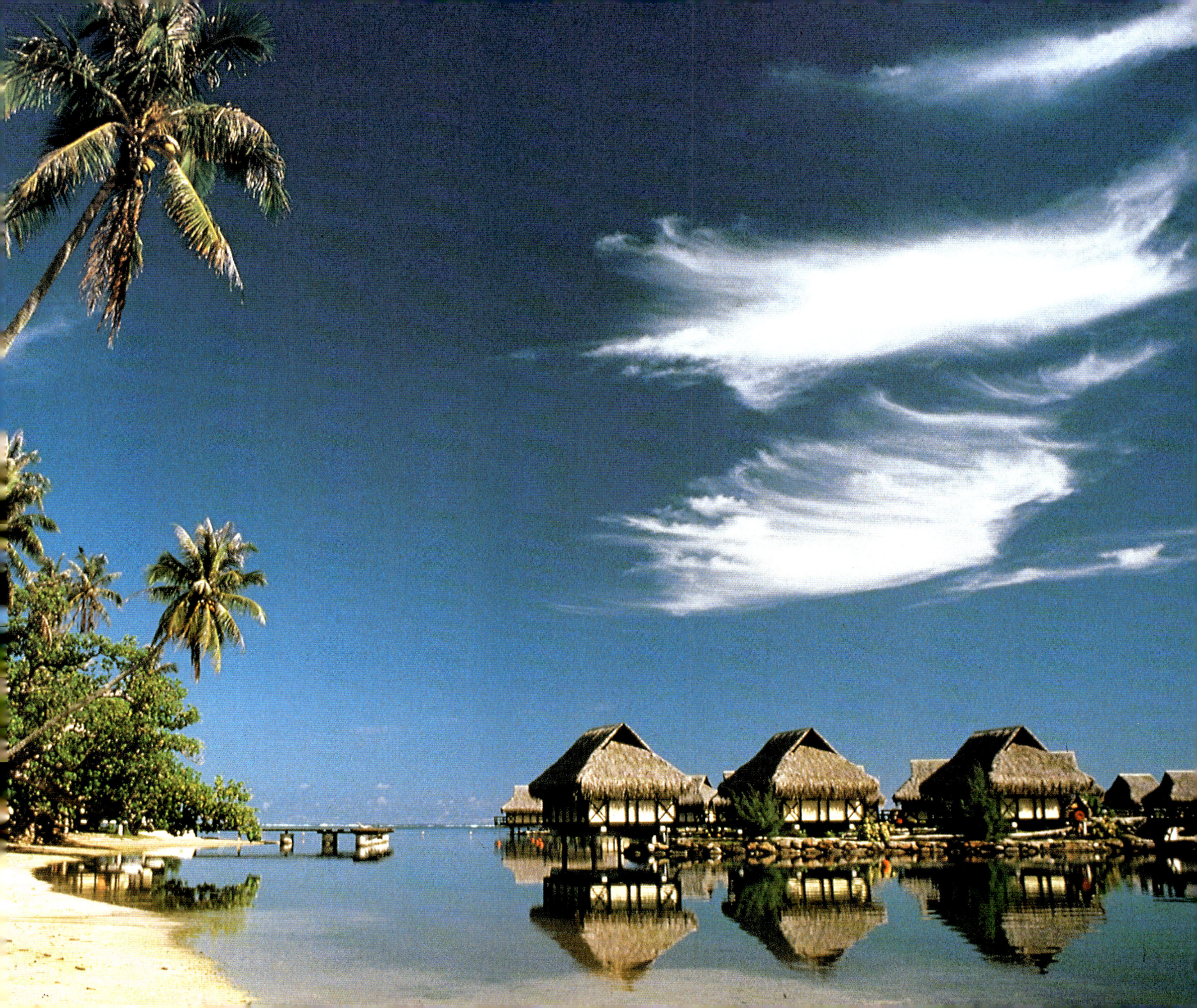

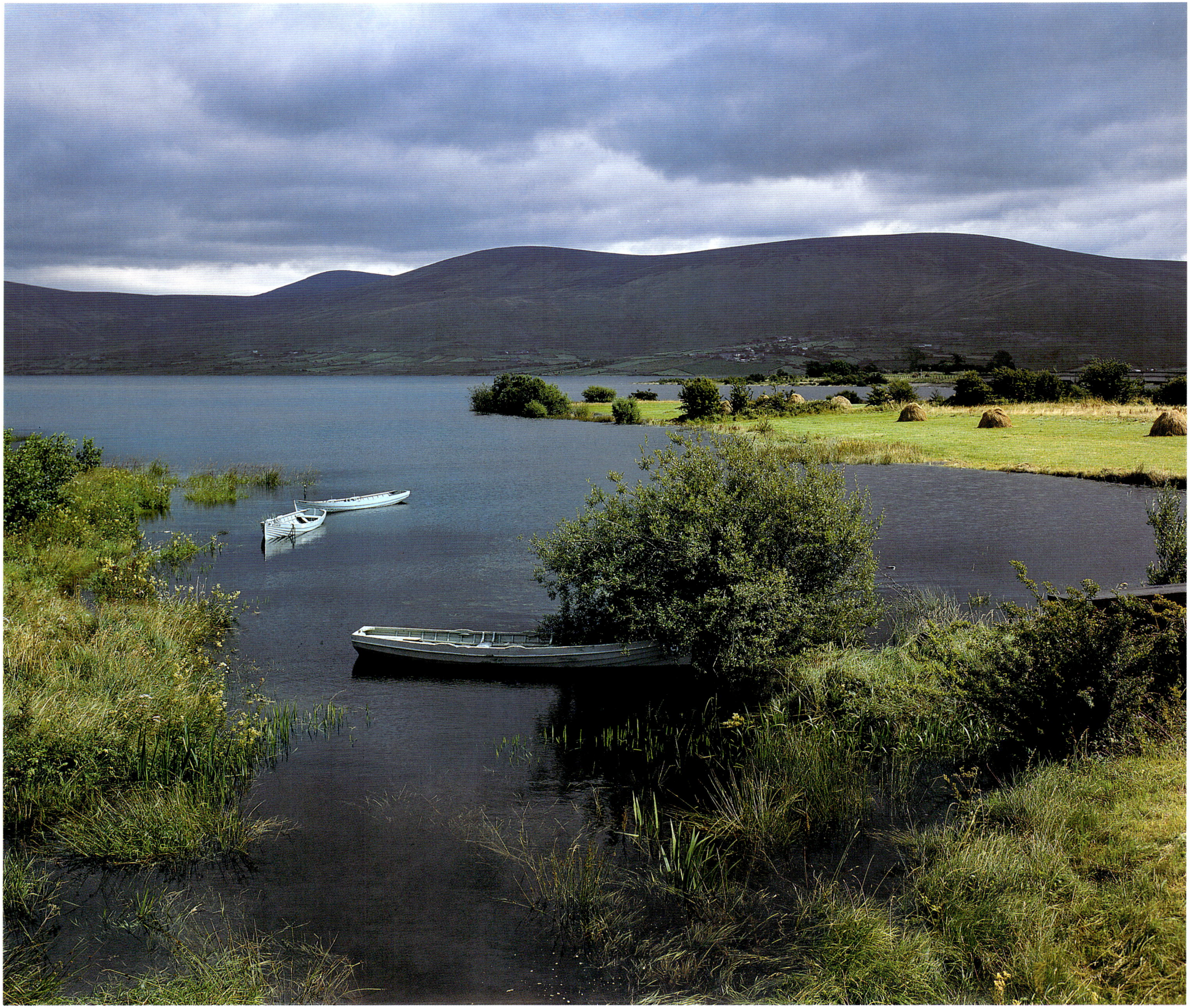

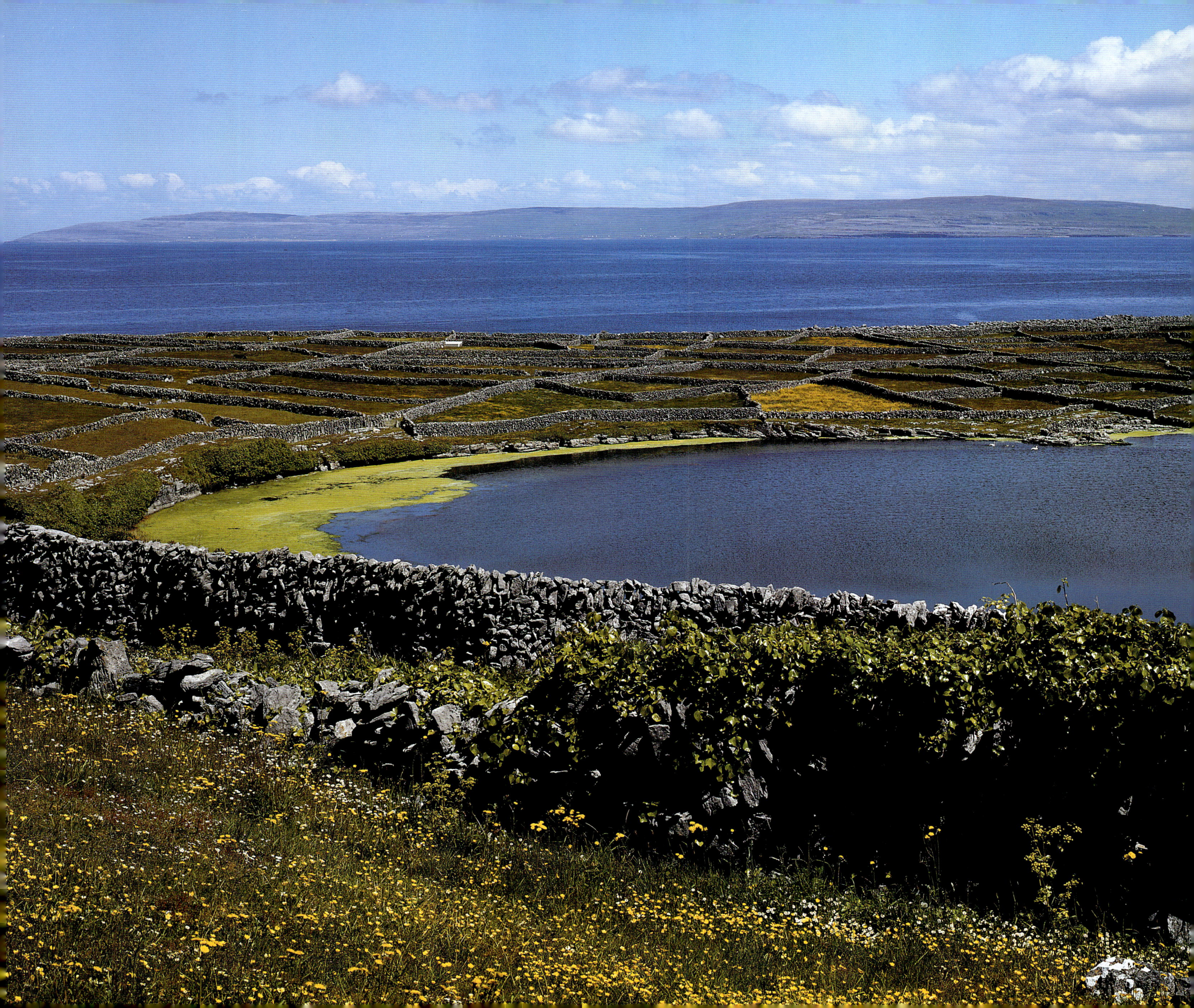

Trutzerei am Rhein

Im Hof des Blücher-Museums zu Kaub liegt die Nachbildung eines Pontons: Aus Fichtenstangen hatten russische Pioniere eckige Boote zusammengenagelt und die Gestelle mit geteerter Leinwand umkleidet; ihrer Kastenform ist heutiges Bundeswehrmaterial verwandt. Derartige Pontons trugen die kriegsentscheidende Brücke über den Rhein, sie stützte sich auf die Insel, auf der die Burg Pfalzgrafenstein liegt. Alle Gemälde, die Blüchers Übergang in der Silvesternacht von 1813 zu 14 illustrieren, zeigen niedriges Wasser, bedeckten Himmel und ein wenig Schnee über die Hänge gepudert. Neben dem Ponton im Museumshof lassen Hochwassermarkierungen über Eventualitäten nachdenken: Wenn nun ein schäumender, eisführender Strom den Übergang für Wochen blockiert und Napoleon Zeit gegeben hätte, hinter ihm seine Kräfte zu konsolidieren? Womöglich müßte europäische Geschichte neu geschrieben werden.

Kürzlich schlugen Bundeswehrpioniere eine Brücke mit rutschfestem Belag, ein Ministerpräsident, zwei Herren von Blücher, Emissäre der sowjetischen Botschaft zu Bonn und ein paar hundert Damen und Herren schritten zum Festspiel. Ganz zuletzt ritten gar Ulanendarsteller mit schwarz-weißen Wimpeln hinüber. Böller krachten, Pulverdampf stank. Abgesandte aus Frankreich waren nicht geladen, und dabei hatte man doch, eurofreundlich, das vom damaligen Wiesbadener Stadtarchivar fürs Hundertjahrfestival von 1913 zu 14 montierte Feststück seiner rüden franzmannfeindlichen Passagen entledigt. Im Bühnenzelt sagten Laiendarsteller – an die dreihundert aus der Region wirkten in zwei Schichten mit – brave Schulbuchweisheiten auf, daß alle Menschen im Grunde friedlich seien und das Herz auf dem rechten, in diesem Fall deutschen Fleck trügen. Die Kauber von damals, gestandene Nassauer, hatten von einem Tag auf den anderen erfahren, daß die Franzosen nicht mehr Freund, die Russen und Preußen nicht mehr Feind seien. Freudig, so heißt es, hätten sich Kaubs Schiffer bereit erklärt, die neuen Verbündeten überzusetzen. Blücher hielt es trotz patriotischem Geglitzer in den Schifferaugen für geraten, die frischen Verbündeten fürs erste in die Kirche zu sperren, damit keiner feig-leise seinen Kahn loreleywärts treiben lassen oder gar quatschen könnte.

Kaub hat ein Stück Geschichte und damit sein gelegentliches Festspiel. Von den wirtschaftlichen Säulen Zollpresserei, Schiefer und Wein ist nur die dritte geblieben. Ehe das Binger Loch für die Schiffahrt aufgesprengt wurde, verdienten hier an die hundert Lotsen ihr Geld, sie sind, auch durch die Radaraugen, wegrationalisiert worden. Vor Kaub im Strom blieb die Insel, felsklippig bergwärts, sandig und von Bäumen überschattet zum Tale hin. In der Mitten die Burg Pfalzgrafenstein. Sie hat diese Funktion: Sie sieht aus.

Im Festzelt planen die Darsteller von olle Blücher, Gneisenau und Yorck, wie sie dem Korsen ein Schnippchen schlagen können, links fegen Intercity-Züge, rechts donnert Lastverkehr. Wenn die Soldatenspielerei vorbei ist, fällt Kaub zurück in die Rolle eines der vielen Weinorte, die miteinander um Busladungen Trinkfreudiger konkurrieren. Drosselgasse ist überall.

Die Burg war kein feudaler Sitz, sondern Wachstation für Zollsoldaten. Ihre Türmchen sind blanke Schau, drinnen ist nicht viel los. Die Kauber waren durchaus nicht sauer, als kürzlich DIE ZEIT schrieb, dies hier sei deutsches Disneyland. Kaub (und Neuschwanstein) regten die Romantikkopisten jenseits des Ozeans zu blaßrosa Taten an, nun kehrt das Zauberwort Disneyland, positiv aufgefaßt, an den Ursprung zurück.

Wenn ich am Rhein entlanghusche, spähe ich hinüber. Hochwasser schäumt gegen den Pfalzbug, Schießscharten dräuen, Erker erkern, alle Mauern sind wohl verputzt: folgenlose Trutzerei aus dem Bilderbuch. Wenn ich den Blick darauf versäume, fehlt mir etwas. Eine pünktliche Intercity-Fahrt war's dann gewiß. Eine Fahrt am deutschdeutschen Rhein nicht.

▷▷ *Deutschland/Rheinland-Pfalz, Kaub am Rhein, Festung Pfalzgrafenstein*

Defiance on the Rhine

In the courtyard of the Blücher Museum at Kaub there is a replica of a pontoon: when Blücher reached the Rhine during the Napoleonic Wars, Russian pioneers constructed rectangular boats of pine stems, and covered them with tarred canvas; modern army pontoons still look rather similar. The Russian pontoons formed a crucial bridge that was supported in the middle of the Rhine by the island on which Pfalzgrafenstein Castle is built.

All the paintings that depict Blücher's crossing of the river in 1813 show low water, overcast skies, and a little snow scattered on the slopes. High-water marks in the Museum courtyard near the pontoon suggest a number of ideas: what, for example, would have happened if high water had blocked the crossing for a number of weeks and given Napoleon time to reorganize his forces? The course of history might have been drastically changed!

Recently German Army pioneers set up a bridge with a non-slip surface; a prime minister, two gentlemen of the von Blücher family, representatives of the Soviet embassy in Bonn, and a few hundred other ladies and gentlemen strode across it to a festival performance on the island. They were followed by a troop of lancers with black and white pennants. Guns were fired, gunpowder fumes defiled the air. France was not invited to send emissaries – although, in keeping with the prevailing Euro-friendly atmosphere, care had been taken to delete the coarse anti-French passages from the masque written to celebrate the centenary of the crossing in 1913 by the then Municipal Librarian of Wiesbaden. In the theatre, set up in a marquee, amateur actors – about three hundred of them from the region took part in two shifts – recited virtuous sayings to the effect that all men, all Germans, at least, are peaceful and well-meaning at heart. The inhabitants of the little town of Kaub, who in Napoleon's time were loyal subjects of the Duke of Nassau, were suddenly instructed that the French should no longer be regarded as friends, and the Russians and Prussians no longer as enemies. Kaub's boatmen joyfully, as we are told, agreed to transport the new allies across the river. But Blücher decided that such patriotic enthusiasm should be taken with a pinch of salt, and decided to lock up his new allies in the church to start with, just in case any of them might contemplate sabotage or inform the enemy.

So Kaub made its mark on history and acquired an occasional festival. Of the three pillars of its economy – enforced tolls, slate, and wine – only the third has survived. Before the course of the river was straightened near Bingen, many boatmen earned their living as pilots, but, also thanks to the introduction of radar, they have become redundant. Yet the island off Kaub remains, rocky at one end, sandy and wooded at the other, with the castle in the middle. Its function: to look impressive.

In the marquee the actors depicting old Blücher, Gneisenau, and Yorck work out their plan to defeat Napoleon while Intercity trains roar along to the left and heavy lorries thunder to the right. When the war-games are over, Kaub reverts to its role as one of the many wine-growing places which compete with one another for busloads of ever-thirsty tourists.

The castle was not a feudal seat, but a guardhouse for soldiers enforcing customs, duties, and tolls. Its turrets are just for show, and there is little of interest inside. The people of Kaub were not at all offended when DIE ZEIT recently wrote that this was Germany's Disneyland. Kaub (and Neuschwanstein Castle) inspired the neo-romantics on the other side of the ocean, and now the magic word Disneyland, with favourable overtones, returns to its origins. When I take the train along the Rhine I look out of the window. High water swishes round the bows of the island, oriels jut, loopholes loop, all the walls are cleanly plastered: picture-book defiance with no consequences to fear. If I fail to look out in time I really feel I have missed something. It will have been a fast and punctual Intercity trip, yes, but not a trip along the most German section of the Rhine.

▷▷ *Germany/Rhineland-Palatinate; Kaub on the Rhine, Pfalzgrafenstein Fortress*

Offensive sur le Rhin

Dans la cour du musée Blücher à Kaub se trouve la reproduction d'un ponton: des soldats du génie russe avaient fabriqué des embarcations rectangulaires avec des troncs de pin et revêtu d'une toile goudronnée leur carcasse en forme de caisse qui rappelle le matériel dont se sert aujourd'hui l'armée fédérale allemande. Ces sortes de pontons ont soutenu le pont sur le Rhin qui a décidé de l'issue de la guerre, ils s'appuyaient sur l'île où se trouve le château de Pfalzgrafenstein. Tous les tableaux qui illustrent le passage de Blücher dans la nuit de la Saint-Sylvestre de 1813 montrent un faible niveau d'eau, un ciel couvert et des versants saupoudrés d'un peu de neige. A côté du ponton dans la cour du musée les marques d'inondations font réfléchir à d'autres éventualités: si le fleuve avait charrié des glaces et bloqué le passage pendant des semaines et donné du temps à Napoléon pour consolider ses forces derrière lui, le cours de l'histoire aurait pu être tout différent.

Dernièrement, des soldats du génie de la Bundeswehr ont jeté un pont avec un revêtement antidérapant; un président du conseil, deux messieurs de la famille von Blücher, des représentants de l'ambassade soviétique à Bonn et quelques centaines de dames et de messieurs l'ont franchi pour se rendre au festival. Des acteurs costumés en uhlans avec des fanions noirs et blancs fermaient la marche. Il y eut des tirs de canon, cela sentit la poudre. Des représentants français n'avaient pas été invités et pourtant on avait, dans un esprit européen, enlevé les passages anti-français de la pièce montée la fois-là par l'archiviste municipal de Wiesbaden pour les festivités du centenaire en 1913. Dans la tente dressée à cette occasion, des artistes amateurs – dans les trois cents venus de la région se relayèrent en deux équipes – avaient récité des paroles pleines de sagesse qu'en fait tous les hommes étaient pacifiques et qu'ils avaient le cœur bien placé.

Les habitants de Kaub qui, à l'époque de Napoléon, étaient partisans du duché de Nassau, avaient appris du jour au lendemain que les Français n'étaient plus leurs amis, les Russes et les Prussiens plus leurs ennemis. Les bateliers de Kaub auraient aimablement proposé de conduire sur l'autre rive les nouveaux alliés. Malgré la lueur patriotique dans l'œil des bateliers, Blücher tint pour préférable de commencer par enfermer ces tout nouveaux alliés dans l'église afin qu'aucun ne soit tenté de laisser dériver son bateau en direction de la Loreley ou d'aller informer l'ennemi.

Kaub a son morceau d'histoire et ainsi son festival occasionnel. Des trois piliers économiques qu'étaient la perception des droits de péage, les ardoises et le vin, seul le dernier est resté. Avant que soit percée la trouée de Bingen pour la navigation, des centaines de lamaneurs gagnaient ici leur vie, ils ont aussi été remplacés par les installations de radars. Dans le fleuve devant Kaub l'île est restée, rocheuse et escarpée en direction de la montagne, sablonneuse et ombragée d'arbres en direction de la vallée. En son milieu la Pfalz avec pour fonction de paraître.

Dans la tente du festival, les acteurs qui incarnent Blücher, Gneisenau et Yorck se demandent comment ils vont pouvoir jouer un tour au Corse, tandis qu'à gauche les trains Intercity foncent, et qu'à droite c'est le trafic des camions qui gronde. La représentation une fois terminée, Kaub retombe dans le rôle d'une des nombreuses localités viticoles qui cherchent à attirer le plus d'autobus avec leurs cargaisons d'amateurs de bons vins. La Drosselgasse est partout.

Le château n'était pas un siège féodal, mais un poste de garde pour les soldats préposés au péage. Ses tours ne sont là que pour la montre, à l'intérieur, il ne se passe pas grand-chose. Les habitants de Kaub n'ont nullement été fâchés lorsque dernièrement le journal DIE ZEIT a écrit qu'il y avait ici un Disneyland allemand. Kaub et Neuschwanstein ont inspiré de l'autre côté de l'océan des reproductions romantiques rose bonbon et voilà que le mot magique de Disneyland, pris dans un sens positif, retourne à ses origines.

Lorsque je voyage en train le long du Rhin, je regarde au dehors. Je vois les hautes eaux frapper la proue de la Pfalz en écumant, les meurtrières ont un air menaçant, les encorbellements sont à leur place, tous les murs sont bien crépis: un ouvrage défensif comme tiré d'un livre d'images et qui ne prête pas à conséquence. Lorsque je rate ce tableau, il me manque quelque chose. C'est toujours un voyage en train Intercity rapide et ponctuel, mais pas un voyage au bord de la portion la plus allemande du Rhin.

▷ *Allemagne/Rhénanie-Palatinat, Kaub sur le Rhin, le château fort sur le Pfalzgrafenstein*

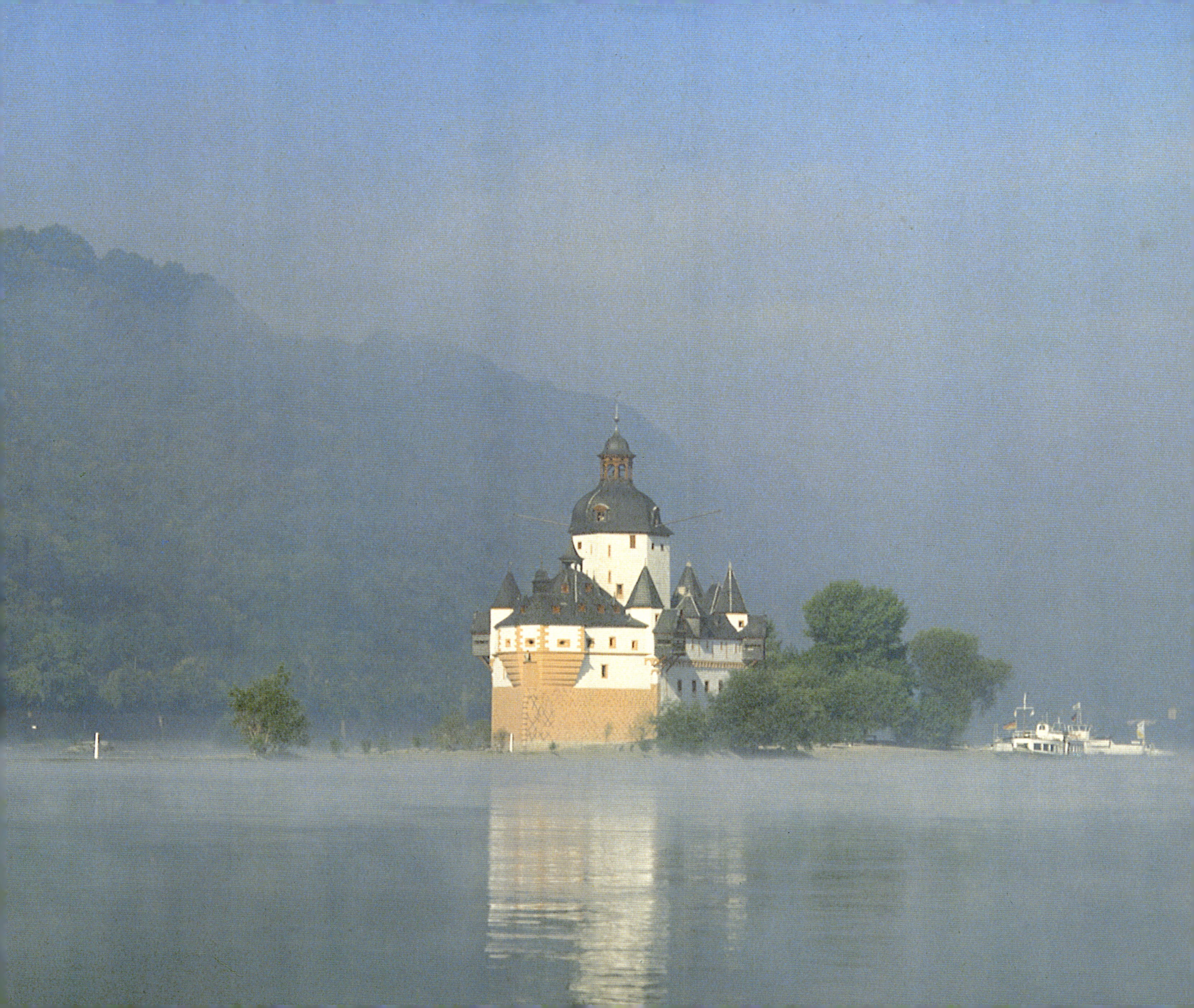

Die stille, die laute und die geheime Insel

Wer sommers am späten Nachmittag die letzte Fähre von Stralsund nach Hiddensee benutzen will, wird gefragt, ob er wohl ein Nachtquartier auf der Insel besitze. Wenn er das nicht bestätigen kann, darf er nicht übersetzen – die Insel soll vor wilden Campern und Schlafsäcklern in den Dünen bewahrt werden. Hiddensee blieb vor Hotelneubauten und Datschensiedlungen verschont. So konnte ein Naturkleinod überdauern.

Die Landschaft ist vielfältig mit Steilküste und flachen Stränden, mit verfilztem Urwald, buckligen Gras-Tundren und Schilf an der Boddenseite. Wenn Wind und Wellen wieder einmal ein Stück der hohen Küste haben abbrechen lassen, stürzt auch bröckliger Beton mit wirrem Moniereisen ab; die Nazis hatten hier Bunker und Geschützstellungen gebaut. Stetig wandert Hiddensee nach Osten auf Rügen zu. Bernstein wird freigespült, die Strandwanderer bücken sich nach Donnerkeilen und Seeigeln. Autos sind nicht erlaubt, so genügen Sandwege. Vitte, Kloster und Neuendorf heißen die Örtchen mit Fischerhütten und wenigen Lokalen. Außer einer Allerweltskaufhalle fällt keine Bauscheußlichkeit auf.

Als Berlin die Reichshauptstadt und Mittelpunkt der mitteleuropäischen Kultur war, fuhren schnelle Züge vom Stettiner Bahnhof nach Norden. Sie erreichten Greifswald, Stralsund und Rostock. Dievenow und Misdroy, heute polnisch, Heringsdorf und Bansin wurden halb vom berlinischen, halb vom sächsischen Idiom beherrscht. Ganz vorne und am schwierigsten zu erreichen war Hiddensee. Hierher pilgerte, wer Einsamkeit suchte und nicht auf einer Strandpromenade oder beim Kurkonzert gesehen werden wollte. Gerhart Hauptmann zog sich in die Stille zurück, auf Hiddensee wurde er begraben. Asta Nielsen baute sich ihr »Haus Karussell«. Nach dem letzten Krieg wurde Walter Felsenstein, der Direktor der Komischen Oper in Ostberlin, ein Dauergast. In Christoph Heins Roman *Der Tangospieler*, einem der letzten Bücher der schon untergehenden DDR, spielt eine Szene auf Hiddensee.

Nur wenige Häuser sind von Zäunen verstellt, Reetdach herrscht vor. Fensterrahmen sind in einem leuchtenden kräftigen Blau gestrichen, blau ist der Putz im Fachwerk. Gerühmt wird das »Inselbrot«, ein duftiges Roggenbrot, es kommt aus der Inselbäckerei. Es paßt zum Wind und zum Hunger, den sich einer hier erlaufen kann. Feinschmeckerei, Rummel und Nepp waren auf Hiddensee nie gefragt.

Es wird schwer bleiben, ein Quartier zu bekommen. Wer einen Weg finden will, der schreibe an den Pfarrer, den Inselpfarrer.

Östlich des schmalen und flachen Boddengewässers liegt Rügen, die größte deutsche Insel. Auf Rügen herrschte in allen DDR-Sommern drangvolle Enge. Jeder Hühnerstall wurde vermietet. Wer durch die zentrale Urlauberlenkung in Rostock einen Campingplatz ergatterte, schätzte sich überglücklich. Ein Gewerkschaftsmitglied, so besagte die Statistik, war alle zwanzig Jahre an der Reihe, also zweimal während der DDR-Existenz. Bier und Wurst, Gemüse und Milch waren sommers knapp und die Kellner mürrisch. Seit die Mauer gefallen ist, brechen Ostberliner, Sachsen und Thüringer zu westlichen und südlichen Gestaden auf. Die Wessis, quartier- und konsumverwöhnt, warten ab, bis ihnen der erwünschte Komfort geboten werden kann. Das Blatt, das jetzt beschrieben wird, hat zwei Seiten: Die arg strapazierte Natur kann sich erholen, doch es kommt wenig Geld an die Küste. Das kleine Land Mecklenburg/Vorpommern wird an den Rand gedrängt werden, und das nicht nur geographisch.

Rügen ist reich an Absonderlichkeiten: Die Truper Tannen, die Blomer Weide und das Heidemoor, hier wachsen wärmeliebende Pflanzen aus dem Schwarzmeergebiet. In der Nähe von Prora ziehen sich auf zweihundert Meter Länge und nahezu dreihundert Meter Breite vierzehn flache Dünen aus Feuerstein hin, Sturmfluten haben sie aufgeworfen. Kap Arkona, der Nordpunkt, ist berühmt seiner fünfzig Meter dicken Kreidescholle wegen. Die Kreidefelsen von Stubbenkammer kennt auch einer, der noch nicht dort war: Caspar David Friedrich hat sie gemalt, zwei Männer in korrekten dunklen Anzügen schauen aufs Meer hinaus. Heute würden sie der Schwedenfähre entgegenblicken, die nordische Transitreisende herüberbringt. Viele von ihnen sind wild entschlossen auszuprobieren, ob der Schnaps irgendwann wirklich zu den Ohren herauskommt. Sie üben und üben. Die beiden Herren des Caspar David würden sich kopfschüttelnd zu einem Gläschen bekömmlichen Rotspons davonmachen.

Im Greifswalder Bodden, dicht an die Südküste Rügens geschmiegt, liegt die kleine Insel Vilm. Die Greise des SED-Politbüros hatten hier ihr Refugium. Segler und Surfer, die sich an ihr Ufer verirrten, wurden von kräftigen jungen Männern fortgescheucht. Honecker und Mittag, Gerlach und Götting ließen sich hier vom Regierungshubschrauber einfliegen, elf hübsche Häuschen mit Westkomfort standen ihnen zur Verfügung. Das Volk hatte sich an den FKK-Stränden anderwärts zu drängen – das brachte den Vorteil, daß Vilm urwüchsig bleiben konnte wie nichts sonst an der deutschen Ostseeküste. In Zukunft wird Naturschutz vor Staatsschutz gehen, eine Naturschutzakademie dürfte in dem Gebäude Raum finden, das einmal »Gästehaus des Ministerrats« hieß. Ein paar Urlauber können nicht schaden, nicht mehr, als in den elf Häuschen Quartier finden.

Man wird es sich noch lange erzählen: Die hohen Herren von einst aßen am liebsten Kartoffelpuffer. Und: Zu jeder Bank über den Kreideklippen gehörten eine Flasche mit Wasser und ein Schwämmchen. Sauber geht die Welt zugrunde.

▷▷ *Deutschland/Mecklenburg-Vorpommern, Rügen, Kreidefelsen bei Stubbenkammer*

The quiet, the noisy, and the secret island

Anyone wanting to take the last ferry late in the afternoon from Stralsund to Hiddensee is asked if he has quarters on the island for the night. If he answers no, then he is not allowed on board. The idea is to protect the island from people camping or sleeping out among the dunes. Hiddensee has also been spared hotel and holiday-home developments, and so has remained an unspoilt natural gem.

The scenery is very varied: there are cliffs alternating with smooth beaches, primeval woodland and hillocky, tundra-like grassland, and reeds along the shallow bays. When the wind and waves have broken yet another piece away from the cliffs, the rock is seen to be mixed with crumbling concrete and tangled reinforcing steel: remains of defences built by the Nazis.

Hiddensee is constantly drifting eastwards, closer to the island of Rügen. Amber is washed up on the beaches, where walkers bend down every now and then to pick up starfish, or belemnites, commonly called "thunderbolts". Cars are banned, and so sandy tracks suffice as roads. The villages Vitte, Kloster, and Neuendorf consist of fishermen's cottages and a few pubs. The only ugly building is a department store.

When Berlin was the capital of the German empire, and focal point of central European culture, fast trains ran north from the Stettiner Bahnhof, one of Berlin's main stations. They went to Greifswald, Stralsund, and Rostock. In Dievenow and Misdroy, now Polish, Heringsdorf and Bansin, the Berlin and Saxon dialects were heard everywhere. The most difficult spot to get to was Hiddensee, the mecca for those seeking solitude, rather than the social amenities of the more fashionable resorts. Gerhart Hauptmann withdrew to the tranquillity of Hiddensee, and was buried on the island. Asta Nielsen built her home "Haus Karusell" there. After the last war, Walter Felsenstein, Director of the Komische Oper in East Berlin, was a regular visitor. A scene in Christoph Hein's novel *The Tango Player*, one of the last books to be published in the already collapsing GDR, is set on Hiddensee.

Most of the houses are thatched, few of the gardens fenced. The window frames are painted in a brilliant blue, and the mortar between the half-timbering is also blue. The "island bread", an aromatic rye concoction from the island bakery, is famous. It goes well with the wind and with the appetite so easily worked up here. Gourmet whims, bustle, and rip-off joints were never a feature of Hiddensee.

It will continue to be difficult to find accommodation on Hiddensee. Anyone determined to do so should write to the Island Parson.

To the east, across a shallow and narrow strait, lies Rügen, Germany's largest island. Rügen was extremely popular with holiday-makers when east Germany was called the GDR. In the tourist season every hen-house was let. Anyone who was allocated a camping plot by the central holiday-regulating bureau in Rostock was considered to have hit the jackpot. The statistics said that a trade-union member was entitled to one every twenty years – in other words, twice during the existence of the GDR. Beer and sausage, vegetables and milk, were hard to come by in the summer, and the waiters were grumpy. Since the fall of the Wall, East Berliners, Saxons, and Thuringians have flocked westwards and southwards. The West Germans, used to comfort and quality, are waiting until the eastern resorts come up to their standards. This has a good and a bad side to it: Nature, much abused in these coastal areas, has a chance to recuperate, but there are severe "cash-flow problems".

Rügen has a number of unusual features. Warmth-loving plants from the Black Sea area flourish in a number of places on the island. Near Prora, there are fourteen low dunes of flint, two hundred metres long and nearly three hundred wide, created in the course of time by storm-tides. Cape Arkona, the most northerly point, is famous for its fifty-metre-thick chalk stratum. The chalk cliffs of Stubbenkammer are also familiar to many who have never been here – from the painting by Caspar David Friedrich, showing two men in formal dark suits staring out to sea. Today they would be able to see the Swedish ferry which brings the Nordic transit tourists across the Baltic, many of whom are bent on finding out whether *schnapps*, if drunk in sufficient quantity, will really come out of their ears. They never tire of trying. Caspar David Friedrich's two gentlemen would shake their heads and withdraw for a quiet glass of *Rotspon*, a red wine traditionally tapped straight from the barrel.

In Greifswald Bay, off the south coast of Rügen, lies the little island of Vilm. The gerontocracy of the former GDR had their refuge here. Sailors and surfers who ventured too close were seen off by muscular young men. Honecker and his like were flown in by helicopter to enjoy the amenities offered by eleven houses built to western standards. The People were forced to restrict their activities to other beaches, which at least had the advantage that Vilm, unlike most parts of the German Baltic coast, remained unspoilt. In future the preservation of nature will have precedence over the preservation of a regime; a nature conservation academy could move into the building formerly called "Guest House of the Ministerial Council". A few holiday-makers will not harm the island, if they are no more than can be accommodated in the eleven houses. Some stories will never be forgotten: the great men of those days had simple tastes, a favourite meal being potato pancakes. And: every bench on the chalk cliffs was provided with a bottle of water and a sponge. Cleanliness is next to godliness.

▷▷ *Germany/Mecklenburg–West-Pomerania; Rügen, the Chalk Cliffs near Stubbenkammer*

Une île paisible, bruyante et secrète

Quiconque, en fin d'après-midi, veut prendre le dernier bac de Stralsund à Hiddensee, se voit demander s'il a un gîte pour la nuit sur l'île. S'il répond par la négative, il ne pourra pas traverser – l'île doit en effet être protégée du camping sauvage et des sacs de couchage dans les dunes. Hiddensee a été épargnée par les nouvelles constructions hôtelières et les colonies de datchas et c'est ainsi qu'un joyau de la nature a pu être conservé.
Le paysage est varié avec des côtes abruptes et des plages étales, une forêt dense enchevêtrée, des toundras herbeuses bossuées et des roseaux du côté de la baie. Chaque fois que le vent et les vagues détachent un bout de falaise, des morceaux de béton armé s'en vont avec; les nazis avaient construit ici des bunkers et des positions d'artillerie. Hiddensee se déplace constamment en direction de l'est vers Rügen. L'eau dégage des morceaux d'ambre, sur la plage les promeneurs se penchent sur des bélemnites et des oursins. Les autos sont interdites et il n'y a donc que des chemins de sable. Les petites localités avec les cabanes de pêcheurs et de rares auberges s'appellent Vitte, Kloster et Neuendorf. A l'exception d'une grande surface banale, aucune construction ne vient déparer le paysage.
Alors que Berlin était la capitale de l'Empire allemand et le centre de la culture d'Europe centrale, des rapides partaient de la gare de Stettin en direction du Nord. Ils allaient à Greifswald, Stralsund et Rostock. A Dievenow et Misdroy, aujourd'hui polonais, Heringsdorf et Bansin, on parlait mi-berlinois mi-saxon. L'île de Hiddense, la plus avancée, était la plus difficile d'accès. Les fervents de solitude, ceux qui ne voulaient pas être vus sur la promenade ou au concert en plein air, aimaient à s'y rendre. Gerhart Hauptmann s'y est retiré et il y a été enterré. Asta Nielsen s'y est fait construire une maison, «la maison Carrousel». Après la dernière guerre, Walter Felsenstein, le directeur de l'Opéra comique de Berlin-Est, y vint régulièrement. Dans le roman de Christoph Hein, *Le joueur de tango*, un des derniers livres parus au moment de la chute du régime est-allemand, une scène se passe dans l'île de Hiddensee.
Seules quelques maisons sont entourées de clôtures. Les toits de chaume prédominent. Les fenêtres ont des cadres peints dans un bleu très vif, dans la charpente l'enduit est également bleu. Le «pain de l'île» est très prisé, c'est un pain de seigle très aromatique, il vient de la boulangerie de l'île. Il va avec le vent et la bonne grosse faim que l'on peut éprouver ici. Les gourmets, les estampeurs, l'agitation n'ont jamais été prisés à Hiddensee.
Trouver un gîte ici restera difficile. Le mieux est de s'adresser au curé, au curé de l'île.
A l'est des Bodden, ces étroites mers intérieures étales, se trouve Rügen, la plus grande île allemande. A l'époque de la RDA, il y avait une foule d'estivants. Tout était loué. Celui qui réussissait à obtenir une place de camping par la centrale d'organisation des vacances à Rostock s'estimait des plus heureux. D'après les statistiques, chaque syndicaliste y avait droit tous les vingt ans, deux fois donc au cours de l'existence de la RDA. La bière et les saucisses, les légumes et le lait étaient rares en été et les serveurs grincheux. Depuis la chute du mur, les Berlinois de l'Est, les habitants de Saxe et de Thuringe préfèrent les plages occidentales et du Sud. Les *Wessis* (les Allemands de l'Ouest), habitués au standing de la société de consommation, attendent qu'on leur offre le niveau de confort souhaité. Cette situation a certes pour effet bénéfique de permettre à la nature bien mal en point de se remettre, mais c'est un fait qu'il y a peu d'argent maintenant pour affluer vers la côte. Le petit Land de Mecklembourg-Poméranie antérieure est ainsi marginalisé et pas seulement géographiquement parlant.
Rügen est riche en curiosités: des pins nains, des prairies, la lande, il y pousse des plantes de la région de la mer Noire, des plantes qui aiment la chaleur. A proximité de Prora, quatorze dunes plates en silex s'étendent sur deux cents mètres de longueur et près de trois cents mètres de largeur, dégagées par des raz de marée. Cap Arkona, le point le plus septentrional, est célèbre pour sa falaise de craie de cinquante mètres d'épaisseur. Les falaises de craie de la Stubbenkammer sont également connues d'un grand nombre de gens qui n'y ont jamais été grâce au tableau de Caspar David Friedrich qui montre deux hommes correctement vêtus d'un costume sombre contemplant la mer. Aujourd'hui, ceux-ci regarderaient les ferrys suédois qui amènent les voyageurs nordiques en transit.
Dans la baie de Greifswald, blottie contre la côte méridionale de Rügen, se trouve la petite île de Vilm. Les vieillards du bureau politique du SED y avaient leur refuge. Les yachtmen et les surfers qui s'aventuraient dans ces parages étaient bien vite chassés par des jeunes gens à la forte carrure. Honecker et Mittag, Gerlach et Götting se faisaient amener ici en hélicoptère gouvernemental, onze ravissantes maisons y étaient à leur disposition avec tout le confort occidental. Le peuple devait aller ailleurs, se bousculer sur les plages naturistes. Vilm a ainsi pu garder un caractère intact contrairement aux autres endroits de la côte allemande de la Baltique. Désormais, la protection de l'environnement passera avant la protection de l'Etat, une académie de la protection de la nature pourrait s'installer dans l'immeuble qui accueillait autrefois les membres du conseil des ministres. Quelques vacanciers qui trouveraient à se loger dans les onze maisons ne feraient certes pas de mal.
On en parlera encore longtemps: le plat préféré des hauts personnages d'autrefois étaient les crêpes aux pommes de terre. Et sur les falaises de craie, chaque banc était agrémenté d'une bouteille d'eau et d'une petite éponge. Le monde sombre proprement.

▷ *Allemagne/Mecklembourg-Poméranie antérieure, Rügen, falaises crayeuses près de Stubbenkammer*

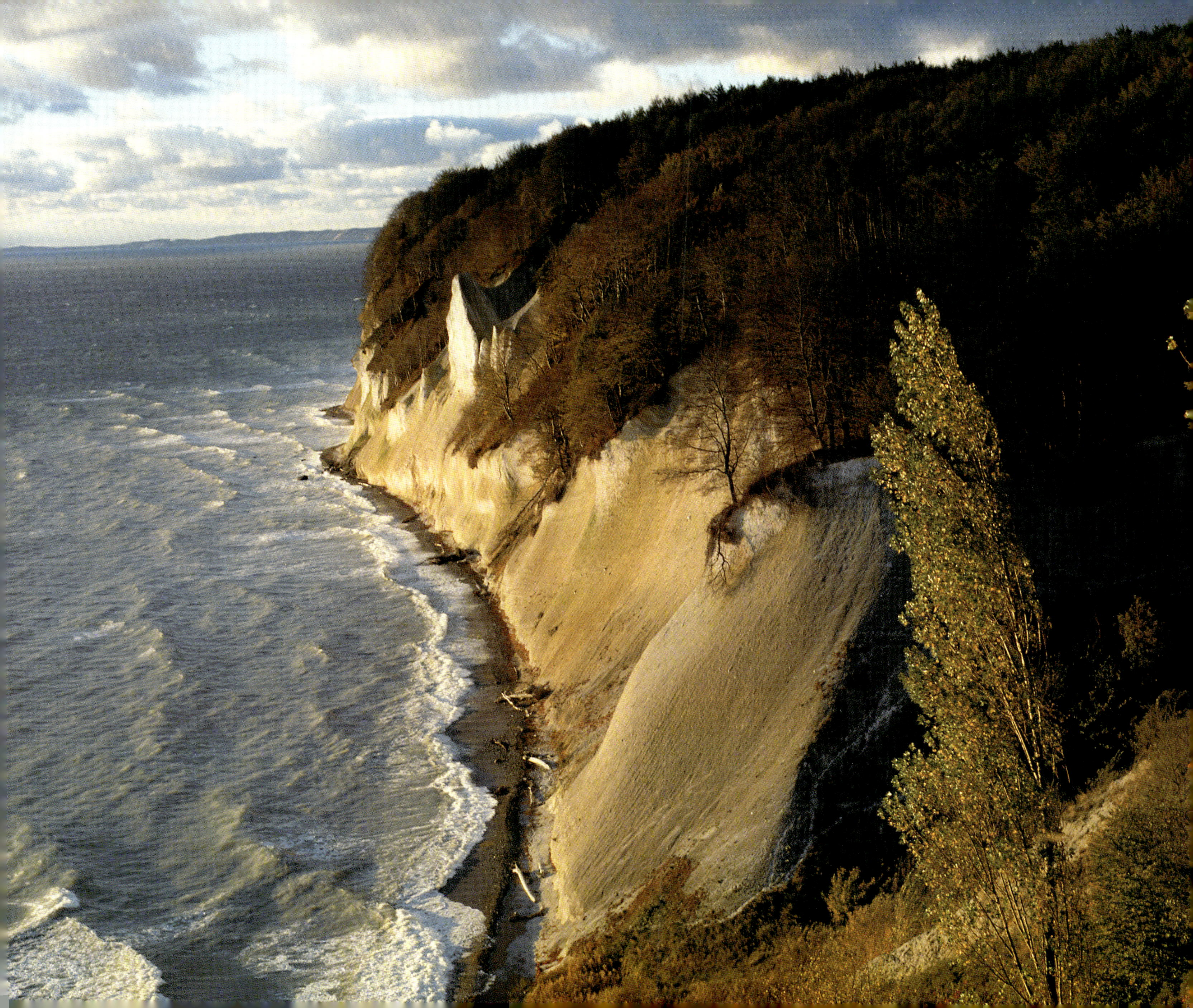

▽ *Deutschland/Mecklenburg-Vorpommern, Hiddensee, Inselcafé in Kloster*
▷ *Deutschland/Mecklenburg-Vorpommern, Fischfang auf Rügen (o.)*
▷ *Deutschland/Mecklenburg-Vorpommern, Vilm, ehemalige Stasi-Häuser mit schwarzen Schafen*

▽ *Germany/Mecklenburg–West-Pomerania; Hiddensee, Island Café at Kloster*
▷ *Germany/Mecklenburg–West-Pomerania; fishing boats and nets, Island of Rügen (top)*
▷ *Germany/Mecklenburg–West-Pomerania; Vilm, houses for former GDR Secret Service functionaries, with black sheep*

▽ *Allemagne/Mecklembourg-Poméranie antérieure, Hiddensee, café à Kloster*
▷ *Allemagne/Mecklembourg-Poméranie antérieure, pêche à Rügen (en haut)*
▷ *Allemagne/Mecklembourg-Poméranie antérieure, Vilm, anciennes maisons de la Stasi avec des moutons noirs*

49

Das wunderliche Murmeln der Wellen

Zu den schönsten Reisebildern Heinrich Heines gehört *Norderney*. Er schrieb es 1826. In ihm heißt es:

»Es geht ein starker Nordostwind, und die Hexen haben wieder viel Unheil im Sinne. Man hegt hier nämlich wunderliche Sagen von Hexen, die den Sturm zu beschwören wissen; wie es denn überhaupt auf allen nordischen Meeren viel Aberglauben giebt. Die Seeleute behaupten, manche Insel stehe unter der geheimen Herrschaft ganz besonderer Hexen, und dem bösen Willen derselben sei es zuzuschreiben, wenn den vorbeifahrenden Schiffen allerlei Widerwärtigkeiten begegnen. Als ich voriges Jahr einige Zeit auf der See lag, erzählte mir der Steuermann unseres Schiffes, die Hexen wären besonders mächtig auf der Insel Wight, und suchten jedes Schiff, das bei Tage dort vorbeifahren wolle, bis zur Nachtzeit aufzuhalten, um es alsdann an Klippen oder an die Insel selbst zu treiben. In solchen Fällen höre man diese Hexen so laut durch die Luft sausen und um das Schiff herumheulen, daß der Klabotermann ihnen nur mit vieler Mühe widerstehen könne. Als ich nun fragte, wer der Klabotermann sei, antwortete der Erzähler sehr ernsthaft: Das ist der gute, unsichtbare Schutzpatron der Schiffe, der da verhütet, daß den treuen und ordentlichen Schiffern Unglück begegne, der da überall selbst nachsieht, und sowohl für die Ordnung, wie für die gute Fahrt sorgt. Der wackere Steuermann versicherte mit etwas heimlicherer Stimme, ich könne ihn selber sehr gut im Schiffsraume hören, wo er die Waaren gern noch besser nachstaue, daher das Knarren der Fässer und Kisten, wenn das Meer hoch gehe, daher bisweilen das Dröhnen unserer Balken und Bretter; oft hämmere der Klabotermann auch außen am Schiffe, und Das gelte dann dem Zimmermann, der dadurch gemahnt werde, eine schadhafte Stelle ungesäumt auszubessern; am liebsten aber setzte er sich auf das Bramsegel, zum Zeichen, daß guter Wind wehe oder sich nahe. Auf meine Frage, ob man ihn nicht sehen könne, erhielt ich zur Antwort: nein, man sähe ihn nicht, auch wünsche Keiner ihn zu sehen, da er sich nur dann zeige, wenn keine Rettung mehr vorhanden sei. Einen solchen Fall hatte zwar der gute Steuermann noch nicht selbst erlebt, aber von Andern wollte er wissen, den Klabotermann höre man alsdann vom Bramsegel herab mit den Geistern sprechen, die ihm unterthan sind; doch wenn der Sturm zu stark und das Scheitern unvermeidlich würde, setze er sich auf das Steuer, zeige sich da zum erstenmal und verschwinde, indem er das Steuer zerbräche. Diejenigen aber, die ihn in diesem furchtbaren Augenbild sähen, fänden unmittelbar darauf den Tod in den Wellen.

Der Schiffskapitän, der dieser Erzählung mit zugehört hatte, lächelte so fein, wie ich seinem rauhen, wind- und wetterdienenden Gesichte nicht zugetraut hätte, und nachher versicherte er mir, vor fünfzig oder gar vor hundert Jahren sei auf dem Meere der Glaube an den Klabotermann so stark gewesen, daß man bei Tische immer auch ein Gedeck für Denselben aufgelegt, und von jeder Speise etwa das Beste auf seinen Teller gelegt habe, ja, auf einigen Schiffen geschähe Das noch jetzt. –

Ich gehe hier oft am Strande spazieren und gedenke solcher seemännischen Wundersagen. Die anziehendste derselben ist wohl die Geschichte vom fliegenden Holländer, den man im Sturm mit aufgespannten Segeln vorbeifahren sieht, und der zuweilen ein Boot aussetzt, um den begegnenden Schiffern allerlei Briefe mitzugeben, die man nachher nicht zu besorgen weiß, da sie an längst verstorbene Personen adressirt sind. Manchmal gedenke ich auch des alten, lieben Märchens von dem Fischerknaben, der am Strande den nächtlichen Reigen der Meernixen belauscht hatte, und nachher mit feiner Geige die ganze Welt durchzog und alle Menschen zauberhaft entzückte, wenn er ihnen die Melodie des Nixenwalzers vorspielte. Diese Sage erzählte mir einst ein lieber Freund, als wir im Konzerte zu Berlin solch einen wundermächtigen Knaben, den Felix Mendelssohn-Bartholdy, spielen hörten.

Einen eigenthümlichen Reiz gewährt das Kreuzen um die Insel. Das Wetter muß aber schön sein, die Wolken müssen sich ungewöhnlich gestalten, und man muß rücklings auf dem Verdecke liegen und in den Himmel sehen und allenfalls auch ein Stückchen Himmel im Herzen haben. Die Wellen murmeln alsdann allerlei wunderliches Zeug, allerlei Worte, woran liebe Erinnerungen flattern, allerlei Namen, die wie süße Ahnung in der Seele wiederklingen – ›Evelina!‹ Dann kommen auch Schiffe vorbeigefahren, und man grüßt, als ob man sich alle Tage wiedersehen könnte...

Ich liebe das Meer wie meine Seele.

Oft wird mir sogar zu Muthe, als sei das Meer eigentlich meine Seele selbst; und wie es im Meere verborgene Wasserpflanzen giebt, die nur im Augenblick des Aufblühens an dessen Oberfläche heraufschwimmen, und im Augenblick des Verblühens wieder hinabtauchen, so kommen zuweilen auch wunderbare Blumenbilder heraufgeschwommen aus der Tiefe meiner Seele, und duften und leuchten und verschwinden wieder – ›Evelina!‹

Man sagt, unfern dieser Insel, wo jetzt Nichts als Wasser ist, hätten einst die schönsten Dörfer und Städte gestanden, das Meer habe sie plötzlich alle überschwemmt, und bei klarem Wetter sähen die Schiffer noch die leuchtenden Spitzen der versunkenen Kirchthürme, und mancher habe dort, in der Sonntagsfrühe, sogar ein frommes Glockengeläute gehört. Die Geschichte ist wahr; denn das Meer ist meine Seele.«

▷ *Deutschland/Niedersachsen, Ostfriesische Inseln, am Strand von Norderney*
▷▷▷ *Deutschland/Niedersachsen, Ostfriesische Inseln, Blick auf Norderney*

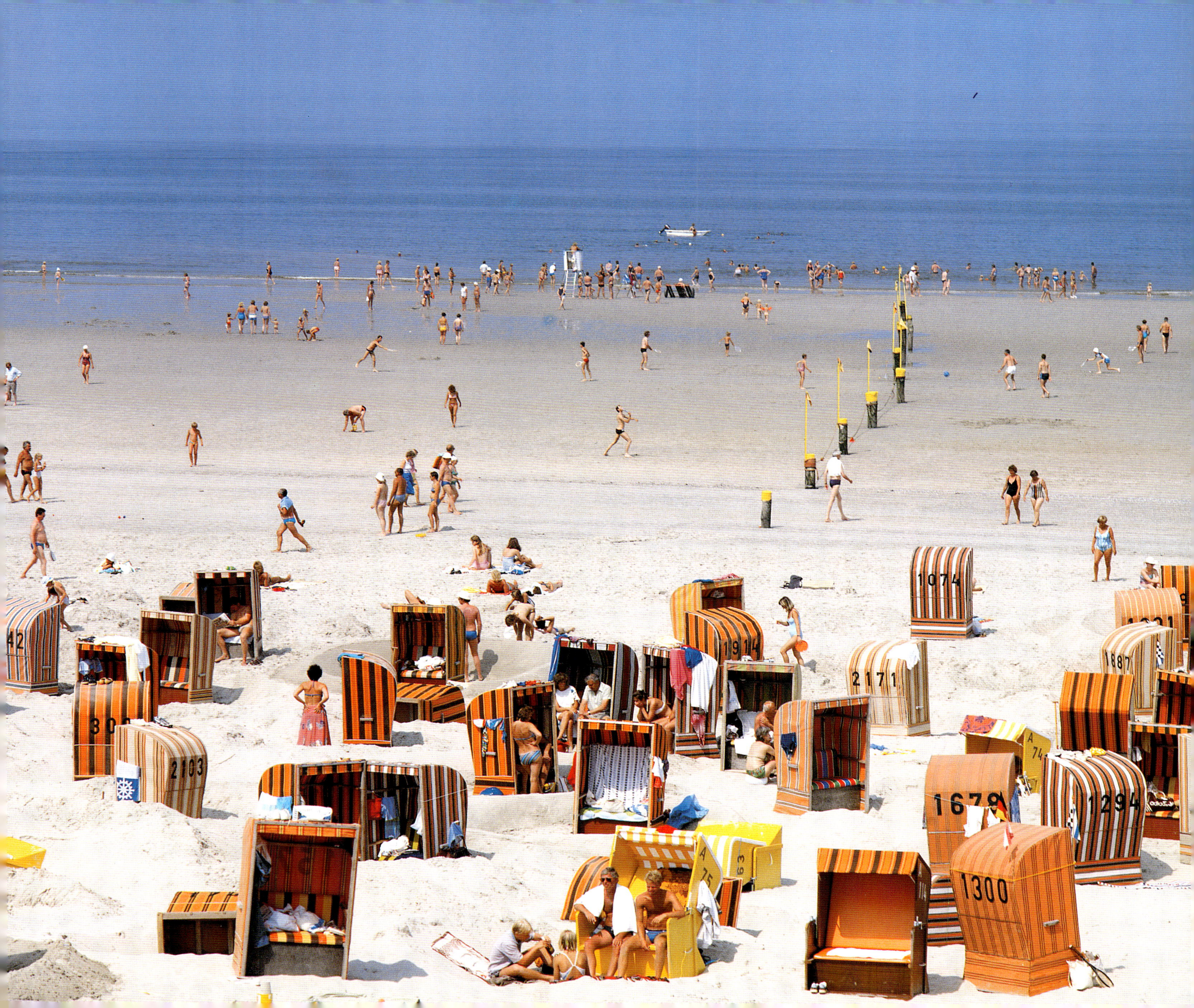
1074
2171
2103
1300

The Strange Murmuring of the Waves

One of Heinrich Heine's finest *Travel Pictures* is that about Norderney, written in 1826. An extract:

"A strong north-east wind is blowing, and the witches are brewing up trouble. Strange sagas are to be heard here of witches capable of conjuring up storms, which is not surprising, as superstition is rife in all the northern seas. Seamen maintain that some islands are secretly ruled by a special breed of witches, and it is their evil machinations that cause passing ships to run into all kinds of difficulties. Last year, when I spent some time at sea, the helmsman on our ship told me that the witches were particularly powerful on the Isle of Wight, and endeavoured to cause every ship that attempted to sail past during the day to linger until nighttime, so that they could then cause it to run aground. In such cases, he said, the sound of the witches soaring through the air and howling round the ship was so loud that the *Klabotermann* could only ward them off with the greatest of effort. When I asked who the Klabotermann was, the helmsman told me in all seriousness: that is the good, invisible, protective spirit of ships, who shields faithful and decent seamen from danger, keeps a watchful eye on everything, takes care of orderliness, and ensures a safe passage. Dropping his voice, the gallant helmsman assured me that I could myself hear him in the ship's holds, where he likes to stow the goods more safely, which accounted for the creaking of the barrels and crates when the seas were running high, and caused the beams and boards to groan on occasion; the Klabotermann also often hammered on the outside of ships, too, and this was a hint to the carpenter that there was a damaged place that should be repaired without delay; however, he best liked, continued the helmsman, to sit on the topgallant as a sign that there was a fair wind blowing or on its way. In answer to my question as to whether he could be seen, the answer was: no, he could not be seen, and no one wished to see him either, because he only appeared when the end was nigh. The good helmsman had not experienced such a thing himself, but he had heard from others that in such a case the Klabotermann could be heard speaking from the topgallant to his subject spirits; when the storm became too violent and the end was inevitable, he sat on the helm, revealed himself for the first time, and subsequently disappeared after smashing the helm. Those who saw him at this terrible moment were fated to die by drowning immediately afterwards.

The captain, who had also listened to this tale, smiled in a manner so refined that I would never have thought his rough, weather-beaten face capable of it, and afterwards he assured me that at sea fifty or a hundred years ago the belief in the Klabotermann was so strong that a place was always laid for him at table, and that the choicest morsel from every dish was placed on his plate, and that this practice was still upheld on some ships even today.

I often go walking on the beach here, and think of such seamen's sagas. The most fascinating of them is surely that of the Flying Dutchman, whom one sees flying past in a storm under full sail, and from whose ship a boat occasionally sets out to bring the passing seamen a whole sheaf of letters which they later on do not know how to deliver as they are addressed to long-dead persons. Sometimes I also recall that delightful old fairytale about the fisherman's lad who had listened on the beach to the nocturnal singing of the mermaids, and afterwards travelled through the world with his fiddle, entrancing everyone when he played the tune of the mermaids' waltz. I was told this saga by a dear friend when we attended a concert in Berlin and heard such an infant prodigy – called Felix Mendelssohn-Bartholdy – playing.

Cruising round the island has a very special charm. But the weather must be fine, the clouds must be interesting, and one has to lie on deck flat on one's back, stare at the heavens, and perhaps have a touch of heaven in one's heart. The waves then murmur all kinds of strange things, all kinds of words to which beloved memories are attached, all kinds of names which echo like sweet expectations in the soul – Evelina! Then other ships sail past, and one greets them as if one might see them again every day. It is only at night that encounters with strange ships at sea have something uncanny about them; then it is easy to imagine that one's best friends, whom one has not seen for years, are gliding silently past, and that one is losing them for ever.

I love the sea like my own soul.

Indeed, I often have the feeling that the sea is really my own soul; and just as there are, in the ocean, hidden water plants which only rise to the surface at the moment when they bloom, and having bloomed sink again, so, occasionally, wonderful floral pictures swim up from the depths of my soul, dispensing perfume and colour, and disappear again – Evelina!

They say that, between these our islands, where there is now only water, there once stood the most beautiful villages and towns, but that the sea suddenly flooded them, and that when the weather is clear the seamen catch a glimpse of the gleaming spires of sunken churches; and some have even claimed to have heard, on Sunday mornings, the pious tolling of bells. The story is true; because the sea is my soul."

◁◁ *Germany/Lower Saxony; East Frisian Islands, beach on Norderney*

▷▷ *Germany/Lower Saxony; East Frisian Islands, view of Norderney*

L'étrange murmure des vagues

Un des plus beaux *Tableaux de voyage* d'Henri Heine est celui consacré à Norderney écrit en 1826. On peut y lire:

«Il souffle un vent de nord-est très violent, et les sorcières méditent sans doute bien des tours de malice. On se raconte ici de singulières légendes au sujet des sorcières qui savent évoquer la tempête, et il règne en général beaucoup de superstition sur ces côtes de la mer du Nord. Les marins prétendent que plusieurs îles sont sous la domination secrète de certaines sorcières, à la méchanceté desquelles il faut attribuer les nombreux (sinistres et) revers qui arrivent aux vaisseaux navigateurs dans ces parages. Lorsque, l'année dernière, je me trouvai en mer pendant quelque temps, le pilote de notre bâtiment me raconta que les sorcières étaient surtout puissantes dans l'île de Wight, et que, si un vaisseau voulait y passer pendant le jour, elles chercheraient à le retenir jusqu'au soir, pour le faire chavirer (sur les dunes) ou pour le jeter contre les récifs (dans l'obscurité). Alors pendant la nuit, dit-il, on entend les sorcières traverser l'air en bruissant et en poussant des mugissements autour du navire (qui est ballotté d'une manière si effroyable) que le *klabotermann* lui-même ne peut qu'à grand-peine résister (au manège de la troupe infernale). Comme je demandais qui était le klabotermann, le narrateur me raconta d'un ton très-sérieux: «C'est le bon et invisible patron des vaisseaux, qui empêche qu'il n'arrive un malheur aux marins honnêtes et (sobres); il regarde lui-même partout si les choses sont en bon ordre, et il a soin d'assurer une heureuse traversée.» Le pilote (à qui je dois ce renseignement) ajouta d'une voix mystérieuse: «Vous pouvez l'entendre très-bien vous-même dans l'intérieur du navire, où il s'occupe d'arrimer mieux les marchandises; c'est ce qui cause le craquement des tonneaux et des caisses, quand la mer est houleuse, ainsi que le bruit sourd qui se fait par moments dans les planches et les poutres (de la carène); parfois aussi le klabotermann donne des coups de marteau à l'extérieur du bâtiment, et c'est pour avertir le charpentier d'aller sans tarder réparer (quelques planches) endommagées; mais il aime surtout à se percher sur le mât de perroquet, pour indiquer qu'un vent favorable souffle ou doit souffler bientôt.» A ma question, si l'on pouvait voir le klabotermann, le marin répondit: «Non, on ne le voit pas, et personne ne désire le voir, parce qu'il ne se montre qu'au moment où il n'y a plus aucun moyen de salut.» Le brave homme avoua, il est vrai, qu'il ne s'était pas trouvé lui-même en pareil cas, mais il prétendit savoir (de la bouche de quelques-uns de ses confrères) qu'on entendait alors le klabotermann parler, du haut du mât du perroquet, aux esprits (des eaux) qui lui sont soumis, et qu'au moment où la tempête devenait trop forte et le naufrage imminent, il se plaçait sur le timon du gouvernail, et se montrant alors pour la première fois (aux yeux de l'équipage, il disparaissait en brisant (en mille éclats) le gouvernail; mais ceux qui le voyaient dans ce moment terrible, ajouta le pilote, trouvaient aussitôt la mort dans les flots.

Le capitaine du navire, qui avait écouté cette narration, se prit à sourire malicieusement et d'un air plus fin que je ne l'en aurais cru capable d'après son visage (rude et hâlé), et il m'assura que la croyance au klabotermann avait été si forte en mer il y a cinquante ans, qu'alors, aux heures des repas, on mettait toujours à table un couvert à son intention, qu'on allait jusqu'à (faire semblant de) lui servir de chaque mets ce qu'il y avait de plus succulent, et que, même sur quelques vaisseaux, pareille chose se pratiquait encore aujourd'hui. –

Je me promène souvent ici au bord de la mer, et je songe à ces contes merveilleux, que les marins (se transmettent d'âge en âge)...

Ce qui offre un charme particulier, c'est de croiser autour de l'île. Mais il faut que le temps soit beau, que les nuages (en défilant) prennent des formes fantastiques, et que l'on se trouve soi-même étendu sur le dos dans l'embarcation, pour contempler le ciel (à son aise); il faut aussi, si c'est possible, que l'on ait un peu de ciel dans le cœur. Alors les vagues murmurent à nos oreilles toutes sortes de refrains étranges, toutes sortes de (mystérieuses) paroles qui éveillent des souvenirs chéris, toutes sortes de noms qui résonnent dans l'âme comme de doux pressentiments. – «Evelina!» Puis des navires viennent à passer, et (les voyageurs se saluent amicalement), comme s'ils devaient se revoir tous les jours. Seulement la nuit, il y a quelque chose d'inquiétant à rencontrer en mer des vaisseaux étrangers; l'on s'imagine alors voir passer là en silence ses meilleurs amis, dont on a été depuis longtemps séparé, et que maintenant, vous semble-t-il, l'on perd à tout jamais.

J'aime la mer comme mon âme.

Souvent il me paraît même que la mer est véritablement mon âme. En effet, ainsi que dans la mer il y a des plantes aquatiques cachées, qui ne se montrent à sa surface qu'au moment où elles s'épanouissent, et qui s'y enfoncent de nouveau lorsqu'elles se fanent: ainsi surgissent parfois des profondeurs de mon âme de merveilleuses images de fleurs, (de fleurs aux yeux bleus et aux lèvres vermeilles, lis de pudeur et roses de beauté,) qui répandent leurs parfums et disparaissent de nouveau – «Evelina!»

On dit que non loin de l'île, où il n'y a rien que de l'eau aujourd'hui, se trouvaient autrefois les plus belles villes et bourgades, mais qu'un jour la mer les submergea toutes subitement, et que les bateliers voient encore, par des temps clairs (et calmes), les flèches étincelantes des églises englouties par les flots; plus d'un prétend y avoir entendu par des matinées de dimanche retentir le pieux carillon des cloches. La légende est vraie, car la mer est mon âme –.»

◁◁ *Allemagne/Basse-Saxe, sur la plage de Norderney*
▷▷ *Allemagne/Basse-Saxe, vue sur Norderney*

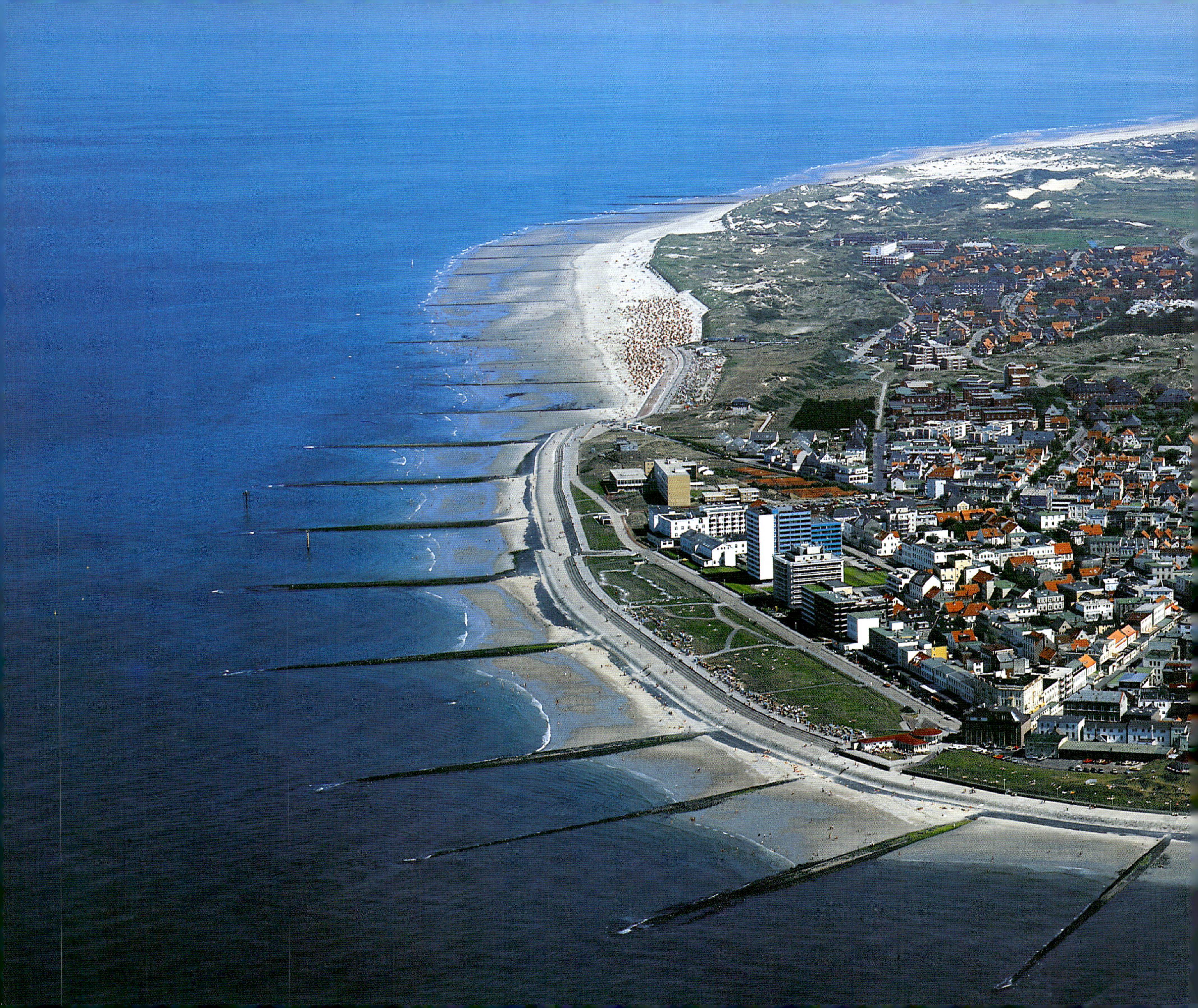

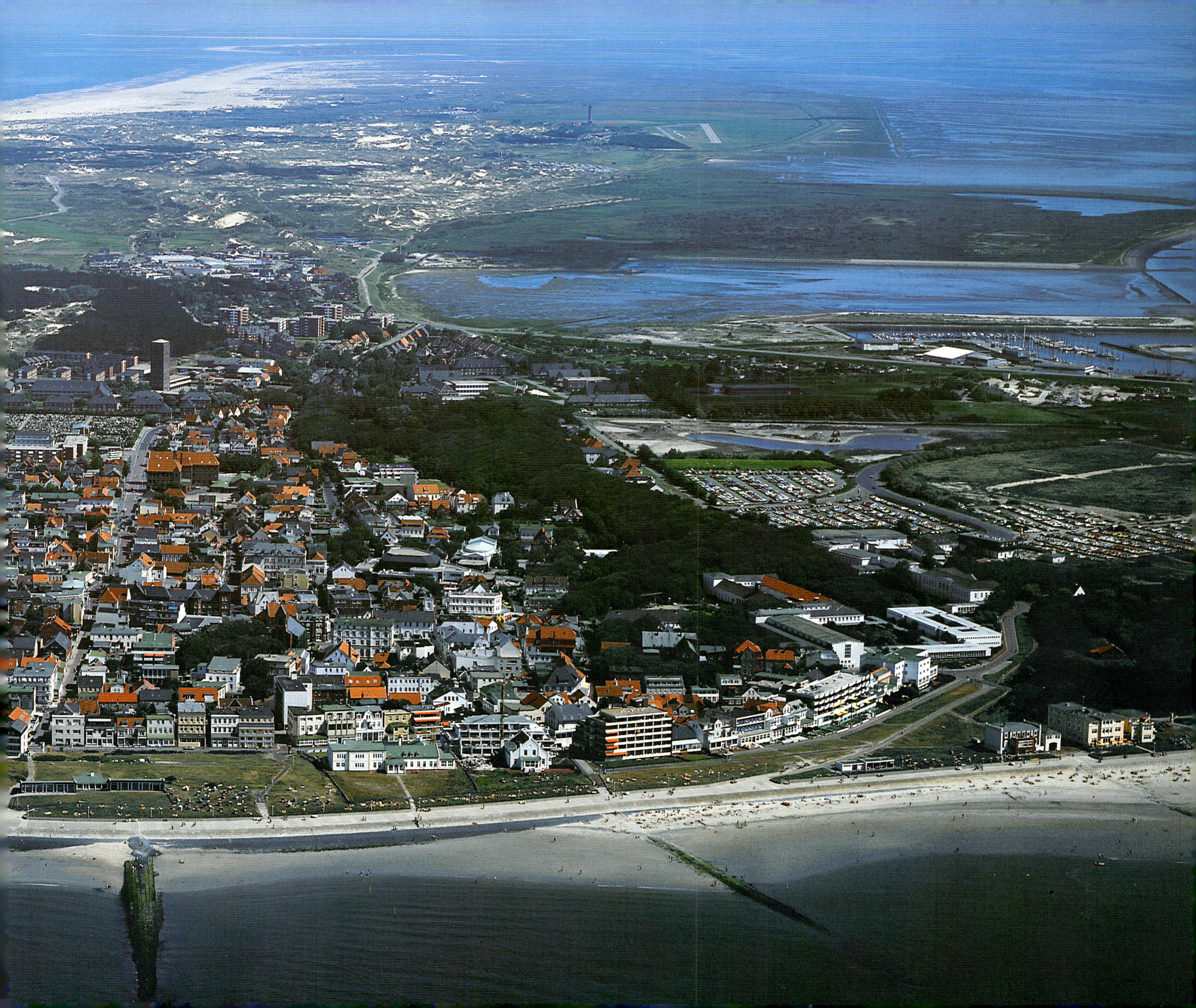

Goethe vor Capri

Im *Tagebuch der italienischen Reise für Frau von Stein* notierte Goethe:

»Montag, den 14. Mai 1787 Und so war der Nachmittag vorbeigegangen, ohne daß wir unsern Wünschen gemäß in den Golf von Neapel eingefahren wären. Wir wurden vielmehr immer westwärts getrieben, und das Schiff, indem es sich der Insel Capri näherte, entfernte sich immer mehr von dem Kap Minerva. Jedermann war verdrießlich und ungeduldig, wir beiden aber, die wir die Welt mit malerischen Augen betrachteten, konnten damit sehr zufrieden sein, denn bei Sonnenuntergang genossen wir des herrlichsten Anblicks, den uns die ganze Reise gewährt hatte. In dem glänzendsten Farbenschmuck lag Kap Minerva mit den daranstoßenden Gebirgen vor unsern Augen, indes die Felsen, die sich südwärts hinabziehen, schon einen bläulichen Ton angenommen hatten. Vom Kap an zog sich die ganze erleuchtete Küste bis Sorrent hin. Der Vesuv war uns sichtbar, eine ungeheure Dampfwolke über ihm aufgetürmt, von der sich ostwärts ein langer Streif weit hinzog, so daß wir den stärksten Ausbruch vermuten konnten. Links lag Capri steil in die Höhe strebend; die Formen seiner Felswände konnten wir durch den durchsichtigen bläulichen Dunst vollkommen unterscheiden. Unter einem ganz reinen, wolkenlosen Himmel glänzte das ruhige, kaum bewegte Meer, das bei einer völligen Windstille endlich wie ein klarer Teich vor uns lag. Wir entzückten uns an dem Anblick, Kniep trauerte, daß alle Farbenkunst nicht hinreiche, diese Harmonie wiederzugeben, so wie der feinste englische Bleistift die geübteste Hand nicht in den Stand setzte, diese Linien nachzuziehen...

Über diese uns so willkommenen Szenen hatten wir unbemerkt gelassen, daß uns ein großes Unheil bedrohe; doch ließ uns die Bewegung unter den Passagieren nicht lange in Ungewißheit. Sie, der Meeresereignisse kundiger als wir, machten dem Schiffsherrn und seinem Steuermanne bittre Vorwürfe, daß über ihre Ungeschicklichkeit nicht allein die Meerenge verfehlt sei, sondern auch die ihnen anvertraute Personenzahl, Güter und alles umzukommen in Gefahr schwebe. Wir erkundigten uns nach der Ursache dieser Unruhe, indem wir nicht begriffen, daß bei völliger Windstille irgendein Unheil zu befürchten sei. Aber eben diese Windstille machte jene Männer trostlos. ›Wir befinden uns‹, sagten sie, ›schon in der Strömung, die sich um die Insel bewegt und durch einen sonderbaren Wellenschlag so langsam als unwiderstehlich nach dem schroffen Felsen hinzieht, wo uns auch nicht ein Fußbreit Vorsprung oder Bucht zur Rettung gegeben ist.‹

Aufmerksam durch diese Reden, betrachteten wir nun unser Schicksal mit Grauen: denn obgleich die Nacht die zunehmende Gefahr nicht unterscheiden ließ, so bemerkten wir doch, daß das Schiff, schwankend und schwippend, sich den Felsen näherte, die immer finsterer vor uns standen, während über das Meer hin noch ein leichter Abendschimmer verbreitet lag. Nicht die geringste Bewegung war in der Luft zu bemerken: Schnupftücher und leichte Bänder wurden von jedem in die Höhe und ins Freie gehalten, aber keine Andeutung eines erwünschten Hauches zeigte sich. Die Menge ward immer lauter und wilder. Nicht etwa betend knieten die Weiber mit ihren Kindern auf dem Verdeck, sondern weil der Raum zu eng war, sich darauf zu bewegen, lagen sie gedrängt aneinander. Sie noch mehr als die Männer, welche besonnen auf Hülfe und Rettung dachten, schalten und tobten gegen den Kapitän... Der Hauptmann schwieg und schien immer noch auf Rettung zu sinnen; mir aber, dem von Jugend auf Anarchie verdrießlicher gewesen als der Tod selbst, war es unmöglich, länger zu schweigen. Ich trat vor sie hin und redete ihnen zu, mit ungefähr ebensoviel Gemütsruhe als den Vögeln von Malcesine. Ich stellte ihnen vor, daß gerade in diesem Augenblick ihr Lärmen und Schreien denen, von welchen noch allein Rettung zu hoffen sei, Ohr und Kopf verwirrten, so daß sie weder denken noch sich untereinander verständigen könnten. ›Was euch betrifft‹, rief ich aus, ›kehrt in euch selbst zurück und dann wendet euer brünstiges Gebet zur Mutter Gottes, auf die es ganz allein ankommt, ob sie sich bei ihrem Sohne verwenden mag, daß er für euch tue, was er damals für seine Apostel getan, als auf dem stürmenden See Tiberias die Wellen schon in das Schiff schlugen, der Herr aber schlief, der jedoch, als ihn die Trost- und Hülflosen aufweckten, sogleich dem Winde zu ruhen gebot, wie er jetzt der Luft gebieten kann, sich zu regen, wenn es anders sein heiliger Wille ist.‹

Diese Worte taten die beste Wirkung. Eine unter den Frauen, mit der ich mich schon früher über sittliche und geistliche Gegenstände unterhalten hatte, rief aus: ›Ah! il Barlamé! benedetto il Barlamé!‹, und wirklich fingen sie, da sie ohnehin schon auf den Knien lagen, ihre Litaneien mit mehr als herkömmlicher Inbrunst leidenschaftlich zu beten an. Sie konnten dies mit desto größerer Beruhigung tun, als die Schiffsleute noch ein Rettungsmittel versuchten, das wenigstens in die Augen fallend war: sie ließen das Boot hinunter, das freilich nur sechs bis acht Männer fassen konnte, befestigten es durch ein langes Seil an das Schiff, welches die Matrosen durch Ruderschläge nach sich zu ziehen kräftig bemüht waren. Auch glaubte man einen Augenblick, daß sie es innerhalb der Strömung bewegten, und hoffte es bald aus derselben herausgerettet zu sehen... Immer stärker schwankte das Schiff, die Brandung schien sich zu vermehren, und meine durch alles dieses wiederkehrende Seekrankheit drängte mir den Entschluß auf, hinunter in die Kajüte zu steigen. Ich legte mich halb betäubt auf meine Matratze, doch aber mit einer gewissen angenehmen Empfindung, die sich vom See Tiberias herzuschreiben schien: denn ganz deutlich schwebte

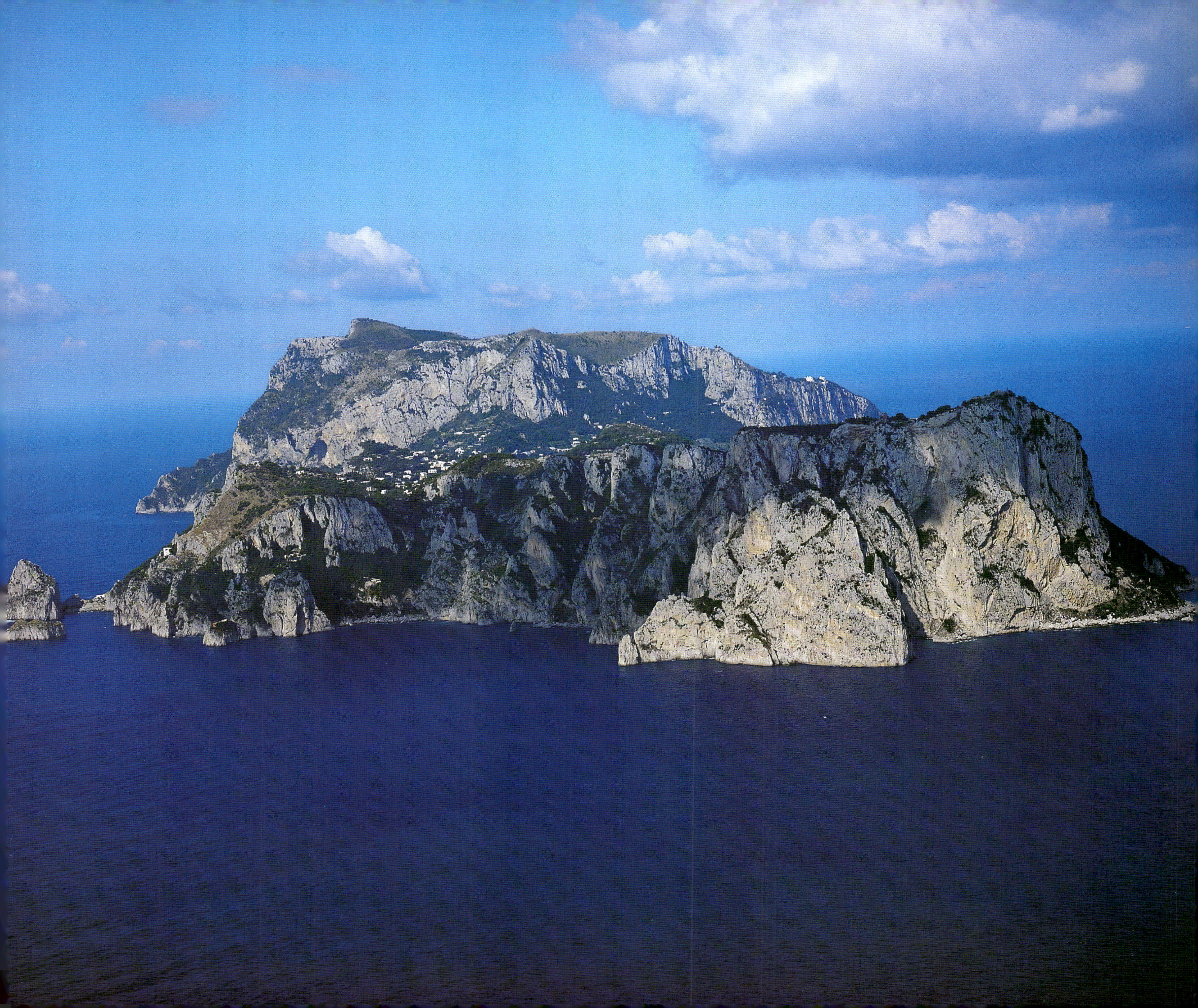

mir das Bild aus Merians Kupferbibel vor Augen. Und so bewährt sich die Kraft aller sinnlich-sittlichen Eindrücke jedesmal am stärksten, wenn der Mensch ganz auf sich selbst zurückgewiesen ist. Wie lange ich so in halbem Schlafe gelegen, wüßte ich nicht zu sagen, aufgeweckt aber ward ich durch ein gewaltsames Getöse über mir; ich konnte deutlich vernehmen, daß es die großen Seile waren, die man auf dem Verdeck hin und wider schleppte, dies gab mir Hoffnung, daß man von den Segeln Gebrauch mache. Nach einer kleinen Weile sprang Kniep herunter und kündigte mir an, daß man gerettet sei, der gelindeste Windshauch habe sich erhoben; in dem Augenblick sei man bemüht gewesen, die Segel aufzuziehen, er selbst habe nicht versäumt, Hand anzulegen. Man entferne sich schon sichtbar vom Felsen, und obgleich noch nicht völlig außer der Strömung, hoffe man nun doch, sie zu überwinden. Oben war alles stille; sodann kamen mehrere der Passagiere, verkündigten den glücklichen Ausgang und legten sich nieder.«

◁◁ *Italien/Kampanien, Blick auf Capri von Osten*
▷ *Italien/Kampanien, Capri, Marina Grande*
▷▷ *Italien/Kampanien, Capri, Blick auf die Faraglioni*
▷▷▷ *Italien/Kampanien, Procida im Golf von Neapel*

Goethe off Capri

In his *Diary of the Italian Journey, written for Frau von Stein*, Goethe notes:

"14 May 1787
The afternoon passed without our having entered the Gulf of Naples. On the contrary, we were steadily drawn in a westerly direction; but the boat moved further and further away from Cape Minerva and nearer and nearer to Capri.
Everybody was glum and impatient, except Kniep and myself. Looking at the world with the eyes of painters, we were perfectly content to enjoy the sunset, which was the most magnificent spectacle we had seen during the whole voyage. Cape Minerva and its adjoining ranges lay before us in a display of brilliant colours. The cliffs stretching to the south had already taken on a bluish tint. From the Cape to Sorrento the whole coast was lit up. Above Vesuvius towered an enormous smoke cloud, from which a long streak trailed away to the east, suggesting that a violent eruption was in progress. Capri rose abruptly on our left and, through the haze, we could see the outlines of its precipices.
The wind had dropped completely, and the glittering sea, showing scarcely a ripple, lay before us like a limpid pond under the cloudless sky. Kniep said what a pity it was that no skill with colours, however great, could reproduce this harmony and that not even the finest English pencils, wielded by the most practised hand, could draw these contours...
We had been so absorbed in enjoying these sights that we had not noticed that we were threatened with a serious disaster; but the commotion among the passengers did not leave us long in doubt. Those who had more experience of happenings at sea than we bitterly blamed the captain and his helmsman, saying that, thanks to their incompetence, they had not only missed the entrance to the straits but were now endangering the lives of the passengers, the cargo and everything else confided to their care. We asked why they were so anxious, for we did not see why there could be any cause to be afraid when the sea was so calm. But it was precisely the calm which worried them: they saw we had already entered the current which encircles Capri and by the peculiar wash of the waves draws everything slowly and irresistibly towards the sheer rock face, where there is no ledge to offer the slightest foothold and no bay to promise safety.
The news appalled us. Though the darkness prevented us from seeing the approaching danger, we could see that the boat, rolling and pitching, was moving nearer to the rocks, which loomed ever darker ahead. A faint afterglow was still spread over the sea. Not the least breath of wind was stirring. Everyone held up handkerchiefs and ribbons, but there was no sign of the longed-for breeze. The tumult among the passengers grew louder and louder. The women and children knelt on the deck or lay huddled together, not in order to pray, but because the deck space was too cramped to let them move about. The men, with their thoughts ever on help and rescue, raved, and stormed against the captain. ... The captain remained silent and still seemed to be preoccupied with saving the boat. But, I who all my life have hated anarchy worse than death, could keep silent no longer. I stepped forward and addressed the crowd, with almost the same equanimity I had shown in facing the 'Birds' of Malcesine. I pointed out to them that, at such a moment, their shouting would only confuse the ears and minds of those upon whom our safety depended, and make it impossible for them to think or communicate with one another. 'As for you', I exclaimed, 'examine your hearts and then say your prayers to the Mother of God, for she alone can decide whether she will intercede with her Son, that He may do for you what He once did for His apostles on the storm-swept sea of Tiberias. Our Lord was sleeping, the waves were already breaking into the boat, but when the des-

HOTEL MARESCA
RISTORANTE
L'ISOLA AZZURRA
BAR GROTTA AZZURRA
PALATIVM
MOTOSCAFI
GROTTA AZZURRA
NA 4613 D
NA3492/D
NA 3166 D
NA5938/D
Cramar 32
N 07032 CO
S NA 170/D

perate and helpless men woke Him, He immediately commanded the wind to rest, and now, if it should be His will, He can command the wind to stir.' These words had an excellent effect. One woman, with whom I had had some conversation about moral and spiritual matters, exclaimed: *'Ah, il Barlamè. Benedetto il Barlamè,'* and as they were all on their knees anyway, they actually began to say their litanies with more than usual fervour. They could do this with greater peace of mind, because the crew were now trying another expedient, which could at least be seen and understood by all. They lowered the pinnace, which could hold from six to eight men, fastened it to the ship by a long rope, and tried, by rowing hard, to tow the ship after them. But their very efforts seemed to increase the counter-pull of the current…

The violence of the surf seemed to be increasing, the ship tossed and rolled more than ever; as a result, my seasickness returned and I had to retire to the cabin below. I lay down half dazed but with a certain feeling of contentment, due, perhaps, to the sea of Tiberias; for, in my mind's eye, I saw clearly before me the etching from the Merian *Bible*. It gave me proof that all impressions of a sensory-moral nature are strongest when a man is thrown completely on his own resources.

How long I had been lying in this kind of half-sleep I could not tell, but I was roused out of it by a tremendous noise over my head. My ears told me that it came from dragging heavy ropes about the deck, and this gave me some hope that the sails were being hoisted. Shortly afterwards Kniep came down in a hurry to tell me we were safe. A very gentle breeze had sprung up; they had just been struggling to hoist the sails, and he himself had not neglected to lend a hand. We had, he said, visibly moved away from the cliff, and, though we were not yet completely out of the current, there was hope now of escaping from it. On deck everything was quiet again. Presently, several other passengers came to tell me about the lucky turn of events and to lie down themselves."

◁◁◁ *Italy/Campania; view of Capri from the east*
◁◁ *Italy/Campania; Capri, Marina Grande*
▷ *Italy/Campania; Capri, the Faraglioni Rocks*
▷▷ *Italy/Campania; Procida in the Gulf of Naples*

Gœthe devant Capri

Dans le *Voyage en Italie*, un journal écrit à l'intention de Madame von Stein, Gœthe note:

«Lundi le 14 mai 1787
Et ainsi l'après-dînée s'était passée sans que conformément à nos désirs nous fussions entrés dans le golfe de Naples. Nous étions au contraire poussés toujours plus vers l'ouest, et, en se rapprochant de l'île de Capri, le bateau s'éloignait de plus en plus du Cap Minerve. Tout le monde était de mauvaise humeur et impatient; mais nous deux, qui considérions le monde avec des yeux de peintres, nous pouvions être très contents; car au coucher du soleil nous avons joui du plus beau spectacle que tout le voyage nous ait offert. Le Cap Minerve avec les montagnes avoisinantes était étendu sous nos yeux dans l'éclat des plus brillantes couleurs, tandis que les rochers qui se prolongent vers le sud avaient déjà pris un ton bleuâtre. Depuis le Cap toute la côte éclairée s'étendait jusqu'à Sorrente. Le Vésuve était visible, surmonté d'un immense nuage de fumée d'où une longue bande allait au loin vers l'est, de sorte que nous pouvions supposer la plus violente éruption. A gauche Capri se dressait escarpée; nous pouvions parfaitement distinguer les formes de ses parois rocheuses à travers la transparente vapeur bleuâtre. Sous un ciel tout à fait serein et sans nuages brillait, à peine agitée, la mer tranquille qui par le calme plat s'étendait enfin devant nous comme un étang limpide. Nous étions ravis par ce spectacle, Kniep déplorait que tout l'art des couleurs ne suffise pas à rendre cette harmonie, de même que le crayon anglais le plus fin ne mettrait pas la main la plus exercée à même d'imiter ces lignes…

Ces scènes pleines de tant d'attrait pour nous ne nous avaient pas permis de remarquer qu'une catastrophe nous menaçait; toutefois l'agitation parmi les passagers ne nous laissa pas longtemps dans l'incertitude. Eux, mieux au courant des événements maritimes, faisaient d'amers reproches au patron du ba-

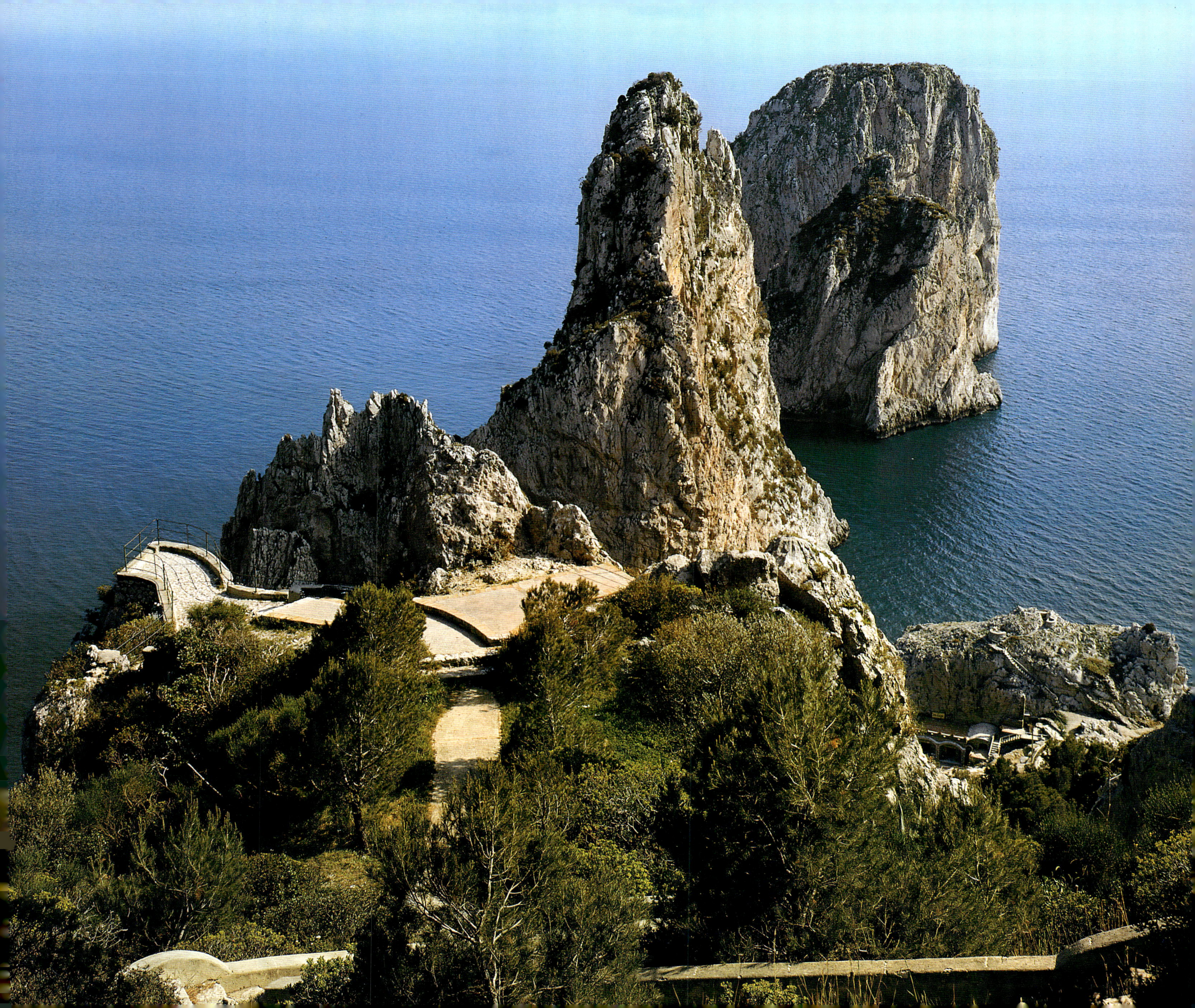

teau et à son pilote: que non seulement leur maladresse leur avait fait manquer le détroit, mais que par leur faute toutes les personnes qui leur avaient été confiées, ainsi que les marchandises et tout le reste, étaient en danger de périr. Nous nous renseignâmes sur la cause de cette agitation, car nous ne comprenions pas comment par ce calme plat une catastrophe quelconque était à craindre. Mais précisément ce calme désespérait ces gens: «Nous nous trouvons, disaient-ils, déjà dans le courant qui tourne autour de l'île et qui par un singulier mouvement de vagues se dirige aussi lentement qu'irrésistiblement vers le rocher abrupt, où il n'y a pas la moindre saillie ni la plus petite baie pour notre salut.»

Rendus attentifs par ces discours, nous considérâmes alors notre sort en frissonnant; car bien que la nuit ne permît pas de reconnaître le danger croissant, nous remarquâmes pourtant que le bateau se rapprochait en tanguant et en roulant des rochers qui se dressaient de plus en plus sombres devant nous, pendant qu'une légère lueur crépusculaire s'étendait encore sur la mer. On ne remarquait pas le moindre mouvement dans l'atmosphère. Chacun tenait en l'air des mouchoirs et des rubans, mais il ne se montrait aucun indice du souffle désiré. La foule devenait de plus en plus bruyante et animée. Les femmes n'étaient pas à genoux en prières sur le pont avec leurs enfants, mais, comme l'espace était trop étroit pour s'y mouvoir, elles s'étaient couchées les unes contre les autres. Plus encore que les hommes, qui conservant leur sang-froid songeaient aux secours et au sauvetage, elles grondaient et tempêtaient contre le capitaine…

Le capitaine se taisait et semblait toujours encore réfléchir aux moyens de nous sauver; mais moi, à qui depuis mon enfance l'anarchie était plus odieuse que la mort, je ne pus garder plus longtemps le silence. Je m'avançai vers ces femmes et je les exhortai avec à peu près autant de calme que les oiseaux de Malcesine. Je leur représentai que justement en ce moment leur vacarme et leurs cris troublaient les oreilles et la tête de ceux qui seuls étaient encore capables de les sauver, de sorte qu'ils étaient dans l'impossibilité de penser et de s'entendre l'un avec l'autre. «Pour ce qui vous concerne, m'écriai-je, rentrez en vous-mêmes et adressez ensuite votre prière fervente à la mère de Dieu, de laquelle seule dépend si elle veut intercéder auprès de son Fils afin qu'il fasse pour vous ce qu'il a fait jadis pour ses apôtres, quand sur le lac de Tibériade agité par la tempête les vagues s'abattaient déjà sur le bateau; le Seigneur dormait alors, mais quand ses disciples dans leur découragement et leur détresse le réveillèrent, il commanda aussitôt au vent de se calmer, de même que maintenant il peut commander à l'air de se mouvoir, si c'est là sa sainte volonté.»

Ces mots produisirent le meilleur effet. L'une des femmes, avec laquelle je m'étais entretenu auparavant de questions morales et religieuses, s'écria: «Ah! il Barlamé! benedetto il Barlamé!» Et en effet elles commencèrent, comme elles étaient d'ailleurs déjà à genoux, à prier leurs litanies avec un accent passionné et plus de ferveur que ce n'est habituellement le cas. Elles pouvaient le faire d'autant plus rassurées que l'équipage essayait encore un moyen de sauvetage qui au moins sautait aux yeux: il descendit le canot, qui ne pouvait il est vrai contenir que six à huit hommes, et le fixa par une longue corde au vaisseau, que les matelots s'efforçaient de remorquer à l'aide de coups vigoureux de rames. On crut en effet un moment qu'ils le faisaient avancer au milieu du courant, et l'on espérait le voir bientôt en sûreté hors de ce dernier…

Le bateau se balançait de plus en plus fort, le ressac semblait augmenter, et mon mal de mer que tout cela faisait revenir m'imposa la résolution de descendre dans la cabine. Je me couchai à moitié étourdi sur le matelas, pourtant avec un certain sentiment agréable qui semblait tenir au lac de Tibériade; car j'avais très nettement devant les yeux l'image de la *Bible* illustrée par les gravures de Mérian. Et c'est ainsi que la force de toutes les impressions sensitives et morales se fait toujours sentir avec le plus d'intensité quand l'homme est contraint de se replier tout à fait sur lui-même. Je ne pourrais dire combien de temps je restai ainsi dans un demi-sommeil, mais je fus réveillé par un grand bruit au-dessus de moi; je pus entendre nettement que c'étaient les gros cordages qu'on traînait çà et là sur le pont, et ceci me donna l'espoir qu'on se servait des voiles. Au bout d'un petit moment Kniep descendit en courant et m'annonça qu'on était sauvé, qu'il s'était élevé un très léger souffle de vent; on s'était appliqué à l'instant à hisser les voiles, et lui-même n'avait pas manqué de donner un coup de main. On s'éloignait déjà visiblement du rocher, et, tout en n'étant pas encore entièrement hors du courant, on avait pourtant l'espoir de le vaincre. En haut tout était tranquille; puis vinrent plusieurs passagers; ils annoncèrent l'heureuse issue et se couchèrent.»

◁◁◁◁ *Italie/Campanie, vue sur Capri de l'est*
◁◁◁ *Italie/Campanie, Capri, Marina Grande*
◁◁ *Italie/Campanie, Capri, vue sur les Faraglioni*
▷ *Italie/Campanie, Procida dans le golfe de Naples*

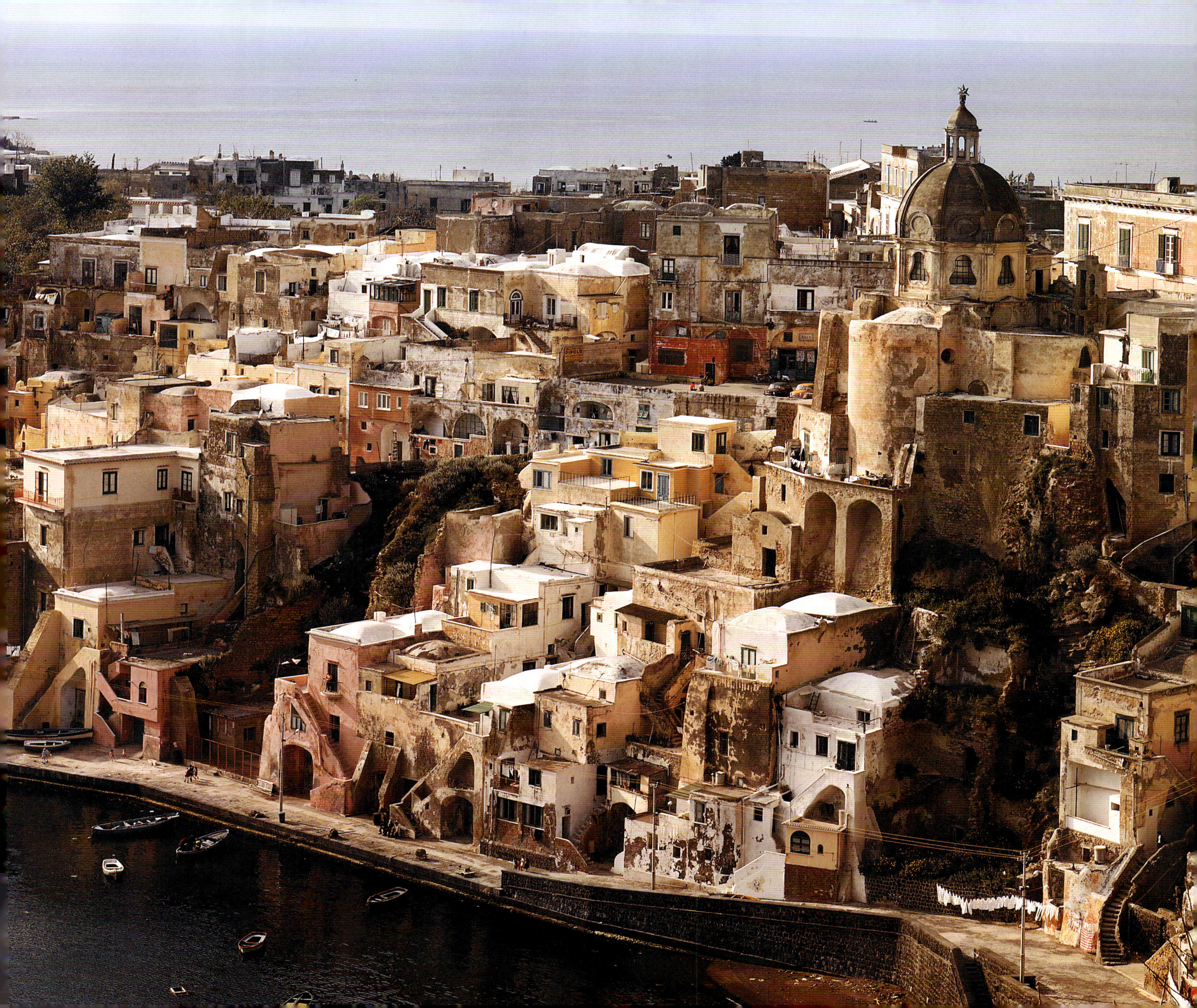

Vorbeugen ist besser

Halbwegs zwischen den Vulkanen Vesuv und Ätna ragt der Stromboli aus dem Meer, in Viertelstundenabständen zuckt sein Feuerwerk gegen den Himmel. Boote nähern sich in den Abendstunden, von ihnen aus bietet sich ein Schauspiel, das Ahnungen an Zeiten aufkommen läßt, da der Mensch noch jung auf unserer Erde war und sie in seinen Vorstellungen mit guten und bösen Geistern ausstattete. Das Tyrrhenische Meer war abgesunken, Pressungen hatten die Liparischen Inseln hochgedrückt. Das Erdinnere stößt noch immer durch die dünne Kruste, Schwefeldämpfe haben Färbungen auf den Steinen zurückgelassen, aus Kraterschlünden steigen Wolken und Wasserschwaden, es gurgelt und spritzt. Fumarolen, unterseeische Dampfquellen also, lassen das Meer kochen.

In Schlammlöchern, in trüben knietiefen Wässern hocken menschliche Gestalten, sie tragen Sandalen zum Schutz gegen den heißen Grund, ein Handtuch um die Lenden oder über dem Kopf, um die Dämpfe konzentriert zu atmen. Sie genießen gratis, was in berühmten Bädern eine Stange Geld kostet. Die Insel Vulcano kennt weder Eintrittspreis noch Kurtaxe.

Wer hier Urzeitliches auf alle Sinne wirken läßt, hat Anstrengungen hinter sich. So leicht erreicht man Milazzo, einen kleinen Hafen auf Sizilien, keineswegs, von dort braucht das Tragflügelboot noch eine gute Stunde. Sieben Inseln bilden den Archipel; man muß sich mit einem Fischer oder einem privaten Bootseigner gut stellen, will man Filicudi oder Alicudi, die kleinsten, erreichen. Vorher sollte der Rucksack gut gefüllt sein. Vor der Gratiskur auf Vulcano steht die strapaziöse Kletterei durch eine schrundige Bergwelt mit Basalttürmen, schwarzen Obsidianströmen und weißschimmernden Hängen von Bimsgestein. Um hier durchzukommen, sollte man rüstig sein. Das ist nichts für Rheumatiker. So sind es wohl gar keine Kranken, die in den schwefelstinkenden Löchern hocken? Vorbeugen ist allemal besser.

▷ *Italien/Liparische Inseln, Stromboli, Lavastrom*
▷▷ *Italien/Liparische Inseln, Stromboli, Blick auf Piscita und den Vulkan*
▷▷▷ *Italien/Liparische Inseln, Basaltklippe Strombolicchio bei Stromboli*

Prevention is better

Halfway between the volcanoes Vesuvius and Etna, Stromboli rises from the sea; every quarter of an hour its fireworks light up the sky. Boats approach the little island in the evening, and its occupants enjoy a spectacle that gives them a feeling for man's early days on earth, when, in his imagination, he populated the world with good and evil spirits. The Lipari Islands were formed when the Tyrrhenian Sea sank and pressure thrust them above its surface. The earth's interior still forces its way through the thin crust, the sulphurous fumes colouring the rocks; clouds of dust and steam rise from the craters with roaring, gurgling, and hissing noises. Jets from subaqueous fumaroles set the sea boiling.

On the island called Vulcano, human figures can be seen crouching in mudholes; they wear sandals to protect their feet against the heat, and have a towel wrapped round their middle, or round their heads in order to breathe in the fumes, enjoying – if that is the word – what they would have to pay dearly for in famous spas. On Vulcano there are no entry fees or visitor's taxes.

But those who come here to experience primeval pleasures have a strenuous time behind them, for it is not easy to get to the little harbour of Milazzo on Sicily; and from there it is a further good hour by hydrofoil. Seven islands make up the archipelago; you have to find a willing fisherman or a private boat owner if you want to get to Filicudi or Alicudi, the smallest of them, and a well-filled rucksack is a must. The free spa treatment on Vulcano is preceded by a strenuous climb through rugged, mountainous terrain with basalt pillars, streams of black obsidian, and whitely-gleaming slopes of pumice. You have to be fit for such a trip – rheumatics can hardly make it. So they are not sick people, then, who crouch in the sulphurous holes?!
No, but their motto must be: prevention is better than cure!

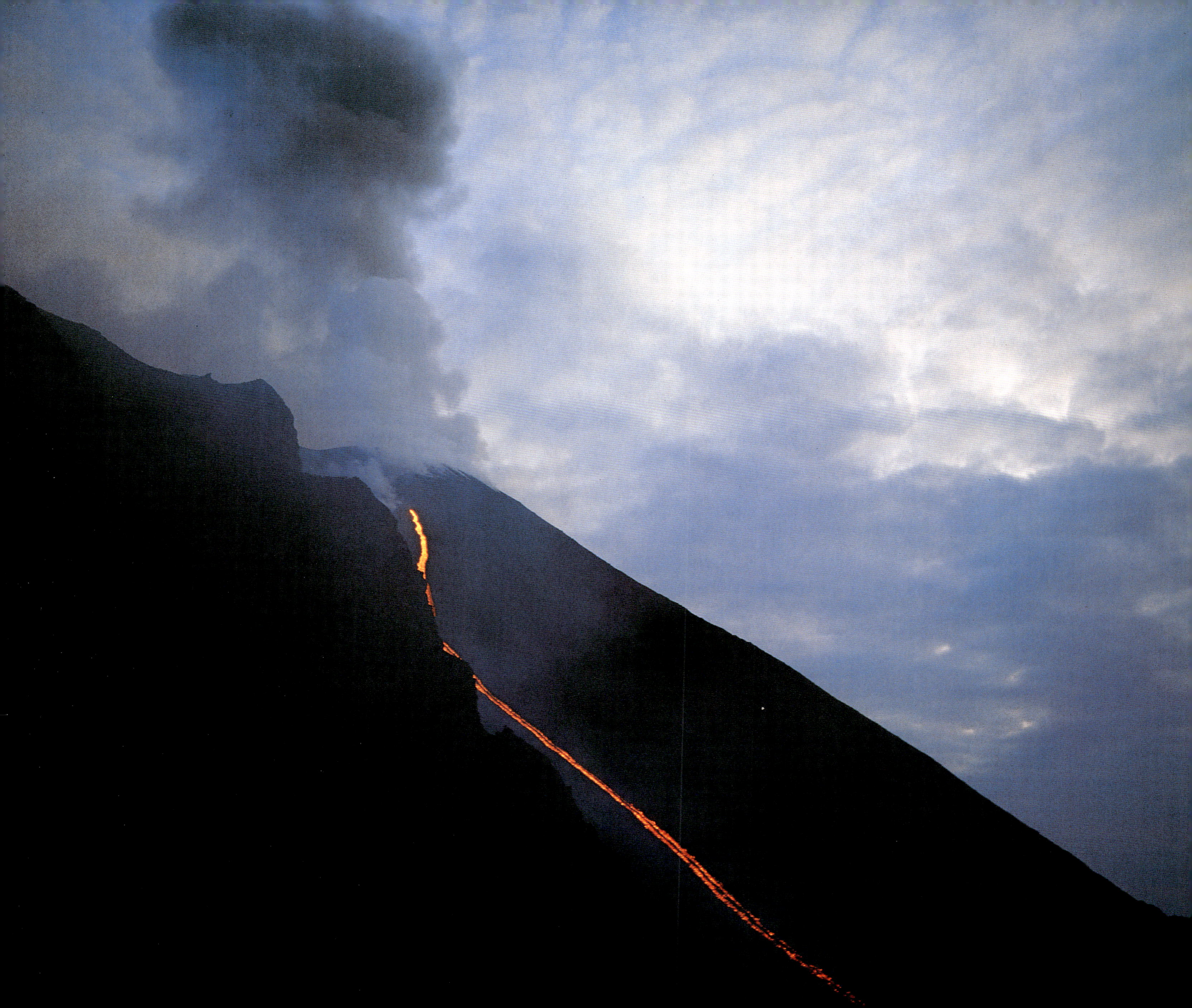

Il vaut mieux prévenir

A mi-chemin entre le Vésuve et l'Etna, le Stromboli se dresse au-dessus de la mer et crache son feu d'artifice tous les quarts d'heure en direction du ciel. Au crépuscule, des bateaux s'en approchent. Leurs passagers bénéficient alors d'un spectacle qui donne une idée de l'époque où l'homme n'était pas encore depuis longtemps sur la terre et la peuplait dans son imagination de bons et mauvais esprits. La mer Tyrrhénienne s'était affaissée, des pressions avaient soulevé les îles Eoliennes. L'intérieur de la terre perce encore toujours la fine croûte, des vapeurs de soufre ont coloré les pierres, des nuages et des vapeurs d'eau s'échappent de la bouche du volcan, cela gargouille et jaillit. Des fumerolles, des émanations de gaz de cratères souterrains, font bouillonner la mer.

Sur l'île de Vulcano, dans des trous de boue, dans l'eau glauque qui leur vient à hauteur des genoux, des formes humaines s'accroupissent, elles portent des sandales pour se protéger de la chaleur du sol, une serviette autour des reins ou sur la tête pour mieux respirer les vapeurs. Elles utilisent gratuitement ce qui dans des thermes célèbres coûte pas mal d'argent. Vulcano ne connaît ni prix d'entrée ni taxe de séjour.

Mais ceux qui veulent goûter ici à des plaisirs primitifs doivent d'abord faire quelques efforts. Il n'est pas si facile d'atteindre le petit port de Milazzo, en Sicile, de là il faut encore une bonne heure en hydroptère. Sept îles forment l'archipel; il faut se mettre bien avec un pêcheur ou un propriétaire de bateau privé si l'on veut atteindre Filicudi ou Alicudi, les plus petites des îles. Auparavant, il convient de bien remplir son sac à dos. Avant la cure gratuite sur le volcan, il faut accomplir une escalade fatigante à travers un terrain montagneux fissuré avec des tours de basalte, des courants d'obsidienne et des versants de pierre ponce aux reflets blancs. Il faut être alerte pour faire ce parcours qui n'est nullement indiqué pour les rhumatisants. Ce ne sont donc pas des malades que l'on voit accroupis dans les trous aux odeurs de soufre.

Mais il est toujours préférable de prévenir.

◁◁ *Italy/Lipari Islands; Stromboli, stream of lava*
▷ *Italy/Lipari Islands; Stromboli, view of Piscita and the volcano*
▷▷ *Italy/Lipari Islands; the basalt cliff Strombolicchio near Stromboli*

◁◁ *Italie/Iles Eoliennes, le Stromboli, fleuve de lave*
▷ *Italie/Iles Eoliennes, le Stromboli, vue sur Piscita et le volcan*
▷▷ *Italie/Iles Eoliennes, le Strombolicchio, un écueil de basalte près du Stromboli*

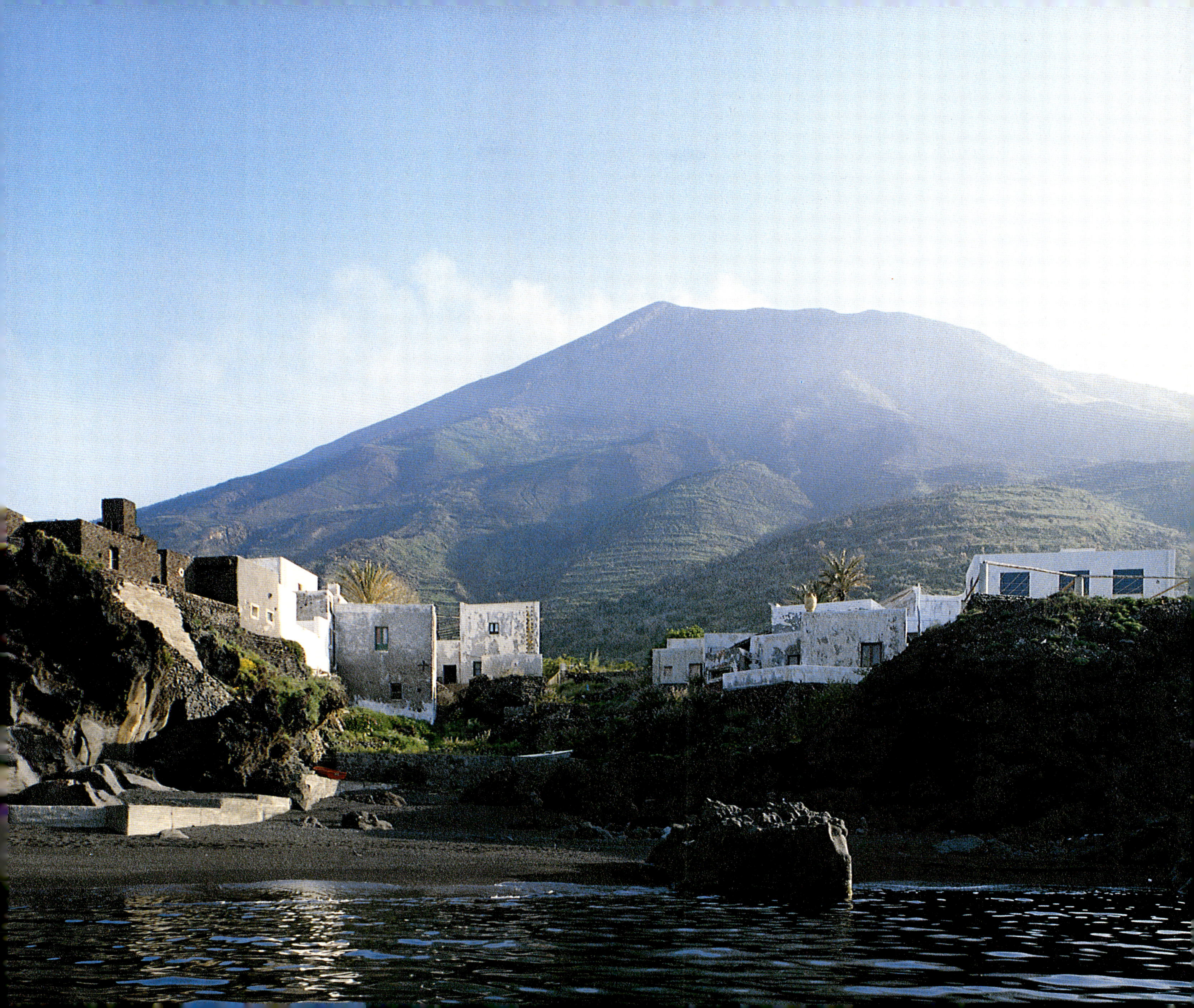

Insel für einen Tag

Das Billett kostet fünfzig Franc, die Überfahrt dauert eine Dreiviertelstunde. Die Decks der Fähre sind proppenvoll, Kinder und Hunde wieseln zwischen allen Beinen herum. Von der Spitze der Halbinsel Quiberon hat man die Belle-Ile vor sich in ihrer Länge von 18 Kilometern, den Leuchtturm an der Nordspitze. Unterdessen ist Zeit, aus Prospekten zu erfahren, nur zweimal hätten die Engländer die schöne Insel vor der bretonischen Küste für kurze Zeit erobert; die deutschen Besatzer von 1940 bis 44 bleiben unerwähnt. Das Fort, das Sébastien Vauban erbaut hat, wächst mit seinen Zacken deutlich aus dem Panorama. Heute ist es Museum, zwischendurch war es – man ist versucht zu sagen: natürlich – Gefängnis.

Die meisten, die übersetzen, haben ihre Autos in Quiberon vor Parkuhren abgestellt, nach der Rückkehr werden sie einen Strafbescheid hinter den Scheibenwischern vorfinden. Aber noch liegt der Erlebnistag vor ihnen, die Sonne strahlt, das Meer ist gesprenkelt von weißen Segeln. Im Hafen von Le Palais empfängt uns Trubel: Die üblichen Ansichtskarten- und Tandbuden, Autos kurven von der Fähre, hier kann man Mietwagen und Fahrräder leihen oder in die Busse zur Inselrundfahrt steigen: die gesamte Insel an einem Tag für 37 Franc. Abenteuerlich eng sind die Gassen, unversehrt bleiben die Eckhäuser zurück, vorsorglich läßt der Fahrer eine gellende Hupe vor jeder Kurve ertönen.

Die Hochebene liegt einsam, karg. Der Bus erklimmt den höchsten, zentralen Punkt, am Flugplätzchen biegt er nach Süden. Tamarisken wachsen an den Straßenrändern zu Bäumchen auf, dahinter erstrekken sich Ödland, auch dünne Gerste, Maisversuche, erbarmungswürdige Weide, auf der mageres, kleingeratenes Rindvieh angepflockt ist, Wehmut und die unwandelbare Hoffnung auf großherzige Lebensspende aus Brüsseler Subventionstöpfen im Braunaug'. Da und dort ein Zelt in einer Senke, Wäsche auf der Leine, Radfahrer flüchten vor dem Bushorn an den disteligen Straßenrand. Drüben blinkt das Meer, dort wieder, dann darf nahe des Südkaps ausgestiegen werden zu kurzem Photographieren und dem Kaufen von angeblich handgefertigter Spitze. Weiter an den Buchten von Port Yorck und Port Guen entlang, zwischen Felsenzacken sind blaue Märchenbuchten mit hellem Sand eingestreut. Da unten bräunen Körper, waten Kinder, kippen Surfer vom Brett. Dort sollte man Urlaub machen, tauchen, spartanisch leben, die Nerven stärken, braun werden wie ein Indianer. Robinson für zwei Wochen. Aber der Wagen, der rollt wieder hinauf aufs Plateau, und an einem der spektakulärsten Punkte entläßt er auf zwei Stunden, denn hier, am Westkap, gibt es Grotten und Felsnasen im schäumenden Meer und vor allem eine Gaststätte: Der Tourist muß essen. Wo blieben sonst sein Wohl und der Inselprofit?

Möwengeschrei hängt über den Klippen. Inseln, Inselchen, Felsnadeln sind vorgelagert. Berühmt ist die Apothekergrotte, dort bauten früher, vor dem Touristenboom, die Möwen ihre Nester so akkurat nebeneinander, wie ein Apotheker seine Gläser und Büchsen in die Regale stellt. Geradeaus gibt es nichts mehr bis Amerika. Pfade, Tritte führen zu Buchten hinab, wer sich hier hinunterwagt, genießt Ruhe. Kinder spielen zwischen Steinen, Taucher in schwarzen Anzügen, mit Brille und Schnorchel, machen sich mit langer Harpune zum Fischeschießen auf. Burschen hocken auf gelbem Schlauchboot, die grauen Felsen hinter sich. Kalt ist das Wasser, ich schätze 16 Grad, was ich sonst durchaus nicht schätze, aber ich weiß, ich würde es mir nie verzeihen, hier gekniffen zu haben. Ich schwimme und schaue an den Felsen hinauf, hell ist der Grund unter mir, als ich über schwarzen gerate, schrecke ich zurück. Sächsischer Wikingermut hat Grenzen. Dann doch hinein in die Gaststätte, schon an der Tür schlägt Lärmterror über mir zusammen. Mehr als hundert Touristen speisen hier, das Angebot ist überraschend vielseitig, wundersame Früchte des Meeres entdecke ich auf Nachbarsplatten, da wissen geschickte Finger unfallfrei mit Auster und Schnecke, Languste und Riesenkrebs umzugehen; wenn's nicht weiter will, hilft der Nußknacker nach. Zart ist die Scholle, kühl der weiße Wein. Aber dieser Krach. Hundert Kehlen meinen sich überschreien zu müssen mit der höchst wichtigen Mitteilung, man sei zum ersten- oder neuntenmal hier, und: Waren Sie schon in der Grotte unten? In der Grottääää? Ein Dreijähriger hat das alles satt und macht von seinem Recht Gebrauch: Er brüllt wie am Spieß. Zwei Tische weiter dreht ein Vater durch. Da finden seine Gören die Fritten oder Cracker oder was auch immer auf dem Teller des anderen leckerer und ziehen beleidigte Schnuten, der Vater packt das Zeug mit den Pfoten und schaufelt um: So! Maulend gabeln die beiden nun, man sieht, am liebsten möchte der Vater seinen Kindern das vierspännige Menü um die Ohren hauen. Nur die Mutter blicket stumm. Also die Zeche gezahlt und hinaus an die gepriesene Luft und durchgeatmet. Allein müßte man hier sein.

An der höchsten Stelle, nahe der berühmtesten Grotte, deren halsbrecherische Treppen ohne Geländer ich mich nicht hinabwage, haben sich die Deutschen für die nächsten tausend Jahre ihr Denkmal gebaut: Ein Bunkersystem betonierten sie in die Felsen, die Scharten aufs Meer gerichtet, ein Stückchen Atlantikwall. Ich stelle mir vor, wie die alten Kameraden hier eine gute Zeit hatten, schwammen und dem Rotwein und den Mädchen nachstellten, auf Wache dösten und die Invasion weniger fürchteten als den Marschbefehl nach Rußland. Ich hoffe, daß hier kein Schuß gefallen ist, daß die Verteidiger, als die Amerikaner bei Avranches durchgebrochen waren, sich der Résistance ergaben und beim anschließenden Minenräumen ihre Beine nicht verloren. Aber es kann auch ganz anders gewesen sein.

Und wieder in den Bus und nach Norden, bis es weiter nicht geht. Kein Prospekt, und sei er noch so kurz, vergißt zu erwähnen, daß Sarah Bernhardt, die berühmte Schauspielerin, sich hier ein ausgedientes kleines Fort, ein bißchen gezinntes Gemäuer, gekauft und ausgebaut hat. 1893 kam sie zum erstenmal hierher und war so begeistert, daß sie dann vierzig Jahre lang jeden Sommer wiederkehrte. Allerhand Dichter, Gelehrte und Künstler, die ihre Geliebten waren oder werden wollten oder sollten, zog sie nach. Immer mehr Land kaufte sie, baute Dependancen und Mauern und Zäune drumherum, hielt hof wie eine Königin. Heute ist das alles längst verfallen, ein neuer Geldgeber, der das wieder in Schuß brächte, wird ebenso dringend wie vergeblich gesucht. Die nördlichste Kuppe, auf der der Leuchtturm steht, ist bei Flut durch das Meer abgetrennt. Ein bißchen schmuddelig ist hier alles, auch der Strand, der von beiden Seiten herankurvt. Allerlei andere berühmte Gäste hat die Insel gehabt: Proust, dreimal malte Monet die Küste, Flaubert, Daudet, Gide – wer wollte ihnen ihre Wahl verdenken.

Ein letztes Mal hält der Rundkursbus, im Puppenstubenhafen Sauzon. In die Kirche, scheint es, passen alle Einwohner und die der verstreuten Weiler dreimal hinein. Davor hat ein Gastwirt seine Tische auf den Platz gestellt, dort bietet er Fisch an, daß einem die Augen übergehen. Still stehen die Häuser mit geschlossenen Fensterläden, Jungen angeln, alte Männer lehnen am Geländer. Yachten und Boote sind vertäut wie überall an den langen französischen Küsten. Das Leben scheint für eine halbe Stunde stehengeblieben zu sein und zu warten, bis die Fremden abgefahren sind, um dann weiterzusickern wie vor hundert Jahren und in hundert Jahren noch. Ich denke mir: In dieser Gasse oben im letzten Haus möchte ich eine Anzahl von Wochen wohnen. Von dort ginge ich des Morgens auf den Platz hinunter und des Abends wieder, wenn die Busse noch nicht da oder endlich wieder fort wären, kaufte *Baguettes* und ein Krüglein Wein, hörte aufs Bretonische und verstünde kein Wort, noch nicht einmal BILD wäre käuflich, nichts wüßte ich von der Bundesliga! Zwischendurch wanderte ich durch Schluchten an Ginster und Disteln entlang, guckte Möwen und Wolken zu und briete im Quartier meinen Fisch.

Noch einmal der Hafen von Le Palais, und nun ist die Zeit doch zu knapp geworden, das Museum in der Zitadelle zu besichtigen. Mädchen in Trachten tanzen bretonisch, ein anstrengender Hüpftanz ist das, hundert Fotolinsen sind auf sie gerichtet. Das tun die Mädchen gewöhnlich um die frühe Abendstunde, wenn sich die letzten Fähren füllen. Danach hängen sie die Trachten in den Schrank und gehen in Jeans in die Disco nebenan.

Die Dieselmotoren beginnen zu zittern, die Sonne sinkt hinter die Wolkenbänke, verklärt mit rötlichem Schein die Zinnen der Festung. Vielleicht widerfährt jetzt dem Eintagsinsulaner für künftige Diaabende das spektakuläre Glück.

Den Parkstrafbescheid – zehn Franc sofort, sonst Prozeß! – findet er später immer noch.

▷▷ *Frankreich/Morbihan, Belle-Ile, Felsnadeln vor Port-Coton*
▷▷▷ *Frankreich/Morbihan, Belle-Ile, Pointe des Poulains an der Nordwestspitze der Insel*

An island for a day

The ticket costs fifty francs, the trip takes three-quarters of an hour. The decks on the ferry are crammed, with children and dogs darting about between all the legs. From the tip of Quiberon Peninsula, the Belle-Ile can be seen, 18 kilometres long, with a lighthouse at its northern end. The crossing time can be used to read prospectuses which tell you that the English only succeeded in capturing the beautiful island twice for short periods; there is no mention of the German occupation from 1940 to 1944. The battlemented silhouette of the fort, built by Sébastien Vauban, rises clearly above the panorama. Today it is a museum, but in the course of its history it has also served – one is tempted to say: of course – as a prison.

Most of those on the ferry have left their cars in Quiberon in front of parking meters, so they will be greeted with a ticket for a parking fine tucked behind their windscreen wipers on their return: but not to worry – an adventurous day is still before them, the sun is shining, the sea stippled with white sails. The harbour of Le Palais bustles with activity: the usual postcard and souvenir stalls, cars driving off the ferry; cars or bicycles can be hired, coaches are waiting to set off on round trips – the whole island in one day for 37 francs. The alleyways are precariously narrow, but the coach leaves the corner houses behind undamaged, the driver hooting excruciatingly before each turn in the road.

The inland plateau is bare and desolate. The coach climbs to the highest, central point, turning south at the little airfield. Tamarisks grow to the size of small trees by the roadside; behind them wasteland extends, with thin patches of barley or maize growing here and there, and miserable grazing land on which skinny, runtish cattle are tethered, their brown eyes full of yearning and an undying hope for a generous contribution from the EC coffers in Brussels. Here and there a tent is glimpsed in a dell, or washing hanging on a line; cyclists take refuge in the thistly fringe of the road at the bellow of the coach's hooter. The sea glistens in the distance occasionally, and finally, near the southern cape, passengers may debark to take a few photographs and buy allegedly handmade lace. Further on, past Port Yorck and Port Guen, between rugged rocks, there are blue fairytale bays with pale yellow sand, dotted with bodies tanning, children wading, and surfers falling off their boards. That is where one should take a holiday, diving, living like a spartan, toughening the nerves, turning as brown as an Indian. Crusoe for a fortnight. But the coach is already climbing back to the plateau, and at one of the most spectacular points, the inmates are released for two hours, for here, on the west cape, there are grottoes and rocks jutting out into the foaming sea, and, above all, a restaurant: the tourist must eat to pacify his inner man – and contribute to the island's economy.

Gulls cry above the cliffs, little islands and rocky stacks litter the water. The Apothecary's Grotto is one of the famous sights; before the tourist boom, the gulls built their nests there as closely and neatly next to one another as the jars and tins on a chemist's shelves. Straight on, the next stop is America. Paths and steps lead down to various bays, and anyone venturing down can enjoy a modicum of peace. Children play among the stones, divers in black suits, with goggles and schnorkels, prepare to go fishing with long harpoons; young men crouch in a yellow rubber dinghy, framed against the grey rock. The water is cold, only about 16° C, I guess, but I know that I should never forgive myself if I missed the chance. I swim, and look up at the cliffs; I can see the bottom beneath me, but when it disappears from view I turn back. Dare-devilry has its limits.

And then it is time to venture into the restaurant. The noise inside is shattering. More than a hundred tourists feed here. The choice is surprisingly large. I discover strange fruits de mer on neighbours' plates, and see skilful fingers coping with oysters and snails, lobsters and giant prawns; if they really come up against it, then the nutcrackers help. The sole is delicate, the wine cool. But the noise! Every one of a hundred voices is determined to be heard above the others with the important announcement that its owner is here for the first or the ninth time, and: have you seen the grotto yet – the grottoooo? A three-year-old is fed up with the scene and exercizes its right to scream its head off. Two tables away a father loses his patience. His brats have decided that the chips or crisps, or whatever, on the other's plate look tastier, and pull dissatisfied faces. Father picks up the stuff in his fingers and swaps it round: there you are! Complainingly, the two pick away at their food, while Father evidently feels like chucking the whole four-course meal in their faces. Mother is mercifully silent. I pay the bill, get out of the restaurant, and take some deep breaths of the much-praised fresh air. Oh to be alone!

At the highest point, near the most famous of the grottoes, where the steps are so steep and dangerous-looking that I dare not go down them, the German army built a monument to itself during the last war: a system of concrete defences sunk into the cliffs, the loopholes facing the sea – part of the Atlantic Wall. I try to imagine what a good time the lads had here, swimming, tasting the red wine, chasing the girls, dozing on guard, and less afraid of an invasion than of a transfer to the Russian front. I hope that there were no shots fired here, that after the Americans had broken through at Avranches the troops here surrendered to the Résistance, and lost no legs when they subsequently cleared the minefields. But it might have been quite different.

Back in the coach, we head northwards as far as the road will take us. No prospectus, however short, omits to point out that the famous actress Sarah Bernhardt bought and restored a little former fort, a few battlemented walls, here. She came here for the first time in 1893, and was so delighted that she returned every summer for forty years. She attracted all kinds of writers, scholars, and artists who were, were intended to be, or who aspired to be, her lovers. She bought more and more land, built annexes and walls and fences, and held court like a queen. Today it is all decaying; a new purchaser who would restore it all again is sought, urgently but vainly. The most northerly point, cut off by the sea at hightide, is crowned by a lighthouse. Everything is a bit grotty here, also the beach, which comes curving round from both sides. The island has been visited by a host of other celebrities: Proust, Monet, who painted three versions of the coastline, Flaubert, Daudet, Gide – who would say that they were mistaken in their choice?

The coach stops for a last time in the doll's-house harbour of Sauzon. The church seems big enough to accommodate all the inabitants of the vicinity three times over. On the square in front of it a restaurateur has set up some tables, and is offering extremely tempting-looking fish. The houses, with their closed shutters, are quiet, boys are angling, old men leaning on railings. Yachts and boats are tied up, as everywhere around the long French coastline. Life seems to have stood still for half an hour, seems to be waiting for the strangers to leave, so that it can then to tick over quietly for the next, as it has done for the last, hundred years. I think to myself: I should like to live for a few weeks in the last house along this street. From there I would go down to the square in the morning before the buses arrived, and in the evening after they had at last left; there I would buy baguettes and a jug of wine, would listen to Breton being spoken without understanding a word, and would not be able to buy a single paper in my own language. Between-whiles I would wander through the nearby gorges, picking my way between gorse and thistles, look at the gulls and the clouds, and go home to fry fish in my rooms.

Une île pour un jour

We are back in the harbour of Le Palais, and time is now too short to visit the museum in the Citadel. Girls dressed in the local costume are dancing Breton-style, involving a good deal of strenuous hopping; hundreds of cameras are pointing at them. The girls usually put on a performance in the early evening, when the ferries are being boarded. Afterwards they hang their costumes back in their wardrobes, and switch to jeans for the disco.
Diesel engines begin to rumble, the sun sinks behind the cloudbanks, tingeing red the battlements of the fort. Perhaps the one-day islanders will just manage to catch the magic moment for their next post-holiday colour-slide show.
The parking fine – ten francs on the nail, or a summons later! – will not run away.

▷ *France/Morbihan; Belle-Ile, the stacks at Port-Coton*
▷▷ *France/Morbihan; Belle-Ile, Pointe des Poulains on the northwest tip of the island*

Le billet coûte cinquante francs, la traversée dure trois quarts d'heure. Les ponts des ferries sont combles, enfants et chiens se faufilent entre les jambes. De la pointe de la presqu'île de Quiberon, on voit la Belle-Ile qui s'étend devant soi sur 18 kilomètres de long, le phare à sa pointe septentrionale.
En attendant, on a le temps de consulter les dépliants et d'apprendre que les Anglais n'ont conquis qu'à deux reprises et pour une courte période la belle île devant la côte bretonne; les occupants allemands de 1940 à 1944 sont passés sous silence. Avec ses créneaux, le fort, que Sébastien Vauban a construit, se détache nettement du panorama. Aujourd'hui, c'est un musée, par intervalles, il a servi – on serait tenté de dire évidemment – de prison.
La plupart de ceux qui effectuent la traversée ont laissé leurs voitures à Quiberon devant des parcmètres; à leur retour, ils trouveront un procès-verbal derrière leur essuie-glace. Mais pour le moment il ont encore une journée excitante devant eux, le soleil brille, la mer est ponctuée de blancs voiliers.
Le port du Palais est plein d'agitation. On y trouve les habituelles boutiques de souvenirs et de cartes postales, les voitures démarrent des ferries, on peut ici louer des voitures et des bicyclettes ou prendre les autobus qui font le tour de l'île: toute l'île en un jour pour 37 francs. Les ruelles sont terriblement étroites, le conducteur sait épargner les maisons du coin en prenant les virages avant lesquels il prend soin de klaxonner bien fort.
Le haut plateau est solitaire et aride. L'autobus grimpe jusqu'au point le plus haut, le point central, au petit aéroport il se dirige vers le Sud. En bordure des routes les tamaris ont la taille de petits arbres, derrière s'étend une terre inculte mais aussi de l'orge, des cultures expérimentales de maïs, un malheureux pâturage où s'éparpillent de petites vaches maigres, avec la mélancolie et l'espoir immuable d'obtenir de généreuses subventions des organismes de Bruxelles. Çà et là, on aperçoit une tente dans un creux de terrain, du linge qui sèche sur des fils, au bruit du klaxon de l'autobus les cyclistes se rangent sur les bords des routes pleins de chardons. La mer scintille de l'autre côté, près du cap sud on peut descendre du car pour prendre quelques photos et acheter des dentelles soi-disant fait main. Plus loin, des criques féériques bleues avec du sable clair sont disséminées le long des baies de Port Yorck et Port Guen entre des dents rocheuses. Là en bas, des estivants se bronzent, des enfants pataugent dans l'eau, des surfeurs tombent de leur planche. C'est là qu'on devrait passer ses vacances, faire de la plongée, vivre d'une façon spartiate, recharger ses batteries et devenir brun comme un Indien. Etre Robinson pendant quinze jours. Mais le bus remonte sur le plateau et, au point le plus spectaculaire, s'arrête pendant deux heures car ici au cap ouest il y a des grottes et des pointes rocheuses dans une mer pleine d'écume et surtout une auberge, car le touriste doit manger. Qu'en serait-il autrement de son bien-être et des bénéfices de l'île?
Le cri des mouettes retentit au-dessus des écueils auxquels font face des îles, des îlots, des aiguilles rocheuses. Célèbre est la grotte du Pharmacien: autrefois, avant le boom touristique, les mouettes avaient construit leurs nids avec la méticulosité qu'apporte un pharmacien à ranger ses bocaux et ses verres dans les rayons. En ligne droite, il n'y a plus rien jusqu'en Amérique. Des sentiers, des marches descendent jusqu'aux baies, celui qui s'y risque trouvera la tranquillité. Des enfants jouent entre les pierres, des plongeurs en costume noir, avec des lunettes et des tubas, se préparent à harponner des poissons. Des gamins sont accroupis sur des canots pneumatiques, les rochers gris derrière eux. L'eau est froide, 16 degrés je pense, une température qui ne me convient guère, mais je sais que je ne me pardonnerais pas de ne pas y avoir été. Je nage donc et regarde les rochers au-dessus de moi, sous moi le fond est clair, mais lorsqu'il devient noir, je

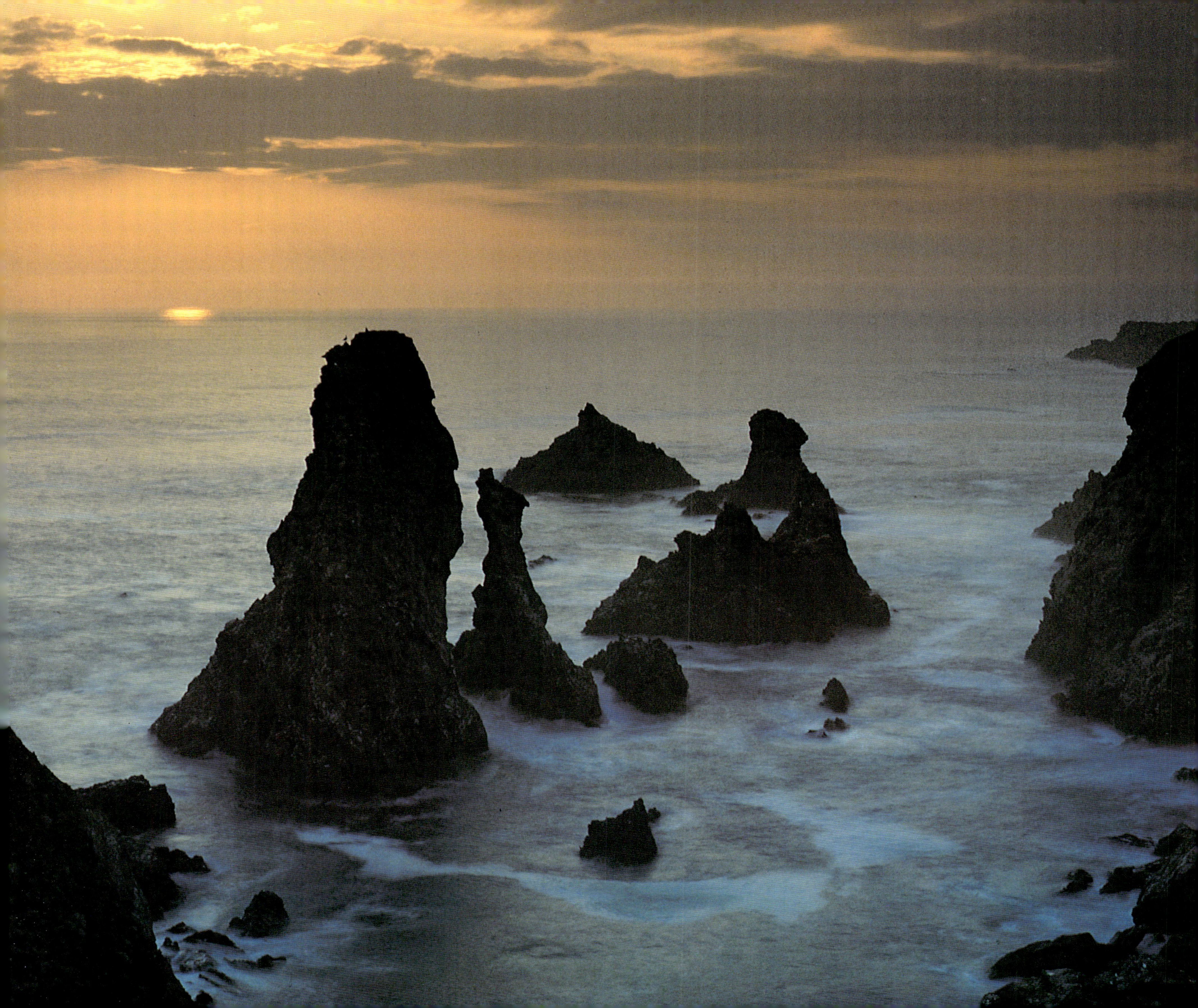

prends peur. Le courage d'un Viking saxon a ses limites.

Je me décide donc quand même à entrer dans l'auberge, dès le seuil de la porte je suis assailli par le bruit. Plus d'une centaine de touristes sont en train de s'y restaurer. L'offre est incroyablement grande, je découvre de merveilleux fruits de mer sur les tables voisines où des mains habiles savent manier sans problème huîtres et escargots, langoustes et gros crabes; pour finir le casse-noix vient à la rescousse. La plie est tendre, le vin blanc frais. Mais ce vacarme. Chacun croit devoir crier plus fort que son voisin pour dire que c'est la première fois qu'il vient ici ou la neuvième fois ou pour demander si l'on est déjà descendu dans la grotte, la grootte? C'en est trop pour un bambin de trois ans qui se met à hurler. Deux tables plus loin, un père de famille devient fou. Ses gosses font la tête, ils préféreraient manger des frites ou des crackers ou ce qu'il y a dans l'assiette de l'autre, le père échange le contenu des assiettes: tiens! Les deux gosses se mettent à manger en maugréant, mais on voit que leur père préférerait leur balancer tous les plats à la figure. Seule la mère reste impassible. Je paye l'addition et me dépêche de sortir pour respirer le bon air. Il faudrait être seul ici.

A l'endroit le plus élevé, près de la plus célèbre des grottes où je ne me risque pas à descendre par son dangereux escalier sans rampe, les Allemands ont édifié un monument pour le millénaire à venir: ils ont bétonné un système de bunkers dans les rochers, les meurtrières tournées vers la mer, un bout de rempart de l'Atlantique. Je m'imagine les bons moments qu'ont passés les soldats allemands ici, à nager, à boire du vin rouge, à courir les filles, à somnoler pendant les gardes, craignant moins une invasion ennemie qu'un ordre de marche en direction de la Russie. J'espère qu'aucun coup de feu n'a été tiré ici, que les défenseurs, lorsque les Américains ont réussi la percée décisive près d'Avranches, se sont rendus à la Résistance et qu'ils n'ont pas perdu leurs jambes lors des opérations ultérieures de déminage. Mais tout a pu se passer autrement.

Et je remonte dans le bus qui se dirige vers le Nord jusqu'à ce qu'il ne puisse aller plus loin. Aucun dépliant, si court soit-il, n'omet de mentionner que Sarah Bernhardt, la célèbre tragédienne, avait acheté et fait transformer un petit fort désaffecté avec quelques murs crénelés. Venue ici pour la première fois en 1893, elle avait été si enthousiasmée qu'elle allait y revenir tous les étés pendant quarante ans. Elle y attira toutes sortes de poètes, savants et artistes qui étaient ses amants ou voulaient ou devaient le devenir. Elle acheta de plus en plus de terre, fit construire des dépendances et des murs et des palissades tout autour et tint sa cour comme une reine. Aujourd'hui, tout est délabré depuis longtemps et c'est en vain que l'on cherche de toute urgence un nouveau bailleur de fonds pour tout remettre en état. A marée haute, la pointe septentrionale où se dresse le phare est séparée du reste de l'île par la mer. Tout est un peu sale ici, la plage également qui se rapproche des deux côtés. L'île a eu toutes sortes de visiteurs célèbres: Proust y est venu, Monet y a peint trois fois la côte, Flaubert, Daudet, Gide étaient là, qui pourrait leur en vouloir de leur choix.

Le bus s'arrête une dernière fois, dans le minuscule port de Sauzon. Tous les habitants doivent pouvoir entrer dans l'église et trois fois même le nombre de ceux des hameaux disséminés. Un aubergiste a disposé ses tables sur la place devant l'église, il y propose du poisson à l'aspect très tentant. Les maisons sont silencieuses avec leurs volets clos, des jeunes pêchent à la ligne, les vieux regardent, appuyés contre le parapet. Yachts et bateaux sont amarrés comme partout sur les longues côtes françaises. Le petit port semble retenir son souffle pendant une demi-heure et attendre que les étrangers soient repartis pour se replonger dans une quiétude immuable. Je me dis que j'aimerais passer quelques semaines là-haut dans la dernière maison de cette ruelle. Tous les matins, je descendrais sur la place et le soir également, lorsque les bus ne sont pas encore là ou sont enfin repartis, j'achèterais des baguettes et une chopine de vin, j'écouterais parler breton et ne comprendrais pas un mot, je ne pourrais même pas acheter BILD et ne saurais rien de la Bundesliga. De temps en temps, je me promènerais dans les chemins creux bordés de genêts et de chardons, je regarderais les mouettes et les nuages et ferais frire mon poisson chez moi.

Nous revoici dans le port du Palais mais nous n'avons plus le temps de visiter le musée dans la citadelle. Des jeunes filles en costumes bretons exécutent une danse folklorique avec des tressautements bien fatigants, des centaines d'appareils photo sont braqués sur elles. Les jeunes filles dansent généralement en début de soirée avant le départ des derniers ferries. Elles rangent ensuite leurs costumes dans l'armoire et s'en vont en jeans dans la discothèque d'à côté. Les moteurs Diesel commencent à vibrer, le soleil descend derrière les bancs de nuages en rougissant les créneaux de la forteresse. L'insulaire d'un jour arrivera peut-être encore à saisir en cet instant la beauté du spectacle pour ses futures soirées diapos. Il trouvera bien assez tôt sa contravention – versement immédiat de dix francs sous peine de procès – pour dépassement de stationnement autorisé.

◁◁ *France/Morbihan, Belle-Ile, aiguilles rocheuses de Port-Coton*
▷ *France/Morbihan, Belle-Ile, Pointe des Poulains sur la pointe nord-ouest de l'île*

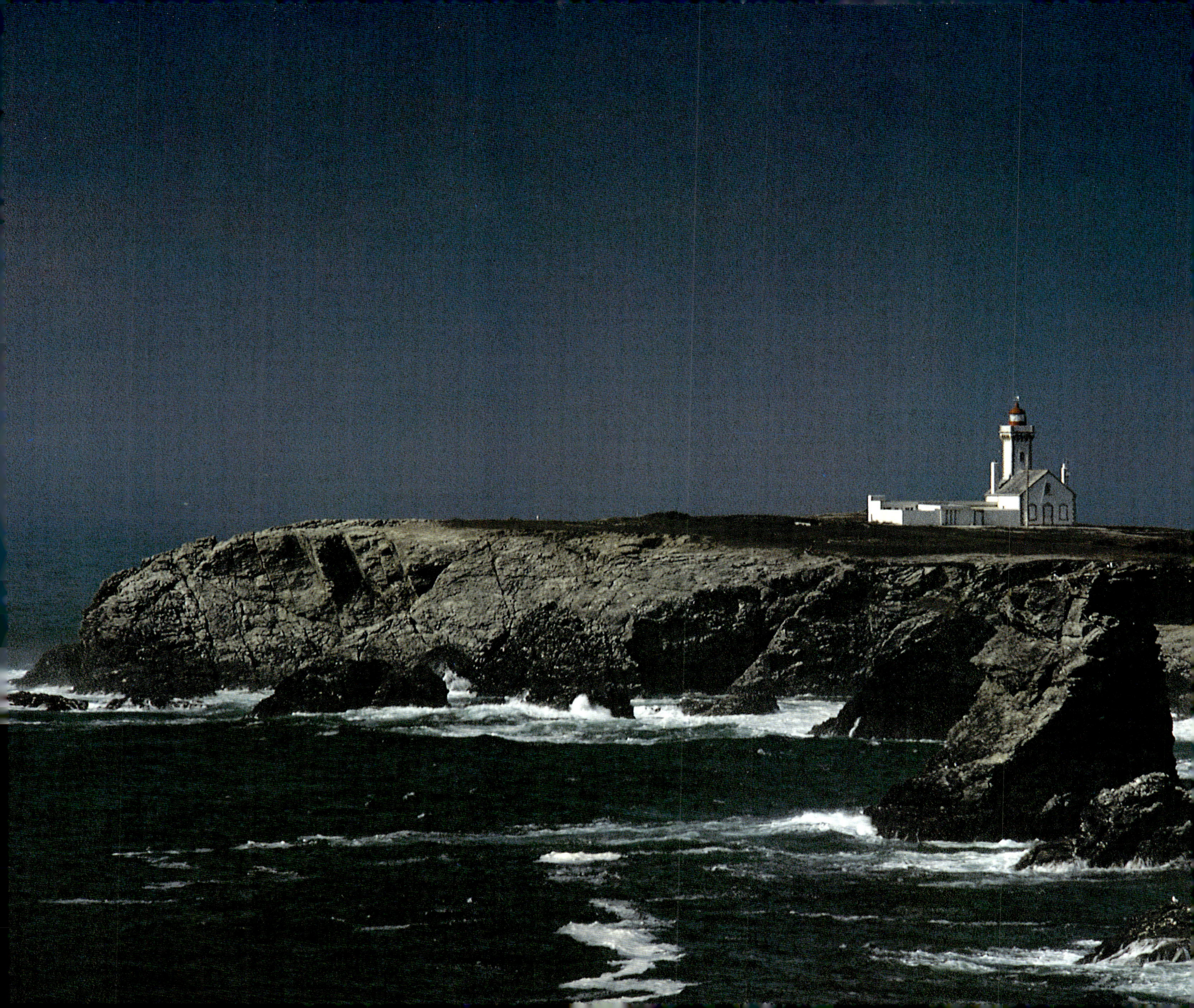

Die schlauen Kugeln der Heuschrecken

Die Kanarischen Inseln gehören geographisch zu Afrika, aber das ist auch schon alles. Sie bilden zwei spanische Provinzen, sind bewohnt von Spaniern und werden vorwiegend von Nordeuropäern besucht. Afrikanisch sind lediglich der Sandwind und hin und wieder die Heuschrecken.
So ist der Alltag: Eine Chartermaschine bringt nordische Bleichgesichter heran, *Carne fresca*, Frischfleisch, wie die Kanarier spotten. Das Ziel der meisten Einflieger ist es, dem Sonnengott den Großteil der Jahresfreizeit und einen Batzen Geld zu opfern. Denn tanzen, trinken und flirten könnten sie auch daheim. *Gran Can*, wie der Insider abkürzt, garantiert Sonne an zwölf von vierzehn Tagen auch im Winter.
Mich erwarten der Jugendbuchautor Berndt Guben nebst Frau Steffi, die hier halbjahresweise wohnen; aber sie stecken im Stau, und so riefen sie Santi an, den befreundeten Taxifahrer, der wie gewöhnlich am *Aeropuerto* nach Kundschaft spähte. Ein Schriftsteller komme, den solle er vertrösten. *Sí!* Nun hatte mich Santi nie gesehen, für eine Beschreibung blieb keine Zeit. Aus hundert Männergesichtern pickt er meines heraus, ich reagiere unwirsch, Aufdringlichkeit fürchtend. Aber er läßt nicht locker, bewegt vielmehr eine auf eine Gruppe wartende Dolmetscherin, mich zu fragen, wer ich sei und mit wem ich mich verabredet hätte. Ich gebe sofort alles zu. Ein paar Tage später in Santis Garage erklärt er, als seine Findigkeit gerühmt wird, er sei zwar kein Schriftsteller, *aber intelligent!*
Da feiern wir Heiligabend auf unheilige Weise mit Schweinekeule und wundersam gedünstetem Ziegenfleisch, mit Muscheln und Krabben in Knoblauchöl, und Santis verzweigte Sippschaft verschlingt alles mit großer Geschwindigkeit zwischen an die Seite geräumten Reifen und Kanistern, dazu dröhnt es aus den Lautsprecherboxen, und kein Zweiglein und kein Englein deuten aufs Christfest hin. *Calima*, Wüstenwind, herrsche seit Tagen, höre ich, der pfeift ums Garagentor, die Luft riecht nach Staub. Wenn der König von Marokko einen fahren läßt, sagt Carlitos, mufft es bis hier herüber. Aurora, die offenbar etwas gegen alles Marokkanische hat, ergänzt: In ihrer Jugend zogen marokkanische Großfamilien mit ihren Ziegenherden durch alle Straßen von Las Palmas, und alle Männer, Frauen, Kinder und Ziegen riefen: »Viva Franco!«
Das hat Santi im Radio gehört: Vielleicht trägt der Wind nicht nur die halbe Sahara herüber, sondern auch Heuschreckenschwärme. Das ist lange nicht mehr vorgekommen; wenn es eintreten sollte, wäre es eine Katastrophe für alles, was da spärlich grünt. Der Wind trägt sie heran, ja. Und dann gibt es noch diese Kugeln. Bitte? Tausende Heuschrecken, höre ich, ballen sich zu Kugeln, die rollt der Wind übers Wasser. Die äußeren Tierchen ertrinken, aber die inneren erreichen das schmackhafte Eiland, dort explodiert die Kugel förmlich, und das knirschende Kiefermahlen beginnt. Wie groß? Jaaa, da werden Arme gebreitet. Die größten Kugeln bringen es auf einen Meter Durchmesser. Wenn das mal gut geht!
Anderen Tags, auf der Fahrt nach Süden, sinne ich nach über die schlimme Gefahr. Wir passieren Playa de San Agustin, Playa del Inglés und Maspalomas mit ihren Hunderten von Hotels und Hunderttausenden von Betten. Grauschleier legen sich auf alle Palmen und Löwenbräureklamen. Nun ist schon so weit ins Land hineingebaut worden, daß sich die Wege zum Strand dehnen; wer möchte fünf, sieben Kilometer auf harter Straße hin und zurück traben? So sind Swimmingpools in die Siedlungen gepreßt worden, sie sind dicht umringt von Schmorenden. Riesenrad und Achterbahn ragen über die Ferienhütten, in einem Seitental wird eine Westernshow geboten. Von weitem sieht die Siedlung aus wie ein Friedhof mit lauter gleichen weißen Grabsteinen. Es könnte sein, daß über kurz Wassermangel das Riesenunternehmen zusammenbrechen läßt. Manche Brunnen reichen schon bis 300 Meter hinab, und der Grundwasserspiegel sinkt und sinkt. Wenn der Gast nicht mehr zweimal am Tag duschen kann, wird er sich feuchteren Gefilden zuwenden.
Je weiter die Straße um den Südbogen der Insel nach Westen führt, desto kurviger wird sie. An den Hängen wird heftig gebaut: Puerto Rico heißt die immer noch erweiterte Bungalowballung. Karg ist der Pflanzenwuchs an den Felsen, weiß blinken die Schrägen der Ferienbehausungen, wer ganz oben wohnt, erspäht das Meer weit, weit unten. Wer einen Kasten Bier vom Shop aus der Talsohle hinaufgetragen hat, tat Gutes für Herz, Lungen und Muskulatur – prost auf seine Leistung! Der Strandhalbmond im Taleinschnitt ist kaum länger als zweihundert Meter, an ihm partizipieren Tausende. Unsereiner rollt auf hoher Straße und schaut auf die Pünktchen da unten. Ob es stimmt, daß schwedische Gäste bei der Menschenrechtskommission ihres Landes protestiert haben: in den Bungalows sei weniger Platz, als einem Häftling an Zellenraum zustehe? Turmkräne drehen sich, Bergflanken sind weiß markiert für die Terrassenschachtelungen der kommenden Saison. Unsereiner leistet sich Mitleid und zwingt sich endlich zur Demut bei der Erkenntnis, wie weit der Begriff »Tourist« heruntergekommen ist – Touristen sind natürlich immer die anderen.
Nach hundert weiteren Kurven schmausen wir in Puerto de Mogan, der Perle des grancanarischen Südens. Hier wie in Puerto Rico stößt eine trockene Schlucht, ein *Barranco*, gegen die Küste. Im Taleinschnitt grünt eine Baumschule, hier werden Avocados und allerlei Palmenarten gezogen. Drei Meter hoch blühen die Weihnachtssterne, die bei uns zur Winterzeit in allen Blumengeschäften leuchten. Auf Gran Canaria wachsen sie halbwild, und die Gummibäume sind wirkliche Bäume, eichengroß. Im Norden gedeihen Bananen einer kleinen, kräftig schmeckenden Sorte, und die Tomaten hier sind fester und unansehnlicher als ihre holländischen

Wasserschwestern, gelegentlich sogar leicht schrumplig. Aber sie schmecken für drei.

Puerto de Mogan wurde vom berühmten César Manrique entworfen. Zweistöckige Häuserzeilen säumen einen Yachthafen, darum gruppieren sich Geschäfte, Lokale und Promenaden so, daß sie zu den Hängen und Buchtchen passen. Wir laben uns auf einer Hotelterrasse an Avocados mit Lachsstreifen, beide tagesfrisch, und trinken ein Tropical-Bier, das Inselgebräu. Zum Dessert aale ich mich in der Meeresdüne, zu der ein Treppchen hinabführt. Ich denke: Wenn jetzt die bösen Kugeln kommen! Ich steige hinaus und sage: »Ich kann mir das mit diesen verdammten Kugeln schwer vorstellen. Ist das vielleicht Kanarenlatein?« Die Gubens zucken die Schultern; in ihrer Inselzeit, räumen sie ein, geschah noch keine Invasion. Ich beschließe, am Heuschreckenball zu bleiben.

Quer durch die Insel fahren wir zurück. Sie ist nahezu kreisförmig mit rund fünfzig Kilometern im Durchmesser. In der Mitte ragt das zerklüftete Massiv des Roque Nublo mit seinen Felstürmen bis fast zweitausend Meter hinauf. Schründe fallen ab wie im wildesten Westen.

James Krüss, ein Kinderbuchautor, der von Helgoland stammt, ein Doppelinsulaner also, wohnt seit einem Vierteljahrhundert in der schönsten Schlucht der Insel zwischen Bananen und Palmen in einem herrlich winkligen Haus. Er hat eine Porträtbüste modellieren lassen, an ihr ist alles rundlich wie beim lebendigen Vorbild: Schädel, Mund, Augen und die überaus gütige Nase. Heuschreckenkugeln? Aber natürlich! Der Wind rolle sie über die Wellenkämme, das wisse doch jedes bessere kanarische Kind. »Dann fahren Küstenschutzboote hinaus und schießen mit kleinen Kanonen auf die Kugeln.« Treuherzig bleiben die Augen, wie es sich bei diesem Beruf gehört. Ich argwöhne: Hat Krüss etwa die Story von den Kugeln erfunden, um seine kleinen Leser zu verblüffen?

Am nächsten Tag liegt in den Straßen von Las Palmas hier und da eine Heuschrecke, mittelfingerlang und rötlich braun. Ich entdecke sie am Hafen, da hat eine Flottille japanischer Fischerboote festgemacht, da legt das Tragflächenboot nach Teneriffa ab. Von einer Plakattafel ist zu lesen, daß Bayer Leverkusen hier demnächst an einem Fußballturnier teilnimmt, davor zuckt eine Heuschrecke. Am Strand auf der anderen Seite der Landenge flanieren Einheimische und Fremde und versuchen, trotz des Calimadunstes ihre Körper zu bräunen. Zwanzig Grad mißt das Meer auch zur Winterszeit. Strandspaziergänger stemmen nackte Brüste in den Wind.

Bei Gubens schlage ich im Lexikon nach; kein Wort finde ich über die heuschrecklichen Kugeln. Steffi behauptet, Heuschrecken seien grün, aber die, die ich gesehen habe, waren rot. »Das ist wie bei Krebsen«, erwidert sie, »die werden auch rot, wenn sie sterben.« Santi taucht auf, da lasse ich übersetzen, ich hätte gehört, wie draußen Kanonenboote auf die Kugeln ballerten. Meine Hoffnung, daß endlich mal einer lacht, erfüllt sich nicht. Santis Stirn umwölkt sich, als stünde der Inseluntergang bevor.

Ich besuche das vorzügliche Museum über die Steinzeitkultur der Guanchen, die hier in Höhlen und flachen Steinhäusern lebten, bevor die Spanier kamen. In die Gartenstadt mit ihrem Palmengrün steige ich hinauf und springe in den Geschäftsstraßen über die Kreuzungen, immerfort fürchtend, rabiate Kanarier führen mir mit ihren staubigen Autos die Waden ab. Calima weht und weht, milchig liegen die Häuser im Dunst. Guben und ich sehen zu, wie Brecher über die Molen schlagen und die Palmenwedel auf seiner Terrasse gelblich auffasern. Noch nie, versichert er mir, war das Wetter auf Gran Canaria so miserabel. Mir scheint, er schämt sich für den ganzen Archipel.

Abends im Fernsehen wird entwarnt: Der Wind habe sich gedreht, Heuschrecken seien nicht mehr zu befürchten. Am Tag meines Abflugs, es ist wie in den allerschlechtesten Witzen, scheint die Sonne von einem Horizont bis zum anderen, die Luft ist still und glasklar.

Nun frage ich ganz ernsthaft: Wer hat, und nun soll mir keiner kommen und sagen, er habe in den Büchern der Herren Krüss oder Guben über Heuschreckenkugeln gelesen und dazu Zeichnungen irgendwelcher hergelaufener willfähriger käuflicher Illustratoren besichtigt, ich frage allen Ernstes: Wer hat *eigenäugig* meterdicke Heuschreckenkugeln auf den Wellen des Atlantiks *gesehen*?

▷▷ *Spanien/Kanarische Inseln, Gran Canaria, am Strand von Las Palmas*
▷▷▷ *Spanien/Kanarische Inseln, Gran Canaria, Sanddünen*

Wily locust balls

Geographically, the Canary Islands belong to Africa, but that's all they have in common with the Dark Continent. They constitute two Spanish provinces, their population is Spanish, and they are visited primarily by north Europeans. The only African features are the sand-laden winds and occasionally the locusts.

A normal day runs like this: a charter plane brings northern palefaces to the islands: *carne fresca*, fresh meat, as the locals call them. The aim of most of the palefaces is to sacrifice the larger part of their annual holiday time and a substantial sum of money to the Great Sun God. Because they could, after all, dance, drink, and flirt at home if they so wished. Gran Can, as the insiders call it, guarantees sun on twelve out of fourteen days, also in winter.

I am to be met by Berndt Guben, author of children's books, and his wife, who live here for half of the year; but they get stuck in a traffic jam, and so they call Santi, a taxi-driver friend who, as usual, is waiting at the *Aeropuerto* hoping to pick up a fare. They ask him to explain the situation to a writer due to arrive. Now Santi has never seen me, and there is no time to describe my appearance. But out of a hundred male faces he selects mine; I react ungraciously, thinking he wants to force his services on me. But he refuses to be put off, persuades an interpreter, who is waiting to meet a group, to ask me who I am and if I am expecting to be met. I come clean at once. A few days later in Santi's garage, when he is being praised for his resourcefulness, he answers that he may not be a writer, but he *is* intelligent.

We celebrate Christmas Eve unsuitably by German standards with roast leg of pork, a delicious dish of goat meat, and mussels and prawns fried in olive oil and garlic. Santi's extended family, packed in between car tires and canisters, devours everything at high speed, with canned music booming from loudspeakers, and not a sign of mistletoe or candle to invoke the Christmas spirit. *Calima*, the desert wind, has been blowing for days, I'm told – it whistles round the garage doors, and the air smells of dust. When the King of Morocco farts, says Carlitos, we get the benefit of it all the way over here. Aurora, who evidently has something against everything Moroccan, adds that in her youth large Moroccan families were to be seen with their herds of goats in all the streets of Las Palmas, and the men, women, children, and goats all shouted "Viva Franco!"

Santi has heard on the radio that the wind is not only expected to carry half the Sahara to the islands, but also swarms of locusts. This has not happened for a long time; if it happens it will be fatal for the sparse vegetation. The wind carries them across, yes. And then there are these balls. These what? Thousands of locusts, I am told, cling together to form balls, and the wind rolls them across the sea. The outside ones drown, but those on the inside reach the tasty island, where the ball literally explodes, and the munching begins. How large are the balls? Well... arms are extended... the largest can attain a metre in diameter. Jolly prospects!

The next day, on my way south, I think about the threatening danger. We pass Playa de San Agustin, Playa del Inglés, and Maspalomas, with their hundreds of hotels and hundreds of thousands of beds. The palms and advertisements for German beer are all covered with a grey film. The building development has extended so far into the interior that many hotel guests have a long way to the beach; but who wants to walk five or seven kilometres to get to the water? So swimming pools have been squeezed into the developments, and they are all closely packed round with braising bodies. Giant wheels and big dippers tower above the holiday chalets, and in one side-valley a western show is provided for the kiddies, young and old. From a distance, the holiday development looks like a cemetery with lots of identical white gravestones. The whole gigantic enterprise is threatened with disaster – with water shortage. Some of the wells have been extended to a depth of three-hundred metres, and the ground water is sinking and sinking. When the visitor can no longer shower twice a day he will turn to wetter climes.

The further the road runs round the south of the island towards the west the more curves there are to be negotiated. There is hectic building activity on the slopes above the sea: Puerto Rico, a chalet estate, which is constantly being extended. The vegetation on the rocky slopes is sparse, the holiday chalets blindingly white; the tourists quartered right at the top can see the Atlantic far, far below. Anyone carrying a crate of beer up there from the shop at the bottom will do his heart, lungs, and muscles a power of good – here's to him! The crescent-shaped beach at the mouth of the valley is hardly longer than two hundred metres, and is shared by thousands. We drive along the road high above, and look down on the ant-like figures. I wonder if it is true that Swedish visitors have complained to their country's human rights commission that the chalets provide less space per person than that to which a prisoner is entitled? Crane booms swivel against the sky, the slopes are marked out in white for the new terraces for the coming season. We feel sorry for the holidaymakers in these places, and superior, until we think of the extent to which the term "tourist" has been degraded – but then, it is always the others who are the tourists!

Another hundred bends get us to Puerto de Mogan, the pearl of Gran Canaria's south, where we feast. Here, as in Puerto Rico, a dry valley, a *barranco*, cuts into the coastline. In it there is a nursery-garden, where avocados and all kinds of palms are grown. Poinsettias – a standard part of every German florist's stock in winter – grow three metres high here.

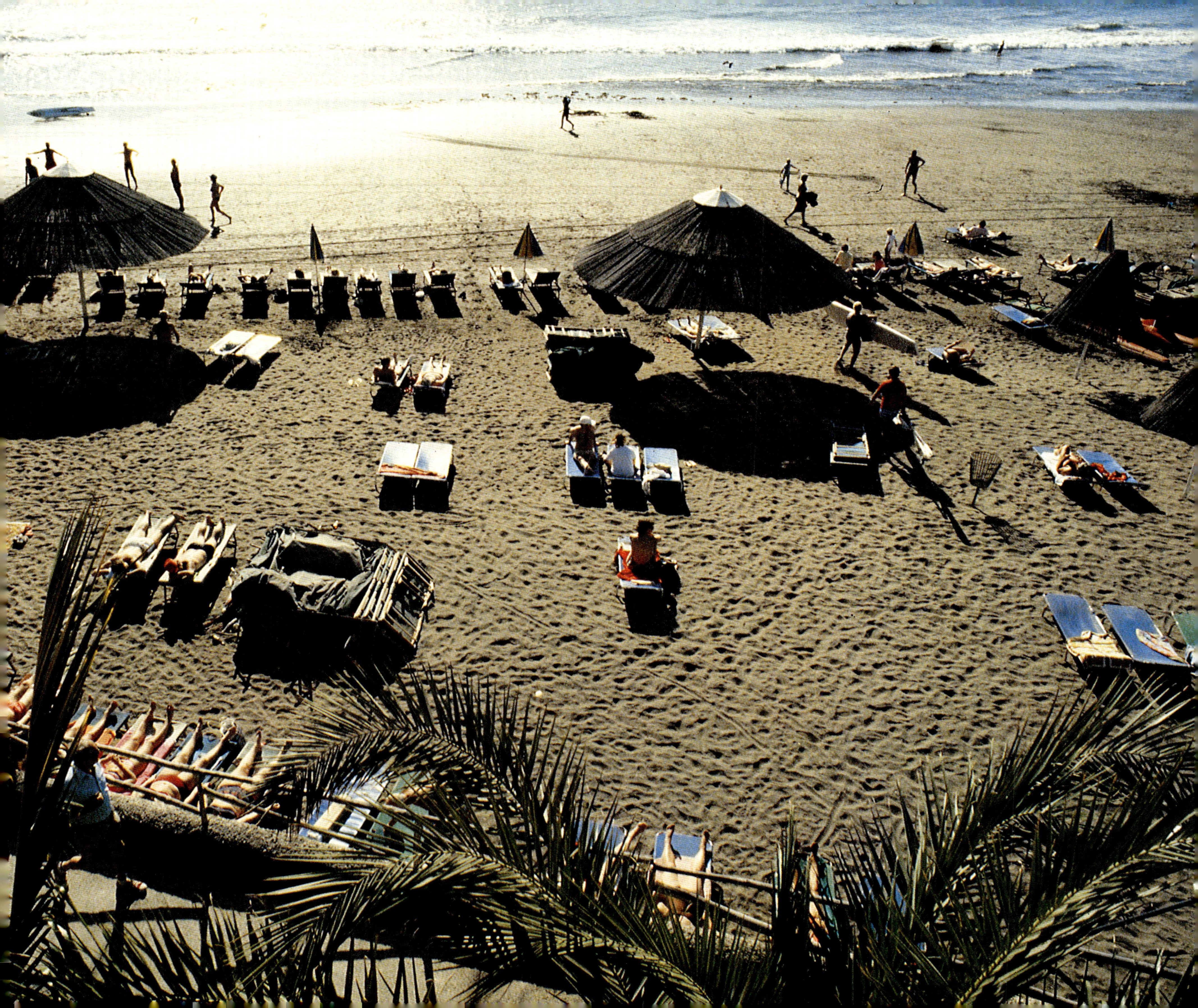

They grow half-wild on Gran Canaria, and the rubber trees are real trees, as big as oaks. In the north a small but tasty variety of banana flourishes, and the tomatoes, firmer and less regular in shape than their watery cousins from Holland, and sometimes even slightly shrivelled, are a dream.

Puerto de Mogan was designed by the famous César Manrique. Rows of two-storey houses line the yacht harbour, around which shops, restaurants, and promenades are integrated in the slopes and little bays. We treat ourselves to freshly picked avocados with slivers of freshly caught salmon, and drink a Tropical Beer, the local brew. For dessert I wallow in the Atlantic waves. Then I suddenly think: what if the nasty balls come?! I emerge from the water, wondering what those balls look like. Perhaps the whole thing is just a Canarian tall-story? The Gubens shrug their shoulders; there has been no invasion during their time on the island. I determine to keep the locust ball rolling in my mind.

We drive back straight across the island. It is almost circular in shape, and about fifty kilometres in diameter. The centre is dominated by the rugged massif of Roque Nublo, whose craggy peaks rise to almost two thousand metres. Its deeply-furrowed flanks could star in any western.

James Krüss, author of children's books, who comes from Heligoland, has lived for a quarter of a century in one of the island's most beautiful bays between banana trees and palms in a marvellously ramified house. He has a portrait bust of himself on which everything is rounded as in the original model: skull, mouth, eyes, and nose. Locust balls? Yes, of course! The wind rolls them across the sea – every Canarian child knows that. "Then the coastguard boats sail out and blow them out of the water with little cannon." His round eyes regard me guilelessly, as befits a writer of children's books. I ask myself: has Krüss invented the story of the balls, perhaps, to entertain his readers?

The next day the odd locust can be seen lying in the streets of Las Palmas, as long as your middle finger, and reddish-brown in colour. I find them also in the harbour, where a flotilla of Japanese fishing boats has tied up, and from where the hydrofoil to Teneriffa leaves. There is a poster announcing that a German football team will take part in a competition on the island; beneath it lies a half-dead locust. On the beach on the other side of the isthmus locals and visitors stroll about and try to acquire a tan despite the calima haze. The water temperature of the sea is 20 °C even in winter. People walk on the beach, bosoms bared to the breeze.

At the Gubens' place I search the encyclopaedia, but can find no reference to the locust balls. Steffi maintains that locusts are green, but the ones I have seen were red. "They're like prawns", she replies, "they turn red when they die." Santi appears. I get someone to translate for me, and tell him I have heard cannon boats shooting at locust balls out at sea. My hope that someone will at last laugh is disappointed. Santi frowns as if the end of the island world were in sight.

I visit the excellent museum specialized in the Stone-Age culture of the guanches, who lived here in caves and low stone houses before the Spaniards came. I walk up into the garden city with its green palms, and in the shopping streets leap across the road, always afraid that the Canarians might flatten me with their dusty cars. The calima blows and blows, the houses are enveloped in haze. Guben and I watch the breakers burst against the jetty and the fronds of the palms on his terrace whip in the wind. The weather has never been as bad as this here before, he assures me. I have the feeling that he is ashamed for the whole archipelago.

On television in the evening we hear that the danger is over: the wind has turned, the locusts will not appear. On the day of my departure – it is like a bad joke – the sun is on top form, the air still and utterly clear.

And now I should like to ask very seriously: who has – and I do not want anyone coming and saying that he has *read* about it in books by Krüss or Guben, and seen drawings by some odd corruptible illustrator – I should like to ask in all seriousness: who has, with his own eyes, *seen* metre-thick balls of locusts drifting across to Gran Canaria on the Atlantic waves?

◁◁ *Spain/Canary Islands; Gran Canaria, the beach at Las Palmas*
▷ *Spain/Canary Islands; Gran Canaria, sand dunes*

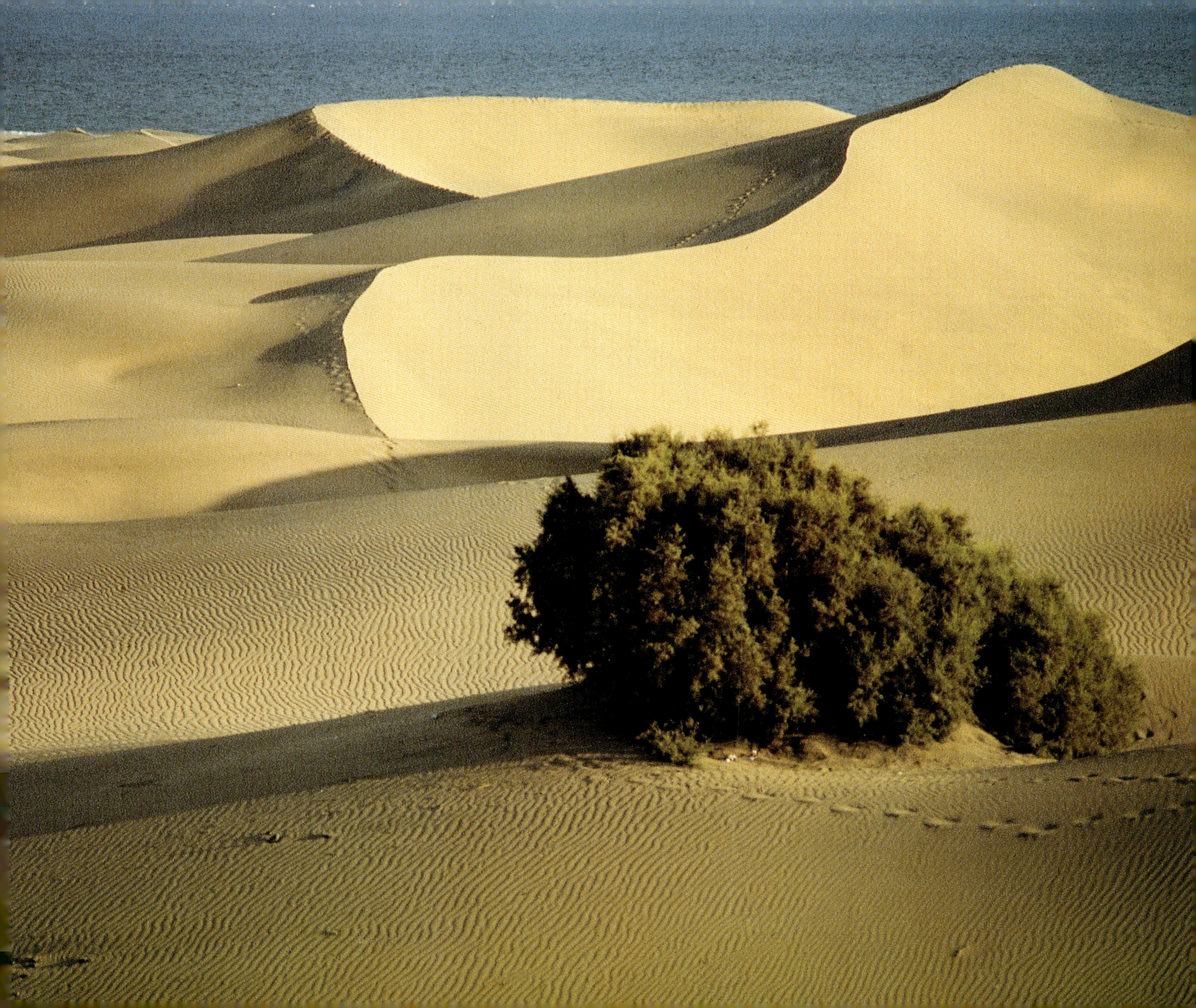

Des boules de sauterelles rusées

Géographiquement parlant, les îles Canaries font partie de l'Afrique, mais cela s'arrête là. Elles constituent deux provinces espagnoles, sont habitées par des Espagnols et visitées essentiellement par des Européens du Nord. Seuls le vent de sable et les sauterelles épisodiques sont africains.

Les journées se présentent ainsi: un avion charter amène du Nord des visages pâles, *carne fresca*, de la viande fraîche, comme disent les Canariens pour plaisanter. L'objectif de la majorité des arrivants est de sacrifier au dieu soleil une grande partie de leurs loisirs et une belle somme d'argent. Car danser, boire et flirter sont des activités auxquelles ils peuvent également se livrer chez eux. *Gran Can* – c'est ainsi que les «insiders» appellent la Grande Canarie, garantit le soleil douze jours sur quinze même en hiver. Je suis attendu par un écrivain, Berndt Guben, qui écrit des livres pour la jeunesse, et sa femme. Ils habitent ici la moitié de l'année, mais ils sont pris dans un embouteillage et ils ont donc appelé Santi, un chauffeur de taxi ami qui, comme d'habitude, attend la clientèle à l'aéroport. Ils lui ont dit de faire patienter un écrivain. Mais Santi ne m'avait jamais vu et ils n'avaient plus le temps de me décrire. Sur cent visages masculins, c'est le mien qu'il choisit. J'ai une réaction de mauvaise humeur, car je crains les importuns. Mais il ne me lâche pas et s'adresse même à une interprète qui attend un groupe pour qu'elle me demande mon nom et qui je dois rencontrer. J'avoue tout de suite tout. Quelques jours plus tard, dans son garage, alors qu'on vante son ingéniosité, Santi déclare qu'il n'est certes pas un écrivain, mais qu'il est *intelligent*.

Nous fêtons Noël d'une façon très profane avec du jarret de porc et une délicieuse viande de chèvre grillée, avec des moules et des crevettes dans une huile à l'ail et toute la famille de Santi se régale en engloutissant tous ces plats à vive allure entre les pneus et les bidons rangés contre le mur, au son d'une musique que les baffles amplifient et il n'y a pas le plus petit santon et le plus petit ange pour rappeler que c'est le jour de la Nativité. *Calima*, le vent du désert, souffle depuis des jours, je l'entends siffler autour de la porte du garage, l'air sent la poussière. Lorsque le roi du Maroc lâche un vent, dit Carlitos, cela sent jusqu'ici. Aurora, qui semble avoir une dent contre tout ce qui est marocain, ajoute: dans sa jeunesse, les grandes familles marocaines défilaient avec leurs troupeaux de chèvres dans les rues de Las Palmas, et tous les hommes, femmes, enfants et chèvres criaient «Viva Franco!»

Santi a entendu à la radio que le vent n'amène pas seulement la moitié du Sahara, mais aussi des nuées de sauterelles. Il y a longtemps que cela ne s'est plus produit; si cela arrivait, ce serait une catastrophe pour tout ce qui verdit si parcimonieusement. Le vent les amène et puis il y a encore ces boules. Quoi? Des milliers de sauterelles, me dit-on, se rassemblent en boules que le vent pousse sur l'eau. Les insectes qui se trouvent sur le pourtour sont noyés, mais ceux de l'intérieur atteignent la succulente île, la boule y explose littéralement et les mandibules entrent alors en action. Et elles sont grosses comment ces boules? Aah, et on étend les bras. Les plus grosses ont jusqu'à un mètre de diamètre. Qu'est-ce que cela va bien pouvoir donner!

Un autre jour, alors que nous roulons vers le Sud, je songe au terrible danger. Nous traversons Playa de San Agustin, Playa del Inglés et Maspalomas avec leurs centaines d'hôtels et leurs centaines de milliers de lits. Un voile gris s'étend sur les palmiers et les réclames de bière Löwenbräu. On a déjà construit bien avant dans le pays et les chemins qui mènent à la plage s'étirent. Mais qui a envie de faire cinq, sept kilomètres aller retour sur une chaussée dure? On a donc entassé des piscines dans les lotissements autour desquelles s'agglutinent les amateurs de bronzette. Une grande roue et un grand huit se dressent au-dessus des huttes des vacanciers, dans une vallée latérale on propose un westernshow. De loin le lotissement ressemble à un cimetière avec des pierres tombales blanches tout identiques. Un manque d'eau pourrait faire capoter l'immense entreprise. Certains puits descendent déjà jusqu'à trois cents mètres et le niveau de la nappe souterraine ne cesse de baisser. Si le vacancier ne peut plus se doucher deux fois par jour, il se tournera vers des endroits plus humides.

La route devient de plus en plus sinueuse à mesure qu'elle contourne le sud de l'île en direction de l'ouest. Sur les versants, on construit activement: l'ensemble de bungalows que l'on continue d'agrandir s'appelle Puerto Rico. La végétation est rare sur les roches où s'alignent les blanches maisons de vacances, celui qui habite tout en haut aperçoit la mer tout loin dans le bas. Et celui qui y a monté une caisse de bière achetée à la boutique du fond de la vallée aura fait faire un bon exercice à son cœur, ses poumons et ses muscles. On ne peut que l'en féliciter. Le croissant de plage n'a pas plus de deux cents mètres de long et des milliers de vacanciers revendiquent leur part. Nous autres, nous roulons sur la route sur la hauteur et contemplons les petits points dans le bas. Est-il vrai que des vacanciers suédois ont protesté auprès de la commission des droits de l'homme de leur pays: dans les bungalows, il y aurait moins de place que dans la cellule d'un prisonnier? Des grues se déplacent sur le chantier, les flancs de la montagne sont déjà marqués de blanc pour les cages à lapin de la saison prochaine. Nous éprouvons une certaine mélancolie à voir où en est arrivé le tourisme – mais les touristes sont évidemment toujours les autres.

Au bout d'une centaine d'autres tournants, nous nous arrêtons pour manger à Puerto de Mogan, la perle du sud de l'île de Grande Canarie. Ici, comme à Puerto Rico, un *barranco*, un ravin aux parois croulantes, confine à la côte. Dans cette vallée encaissée, on cultive des avocats et toutes sortes de palmiers dans une pépinière. Les étoiles de Noël que l'on voit chez nous à l'étalage de tous les fleuristes en hiver ont ici trois mètres de haut. A la Grande Canarie, elles poussent à l'état demi-sauvage et les caoutchoucs sont de vrais arbres, aussi grands que des chênes. Dans le Nord, on trouve une sorte de petites bananes très aromatiques et les tomates ici sont fermes et de moins belle apparence que leurs sœurs aqueuses de Hollande, elles sont même parfois ratatinées, mais elles ont un vrai goût de tomate.

Un architecte célèbre, César Manrique, a conçu le plan de Puerto de Mogan. Des rangées de maisons à deux étages ourlent un port de plaisance autour duquel sont groupés des magasins, des cafés et des promenades qui cadrent avec les versants et les criques. A la terrasse d'un hôtel, nous nous régalons d'avocats avec des tranches de saumon tout frais et buvons une Tropical, la bière de l'île. Pour le dessert, je vais m'étirer dans la mer à laquelle mène un petit escalier. Je me dis: et si ces méchantes boules arrivaient maintenant! Je sors de l'eau tout en songeant que je peux difficilement me les imaginer. Serait-ce le produit de l'imagination canarienne? Les Guben haussent les épaules; depuis qu'ils sont ici, il n'y a jamais eu d'invasion. Je décide de rester sur le qui-vive.

Pour rentrer, nous traversons l'île. Elle a une forme presque circulaire avec environ cinquante kilomètres de diamètre. En son milieu se dresse le massif déchiqueté du Roque Nublo avec ses tours rocheuses de près de deux milles mètres de hauteur. Ses crevasses sont dignes de celles du Far West.

Originaire de Héligoland, James Krüss, qui écrit des livres pour enfants, habite depuis vingt-cinq ans dans la plus belle baie de l'île entre des bananiers et des palmiers dans une merveilleuse maison. Il s'est fait faire un buste par un artiste de l'ex-RDA et ce portrait est tout en rondeurs comme le modèle: le crâne, la bouche, les yeux et le nez de ce visage tout à fait bienveillant. Des boules de sauterelles? Mais bien sûr, tout le monde sait ça ici. Le vent les fait rouler sur la crête des vagues. «Des garde-côtes prennent la mer et vont tirer sur les boules avec des petits canons.» En disant cela, ses yeux ont l'air tout à fait sincères, comme il se doit dans ce métier. Je me méfie quand même: Krüss n'a-t-il pas inventé cette histoire de boules pour épater ses jeunes lecteurs?

Le lendemain, dans les rues de Las Palmas, il y a çà et là une sauterelle, de la longueur du médius et d'un brun rouge. Je les découvre au port où est ancrée une flottille de bateaux de pêche japonais et que l'hydroptère pour Ténériffe est en train de quitter. Un panneau devant lequel tremble une sauterelle annonce que le Bayer Leverkusen participera bientôt ici à un match de football. Sur la plage, de l'autre côté de l'isthme, des autochtones et des touristes flânent et tentent de se bronzer malgré la poussière de la calima. Même en hiver, la mer a vingt degrés. Sur la plage, des promeneurs affrontent le vent torse nu.

Chez les Guben, je consulte un dictionnaire; je n'y trouve pas trace des boules de sauterelles. Steffi affirme que les sauterelles sont vertes, mais celles que j'ai vues sont rouges. «C'est comme pour les crabes», me répond-elle, «ils deviennent aussi rouges quand ils meurent.» Santi surgit sur ces entrefaites, je lui dis, par le biais des mes hôtes qui font l'interprète, que j'ai entendu dehors des canonières tirer sur les boules. Mon espoir de voir enfin rire quelqu'un est déçu. Santi fronce le sourcil comme si c'était la fin de l'île.

Je visite le merveilleux musée sur la civilisation de l'âge de pierre des Guanches, qui vécurent ici dans des grottes et des maisons de pierres plates avant l'arrivée des Espagnols. Je monte dans la cité-jardin avec ses palmiers verts, je traverse en sautant les croisements des rues commerçantes, redoutant à tout moment d'être renversé par des Canariens sans égards au volant de leurs voitures poussiéreuses. Calima souffle et souffle, les maisons ont un aspect laiteux dans la poussière. Guben et moi, nous regardons les paquets de mer s'abattre sur la jetée et les feuilles jaunissantes des palmiers s'effranger sur sa terrasse. Jamais, m'assure-t-il, le temps n'a été si mauvais à la Grande Canarie. J'ai l'impression qu'il a honte pour tout l'archipel.

Le soir, la télé annonce la fin de l'alerte: le vent a tourné, on n'a plus à redouter l'arrivée des sauterelles. Le jour de mon départ, c'est comme dans les plus mauvaises blagues, le soleil resplendit d'un horizon à l'autre, il n'y a pas un souffle de vent, l'air est pur.

Et maintenant je pose très sérieusement la question et que personne ne vienne me dire qu'il a *lu* l'histoire des boules de sauterelles dans les livres de Krüss ou de Guben et vu des dessins de quelque illustrateur vénal, je demande donc très sérieusement: qui a vu, *de ses yeux vu*, des boules de sauterelles d'un mètre de diamètre sur les vagues de l'Atlantique?

◁◁◁ *Espagne/Iles Canaries, la Grande Canarie, sur la plage de Las Palmas*
◁◁ *Espagne/Iles Canaries, la Grande Canarie, dunes de sable*

Was für eine perfekte Straße

Natürlich fuhren wir zur Lasíthi-Hochebene hinauf, vom Rand aus schauten wir auf Parzellen, Wege und wenig Büsche. So fruchtbar wie hier ist Kreta nirgends. An die zehn Kilometer lang und halb so breit liegt bester Boden, herabgeschwemmt von den Bergen. Venezianische und türkische Besatzer, um Unterdrückung der Kreter und Absatz eigener Waren bemüht, verboten zeitweise jeden Anbau. Viele Anwohner zogen fort, später kehrten sie zurück und stellten zweiundzwanzig Dörfer an den Rand, daß kein Quadratmeter guter Erde vergeudet werde.

An unserem Tag drehte sich keines der Windräder, starr standen ihre Gestelle, die Bauern hatten sie nicht mit Segeltuch bespannt. In den Bildbänden daheim schauten wir später nach und versuchten uns das Flirren vorzustellen, wenn sich in trockenen Wochen bis zu vierzehntausend Windräder drehen und drehen, um Grundwasser heraufzupumpen. Zur Sommerszeit ist auf den Nordwind Verlaß. Anderwärts standen wir vor Steintürmen, betrachteten die brüchige Achse weit oben und den einen oder anderen Sparren: die Reste von Windmühlen, die der elektrische Strom arbeitslos gemacht hat.

Mit unseren Reiseführern in der Hand betrachteten wir minoische, römische und venezianische Mauern, und wenn wir nicht aufpaßten, hatten wir uns rasch um tausend Jahre vertan. Unter den Palmen von Vaï an der nordöstlichen Ecke glaubten wir gern die Sage, Araber, aus Spanien kommend, hätten 824 nach Christus hier Dattelkerne in den Sand gespuckt, aus ihnen sei dann der einzige Palmenhain Kretas aufgewachsen. Unser japanischer Leihwagen ächzte und krachte bei der Fahrt die Holperpiste hinauf. Dann verfuhren wir uns. Wir überlegten, wie es uns wohl bekäme, bräche Achse oder Rahmen. Aber wir waren ja nicht inmitten der Sahara, hinter den nächsten drei Hügeln lag gewiß ein Dorf.

Da stießen wir, in unserer Karte war sie nicht verzeichnet, auf eine großartige Asphaltstraße. Sonderlich breit war sie nicht, aber glatt wie eine Autobahn daheim. Die mußte ja zurück in die Zivilisation führen! Durch eine Senke huschten wir, frohgemut summte der Motor. Gewiß rollten wir auf ein Luxushotel zu, auf eine weißschimmernde Bungalowsiedlung, auf sammetweichen Strand mit bunten Sonnenschirmen. Im Geiste sahen wir uns auf schattiger Terrasse, Fisch, Brot und Wein bestellend. Die allerfreundlichste Kellnerin sprach Deutsch, denn sie stammte aus Wuppertal, wo ihre Eltern malochten, und dann schmausten wir, und der Wirt fuhr mit dem Finger auf der Karte entlang: Hier waren wir, und so sollten wir fahren, um zurückzufinden.

Nun müßten aber bald Reklameschilder am Straßenrand locken: Noch zwei Kilometer bis zum Paradies! Auf einen Hügel kurvten wir hinauf, gar auf einen Berg, da sperrten plötzlich viel Zaun und ein kaputtes Tor und ein Schild in etlichen Sprachen: Hier durften wir nicht weiter, denn hier beginne militärisches Gebiet. Doch weil da niemand war und es uns leichtfiel, Tor und Schild nicht recht ernst zu nehmen, fuhren wir auf Sand und Schotter langsam weiter und wunderten uns. Und wunderten uns nicht mehr: Von der Kante aus spähten wir hinab, ins Tal war eine Flugpiste geschnitten, die Schildkrötenbuckel einer Radarstation überwölbten die jenseitige Kuppel, und ich begriff: Da unten lag ein Kriegsflugplatz für den Fall der Fälle, denn hier ging das Nato-Gebiet zu Ende, und nicht weit war es zum Suezkanal und den kostbaren Ölfeldern am Golf mit allerlei Spannungsmöglichkeiten. Dann wäre hier oben, vermutete ich, der ideale Platz für eine Flakbatterie, und die herrliche Straße war nur gebaut worden, um die Geschütze wie der Blitz hierher verlegen zu können.

Da wendeten wir und machten uns rasch hinaus und davon, weit unten umkurvten wir über Ödland eine Schranke, und dann brauchten wir noch eine Weile, ehe wir uns wieder richtig ferienmäßig auf Fisch und Wein, Oliven und Theodorakis-Musik aus dem Lautsprecher und eine Griechin aus Bielefeld oder Würzburg freuen konnten. Wir bestätigten es uns noch einmal: was für eine perfekte Straße.

▷ *Griechenland/Kreta, Windmühle in der Lasíthi-Hochebene*
▷▷ *Griechenland/Kreta, Orangenbaum im Hof des Klosters Arkádi*
▷▷▷ *Griechenland/Kreta, Schafe in der Abendsonne*
▷▷▷▷ *Griechenland/Kreta, Bauernfamilie*

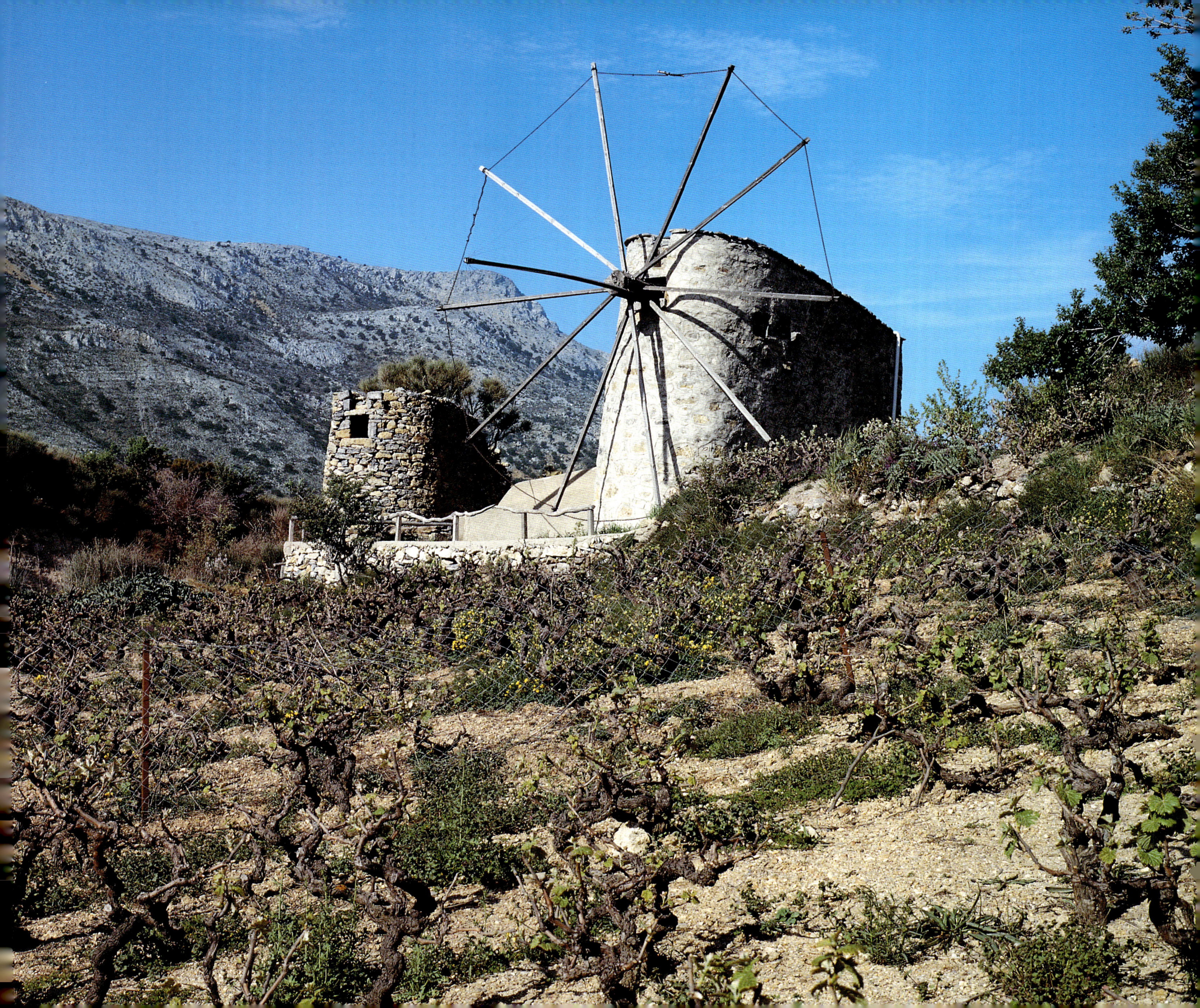

What a perfect road

We drove up onto the Lasíthi Plateau, of course, and from its edge we looked down on fields, paths, and a few bushes. This is Crete's most fertile area; about ten kilometres long, and half as wide, it consists of rich soil washed down from the mountains. At various times, Venetian and Turkish overlords, intent on suppressing the Cretans and improving markets for their own wares, forbade its cultivation. Many of the local population left, but returned later and laid out twenty-two villages round the edge of the plain so that not a square metre of the good earth should be wasted.

While we were there not a single one of the windpumps was working; the farmers had not attached the sails. Later on, at home, we looked at photos in books, and tried to imagine the whirling activity when, in dry periods, as many as fourteen thousand windpumps are whizzing around to pump up ground water for irrigation. The north wind can be relied on in the summer. In other parts, we saw stone towers with broken axles and spars: ruined windmills made redundant by electricity.

Armed with our guide-book, we looked at Minoan, Roman, and Venetian walls, and if we were not careful could easily have misjudged their age by a thousand years. Beneath the palms at Váï at the northeastern tip, we found it easy to believe the saga that Arabs coming from Spain had in 824 spat out date stones onto the sand, and that this had been the origin of the only palm grove on Crete. Our Japanese rental car gasped and groaned its way up the bumpy track. Then we took a wrong turning. We began to wonder what would happen if we broke an axle or some other vital part. But we were, after all, not in the Sahara – there must be a village somewhere behind the next hill or two.

Suddenly we struck a magnificent tarred road not entered on our map. It was not particularly wide, but was as smooth as a motorway at home. It simply must lead us back to civilization! We sped through a hollow, the engine now purring happily. We were sure we must be heading for some luxury hotel, for a spanking holiday village, a fine sandy beach with colourful sunshades.

We pictured ourselves sitting on a shady terrace, ordering fish, bread, and wine. The friendly waitress would speak German, because she had lived in Wuppertal, where her parents were 'guest-workers'; and then we would eat, and our host would pick up our map and show us where we were and what route to take on our way back.

Soon there would be posters along the side of the road: two more kilometres to paradise! We climbed a hill, a mountain, and then the road was suddenly blocked by fencing and a broken gate, and, in a number of languages, a notice said: military zone, no admittance. But as there was no one about, and we found it hard to take the gate and the sign seriously, we drove slowly on along a dirt track, amazed. And then we were suddenly not amazed any longer: we reached the edge of an escarpment, and looked down into a valley where an airfield had been laid out; the tortoise-like domes of a radar station crowned the opposite hill, and I realized: below us lay an emergency military landing strip, because this was the outer fringe of the NATO region, and from here it was not far to the Suez Canal and the precious oilfields around the Gulf. It also occured to me that the spot we were on was an ideal site for an anti-aircraft battery, and the fine road had been built to enable the guns to be brought up at a moment's notice.

We turned back, and drove off smartly; far below, after crossing a stretch of deserted countryside, and negotiating a barrier, it took us some time before we recovered our holiday mood and were ready again for fish and wine, olives and canned Theodorakis music, and a Greek waitress who had lived in Bielefeld or Würzburg. But one thing was sure: it was a perfect road!

◁◁ *Greece/Crete; windmills on the Lasíthi Plateau*
▷ *Greece/Crete; orange tree in the courtyard of Arkádi Monastery*
▷▷ *Greece/Crete; sheep at sundown*
▷▷▷ *Greece/Crete; peasant family*

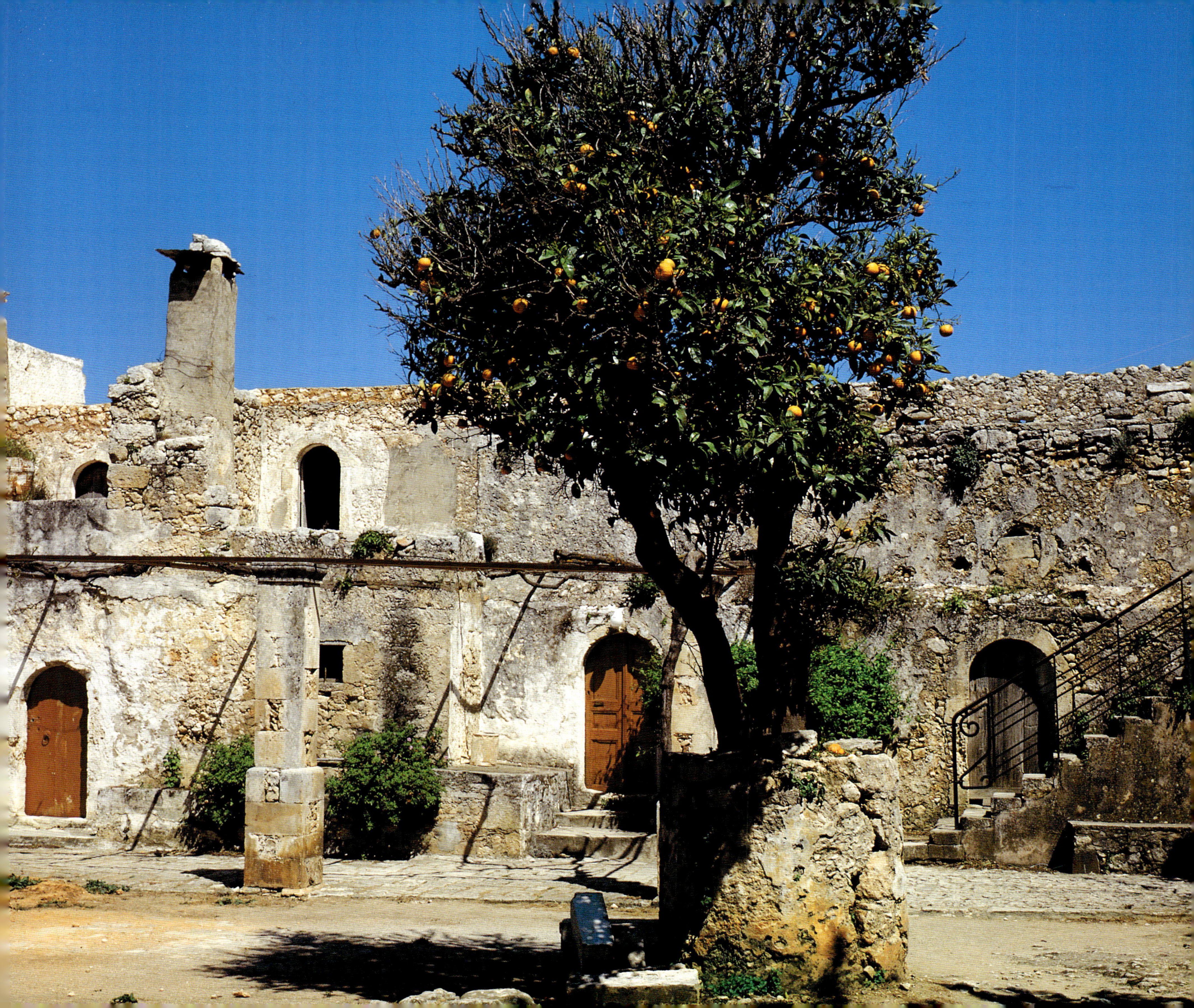

Quelle route parfaite

Nous montons naturellement jusqu'à la plaine du Lassithi, du bord nous contemplons les petits champs, les chemins avec leurs quelques buissons. Nulle part ailleurs, la Crète n'est aussi fertile qu'ici. Sur dix kilomètres de long et cinq de large, on trouve la meilleure terre descendue de la montagne. Pour opprimer les Crétois et assurer la vente de leurs propres produits, les occupants vénitiens et turcs ont par moments interdit ici toute culture. De nombreux riverains sont partis, ils sont revenus par la suite et ont disposé vingt-deux villages en bordure de la plaine afin de ne gaspiller aucun mètre carré de bonne terre.

Aucune des éoliennes n'est en action, leurs pales sont immobiles, les paysans ne les ont pas tendues de toile. Plus tard à la maison, nous regarderons des livres illustrés sur cette région et essayerons de nous imaginer le spectacle que doivent donner les quelque quatorze mille éoliennes qui tournent en plein été pour assurer l'irrigation des terres. En été, on compte sur le vent du Nord. Ailleurs, nous nous trouvons devant des tours de pierre avec des axes brisés et des bras d'ailes: les restes d'éoliennes que l'électricité a mises au chômage.

Guide en main, nous regardons les murs minoens, romains et vénitiens et si nous n'y prenions garde, nous risquerions facilement de nous tromper de mille ans. Sous les palmiers de Vaï, à l'angle nord-est, nous croyons volontiers la légende d'après laquelle des Arabes, venus d'Espagne, auraient en 824 après J.-C. craché dans le sable des noyaux de dattes qui ont donné naissance à l'unique palmeraie de la Crète. Notre voiture de location japonaise gémit et grince en montant la piste cahotante. Puis nous nous égarons. Nous nous demandons alors ce qu'il adviendrait de nous si nous cassions maintenant un axe ou le châssis. Mais finalement nous ne sommes pas au milieu du Sahara et il y a certainement un village derrière les trois prochaines collines.

Nous tombons soudain sur une formidable route asphaltée qui n'est pas indiquée sur notre carte. Elle n'est pas particulièrement large, mais lisse comme une autoroute de chez nous. Elle ne peut que nous ramener vers la civilisation. Nous traversons rapidement une dépression, le moteur ronronne agréablement. Nous nous dirigeons sûrement vers un hôtel de luxe, vers une cité de bungalows tout blancs, une plage veloutée avec des parasols multicolores. En pensée, nous nous voyons déjà sur une terrasse ombragée en train de commander du poisson, du pain et du vin. Une serveuse des plus aimables parlerait l'allemand, car elle aurait vécu à Wuppertal où ses parents étaient travailleurs immigrés. Nous nous restaurerions et l'aubergiste viendrait nous montrer sur la carte: nous sommes là et voilà la route que nous devons prendre pour retrouver notre chemin. Maintenant des panneaux publicitaires en bordure de la route devraient bientôt nous allécher: encore deux kilomètres jusqu'au paradis! Nous montons en lacets sur une colline, une montagne même, mais voilà que notre chemin est soudain barré par des clôtures, un portail en très mauvais état et un panneau avec des inscriptions dans toutes les langues: interdiction d'aller plus loin, ici commence une zone militaire. Mais comme il n'y a personne et qu'il nous est facile de ne pas prendre au sérieux le portail et le panneau, nous poursuivons lentement notre chemin sur du sable et des pierres, étonnés de ne rien voir. Mais voilà que nous ne nous étonnons plus, nous atteignons le bord d'un escarpement et nous apercevons dans le bas une piste d'atterrissage qui a été aménagée dans la vallée, une station radar bossue la colline en face et je comprends: il y avait là un terrain d'aviation militaire pour toute éventualité, car ici se terminait le territoire de l'OTAN, le canal de Suez n'était pas loin et les précieux champs de pétrole. Ici, l'endroit était idéal pour une batterie de D.C.A. et la bonne route n'avait été construite que pour pouvoir déplacer rapidement les canons.

Nous faisons demi-tour et nous nous éloignons vite de l'endroit, nous traversons un terrain inculte et contournons une barrière, mais il nous faut encore un certain temps avant de pouvoir nous replonger dans l'atmosphère des vacances et nous régaler de poisson, de vin et d'olives servis par une Grecque de Bielefeld ou de Wurtzbourg au son de la musique de Theodorakis diffusée par un haut-parleur. Ce qui ne nous empêche pas de dire encore une fois: quelle route parfaite.

◁◁◁ *Grèce/Crète, moulin à vent sur le haut plateau de Lassithi*
◁◁ *Grèce/Crète, oranger dans la cour du couvent d'Arkádi*
▷ *Grèce/Crète, des moutons sous le soleil couchant*
▷▷ *Grèce/Crète, famille de paysans*

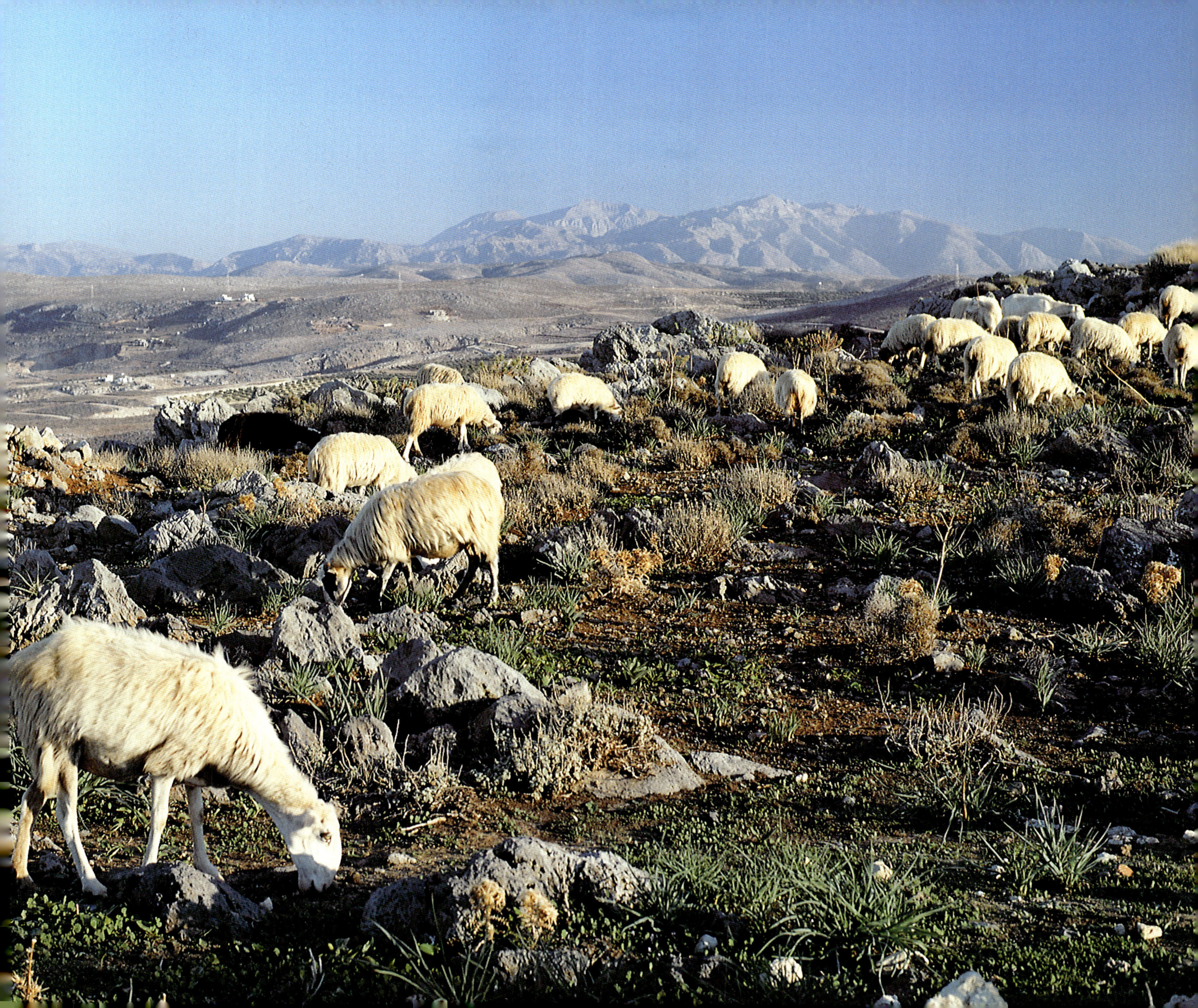

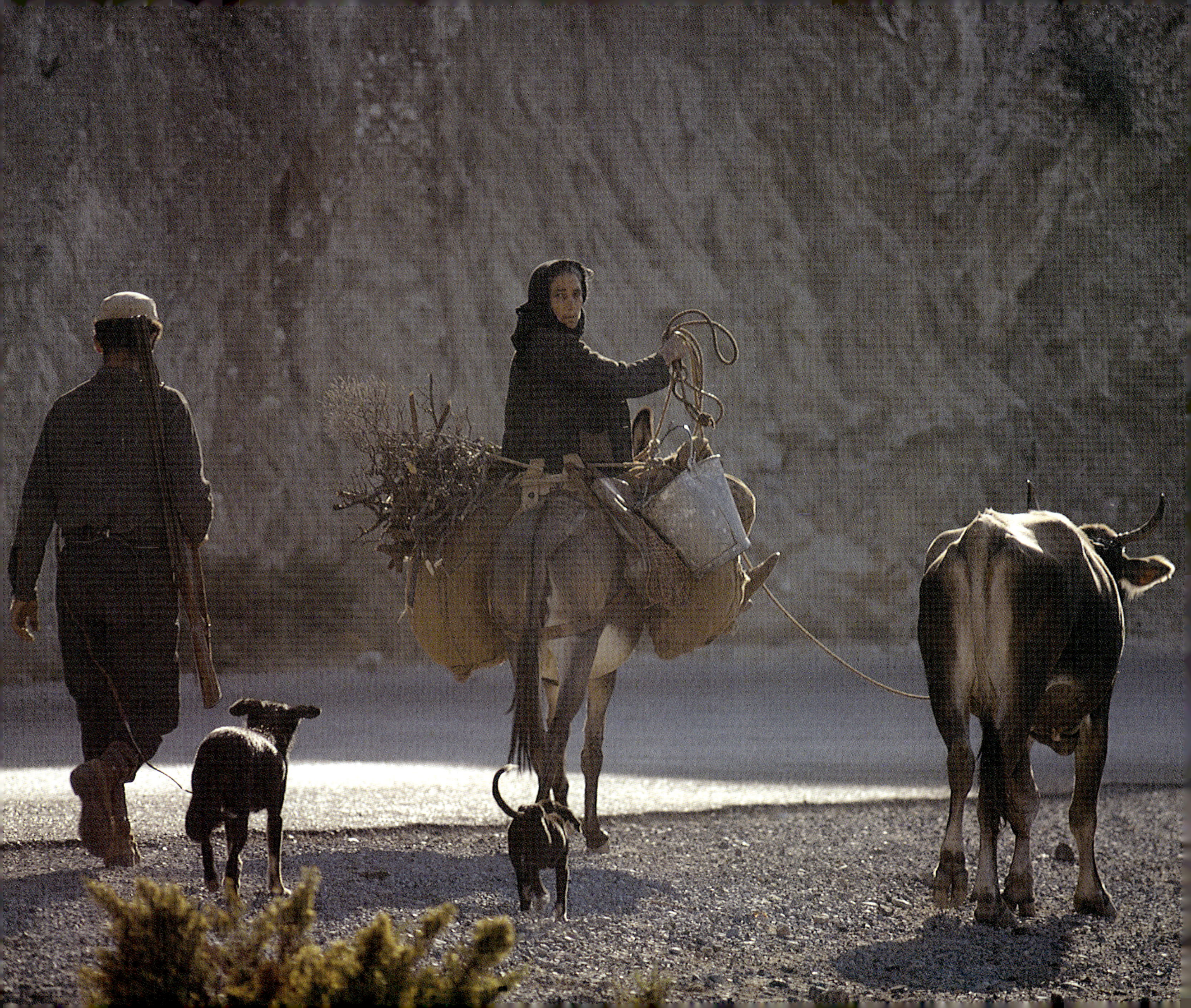

Eile mit Weile

Ameland ist die vierte von links, wenn man aus einem Flugzeug oder auf einer Landkarte die Westfriesischen Inseln betrachtet. Vor wenigen Jahren noch übten auf Ameland Freiwillige die ratternde Fahrt mit zehn Pferden, die das Rettungsboot auf einem Wagen dorthin an den Strand zogen, wo es Menschenleben zu bewahren galt. Für die Burschen bedeutete es höchste Inselehre, dieser schnellen Truppe anzugehören, der Amelander Kavallerie-Marine, die vor 150 Jahren gegründet wurde. Flach war und ist die Küste überall, die Pferde zogen den Wagen so weit ins Wasser, bis nur noch ihre Köpfe herausragten und das Boot Auftrieb bekam. Die Rosselenker sprangen über und griffen zu den Riemen. Das Retten von Schiffbrüchigen oder/und das profitable Bergen von gefährdeter Fracht konnte beginnen.

Heute wird dieses Spektakel einige Male im Sommer den Gästen vorgeführt, für den Ernstfall liegt ein Motorboot am Kai von Nes, dem Hauptort, startbereit. Ameland wirbt mit Sandstrand über alle 27 Kilometer Nordküste und einem dichten Geäder von Radwegen durch die Dünen, *Fietspaden* geheißen. In den Nes-Cafés sollte man Tee trinken und in den Restaurants Fisch essen. Ameland ist vogel- und kinderfreundlich, Ruhe überkommt den Gast, der nach Hon radelt, dem menschenleeren Inselosten. Muschelübersät liegt dort der Strand. Du kannst an den Dünen sitzen und denken: Da vorn, so weit ist es gar nicht, lärmt und stinkt London, in deinem Rücken, noch näher, braust und dünstet Amsterdam. Dahinter brodelt es an Rhein und Ruhr. Eine Möwe trippelt neugierig auf dich zu, du sagst: Na, Möwe?

Die Pferde preschen den Strand entlang im Schaugalopp, unbeeindruckt schmausen auf den Wiesen nahebei Kühe ihr Gras. Milch gibt's auf Ameland im Überfluß: In einer Pipeline wird sie aufs Festland gepumpt. Langsam, langsam darf sie nur durchs Rohr fließen. Einmal fuhr der Pumpenwärter volle Pulle, da kam sie drüben als Buttermilch mit gelben Klümpchen an. Eile mit Weile, so rieten schon unsere Großmütter.

▷▷ *Niederlande/Friesland, Westfriesische Inseln, Ameland, Abendstimmung am Strand*

More haste less speed

When you look at a map, or down from an aircraft at the West Frisian Islands, Ameland is the fourth from the left. Until a few years ago the island had a volunteer life-saving organization which, in an emergency, could get a life boat down to the beach in no time at all with the aid of ten horses. The young men were proud to belong to this rapid deployment force, this Ameland synthesis of cavalry and navy, which was founded 150 years ago. The entire coastline was and is flat, and the horses towed the boat out until only their heads were above water and the boat afloat. Then the horsemen turned into rowers, and the saving of shipwrecked mariners and/or the profitable salvaging of freight could begin.

Nowadays this spectacle is enacted a few times in the summer for the holidaymakers, but for the real job of life-saving there is a motorboat at the ready at Nes, the main village. Ameland's main attractions are the 27 kilometres of sandy beaches along the entire north coast and a dense network of cycling paths through the dunes. The Nes-cafés serve excellent tea, and the restaurants good fish. Ameland is a paradise for birds and children; those seeking tranquillity will find plenty of it in the east of the island, around Hon. There the beach is strewn with mussel shells. You can sit on the dunes and think: somewhere out there, not all that far away, is noisy, smelly London, and behind your back is Amsterdam, just as noisy and smelly, with, further back still, the Rhine and Ruhr. A seagull walks towards you, and you say: Hi, seagull!

The horses rush along the beach in a demonstration gallop, with unimpressed cows chewing the cud in the nearby fields. There is a superabundance of milk on Ameland: it is pumped through a pipeline to the mainland – but very slowly. On one occassion the pumpmaster let the engines rip, and out of the other end poured buttermilk with little yellow clots in it. Our grandmothers knew what they were talking about when they said: More haste less speed.

Hâte-toi lentement

Lorsque l'on regarde les îles Frisonnes d'avion ou sur une carte, Ameland est la quatrième à partir de la gauche. Il y a quelques années encore, des volontaires s'exerçaient à conduire dix chevaux qui tiraient une voiture avec un bateau de sauvetage jusqu'à la plage où il s'agissait de sauver des vies humaines. Pour les jeunes gens, c'était un infime honneur que d'appartenir à cette troupe d'intervention rapide, la cavalerie de marine d'Ameland, qui fut fondée voici 150 ans. Partout, la côte était et est encore plate, les chevaux tiraient la voiture dans l'eau jusqu'à ce que l'on ne voit plus que leurs têtes et que le bateau soit à flot. Les cavaliers sautaient alors dedans et prenaient les rames. Le sauvetage des naufragés ou/et celui lucratif d'une cargaison en péril pouvait commencer.

Aujourd'hui, ce spectacle est présenté plusieurs fois en été à l'intention des touristes. Mais pour sauver des vies, il y a maintenant un bateau à moteur prêt à partir du quai de Nes, le chef-lieu de l'île. Ameland s'enorgueillit d'une plage de sable sur 27 kilomètres de côte et d'un réseau dense de pistes cyclables, les *Fietspaden*, à travers les dunes. Dans les cafés de Nes, on doit boire du thé et manger du poisson dans ses restaurants. Ameland est un paradis pour les oiseaux et les enfants. Le vacancier en quête d'absolue tranquillité doit aller à bicyclette jusqu'à Hon dans l'est de l'île tout à fait désert. La plage y est recouverte de coquillages. On peut s'asseoir dans les dunes et se mettre à penser; là devant, pas si loin que cela, se trouve Londres, bruyant et nauséabond, derrière, encore plus proche, Amsterdam avec son vacarme et ses brumes. Plus loin derrière, c'est l'animation sur les bords du Rhin et de la Ruhr. Une mouette curieuse s'avance en trottinant: alors mouette? lui dit-on.

Les chevaux galopent le long de la plage, dans les prés à côté les vaches indifférentes broutent l'herbe. A Ameland, il y a du lait en abondance, il est amené par un pipeline jusqu'au continent. Il est pompé très, très lentement. Une fois en effet, le préposé au pompage avait été trop vite en besogne et le lait était arrivé à destination en lait de beurre avec des grumeaux jaunes. Hâte-toi lentement, conseillaient déjà nos grands-mères.

▷ *Netherlands/Friesland; West Frisian Islands, Ameland, sundown on the beach*

▷ *Pays-Bas/Frise, îles de la Frise occidentale, Ameland, ambiance crépusculaire sur la plage*

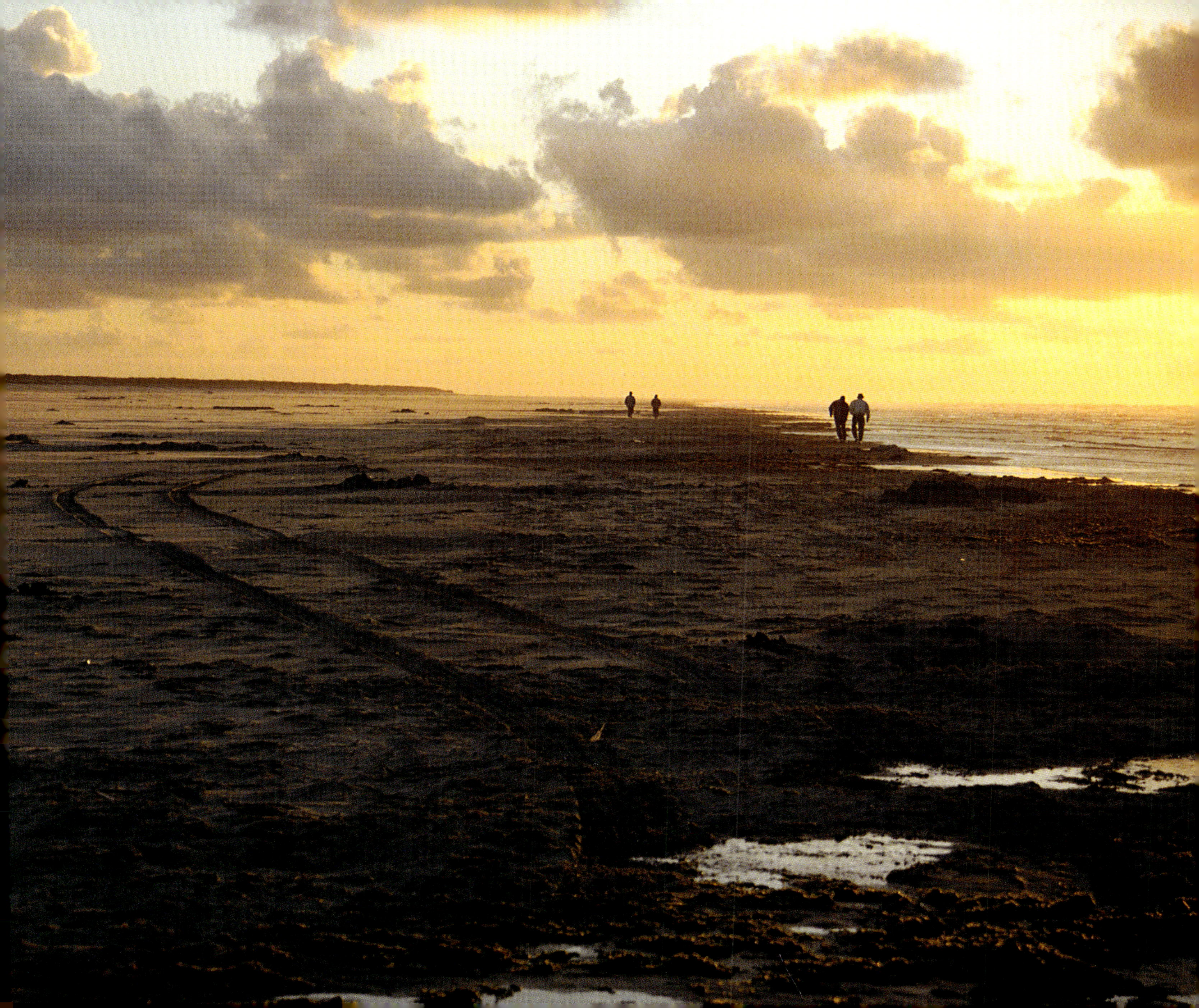

Diese äußerst wichtige Plage

So wie die große britische Insel den Anschein erweckt, sich nach Westen hin nicht zum Aufhören entschließen zu können und dem Kap Land's End noch die Scilly-Inseln vorlagert, so bröckelt die kleine Insel Wight allmählich ins Meer: Stag und Arch heißen zwei Klippen, ganz vorn warnt noch ein Leuchttürmchen. Jahrhundertelang fürchteten Seeleute diese Hindernisse am Eingang in die Freshwater-Bucht, erst die Romantiker kamen darauf, diese Küste als schön zu empfinden; sie verglichen die stillen Tiefen und jähen Stürme des Meeres mit menschlichen Leidenschaften und priesen die Erhabenheit des Ozeans. Das nüchterne 19. Jahrhundert kam darauf, Schwimmen sei gesund und vergnüglich und es bereite Freude, sich strandwandernd gegen den Wind zu stemmen.

Zwischen Wight und dem Hauptland sind es an der engsten Stelle nur fünf Kilometer. Wight ist bestenfalls 20 Kilometer breit und 37 Kilometer lang, für diese bescheidene Fläche zeigt es erstaunliche landschaftliche Vielfalt. Das Klima ist beinahe so mild wie am Mittelmeer, und das alte Dörfchen Shanklin hält den englischen Sonnenscheinrekord. Die meisten Besucher, die von der großen Insel auf die kleine übersetzen, gehen in Ryde an Land; der Pier ist an die achthundert Meter lang, worauf dort jedermann stolz ist. Sommers herrscht Erholungstrubel auch von Schottland und Skandinavien her, über den die Einwohner natürlich nicht erbaut sind, es sei denn, sie verdienen daran, aber jeder Zuwachs an Gästen und Hotels, Straßen und Schenken muß die Qualität leiden lassen.

Portsmouth und Southampton liegen nahe, südlich durch den Ärmelkanal führt eine der am stärksten befahrenen Schiffahrtsrouten der Welt. Die Strände sind bedroht, wenn wieder einmal ein Tanker leckschlägt, aber wer im Inneren durch Feld und Heide wandert, merkt nichts von Weltverbindung und Gefahr. Der Dichter John Keats war in Shanklin verliebt. Die berühmte Royal Yacht Squadron hat in Cowes ihr Hauptquartier, und alle Segler der Welt sprechen das Wort Wight mit Andacht aus.

Jeder Brite, der auf Tradition hält, und welcher Ehrenwerte täte das nicht, weiß, daß die Königin Viktoria sich gern in Osborne House aufhielt; es liegt ein wenig östlich von Cowes. Und wer sich seiner Schulzeit erfolgreich erinnert, weiß auch das: Hier starb sie 1901. Das war Wights beste, bis heute prägende Zeit. Baden und Badeleben kamen in Mode, im Norden rauchten und stampften Werften und Fabriken, von den Häfen fuhren Dampfer und noch immer Segler in alle Häfen des Weltreichs und die neuen Luxusschiffe an Wight vorbei im Rennen ums »Blaue Band« nach New York. Natürlich waren die Römer hier gewesen, Wikinger und Sachsen hatten ihre Kampfboote in alle Buchten gelenkt. In den Bürgerkriegen waren Burgen und Schanzen gehalten und verloren worden. Wenn die Königin hier ausruhte, konnte sie im Rücken das aus allen Nähten platzende London erfühlen, vor ihren Blicken ging's nach Afrika, Indien und Australien. Die Mutter und Herrscherin eines Weltreichs hatte hier gut ruhen. Wenn sie auf den Globus schaute: Die Hälfte war rosarot.

Im Zweiten Weltkrieg fielen auch Bomben auf Wight, Sperren gegen Invasoren wurden errichtet. Von hier und den Häfen und Buchten dahinter machten sich am D-Day die Flotten auf, die ihre Soldaten in der Normandie an den Strand warfen. Seitdem findet Weltgeschichte anderwärts statt – wie erholsam für Wight.

Die Reetdächer in den Dörfern wurden mit Drahtgeflecht gesichert, denn die Winde blasen hart. In Shanklin sind die Gassen eng, an fast jeder Bordkante sind zwei gelbe Streifen entlanggezogen; das heißt: Parken verboten. In den kleinen Lokalen kann man Tee mit reichlich Milch trinken und über Last und Segen des Tourismus debattieren. Dieses Thema hat George Mikes, ein aus Ungarn stammender Londoner, so abgehandelt:

»In den vier Jahrzehnten, die ich hier lebe, hat der gewöhnliche, normale oder naturalisierte Fremde aufgehört, ein verdammter Ausländer zu sein, und sich zu einem Touristen gewandelt, zu einem Besucher oder gar zu einem bemerkenswerten Europäer, wenn das Pfund sehr niedrig steht. Insgesamt sind die bemerkenswerten Europäer verdammte Ausländer, *bloody foreigners*. Die Londoner verlieren beinahe ihre Geduld, wenn die Untergrundbahnen, die Busse, die Straßen, die Theater, die Läden überfüllt sind und sie keinen Platz bekommen. Sie reden ständig davon, man solle eine hohe Steuer für die Touristen einführen, um sie fernzuhalten. Andere wiederum weisen darauf hin, daß Touristen ein Segen für die Wirtschaft seien, und außerdem sei dies der Lauf der Welt: Schließlich führen ja auch Millionen Engländer jedes Jahr ins Ausland. Aber das ist natürlich etwas ganz anderes. Engländer im Ausland schmücken einen bescheidenen fremden Ort mit ihrer Anwesenheit, hierzulande dagegen sind Touristen eine Plage. Im allgemeinen wird jedoch anerkannt, daß sie eine äußerst wichtige Plage sind. Und darum wurde vorgeschlagen, sie sollten ihr Geld schicken, selbst aber wegbleiben. Da sie schon unser ›unsichtbarer Export‹ wären, könnten sie selbst auch unsichtbar bleiben.«

▷ *Großbritannien/England, Cornwall, Land's End*
▷▷ *Großbritannien/England, Isle of Wight, Gegenlichtstimmung mit den Needles*
▷▷▷ *Großbritannien/England, Isle of Man, Manx Village Folk Museum in Cregneash*

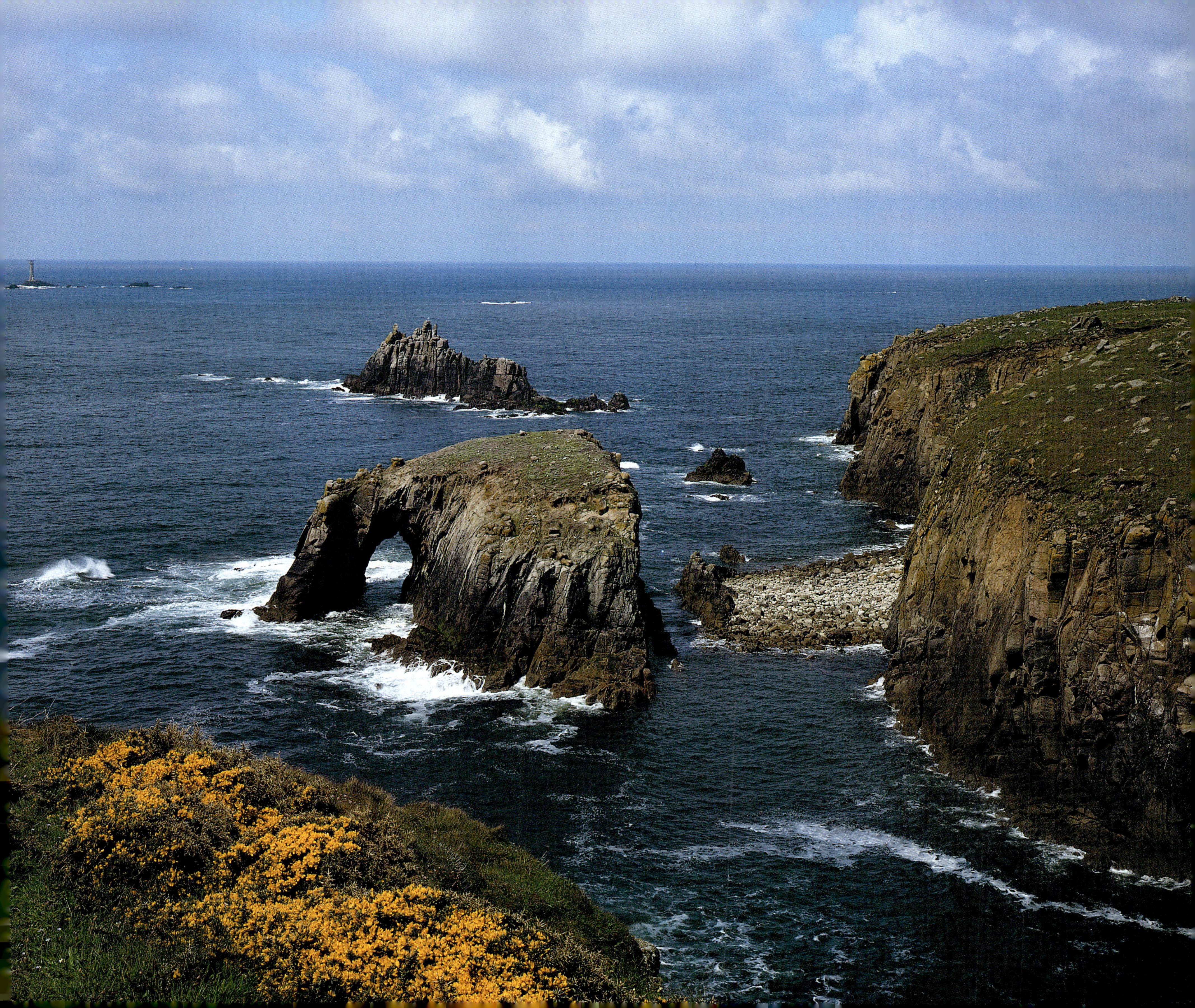

This extremely important plague

The southwest of England stretches out into the Atlantic, apparently unwilling to stop, especially as Land's End is still not the end: the Isles of Scilly are yet to come. And the little Isle of Wight seems to emulate its big brother: beyond the western tip, the Needles, three isolated chalk rocks, the two larger ones called Stag and Arch, extend into the Channel; the most westerly of the three has a lighthouse on it. For centuries, mariners feared these obstacles at the entrance to Freshwater Bay, and it took the Romantics to recognize the beauty of the coastline; they compared the quiet depths and violent storms of the sea with human passions, and praised the nobility of the ocean. The practical 19th century proclaimed that swimming was healthy and pleasant, and that it could be stimulating to walk along the beach with the wind in your face.

The distance between Wight and the mainland is only three miles at the narrowest point. The island is no more than 22 miles long and 13 wide, and yet its countryside is amazingly varied. The climate is nearly as mild as around the Mediterranean, and the old village of Shanklin holds the English sunshine record. Most visitors to the island land at Ryde; the pier, nearly 800 metres long, is the pride of the town. Holidaymakers flock here in summer, even coming all the way from Scandinavia and Scotland – the resultant stress is something the islanders are not too keen on unless they profit from it, but from every increase in the number of visitors and hotels, roads and pubs, the quality of holiday-life is bound to suffer.

Portsmouth and Southampton are just across the Solent, and to the south, through the Channel, runs one of the world's busiest shipping routes. The beaches are under threat whenever yet another tanker springs a leak – but anyone investigating the interior of the island, walking across the fields and downs, will notice nothing of the proximity of the world of industry and of dangers. John Keats spent two months in Shanklin, on the east coast, in 1819, and was delighted at its charm. The famous Royal Yacht Squadron is based in Cowes, on the north coast, and the world's sailors all speak of Wight in hushed tones.

Every Briton interested in tradition, which means most of them, knows that Osborne House, to the east of Cowes, was Queen Victoria's favourite residence. And anyone who paid attention in school remembers: it was here that she died in 1901. The Victorian period was Wight's best time, and it left its stamp on the island. Bathing and bathing resorts came into fashion. In the north factories and shipyards steamed and smoked, steamships and sailing boats set out from the ports for all parts of the empire, and the new luxury liners passed the island for New York, competing for the coveted Blue Riband.

The Romans were here, of course, and Vikings and Saxons dropped in from time to time. In the course of history, battles were fought across the island, and a king – Charles I – was held prisoner in Carisbrooke Castle before his execution. When Queen Victoria rested here she could sense the dynamic energy of overcrowded London behind her, and southwards, far away, was the Empire sprawled across Africa, India, and Australia. It was a good place for the mother and ruler of an empire to rest – when she looked at the globe, half of its surface was pink.

Bombs fell on the Isle of Wight during the second world war; barriers were erected against potential invaders. From here, and from the harbours behind the island, the fleet set sail on D-day to carry the troops to the Normandy beaches. Since then history has taken place elsewhere – good for Wight!

The thatched roofs of the village houses are reinforced with wire, for the wind can be rough. In Shanklin the streets are narrow, and nearly every kerb has two yellow lines painted along it: No Parking. In the little cafés you can drink milky tea and discuss the advantages and disadvantages of tourism. George Mikes, a Hungarian Londoner, has the following to say on the theme:

"In the four decades that I have lived here, the common or garden foreigner, and the naturalized foreigner, too, has ceased to be a damned foreigner, and has mutated into a tourist, a visitor, or, if the pound sterling is at a very low ebb, even into a commendable European. Generally speaking, however, the commendable Europeans *are* lumped together as bloody foreigners. Londoners almost lose their patience when the underground, the buses, the streets, the theatres, and the shops are so overcrowded that they themselves can hardly enter them any more. Most of them love talking about how a high tax should be charged on tourists in order to keep them away, although others point out that tourists are a blessing for the economy, and that anyway that is the way of the world: after all, millions of Britons go abroad every year. But that is different, of course. Britons abroad are an ornament to any modest little Continental place they please to visit, whereas here at home tourists are a plague. On the whole, however, it is admitted that they are an extremely important plague. And so it has been suggested that they should send their money over, but stay away themselves. As they are listed among 'invisible exports', they should at least have the decency to remain invisible."

◁◁ *Great Britain/England; Cornwall, Land's End*
▷ *Great Britain/England; Isle of Wight, the Needles against the light*
▷▷ *Great Britain/England; Isle of Man, Manx Village Folk Museum in Cregneash*

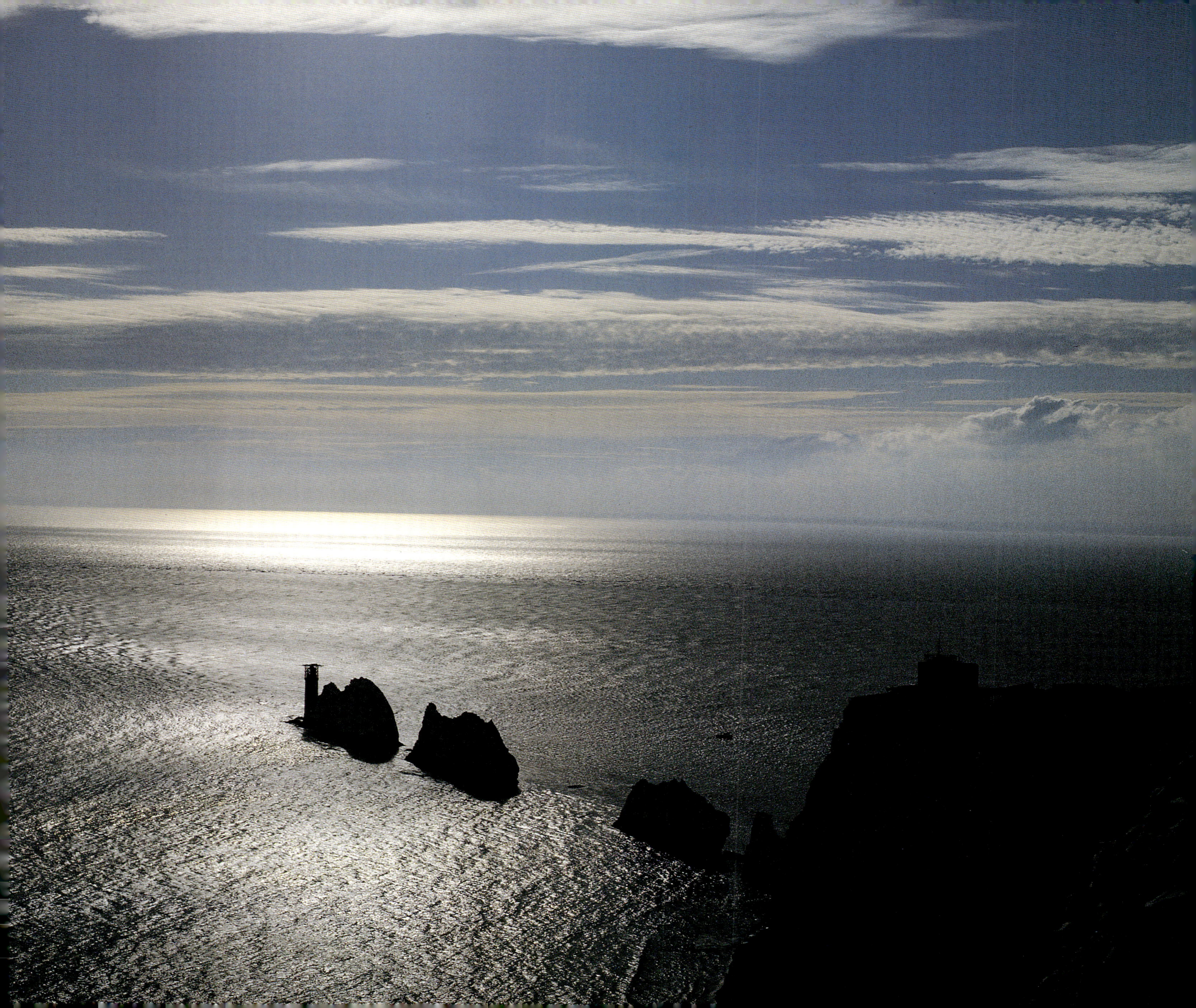

Un fléau extrêmement important

Tout comme la grande île britannique donne l'impression de ne pas pouvoir s'arrêter en direction de l'Ouest et vouloir se prolonger avec les îles Scilly devant Land's End, la petite île de Wight s'émiette dans la mer: Stag et Arch sont les noms de deux écueils que précède un petit phare pour mettre en garde les navigateurs. Pendant des siècles, les marins ont redouté ces obstacles à l'entrée de la baie de Freshwater et il fallut les romantiques pour trouver cette côte belle; comparant les profondeurs paisibles et les déchaînements soudains de la mer avec les passions humaines, ils célébrèrent la noblesse de l'océan. Avec le XIXe siècle plus terre à terre, on en vint à découvrir les vertues de la natation proclamée occupation saine et plaisante et l'on prit plaisir à se promener sur la plage face au vent.

Entre Wight et l'Angleterre, il n'y a que cinq kilomètres à l'endroit le plus étroit. Wight a tout au plus 20 kilomètres de large et 37 kilomètres de long mais cette modeste surface est dotée d'un paysage des plus variés. Le climat est presque aussi doux que sur les côtes méditerranéennes et le vieux village de Shanklin détient le record d'ensoleillement pour l'Angleterre. La plupart des visiteurs qui viennent de la grande île dans la petite débarquent à Ryde; le débarcadère a huit cents mètres de long, ce dont la ville est fière. En été, les vacanciers sont nombreux, ils viennent même d'Ecosse et de Scandinavie, ce à quoi les habitants ne sont naturellement pas préparés à moins qu'ils n'en tirent profit, mais toute augmentation du nombre des visiteurs et des hôtels, des routes et des cafés se fait au détriment de la qualité.

Portsmouth et Southampton ne sont pas loin, au sud une des routes de navigation les plus fréquentées du monde passe par la Manche. Lorsqu'un pétrolier a une fuite, les plages sont menacées, mais quand on se promène à l'intérieur de l'île au milieu des champs et de la lande on se sent loin du monde et de ses dangers. Le poète John Keats a aimé Shanklin. La célèbre escadre royale de yachts a son quartier général à Cowes et tous les yachtmen du monde prononcent le nom de Wight avec respect.

Tout Britannique respectueux des traditions, et quel homme honorable ne le serait pas, sait que la reine Victoria séjournait volontiers au château d'Osborne; celui-ci se trouve un peu au sud de Cowes. Et celui qui a retenu ce qu'il a appris à l'école sait également qu'elle y est morte en 1901. Ce fut la meilleure époque, la plus marquante de Wight. Les bains devinrent à la mode et avec eux la vie mondaine, dans le nord de l'île chantiers navals et fabriques étaient en pleine activité, des ports de l'île partaient des paquebots et des yachtmen vers tous les ports de l'empire et les nouveaux transatlantiques qui faisaient route vers New York passaient au large de Wight dans leur course pour remporter le «ruban bleu». Bien entendu, les Romains ont été ici, les Vikings et les Saxons ont manœuvré leurs bateaux de combat dans toutes les baies. Au cours des guerres civiles, châteaux et fortifications ont été défendus et perdus. Lorsque la reine se reposait ici, elle pouvait s'imaginer derrière elle Londres, sa capitale surpeuplée, devant elle l'Afrique, l'Inde et l'Australie. La mère et la souveraine d'un empire pouvait se reposer ici. Un regard sur le globe terrestre suffisait pour l'en convaincre: la moitié était rose.

Au cours de la Deuxième Guerre mondiale, Wight fut également bombardée, des barrages furent érigés contre les envahisseurs. C'est de l'île Wight et des ports et des baies derrière elle que partit, le jour J, la flotte avec les soldats qui allaient débarquer sur les plages de Normandie. Depuis, l'histoire du monde se déroule ailleurs – pour le plus grand repos de Wight.

Les toits de chaume dans les villages sont renforcés avec du fil de fer, car les vents soufflent fort ici. A Shanklin, les ruelles sont étroites, presque partout deux lignes jaunes indiquent qu'il est interdit de stationner. Dans les petits cafés, on peut boire du thé avec beaucoup de lait et débattre des bienfaits et des méfaits du tourisme. Un sujet que George Mikes, un Londonien originaire de Hongrie, a ainsi traité: «Depuis quarante ans que je vis ici, l'étranger ordinaire, normal ou naturalisé a cessé d'être un maudit étranger et s'est transformé en un touriste, un visiteur ou même un remarquable Européen lorsque le cours de la livre est très bas. Dans l'ensemble, les remarquables Européens sont de maudits étrangers, des *bloody foreigners*. Les Londoniens perdent presque patience lorsque les métros, les bus, les rues, les théâtres, les magasins sont bondés et qu'ils ne trouvent pas de place. Ils parlent constamment que l'on devrait introduire un impôt élevé pour les touristes afin de les tenir éloignés. D'autres par contre font remarquer que les touristes sont une bénédiction pour l'économie et qu'en outre ainsi va le monde: en fin de compte, il y a bien des millions d'Anglais qui se rendent chaque année à l'étranger. Mais c'est évidemment tout à fait autre chose. Les Anglais à l'étranger ornent de leur présence la plus modeste localité tandis qu'ici les touristes sont un fléau. On reconnaît toutefois généralement que ce fléau est extrêmement important. D'où la proposition qui a été faite: ils devraient envoyer leur argent, mais ne pas venir. Comme ils seraient déjà notre produit d'exportation invisible, ils pourraient tout aussi bien rester eux-mêmes invisibles.»

◁◁◁ *Grande-Bretagne/Angleterre, Cornouailles, Land's End*
◁◁ *Grande-Bretagne/Angleterre, île de Wight, ambiance de contre-jour avec les Needles*
▷ *Grande-Bretagne/Angleterre, île de Man, Manx Village Folk Museum à Cregneash*

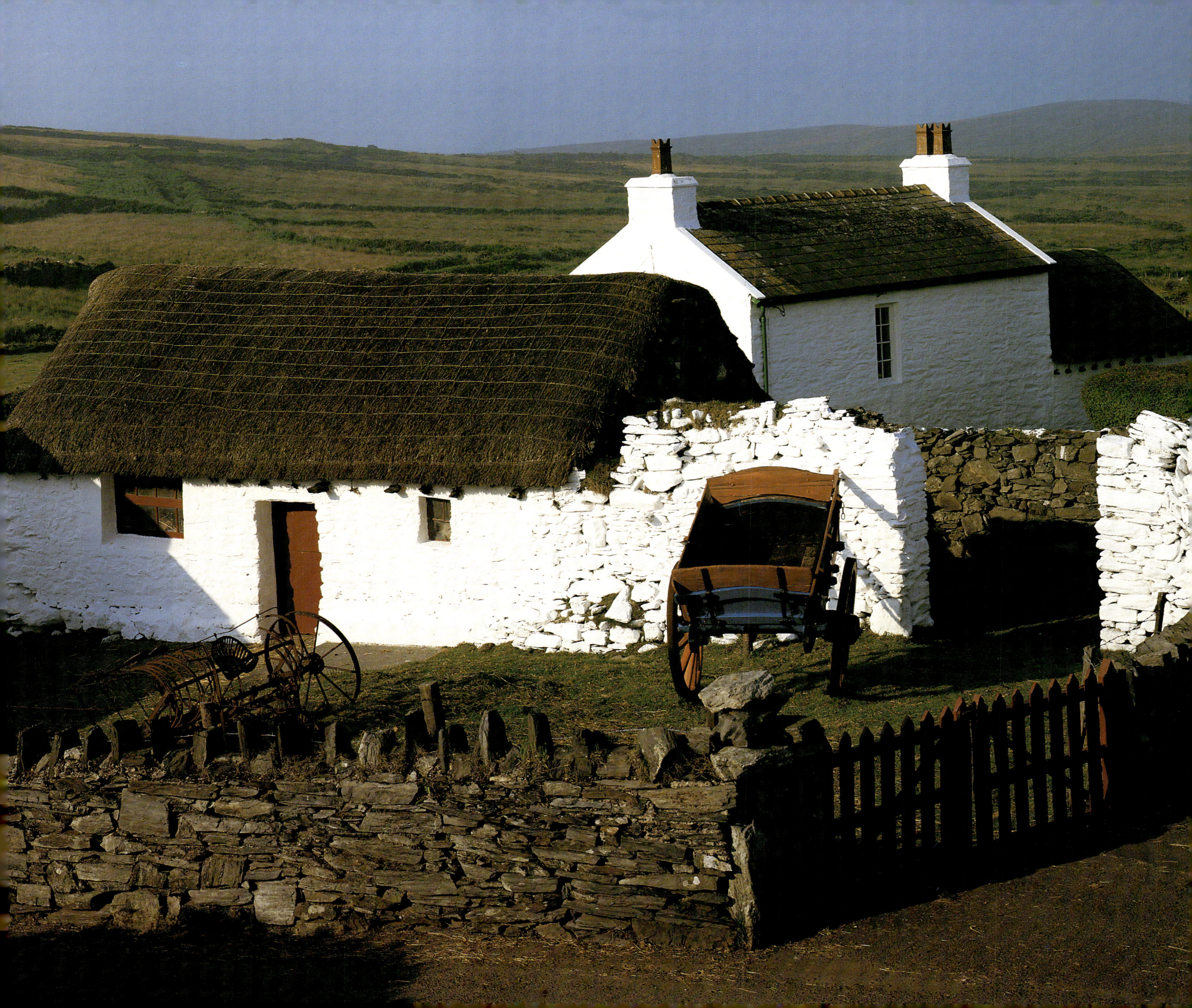

Sonnenpause für Gespenster

Skye liegt dem schottischen Festland an der Westflanke vorgestreckt, ist 80 Kilometer lang und höchstens 50 breit, tief eingebuchtet von allen Seiten, der höchste Berg ragt über tausend Meter auf. Bei Kyle of Lochalsh hätte man längst eine Brücke hinüberschlagen können, man tat es nicht. Die Bewohner von Skye hätten sich gewehrt, heißt es, echte Insulaner wollten sie sein und bleiben; so tuckert die Fähre die knapp 300 Meter über den Fjord, beladen mit Lastern und Personenautos, mit Einheimischen und Rucksackwanderern. Eine Burgruine drüben stimmt sofort ein: Geschichte, wohin du guckst. Auf dem anderen Ufer geht es weiter aus eigener Kraft oder mit dem Bus, Skye hat hier seinen zivilisiertesten Teil mit Hotels, Ponyausleihe und Golfrasen, zum Flugplätzchen können Betuchte aus Glasgow herüberspringen. Hier wachsen Gerste und Himbeeren, Rosen und Kohlrabi. Steinmauern grenzen Feld- und Wiesenstücke ab wie in Schottland überall.

Doch die meisten Besucher gelüstet es nach Einsamkeit, nach kahlen Bergen und Hochmooren, denen der Reisefeuilletonismus das Worthäppchen »schweigend« beigibt. Die liegen überreichlich nach Norden und Westen zu, die Straßen sind in gutem Stand, kurvenreich. So geht es erst einmal nach Portree ins Zentrum der Insel, das alles hat, was eine Hauptstadt braucht, Verwaltung, Informationsbüro, Krankenhaus, Internatsschule, Kirche, in der zweimal am Tag englisch, einmal gälisch das Wort des Herrn verkündet wird. Auch von Skye wurden junge Männer im ersten großen Krieg auf die flandrischen Abschlachtfelder getrieben, im zweiten kämpften sie in Afrika und der Normandie, »nur« ein Viertel der Toten des ersten Krieges kostete der zweite. Ein armer Junge aus Skye starb in Korea.

Neben dem Gedenkwürfel stehen die Busse, die Besucher von weit heranbringen und nach dem Norden karren. Denn jedermann muß nach Dunvegan Castle, sonst wäre sein Besuch auf Skye noch nicht einmal eine halbe Sache. Geschichtsbemerkung: Im Mittelalter war Schottland in Clans gegliedert, das jeweilige Oberhaupt ließ sich eine Burg bauen, manchmal kaum mehr als einen Turm, gab Land zu Lehen, zog mit den Hintersassen in den Kampf, der meist unverhohlene Räuberei war, es war die schlimme, alte Raubritterzeit, grausam und historisch absolut uninteressant. Als überlieferungswürdiger Scherz galt, wenn man den Burgnachbarn zum Festmahl lud und ihm als Tafelschmuck das Haupt seines Sohnes oder Neffen präsentierte. Ende des 18. Jahrhunderts zerstörten die Clanchefs diese Ordnung, indem sie die Bergbauern hinaustrieben, damit mehr Schafe Platz hatten; seitdem liegt das Hochland menschenleer. Fontane, der 1858 hier reiste, schrieb: »Der Clangeist ist hin, seine Kraft längst gebrochen, aber die alte Wahrheit: ›Viel später als die Dinge selbst stirbt der Name der Dinge‹, diese alte Wahrheit, sag ich, bewährt sich auch hier.«

Und wo die Erinnerung an den Clangeist auszusterben drohte, wo er zerstört war durch die Adelsherren zu Beginn des Kapitalismus, als Schafe gewinnbringender waren als niedere Stammesgenossen, da wird nachgeholfen. Aus den USA, Kanada, aus Australien gar wird herbeigelockt, wer MacLean oder Mackenzie, MacIntosh oder MacPherson heißt. In Aviemore füttert er seine Daten in den Computer; der entschlüsselt, zu welcher Sippschaft die Vorfahren zu zählen waren. An die häßliche Vergangenheit wird nicht gerührt, in der Ahnenheimat, so wird suggeriert, lägen die Wurzeln der Kraft, man sei nicht Staub im Wind der neuen Welt, sondern habe *History*, beinahe einen Stammbaum. In allen Läden, auch in Portree, komplett schließlich in Inverness, Perth, Fort William und Ullapool, hängen die Wollstoffe mit den Clanmustern dicht an dicht. In den *Tartans*, den Dessins also, dominiert Grün beim irischen, Rot beim piktischen, Gelb beim norwegischen Einfluß. Das Gemuster ist zur Wissenschaft geworden, die sich ausmünzen läßt. Aus dem haltbaren Schottenstoff, gewebt aus der Wolle der schwarzfüßigen, schwarzköpfigen Hochlandschafe, schneidert man Knierock oder Krawatte, Fußbodenbeläge sind so gemustert. Auch das Band, das die Königin kürzlich durchschnitt, als sie eine schottische Brücke weihte, war von landesüblichem Farbgekreuz.

Eine der emsigsten und erfolgreichsten Werbetrommlerinnen für den Heimatgedanken war Dame Flora Macleod of Macleod. Sie residierte auf Schloß Dunvegan am Nordwestzipfel der Insel; als sie starb, war sie 98 Jahre geworden. Sie hatte beizeiten begriffen, daß man sich einiges einfallen lassen mußte, damit sich dahinten nicht weiterhin Karnickel und Hammel gute Nacht sagten. »Dame Flora«, so verkündet der Inselprospekt, »reiste auf der Suche nach Angehörigen ihres Clans im Ausland um die ganze Erde und proklamierte für sie Schloß Dunvegan zum weltweiten Zentrum der Wiedervereinigung.« Hochgefühl wallt auf bei solchem Adelswort, wer möchte da an die vergangene barsche Praxis denken, Gerichtsvollzieher und Soldaten mit Brandfackeln in die Weiler zu schicken und die Hinterbergler übers Meer. Rastlos war Dame Flora tätig, auch der jetzt gültige Prospekt beginnt mit dem Vorspruch der Inselmutter: Wunderbar und unvergeßlich, kaum schöner als, wundersam, man *muß*, unendlich, uralt, lieblich – so lauten ihre Vokabeln. Nur der Fremdenverkehr kann Skye am Leben erhalten, und so stritt Dame Flora gleichermaßen fürs Gemeinwohl wie für das eigene Portemonnaie. Der Eintrittspreis für Park und Schloß Dunvegan beträgt anderthalb Pfund.

Davor ist Parkgebühr zu berappen. Dann wandert der Beschauer, Clan-Nachfahr oder nicht, zwischen Eichen und Kiefern, Rhododendron und Rosen aufs Schloß zu, türmig und grau wie aus dem Gruselfilm liegt es da. Drin sind Portraits der Macleods zu besichtigen, das Schwert des Haudegens Rory Mor,

Porzellan und Silber, Plunder zwischen Kostbarkeiten, auch eine Haarlocke von Prinz Charlie, dem letzten Schotten, der es mit den Engländern aufnahm. Hier verbarg er sich auf der Flucht, als alles verloren war, ehe er sich nach Irland davonmachte. Seine Gefährtin, die ihm die Treue hielt, ist ein paar Meilen weiter beigesetzt, dort liegen Blumen vor einem Obelisken. Unter Glas hängen Gespinstreste, Überbleibsel der Feenfahne, die den Macleods in hundert Raufereien und Fehden voranwehte und ihnen wundersame Kraft verlieh: Das so beschworene Gespensterweib war im Bunde mit den Mächtigen. Auch Dame Flora hat sich malen lassen; so wie sie, überlebensgroß, blickt auf anderen Gemälden Königin Elisabeth, die die Schottin Mary bezwang und köpfen ließ; so blickte Bertha Krupp, blickt die Eiserne Lady.

Von den Zinnen aus schaut man über Buchten und Berge, bei klarem Wetter bis zu den Äußeren Hebriden gar, mit einem Bootchen kann man zu Klippen fahren, auf denen sich Robben aalen. Die Macleods von heute haben die Region straff in der Hand. Wenige Meilen vom Schloß entfernt liegt das Harlosh-Hotel mit Hausbäckerei und Weinkeller; es arrondiert den Familienbesitz. Auf dem Boden der Macleods liegen Park- und Campingplatz, letzterer mit Duschen und Wäscherei, die Bude mit dem Andenkentinnef – es ist dafür gesorgt, daß Butter aufs Adelsbrot kommt. Zugegeben, die Steuern sind happig, und man möchte doch nicht, daß es der Schloßgärtner den Bergleuten nachmacht und streikt!

Man kann komfortabel leben auf Skye mit Appartement und Bar, man kann es preiswert haben für durchweg sieben Pfund für *Bed and breakfast*, die landesübliche Übernachtungsform im Privathaushalt, fast immer mit Dusche. Das Frühstück ist überreichlich mit Cornflakes, Milch, Tee, Toast, Spiegelei, Magerspeck und gebratener Wurst, auch mit *Black pudding*, einer Blutwurstgrütze, wie sie mir aus der Nachkriegszeit in magenumdrehender Erinnerung ist. Solcherlei Mahl sei vortrefflich für Körper und Seele, wollte mir eine Frühstücksmutter klarmachen, die einige Zeit in der Schweiz gelebt und nicht alles vergessen hat, was ihr dort an Sprachkenntnis zugeflogen war; »*healthy*«, sagte sie und suchte vergebens nach dem Wort »gesund«, bis ihr einfiel: »Es putzt das System.« Mein System blieb gewöhnlich blank bis zur Teezeit am späten Nachmittag.

Klippen an allen Küsten, Schründe, Wasserfälle, eine Felsnadel, die bis 1955 allen Bergsteigern trotzte – an Romantik kein Mangel. An einem besonders markanten Punkt an einer Straße, wo der Blick schweifen kann und genügend Platz ist, daß Autos parken, hatte sich ein Dudelsackamateur aufgestellt, nagelneu schottisch gewandet von oben bis unten, daß es nur so blitzte. Seine Knie waren blaugefroren wie die der Posten vor dem Schloß in Edinburgh – dort hörte ich Touristinnen klagen, man wähle diese jungen Männer leider nicht nach der Schönheit ihrer Knie aus. Auch der Volkstümler aus Skye zeigte Knorpliges unter dem Kilt. Dennoch galt er als Photomodell von Rang, Münzlohn fiel in den Pappkarton zu seinen Füßen, und auf den Photos wird ja nicht zu erkennen sein, wie schaurig er blies, welch jaulende Töne er erzeugte. Nebenher verkaufte er Schneeheide im Becher, die, wenn sie durch die Fährnisse des Reisens wohlbehalten nach Utah oder Neuseeland transportiert worden ist, im Vorgarten wuchern kann. Oder man pflanzt sie auf Omas Grab: Gruß aus der schottischen Heimat.

Skye war waldlos von alters her. Das soll sich ändern: Wie auf dem Festland auch wird aufgeforstet, schwere Pflüge reißen dazu den Moorboden auf, Fichten, Kiefern und Lärchen werden gepflanzt, das ist mühselig und kostet viel Geld. 1932 wurde damit begonnen, bis heute sind knapp 4 000 Hektar bepflanzt, kürzlich wurden die ersten abgeernteten Stämme zur Holzschleiferei nach Fort William gebracht. Skye könnte lieblicher werden durch Wald, wirtschaftlich gesünder, aber die Forstfläche bedeckt erst ein Prozent des Möglichen. Ein weiter, teurer Weg noch, bis Hirsche röhren und die Büchse knallt. Immerhin: Fünfzig Arbeitsplätze sind durch die Forstwirtschaft schon geschaffen, und das zählt.

Rauh ist der Norden, schwer ist der Beruf der dort lebenden Pächter, die man *Crofters* nennt. Etwa 1 600 Betriebchen sind es auf der ganzen Insel. Sie besitzen zusammen 5 000 Rinder und 85 000 Schafe, die die steinigen Hänge, die Moore sprenkeln. Überall wird Torf gestochen, eine schwere Arbeit. Leise und mit sanfter Flamme verbrennen die Torfstücke in den Kaminen, nach unseren Wärmevorstellungen kann man auch am schönsten Sommerabend ein Feuerchen vertragen. Bei Kilmuir hoch im Norden bebauen klimaverachtende Crofters ein paar handtuchgroße Feldstücke mit Hafer, der sich verbissen an die magere Krume klammert. Tapferer Hafer, heldenmütige Kartoffeln auf ein paar Beeten nahebei. Ich werte es schon nicht mehr als Prospektprotz, sondern als grimmigen britischen Humor, wenn sich ein Werbeschriftverfasser einfallen läßt: »Die weite, fruchtbare Ebene von Kilmuir, die Kornkammer von Skye!« Nichts schrieb dieser Federheld über die Milliarden von Mückengesindel und kleinen, dummen Fliegenbiestern, die aus allen Sumpflöchern aufsteigen und von denen sich ein Großteil meine Ohrläppchen und Nasenlöcher als Tummelplatz erkoren hatte.

Im Sommer haben die Gespenster von Skye eine schwere Zeit. Ihr Lebenselixier ist der Nebel, aus sprühenden Regenvorhängen weben sie ihre Gewänder, aus den Staubfahnen der Wasserfälle schneidern sich die Hexer ihre Kilts. Es spukt sich miserabel, wenn die Sonne knallt, Trockenheit den Moorflämmchen den Sumpfgashahn abdreht. Das Rumoren in Verliesen und Ruinen macht wenig Spaß, wenn kein Wind heult. Die Gespenster und Feen von Skye ziehen sich den Sommer über in die Schmollwinkel der hintersten Täler zurück. Dort bessern sie ihre Schleier aus, pflegen den Rost auf den Ketten, üben Ächzen und Rasseln. Im Regenherbst, das ist gewiß, werden sie wiederkommen.

▷ *Großbritannien/Schottland, Innere Hebriden, Isle of Skye, Blick von Quiraing auf The Storr*
▷▷ *Großbritannien/Schottland, Innere Hebriden, Isle of Skye, Loch Harport*
▷▷▷ *Großbritannien/Schottland, Innere Hebriden, Isle of Skye, Telefonzelle*

Summer break for ghosts

Skye lies off the west flank of Scotland, is 80 kilometres long, and 50 kilometres wide at its widest, has a deeply indented coastline, and mountains rising to over 1,000 metres. A bridge could long since have been built across the Kyle of Lochalsh, but has not been. The inhabitants were against it, one is told, they wanted to remain what they were: true islanders; so the ferry still chugs across the 300 metres of water, carrying lorries and cars, locals, and hikers. A ruined castle immediately strikes the right note: history wherever you look. On the other shore there is a bus service; this is Skye's most civilized part, with hotels, pony rentals and golf courses, and an airstrip for the convenience of wealthy Glaswegians. Barley and raspberries grow here, roses and kohlrabi; and stone walls define the fields and meadows, as everywhere in Scotland.

But most visitors are after solitude, want to seek out the bare mountains and moors. There are plenty of them to the north and west of the island, approachable by good, winding roads. The first stop is Portree, halfway up the island, which boasts everything expected of a capital: administrative and information offices, hospital, boarding school, church – in which the Word is dispensed twice a day in English and once in Gaelic. Young men from Skye fell on the battlefields of Flanders in the first world war, in the second they fought in Africa and Normandy, the second world war claiming "only" a quarter of the number that fell in the first. One poor lad from Skye fell in Korea.

Next to the war memorial stand the buses which transport visitors to the north, because everyone simply has to go to Dunvegan Castle. Historical note: in the Middle Ages, Scottish society was divided into clans, the head of each clan occupied a castle, sometimes not much more than a tower, granted land to vassals, led his tenant farmers to war – war being little more than downright brigandage: those were the bad old days of robber barons, cruel, and utterly devoid of historical interest. Inviting the chief from the next castle to a banquet and presenting the severed head of his son or nephew as a table centre-piece was considered a good joke, and one worth recording. At the end of the 18th century the clan chiefs brought about the end of this system by expelling the small farmers from the glens to make way for sheep; since then the highlands have been practically unpopulated. The German novelist Theodor Fontane, who visited the region in 1858, wrote: "The clan spirit is gone, its power long since broken, but the old truth: the name of the thing dies much later than the thing itself, holds true here too."

And when recollections of the clan spirit, which was destroyed by the aristocracy at a time when sheep were more profitable than lowly kinsmen, threatened to die, help was at hand. The MacLeans and MacIntoshes, the Mackenzies and MacPhersons from the USA, Canada, and even Australia, were summoned to the rescue. In Aviemore they can feed their data into the computer and trace their kinship. The ugly past is sidestepped; instead, the suggestion is that the ancestral country contains the roots of their strength, that they are not simply dust in the winds of the New World, but that each of them has a *history*, perhaps even a pedigree. In every shop, even in Portree, but especially in Inverness, Perth, Fort William, or Ullapool, row after row of tartans hang; if green is the dominant colour it indicates an Irish influence, red Pictish, yellow Norwegian. The patterns have become a science which can be put to commercial advantage. The durable Scottish material, woven from the wool of the black-legged, black-headed highland sheep, is used for kilts and neckties, skirts and shawls; there are even tartan carpets. And when the Queen recently inaugurated a Scottish bridge the ribbon she cut was also tartan patterned.

One of the most assiduous and successful bangers

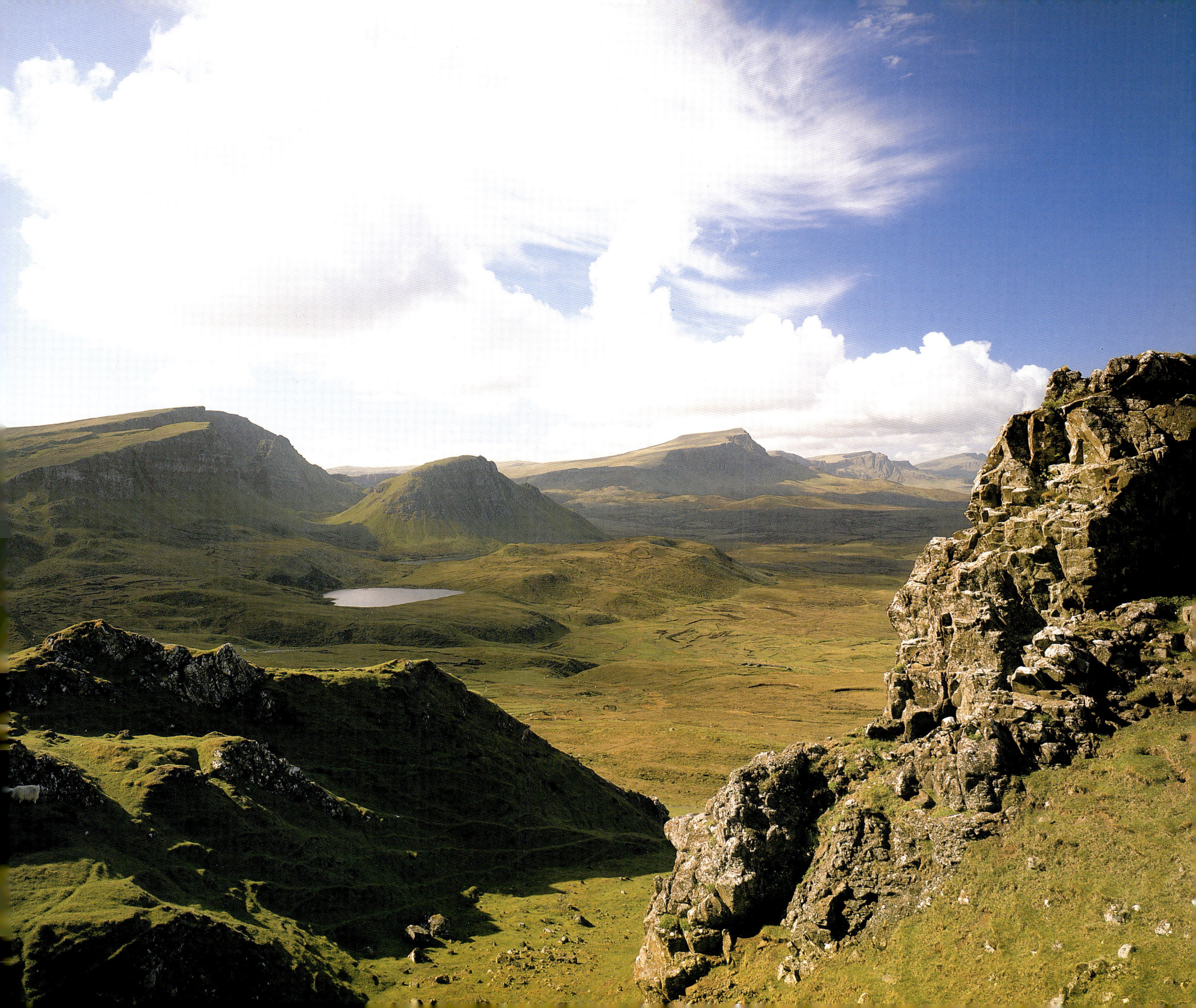

of the national drum was Dame Flora Macleod of Macleod. She resided in Dunvegan Castle, at the north-western tip of the island, dying at the age of 98. She had realized at an early stage that some imagination was called for to put Dunvegan on the map: Dame Flora, as the island prospectus tells us, travelled throughout the world in search of members of her clan, and promoted the idea of Dunvegan Castle as the clan's reunification centre. Such noble words banish all recollection of the evil practices of the past, of the time when the bailiff and soldiers with torches arrived in the villages to burn down cottages and force the tenants to emigrate. Dame Flora was indefatigable, and the latest prospectus, too, begins with a foreword by her: wonderful, unforgettable, strangely beautiful, infinite, ancient, idyllic, are the key emotive words. Since tourism is Skye's mainstay, Dame Flora worked to the advantage of the community as well as for herself. A visit to Dunvegan Castle costs £1.50.

But first there is the parking fee to be paid. Then the visitor, whether clan member or not, walks between the oaks and pines, rhododendrons and roses, towards the castle, which looms, battlemented and grey, as if straight from a horror film. Inside there are portraits of the Macleods, the sword of the lion-hearted Rory Mor, porcelain and silver, a mixture of knick-knacks and valuables, and also a lock of hair of Prince Charlie, the last Scot to challenge the English. He hid here on his way to Ireland after all was lost. His mistress, who remained faithful to him, is buried a few miles away, where an obelisk, with flowers in front of it, marks her grave. A glass case contains some shreds of the Fairy Flag, which the Macleods carried with them in a hundred battles and feuds, and which lent them magical strength: the fairy concerned was evidently in league with supernatural powers.

There is also an over-life-size portrait of Dame Flora; her expression is similar to that displayed by Queen Elizabeth in her portraits – Elizabeth, who had Mary Queen of Scots beheaded; Bertha Krupp wore a similar expression; so did the 'Iron Lady'. There is a sweeping view from the battlements of bays and mountains which in fine weather extends to the Outer Hebrides; a boat takes visitors to rocks where seals disport themselves. The present-day Macleods have a firm grip on the island. A few miles from the castle is Harlosh Hotel, with its own bakery and wine cellar; it rounds off the family property very nicely. On the Macleod grounds are parking lots and a camping site, the latter with shower facilities and laundry, and a souvenir shop – they provide the butter for the family bread. Admittedly, taxes are high, and there is also the staff to be paid.

You can find comfortable accommodation on Skye – apartment with bar, or, more economically, bed and breakfast, which usually includes a shower. Breakfast is generous, with cornflakes, milk, tea, toast, fried egg, bacon and sausage, and also with black pudding – a dish that brought back memories of post-war years. A meal like that keeps body and soul together, one of the B & B mothers assured me; she had spent some time in Switzerland, and still remembered scraps of the language; it's healthy, she said, and struggled in vain to recall the German word, until she produced the phrase: *Es putzt das System* – it cleans the system.

Cliffs along all the coasts, ravines, waterfalls, a pinnacle called the Old Man of Storr, which defied all rock-climbers until 1955 – no lack of Romantic scenery, in fact. At one point on the road, where there is a particularly good view and room to park, an amateur bagpiper, dressed in brand-new Scottish garb, had set himself up. His knees were frozen as blue as those of the guards in front of Edinburgh Castle – where I once heard female tourists from Germany complaining that the young men were evidently not chosen for the beauty of their knees. Those of the piper on Skye were also knobbly enough. Nevertheless he was a popular model for snapshots, coins were dropped into the cardboard box at his feet. What the snaps will never reveal is how badly he handled the bagpipes, and the excruciating noises he wrung from the instrument. As a sideline he sold heather in plastic cups which, if it survives the rigours of the journey back to Utah or New Zealand, can flourish in the front garden, or be planted on granny's grave: greetings from the Scottish homeland.

Skye was never blessed with woodland. This is supposed to change. The island, like the mainland, is being afforested; heavy ploughs tear into the moors, and spruce, pines, and larches are planted. It is a laborious business, and costly as well. The project was started in 1932, and so far 4,000 hectares have been planted; the first trees have just been felled and taken to the pulp factory at Fort William. Forest could soften the contours of Skye's wild countryside and improve the island's economy, but as yet the afforested area only covers one per cent of the potential region. There is a long, costly way ahead before stag roams and stalker stalks. However: fifty jobs have already been created in the forest, and that is important.

The north is raw, the life of the crofter hard. There are about 1,600 smallholders on the island; they own 5,000 cattle and 85,000 sheep, which dot the stony slopes and moors. Peat is cut everywhere – a back-breaking job. It burns quietly in the hearth with a gentle flame. Spoilt as we are, we can do with a fire even on the finest summer evening. Near Kilmuir, high in the north, crofters defy the climate and plant a few kerchief-sized plots of land with oats, which clings defiantly to the thin soil. The courageous oats are emulated by a few heroic potatoes on nearby beds. It is surely not mere prospectus gobbledygook, but grim British humour at work, when a brochure writer refers to the "broad, fertile plain of Kilmuir, Skye's granary"! What the hack omitted to mention

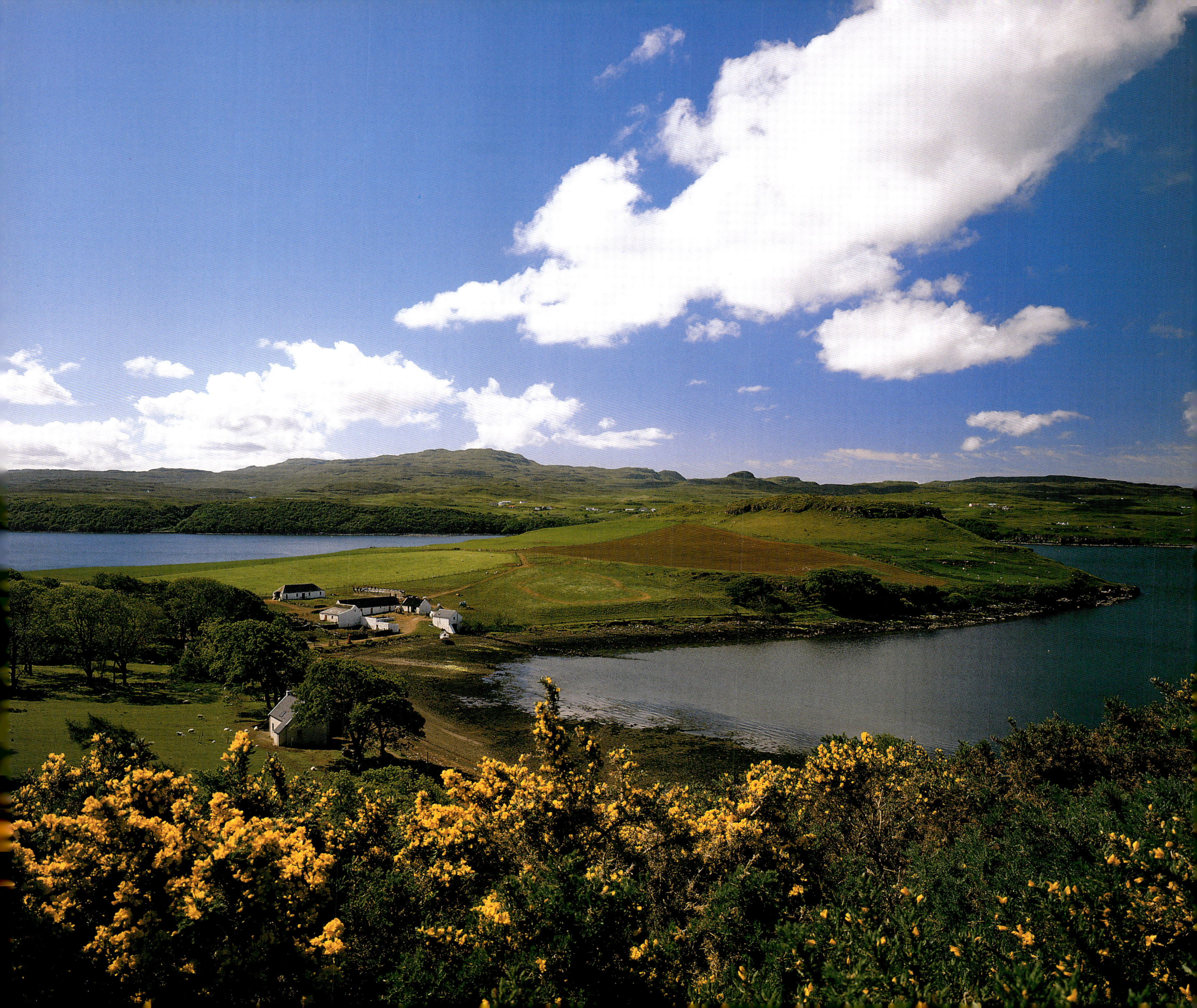

were the great swarms of gnats and midges which rise from all the swampy patches; a large number of them chose my ear lobes and nostrils as a playground.

In summer the ghosts of Skye have a hard time of it. They flourish on fog, forming their robes out of the drizzle, their kilts out of the curtains of mist round the waterfalls. Haunting is difficult when the sun blazes down, and the dry season turns off the marsh gas that fires the Jack o'Lanterns. Groaning in dungeons and ruins is no fun if the wind is not howling. In summer, the ghosts and fairies of Skye withdraw to the remotest valleys and sulk. But they use this time to patch their veils, add a bit of rust to their chains, and to practise groaning and rattling. They will certainly return with the autumn rains.

◁◁◁ *Great Britain/Scotland; Inner Hebrides, Isle of Skye, view of The Storr from Quiraing*
◁◁ *Great Britain/Scotland; Inner Hebrides, Isle of Skye, Loch Harport*
▷▷ *Great Britain/Scotland; Inner Hebrides, Isle of Skye, telephone kiosk*

Une pause ensoleillée pour des fantômes

L'île de Skye s'étire devant le flanc occidental de l'Ecosse, elle a 80 kilomètres de long et au plus 50 de large, elle est profondément échancrée de tous les côtés, sa plus haute montagne dépasse les 1 000 mètres. Près de Kyle of Lochalsh, on aurait pu depuis longtemps jeter un pont, mais on ne l'a pas fait. Les habitants de Skye s'y seraient opposés, dit-on, ils voulaient être et rester de véritables insulaires; de sorte qu'un ferry doit effectuer la traversée de 300 mètres à peine par le fjord, chargé de camions et de voitures particulières, d'autochtones et de randonneurs équipés de sacs à dos. De l'autre côté, un château en ruine vous met tout de suite dans l'ambiance; de l'histoire en veux-tu en voilà. Arrivé à destination, on poursuit son chemin par ses propres moyens ou avec le bus, Skye a ici sa partie la plus civilisée avec hôtels, location de poneys et terrain de golf, les gens aisés de Glasgow n'ont qu'un saut de puce à faire jusqu'au petit aéroport. L'orge et les framboises poussent ici, les roses et les choux-raves, comme partout en Ecosse des murets de pierre délimitent les champs et les prés.

Toutefois, la plupart des visiteurs aspirent à la solitude, au spectacle des montagnes dénudées et des fagnes. On les trouve en abondance vers le nord et l'ouest, les routes sont en bon état, sinueuses. Pour commencer, on se rend à Portree, au centre de l'île, qui possède tout ce que doit avoir une capitale, une administration, un bureau d'information, un hôpital, un internat, une église où l'on prêche la parole de Dieu deux fois par jour en anglais et une fois en gaélique. Skye également a envoyé des jeunes gens lors de la Première Guerre mondiale sur le champ de bataille de Flandres, lors de la Deuxième ils ont combattu en Afrique et en Normandie, la Deuxième n'a fait qu'un quart «seulement» des morts de la Première. Un pauvre jeune homme de Skye est mort en Corée.

A côté du monument commémoratif, les bus attendent les visiteurs pour les transporter vers le nord.

Car chacun doit aller à Dunvegan Castle, sans quoi sa visite à Skye ne serait pas complète. Une remarque d'ordre historique: au moyen âge, l'Ecosse était divisée en clans, chaque chef de clan se faisait construire un château, qui n'était parfois guère plus qu'une tour, donnait ses terres en fief, conduisait ses métayers à la guerre qui n'était en fait que du brigandage; ce fut l'époque terrible des chevaliers pillards, cruelle et historiquement absolument inintéressante. A noter que ces chevaliers pillards se livraient volontiers à une cruelle et effroyable plaisanterie: quand ils invitaient un châtelain voisin à banqueter avec eux, il convenait de présenter comme décor de table la tête du fils ou du neveu de l'hôte. A la fin du XVIIIe siècle, les chefs de clan détruisirent l'ordre établi en chassant les paysans montagnards afin d'avoir plus de place pour les moutons; depuis les hautes terres sont désertes. Fontane, qui vint ici en 1858, écrivit: «L'esprit de clan a disparu, sa force est depuis longtemps brisée mais la vieille vérité: beaucoup plus tard que les choses mêmes c'est le nom des choses qui meurt, cette vieille vérité, dis-je, se confirme ici aussi.»

Mais là où le souvenir de l'esprit de clan menaçait de se perdre, là où il avait été détruit par les aristocrates au début de l'ère du capitalisme, lorsque les moutons étaient plus rentables que les inférieurs du clan, on tente de le raviver en attirant des Etats-Unis, du Canada ou d'Australie tout ce qui s'appelle MacLean ou Mackenzie, MacIntosh ou MacPherson. A Aviemore, un ordinateur décrypte les données qu'on lui fournit et donne le nom du clan auquel appartenaient les ancêtres de tel ou tel revenant au pays. Pas question de remuer un affreux passé, on suggère uniquement que les racines de la force se trouvent dans la patrie des aïeux, que l'on n'est pas poussière dans le vent du Nouveau Monde mais que l'on a une *history*, presque un arbre généalogique. Dans toutes les boutiques, même à Portree, mais surtout à Inverness, Perth, Fort William et Ullapool, on trouve tous les lainages avec les motifs des clans. Dans les dessins des écossais, le vert domine chez les irlandais, le rouge chez les pictes, le jaune pour les clans sous influence norvégienne.

L'interprétation des motifs est devenue une science qui se paye. Dans ces solides tissus écossais, tissés avec de la laine des moutons à pattes et à tête noires des hautes terres, on taille des jupes et des cravates, on fait même des moquettes dans ces dessins. Le ruban que la reine a récemment coupé en inaugurant un pont écossais était également dans un tissu aux carreaux traditionnels.

Une des plus ardentes et des plus brillantes propagandistes du sentiment patriotique fut Dame Flora Macleod of Macleod. Elle habitait le château de Dunvegan à la pointe nord-ouest de l'île et mourut à l'âge de 98 ans. Très tôt, elle avait compris qu'il faut être inventif pour ne pas tomber dans l'oubli. «Dame Flora», indique le dépliant sur l'île, «se mit en quête des membres de son clan partout dans le monde et proclama le château de Dunvegan centre international de la réunification». Une noble initiative propre à susciter l'enthousiasme et à faire oublier les rudes pratiques d'autrefois qui consistaient à envoyer huissiers et soldats munis de torches dans les hameaux et leurs habitants au-delà des mers. Dame Flora fut infatigable et le dépliant actuel reprend également son vocabulaire pour décrire l'île qualifiée de merveilleuse et d'inoubliable, d'inégalable, d'étrange, d'ancienne et de riante. Seul le tourisme peut maintenir en vie l'île de Skye et c'est ainsi que Dame Flora partit en campagne à la fois pour le bien public et pour remplir son porte-monnaie. Le prix d'entrée pour le parc et le château de Dunvegan est d'une livre et demie.

Il faut aussi payer pour le stationnement après quoi le visiteur, descendant de clan ou non, se dirige au milieu des chênes et des pins, des rhododendrons et des roses vers le château surmonté de tours et gris comme dans un film d'épouvante. A l'intérieur, on peut voir les portraits des Macleod, l'épée du soudard Rory Mor, de la porcelaine et de l'argenterie, tout un fatras au milieu d'objets précieux, également une boucle de cheveux du prince Charlie, le dernier Ecossais qui défia les Anglais. C'est ici qu'il se cacha dans sa fuite après avoir tout perdu et avant de se réfugier en Irlande. Sa compagne, qui lui resta fidèle, est enterrée à quelques lieues de là, des fleurs y sont posées devant un obélisque. Des restes de tissu sont placés sous verre, vestiges du drapeau des fées que les Macleod agitaient devant eux dans leurs innombrables rixes et querelles et qui leur conférait une force merveilleuse. La femme du fantôme ainsi invoquée était l'alliée des puissants. Dame Flora a également fait faire son portrait; tout comme elle, plus grand que nature, un autre personnage contemple les visiteurs, la reine Elisabeth qui fit décapiter sa rivale politique et religieuse, Marie Stuart; Bertha Krupp avait le même regard, la Dame de Fer l'a aussi.

Du haut des créneaux on contemple des baies et des montagnes, par temps clair on voit même jusqu'aux Outer Hebrides, avec un petit bateau on peut se rendre jusqu'aux récifs où lézardent les phoques. Les Macleod d'aujourd'hui ont la région bien en main. A quelques lieues du château se trouve l'hôtel Harlosh avec boulangerie et cave à vin; il arrondit la propriété familiale. Sur le terrain des Macleod, il y a un parc et un terrain de camping avec douches et blanchisserie, une boutique de souvenirs – tout est fait pour que les nobles fassent leur beurre. Il faut reconnaître que les impôts sont exorbitants et l'on ne voudrait quand même pas que les jardiniers du château imitent les mineurs et fassent grève!

On peut vivre confortablement à Skye avec appartement et bar, on peut y vivre bon marché à raison de sept livres pour un *bed and breakfast*, c'est-à-dire en pension chez l'habitant, ce qui est courant dans l'île, et presque toujours avec douche. Le petit déjeuner est plus que copieux avec cornflakes, lait, thé, toasts, œuf sur le plat, bacon et saucisses grillées, avec également du *black pudding*, une espèce de bouillie au boudin noir qui me rappelait celle d'après-guerre et dont le souvenir me soulève le cœur. Il n'y a rien de mieux pour le corps et l'âme, voulait me faire croire une brave femme qui avait vécu un certain temps en Suisse et qui n'avait pas oublié tout le vocabulaire qu'elle y avait appris; *«healthy»*, me dit-elle en cherchant en vain le mot allemand jusqu'à ce qu'elle se rappelle la phrase: *«Es putzt das System»* (ça nettoie le système).

Des récifs sur toutes les côtes, des crevasses, des cascades, une aiguille rocheuse qui défia tous les ascensionnistes jusqu'en 1955 et du romantisme à souhait. A un endroit particulièrement en vue sur la route et où il y avait assez de place pour des voitures en stationnement, un joueur amateur de cornemuse s'était posté, habillé tout de neuf en écossais des pieds à la tête. Ses genoux étaient bleus par le froid comme ceux des sentinelles devant le château d'Edimbourg – j'avais entendu là des touristes, des femmes plus précisément, se plaindre que l'on ne choisissait malheureusement pas ces jeunes hommes en fonction de la beauté de leurs genoux. Le joueur de cornemuse de Skye n'avait pas de beaux genoux non plus, ce qui ne l'empêchait pas d'être abondamment photographié. Des pièces de monnaie tombaient dans le carton à ses pieds et, de toute façon, on ne remarquera pas sur les photos combien il jouait mal de son instrument et les hurlements qu'il en tirait. En même temps il vendait de la bruyère en pot qui, si elle arrivait à bon port dans l'Utah ou en Nouvelle-Zélande, pourrait pousser dans le jardin devant la maison. A défaut de jardin, on pouvait la planter sur la tombe de la grand-mère en souvenir de la patrie écossaise.

Skye n'a jamais eu de forêts. Mais cela doit changer. Tout comme sur le continent, on reboise, de lourdes charrues creusent le sol marécageux, on plante des épicéas, des pins et des mélèzes, c'est laborieux et très coûteux. Les travaux ont commencé en 1932, jusqu'à maintenant on a planté quelque 4 000 hectares, dernièrement on a amené les premiers arbres abattus à la scierie de Fort William. Skye pourrait avoir un aspect plus agréable avec des forêts, une économie plus saine, mais les surfaces boisées ne représentent encore qu'un pour cent des possibilités. Le chemin sera donc encore long et coûteux jusqu'à ce que l'on entende le brame des cerfs et le bruit des fusils. Quoi qu'il en soit, la sylviculture a déjà créé cinquante emplois et cela compte.

Le Nord est rude, le travail des fermiers qui y vivent et que l'on appelle *crofters* est très dur. Il y a environ 1 600 petites exploitations dans l'île. Elles possèdent ensemble 5 000 bovins et 85 000 moutons qui s'éparpillent sur les versants pierreux et les terres marécageuses. Partout, on extrait la tourbe, un travail pénible. Les morceaux de tourbe se consument silencieusement et avec une petite flamme dans les cheminées et, même les plus beaux soirs d'été, nous apprécions pour notre part un petit feu. Près de Kilmuir, tout en haut dans le Nord, des crofters bravent le climat en plantant dans des champs grands comme un mouchoir de poche de l'avoine qui s'accroche désespérément à une terre pauvre. De l'avoine courageuse et à côté quelques plates-bandes de pommes de terre héroïques. «La vaste et fertile plaine de Kilmuir, le grenier à blé de Skye!» disent les dépliants, mais je me rends compte que cet éloge de la région dû à quelque rédacteur de publicité n'est en fait que l'expression du terrible humour britannique. Le rédacteur en question ne dit toutefois rien des myriades d'affreux moustiques, de ces atroces petites mouches qui sortent de tous les trous du marécage et dont une grande partie a décidé de s'ébattre sur mes oreilles et dans mes narines.

En été, les fantômes de Skye passent de mauvais moments. Leur élixir de longue vie est le brouillard, de ses rideaux de pluie ils tissent leurs habits, dans les bannières de poussière des cascades les sorciers taillent leurs kilts. Les revenants ne sont pas à la noce quand le soleil luit, que la sécheresse ferme le robinet à gaz des marais et éteint ainsi leurs flammèches. Quand le vent s'arrête de hurler, il n'est pas amusant de hanter les oubliettes et les ruines. Les fantômes et les fées de Skye se retirent pendant l'été dans les boudoirs des vallées les plus reculées. Ils s'y emploient à raccommoder leurs voiles, à entretenir la rouille de leurs chaînes, s'exercent aux gémissements et aux grincements. Mais aux pluies d'automne, cela est sûr, ils reviendront.

◁◁◁◁ *Grande-Bretagne/Ecosse, Inner Hebrides, île de Skye, vue de Quiraing sur The Storr*
◁◁◁ *Grande-Bretagne/Ecosse, Inner Hebrides, île de Skye, Loch Harport*
▷ *Grande-Bretagne/Ecosse, Inner Hebrides, île de Skye, cabine téléphonique*

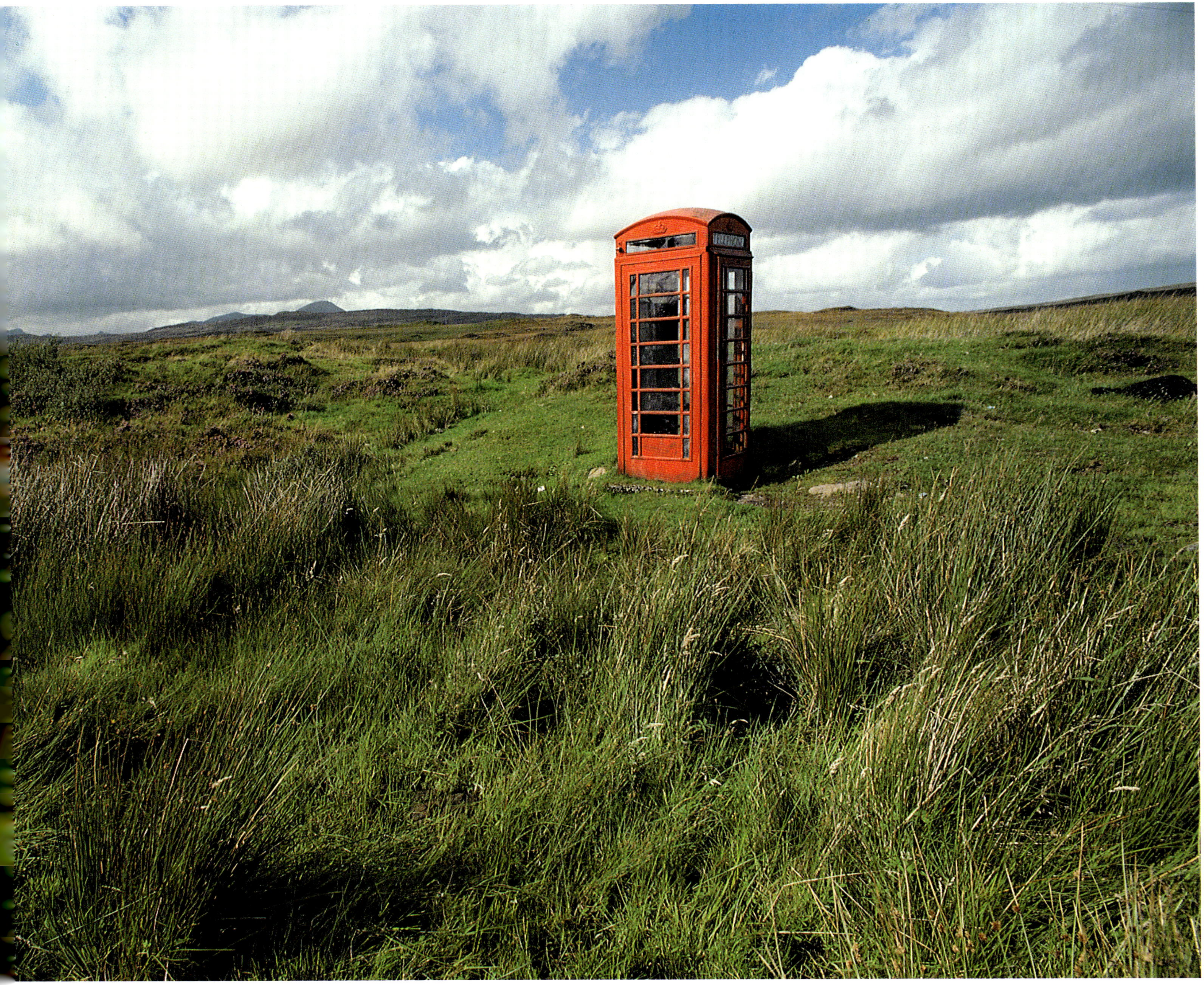

Fuchsien, hoch wie Kirschbäume

Man erinnert sich: Im *Irischen Tagebuch* schrieb Heinrich Böll: »Nun haben die Iren eine merkwürdige Gewohnheit; wenn der Name der Provinz Mayo genannt wird (es sei lobend, tadelnd oder unverbindlich), sobald der Name Mayo fällt, fügen die Iren hinzu: ›God help us!‹ Es klingt wie die Antwort in einer Litanei: ›Herr, erbarme dich unser!‹«

Die Provinz Mayo war eine der Hungerkammern im Armenhaus Irland. Als Böll dorthin reiste, war er 37, mit ihm fuhr seine Familie. »Der Zug war beängstigend leer geworden. Achtzehn Personen zählte ich, wir allein waren sechs davon, und es schien uns, als führen wir schon eine Ewigkeit durch Torfhalden, Moor, und noch immer nicht war das frische Grün des Salats zu sehen, nicht das dunklere der Erbse oder das bittere der Kartoffel. Mayo, flüsterten wir leise. God help us!«

Das war Mitte der fünfziger Jahre, da legte Gott einen weiteren Schöpfungsnachmittag ein und schickte den Massentourismus hinab auf seine alte Erde, und auch Mayo bekam eine Handvoll ab. Mayo wurde zum Wochenendausflugsziel der Dubliner, es galt bald eine Ferienreise wert für Lufthungrige aus London, Liverpool und Birmingham. Iren, deren Vorfahren nach den USA oder Australien ausgetrieben worden waren, stillten Sehnsucht nach den Wurzeln, denn arm ist dran, wer nicht weiß, woher seine Urväter stammen und von wem er seine roten Haare hat. Gott half Mayo, und Mayo half sich, und so entstanden an der Straße, auf der Böll mit zwei Frauen und drei Kindern im Bus fuhr, Hotels und Bars und Pubs und Imbißstuben, Ferienhäuser wurden schlüsselfertig offeriert, die Bauern an den Straßen und Stränden beratschlagten mit ihren Frauen, dann bauten auch sie und stellten *B&B*-Schilder an den Zaun: Hier kann man Bett und reichliches Frühstück haben für vergleichsweise geringes Geld.

Mayo erlebte sein Bauwunder: Neunzig Prozent aller Häuser außerhalb der Städte entstanden, nachdem die Bölls wieder fort waren. Man kann fischen in Mayo und sich Angelzeug kaufen oder borgen, kann Golf spielen, Ponys leihen oder gar einen täuschend ähnlich kopierten Zigeunerwagen mit einem lebendigen Pferd plus Hafersack und damit über die Straßen zockeln. Die meisten Touristen freilich kommen mit dem Auto, schauen, fahren weiter, steigen aus, photographieren die Klippen, den Berg des St. Patrick, der so oft eine Wolkenhaube trägt, die Sonnenuntergänge, die Inseln drüben über der Bucht, die Schafe, die Esel und die bis auf die Erde herunter brennenden Regenbogen. Ein Dezennium lang freute sich das Fremdengewerbe in Mayo über Zuwachsraten von jährlich mehr als zehn Prozent, das ist die Marke, die Banker frohlokken läßt. So ließ sich auch James beraten, der kluge Viehfarmer, und redete ausgiebig mit Ann, seiner tatkräftigen Frau. Jetzt steht da ein weißschimmerndes zweistöckiges Haus mit sechs Doppelzimmern, Duschbad, Wannenbad, Klo, Speise- und Aufenthaltsraum. Die beiden begannen mit B&B, seit einem Jahr sind sie in die nächste Stufe gehoben, werden als »Farmhouse« geführt und dürfen eine Abendmahlzeit reichen. Keinen Alkohol allerdings, streng sind die Bräuche. Welchen Sprung haben die beiden in wenigen Jahren gemacht! Sie lernten mit Krediten und Gästen umzugehen, lernten das Zimmer richten, servieren, kassieren, Freundlichkeit auch dann bewahren, wenn ein Gast endlich nachts um zwölf eintrudelt und Tee verlangt. Kochen – nun ja, Anns Salzmenge am Menü war genau richtig, aber warum in den Bohnen konzentriert und nicht ein Prislein am Fleisch? Ein paar Gewürze sollte man Ann fürsorglich nennen. Der Agent, der den Prospekt für die Farmhauskette verschickt, verspricht trauliche Abende am Torffeuer – aber auch hier glimmt die leichter zu bedienende Spirale. Zu allem sieben Kinder.

Man erinnert sich: Über Siobhan schrieb Böll, die am Klappenschrank bei der Post saß mit Augen wie Vivien Leigh. »Wie es auch sein wird, sie kann hierbleiben, und das ist eine unglaubliche Chance: Von ihren acht Geschwistern werden nur zwei hierbleiben können; einer kann die kleine Pension übernehmen, und ein zweiter kann dort, wenn er nicht heiratet, mithelfen, zwei Familien ernähren die Pension nicht. Die anderen werden auswandern oder irgendwo im Lande Arbeit suchen müssen; aber wo und wieviel werden sie verdienen?« Das ändert sich, der Bauboom – der vorbei ist – band kräftige Burschen, das Hotelgewerbe sog flinke Mädchen auf. Siobhan, so nehme ich an, das Mädchen mit den Filmdivaaugen, heiratete den Jungen, der mit ihr am Klappenschrank wortkarg flirtete, sie bekamen sechs bis neun Kinder, von denen fünf bis sieben in Mayo Arbeit finden werden, wenn's nicht zurückgeht mit dem Fremdenverkehr. Denn nun gibt es keine Zuwachsraten mehr, in einem besonders nassen Sommer – kurz ist jeder Sommer ohnehin – bleiben manche Zimmer leer, die Krise wirft lange Schatten über Mayo. Wer auswandern will, muß weite Wege gehen, England ist verstopft.

»Fünf Minuten blieb die Landstraße leer, wenn das Auto gerade einen größeren Ort passiert hatte, und wieder sammelten sich die Tropfen: irische Schulkinder, sich schubsend, sich jagend; abenteuerlich gekleidet oft: bunt und zusammengestückelt, aber sie alle waren, wenn sie nicht heiter waren, mindestens gelassen; so traben sie oft meilenweit durch den Regen ...« Heute fahren sie mit dem Schulbus. Irland steht, was das Einkommen anlangt, in der europäischen Kette weit hinten, seinen Kindern aber sieht das keiner an. Über die Straßen schrieb Heinrich Böll: »Ich empfand es als Blasphemie, als jemand in Deutschland mir einmal sagte: Die Straße gehört dem Motor. In Irland war ich oft versucht zu sagen: Die Straße gehört der Kuh; tatsächlich werden die Kühe so frei zur Weide wie die Kinder zur Schule geschickt; herdenweise nehmen sie die Straße ein, drehen sich hochmütig nach dem hupenden

Auto um, und der Autofahrer hat hier Gelegenheit, Gelassenheit zu üben und seine Geschicklichkeit zu erproben...« Ein paar Zeilen später: »...jedenfalls gehört die Straße nicht dem Motor.«

Doch, sie gehört. Alle Städte sind, da kaum Umgehungsstraßen gebaut wurden, zu beinahe jeder Tageszeit verstopft mit Autos jeglicher Art und oft stattlichen Alters. Dazwischen Fußgänger, Mütter mit vier, sechs Kindern. Parkendes Blech überall. Die Beschilderung ist vielleicht gar nicht so schlecht, aber jedesmal versperren zwei Busse oder ein dreistöckiges Wohnmobil den Hinweis, nach dem der Ortsunkundige schwitzend späht. Zernarbt sind die Autos vom Geschiebe und Gepresse wie langdienende Kriegselefanten, Lampenglas splittert, Lack kreischt – nicht so schlimm. Dublin ist die Hölle, gefolgt von Galway. Tausend US-Amerikaner in japanischen Leihwagen in Limerick – kein Verkehrspolizist weit und breit, irgendwann wird es sich lösen, spätestens im Herbst, wenn die Touristen fort sind. Nicht so schlimm. »Wem die Straße gehört, ist in Irland noch lange nicht entschieden.« Doch, es ist. Weit draußen zwischen den Weilern herrscht gelegentlich einmal ein Kuhtrupp, der von einer Weide zur anderen schlendert, naschend am Wegesrand. Der Junge, der mitbummelt, denkt gar nicht daran, den Stecken zu heben, bloß weil ein Auto nicht weiterkann. Aufregung schadet der Milch. »Als Gott die Zeit gemacht hat, hat er viel davon gemacht.« Was sind schon fünf Minuten.

Und dann die Esel, diese Melancholiker, die aussehen, als wären sie bei allem dabeigewesen seit der Erschaffung der Welt. Herr Jesus ritt auf einem Esel, ein Esel wird's dem anderen weitergesagt haben bis heute. Hier und da karren sie Torf aus dem Moor vors Haus, hier und da die Milchkanne zur Sammelstelle. Neun Bauern preschen mit dem Auto hin, der zehnte zockelt mit dem Esel. So hat der Großvater noch seine Beschäftigung und kann beim Warten auf den mächtigen blinkenden Milchtransporter am Schwatz teilhaben. Für den Rest des Tages begnügt sich der Esel mit etwas Weide. Die anderen Bauern blechen fürs Benzin, vielleicht werden auch sie nach der nächsten Ölpreisexplosion wieder auf den Esel kommen. Manchmal schreien sich die Grauen über die Hügel hinweg ihren Gruß zu wie Hähne im Morgendämmern. Die Fuchsiensträucher blühen und blühen, hoch wie Kirschbäume, dazwischen Rhododendron, Esche, Erle, Rotdorn und die alles umgreifenden Krakenarme der Brombeere. Eine neue Grünschattierung ist im Vormarsch, die der Fichten und Kiefern, denn es wird von Staats wegen aufgeforstet, hier ein Fleck, dort ein Streifen den Hang hoch, nördlich von Mayo eine Talfläche, kilometerlang und -breit. Noch sind es Tupfer. In diesen Wäldern wachsen im Herbst die Pilze wie verrückt.

Als besessene Kinogänger schilderte Heinrich Böll die Iren – das Fernsehen ließ auch dort die Kinos sterben. Ganz Irland schwelgte vor der Röhre, als James Last – eine Großmutter war Irin, hab' ich das richtig verstanden? – bei einem gewaltigen Spektakel aufspielte, einem Folklorefestival aller Grafschaften. Jeweils einer der Musikusse streifte sich ein Trikot in den Grafschaftsfarben über – frenetischer Beifall! –, dann erklangen die örtlichen Weisen, und das Publikum sang mit, wiegte sich mit erhobenen Händen. Wettstreit der besten Torfstecher! An die zehn Kriterien beachtete die Jury von der Geschwindigkeit des Zweierteams über die Gleichmäßigkeit der Ziegel und die Sauberkeit der Wand hinterher bis zu deren Muster. Wer ist Irlands flinkster Windelaufhänger? Da hatten die Frauen aber mal was zu lachen! Wie lange die Last-Mannen wohl geübt hatten mit ungewohnten Instrumenten und einem ihnen fremden Sound? Sogar die Dudelsäckler kamen aus den Last-Reihen. Ein Glücksabend für meine freundlichen Gastgeber, an dem ich für sie keine sonderliche Rolle spielte; Last, not Loest. Ganz Irland blieb auf bis spät in die Nacht.

Eines ist natürlich geblieben, der Regen. »Der Regen ist hier absolut, großartig und erschreckend.« Die ersten drei Regenminuten sind wild, sie genügen, einen zu durchnässen, der kein Schutzdach findet oder die Plane nicht sofort über den Kopf bekommt. Nach einiger Zeit lernt man es, eine heranjagende Wolke zu berechnen: dreißig Sekunden noch! Zwanzig Schauer pro Tag sind keine Seltenheit. Auch wer vom Radsattel aus Irland tapfer genießt, muß damit fertig werden. Es sind nicht wenige, und zwei Drittel davon sind Mädchen. »Und wieviel Wasser sammelt sich über viertausend Kilometern Ozean, Wasser, das sich freut, endlich Menschen, endlich Häuser, endlich festes Land erreicht zu haben, nachdem es so lange nur ins Wasser, nur in sich selbst fiel. Kann es dem Regen schließlich Spaß machen, nur immer ins Wasser zu fallen?« Nun prasselt er auf irische, englische, französische, deutsche Mädchen, auf die Straße und füllt die Schlaglöcher, auf die Schafe, die sich hinter den Farn kauern, auf Kühe und Esel, die der Bö den Hintern zudrehen, ins Moor, auf die Hecken, das Blechdach. Dann hört er plötzlich auf. Zwischen den Bergen westlich kichert schon die nächste Wolke.

»Es gibt dieses Irland: wer aber hinfährt und es nicht findet, hat keine Ersatzansprüche an den Autor.« So heißt es in der Vorrede. Es gibt das Böllsche Irland nicht mehr, aber wer ein friedfertiges, warmherziges, wunderschönes Stück Literatur liebt, der genießt bei der Lektüre noch immer. Italien ist ja auch anders als zu Goethes Reisezeit, Swinemünde verwandelte sich seit Fontanes Kindertagen.

Als Böll gestorben war, suchten französische Journalisten nach seinem besten, wirkungsvollsten Werk. Sie konnten sich nicht einigen. Sein *liebenswertestes* Buch aber, da fiel ihnen Übereinstimmung leicht, sei sein *Irisches Tagebuch*. Es liest sich nirgends besser als vor Ort an einem Wind- und Wetterabend. Den Torf bitte immer einmal nachlegen. Man kann natürlich auch *Whiskey* dazu trinken.

Fuchsias as tall as cherry-trees

In his *Irish Journal*, Heinrich Böll wrote: "Now the Irish have a strange habit; whenever the name of the County of Mayo is mentioned (whether in praise, critically, or impartially), as soon as the name Mayo is spoken, the Irish add: 'God help us!' It sounds like the response in a litany: Lord, have mercy upon us!"

County Mayo was one of the poorest areas in poor Ireland, and Böll was 37: "The train had become alarmingly empty. I counted eighteen people, of which we alone made up six, and it seemed to us as if we had already been travelling for an eternity past peat bogs, across moors, and still there was no sign of the fresh green of a lettuce, the darker green of peas, or the bitter green of the potato. Mayo, we whispered. God help us!"

That was the middle of the Fifties; then God put in another half day's work on the Creation, and sent mass tourism down onto his old earth, and Mayo also got a handful of it. Mayo became a weekend resort for the Dubliners, and soon attracted visitors in search of fresh air from London, Liverpool, and Birmingham. People of Irish descent came here from the USA or Australia to satisfy their yearning for roots, for you are in a bad way if you do not know where your forefathers came from or why you have red hair. God helped Mayo, and Mayo helped itself, and so, along the road on which Böll had travelled in a bus with two women and three children, hotels and bars, pubs, snack-bars, and holiday homes were run up, and the farmers along the roads and beaches discussed things with their wives and then also built new houses, and put B&B signs outside.

Mayo had a building boom: ninety per cent of all the houses outside the towns have been built since the Bölls were there. You can go fishing in Mayo and buy or hire the necessary tackle. You can play golf, hire ponies, or even a deceptively genuine-looking gypsy's caravan complete with horse and bag of oats and go ambling through the countryside. Most tourists, however, come by car, look, drive on, get out and photograph the cliffs, or Croagh Patrick, whose summit often wears a bonnet of cloud, the sunsets, the islands across the bay, the sheep, the donkeys, and the rainbows that sweep right down to the ground.

For a decade the tourist industry in Mayo enjoyed an annual growth rate of more than ten per cent – which is the level at which bankers begin to rejoice. So James, the clever stock-farmer, consulted the right people, and discussed the project thoroughly with his enterprising wife Ann. Now they have a whitewashed two-storey house with six double rooms, shower room, bathroom, loo, dining room, and lounge. They began with B&B, but a year ago moved up the catering ladder, and are now licensed to serve evening meals – but not to purvey alcoholic beverages: the line has to be drawn somewhere! Nevertheless, they have taken a great step forward in a few short years. They have learned to deal with banks as well as guests, learned to tend the rooms, serve, keep accounts, and to keep their cool when a guest does not turn up till midnight and then demands a cup of tea. And cooking? – well, the amount of salt Ann used for the whole menu was just right, but why was it all in the beans, without even a pinch on the meat? It would also not be a bad idea if Ann were introduced to a couple of herbs. The agent who sends out the prospectuses for the boarding house chain to which Ann's place belongs, promises cosy evenings round the old turf fire – but here, too, the convenient electric fire holds sway.

And in addition to all that, there are seven children to look after!

Heinrich Böll's story of Siobhan, the post office telephonist with eyes like Vivien Leigh's, comes to mind. "Whatever happens, she will be able to stay here, and that is a fantastic opportunity, for of her eight brothers and sisters only two will be able to stay; one can take over the little boarding house,

▷ *Irland/Mayo, Landwirt mit Eselkarren*
▷▷ *Irland/Mayo, Lough Carra bei Castlebar*
▷▷▷ *Irland/Mayo, verlassene Abtei*
▷▷▷▷ *Irland/Mayo, Abendstimmung am Meer*

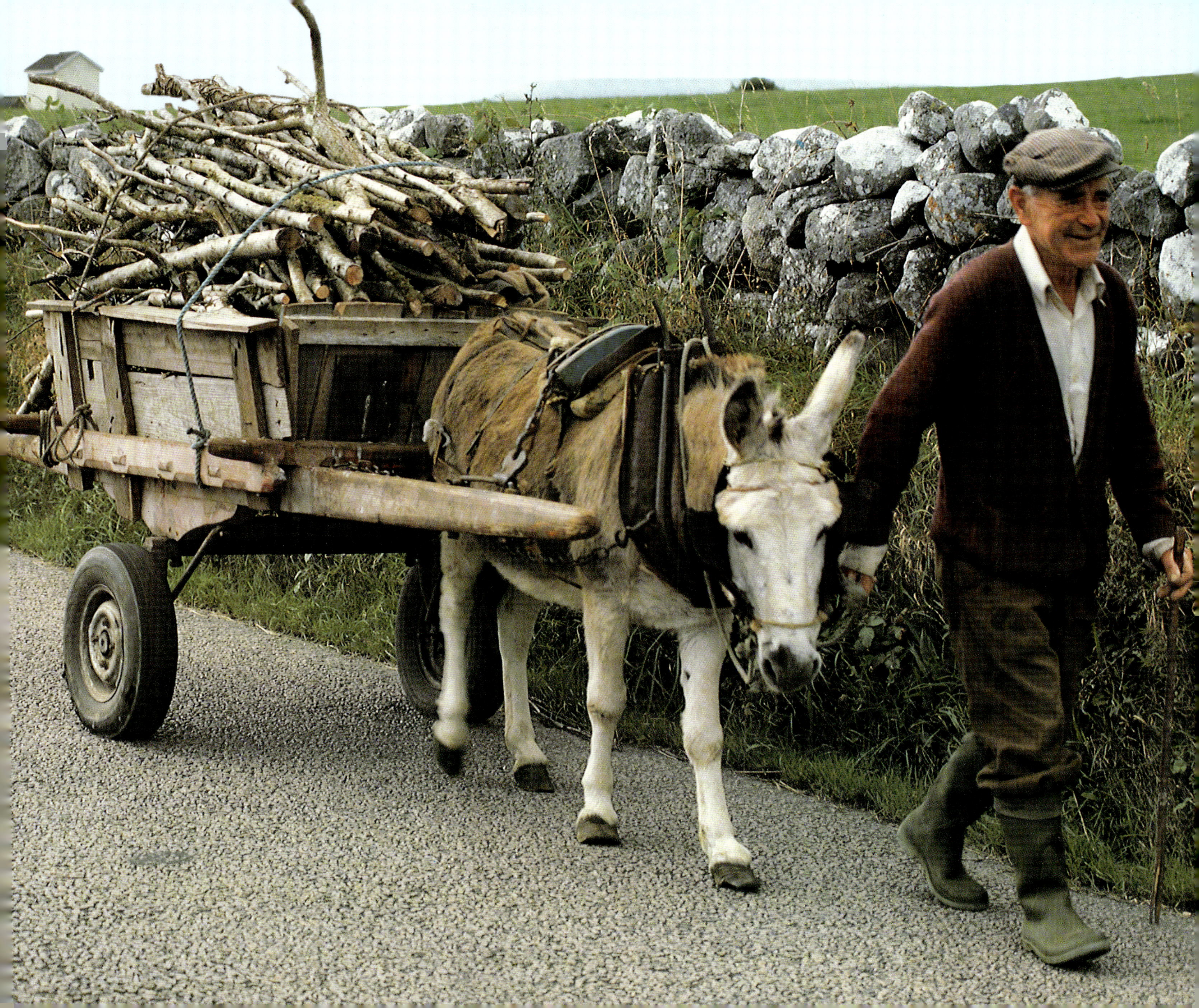

and a second might stay and help run it. The others will have to emigrate, or look for work in other parts of the country; but where? – and how much will they be able to earn?" That all changed when the building boom – now over – created a need for strong lads, and the hotel and catering industry provided work for lively young women. I assume that Siobhan married the young man who flirted wordlessly with her at the telephone exchange, that they had between six and nine children, of whom five to seven will find work in Mayo provided there is no crisis in the tourist trade. For the growth rate has dropped to nil, and in a particularly wet summer – and the summers are short in any case – quite a number of rooms are unoccupied; in fact, the crisis is casting long shadows over Mayo. Anyone who decides to emigrate has to go a long way away, for England is already overpopulated.

"For five minutes after the car had passed through a larger place the country road was always empty, and then they were all over the place again: Irish schoolchildren, chasing and shoving one another; their clothes often extremely wild-looking: colourful and patched, but all the children were, if not cheerful, at least good-tempered; they often have to walk through the rain for miles on end..." Now there are school buses. Ireland is right down near the bottom of the European ladder as far as income is concerned, but you would not think so when you see her children. In reference to the roads, Böll writes: "I considered it blasphemy when someone in Germany once said to me: the roads belong to the car. In Ireland I was often tempted to say: the road belongs to the cow; for indeed the cows wander to their pastures in the same way as children wander to school: whole herds of them take possession of the roads, look round haughtily at the hooting car, and give the driver the chance to practise patience and show his skill..." A few lines later: "... in any case, the roads do not belong to the car."

Now they do. As practically no by-passes have been built, all the towns are blocked nearly every day by cars of all kinds and often of considerable antiquity. And then there are the pedestrians, mothers with four, with six children. Every available space is taken up by parked vehicles. The road signs are probably not at all bad, but the view of them is inevitably blocked by a couple of buses or a three-storey mobile home. The cars are all scarred like veteran war elephants from the constant shoving and squeezing; every now and then there is the sound of an odd lamp being smashed or bumper dented – so what! Dublin is hell, Galway not much different. Limerick is choked by a thousand Americans in hired Japanese cars, and there is not a traffic policeman in sight; not to worry, it will all sort itself out in the end, at the latest in autumn when the tourists have left. "It is by no means sure yet whom the roads belong to in Ireland." I am afraid it is. Far out in the sticks a herd of cows ambling from one field to another sometimes still rules a road. The lad driving them does not even consider lifting his stick just to make room for a car. Excitement sours the milk. When God made time, he made plenty of it. What are a mere five minutes?

And then there are the asses, those melancholy beasts that look as if they have been around since the beginning of time. Jesus rode on an ass, and the news must have been passed on from one ass to the other right up to the present day. Here and there they pull carts loaded with peat from the bogs, or with milk churns heading for the collecting point. Nine farmers tear along the road in motor vehicles to the collecting point, the tenth ambles there with an ass. This gives grandad something to do, and while he is waiting with the others for the giant milk tanker to arrive he can catch up with the latest gossip. All the ass needs for the rest of the day is a bit of grazing. The other farmers have to pay for petrol, but perhaps they will resort to the ass again after the

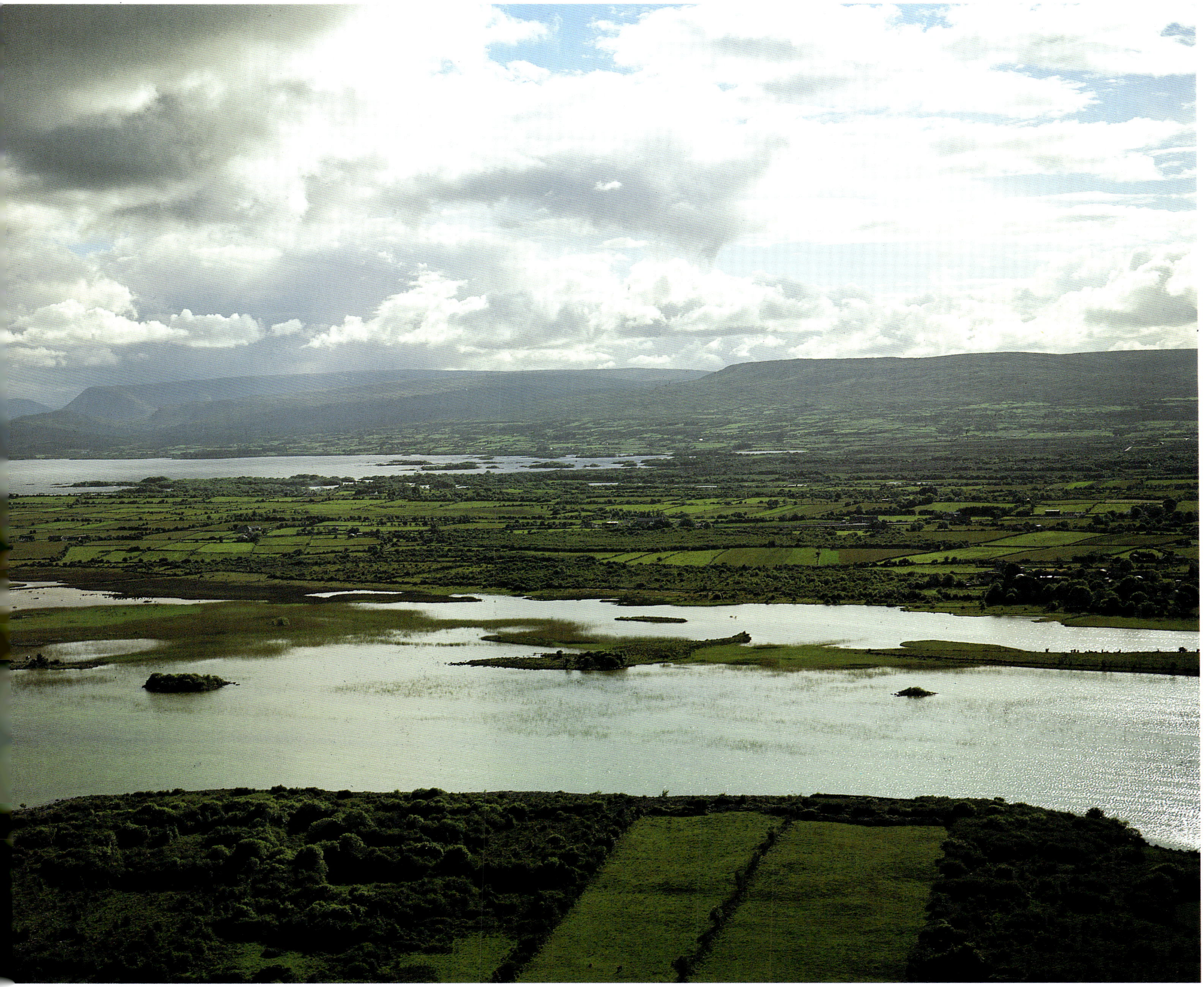

next oil-price explosion. Sometimes the grey beasts bray their greetings to one another across the hills like cocks at dawn. The fuchsias, as tall as cherry-trees, bloom and bloom, interspersed with rhododendrons, ashes, alders, pink hawthorn, and the all-embracing kraken-arms of the bramble. A new shade of green is on the up and up – that of spruce and pine, for the state is afforesting a patch here, a slope there, a valley to the north of Mayo. It is all still on a small scale, but in the autumn the fungi shoot up like mushrooms in the new woods.

Heinrich Böll describes the Irish as film addicts – but television has put paid to the cinemas there, too. The whole of Ireland was glued to their TV screens when James Last – one of whose grandmothers, if I have got it right, was Irish – and his band performed at a gigantic folklore spectacle covering all the counties. One of the musicians put on a shirt in the county colours – frantic applause – for each number, and then the local airs were played and the audience sang along, swaying to the rhythm with raised arms.

A competition to find the best peat-cutter. The jury had ten criteria by which the two-man teams were judged, ranging from the speed with which they worked, to the evenness and shape of the bricks they cut and the tidiness of the wall they were cut from. Who is Ireland's fastest male nappy-hanger? That must have given the Irish women something to laugh at. One wonders how much practice the Last musicians had to put in on the unusual instruments to get the right sound? Even the bagpipers were members of the Last ensemble. It was a happy evening for my friendly hosts, for it saved them from having to try and entertain me: it was Last, not Loest, for a change. The whole of Ireland stayed up until far into the night.

One thing that has not changed since Böll's time, of course, is the rain. The rain here is absolute, magnificent, and frightening. The first three minutes of rain are fierce, and are sufficient to drench anyone who cannot take cover. After a while you learn to time the arrival of it: thirty seconds to go! Twenty showers a day are not exceptional. Cyclists must also brave the elements; there are not a few of them, and two-thirds are girls. "And how much water gathers in the skies over two and a half thousand miles of ocean? – water that is glad to fall at last on people, houses, land, after having nothing but itself to fall into for so long. It surely cannot be fun for the rain just to fall into water?" Now it pours down on Irish, English, French, German girls, on the roads, filling the potholes, on the sheep crouching among the ferns, on cows and asses, which turn their tails to the wind, in the bogs, on the hedges, and the tin roofs. Then it suddenly stops, but not for long: the next cloud is already gathering between the hills.

"This Ireland does exist: but anyone who goes there and does not find it has no claim on the author for damages." That is what Böll says in his introduction. Böll's Ireland no longer exists, but anyone interested in a peaceful, warm-hearted, fine piece of literature can still enjoy reading his Journal. After all, Italy has also changed since Goethe's journey there, as has Swinemünde since Fontane's childhood.

When Heinrich Böll died, French journalists vainly tried to decide which was his best, most effective book. But they found it easy to choose his most *lovable* book: it was his *Irish Journal*. There is no better place to read it than on the spot on a wet and windy evening in front of "the old turf fire", and with, perhaps, a dram of whiskey by your side.

◁◁◁ *Ireland/Mayo; farmer with donkey-cart*
◁◁ *Ireland/Mayo; Lough Carra near Castlebar*
▷ *Ireland/Mayo; deserted abbey*
▷▷ *Ireland/Mayo; sundown by the sea*

Des fuchsias aussi hauts que des cerisiers

Dans son *Journal irlandais*, Heinrich Böll écrit: «Les Irlandais ont une singulière habitude; quand on parle de cette province (que ce soit avec éloge, avec blâme ou au cours d'un propos anodin), aussitôt que le nom de Mayo est prononcé les Irlandais enchaînent avec *God help us!* Cela fait penser aux réponses d'une litanie: «Seigneur, aie pitié de nous!»

La province de Mayo était l'une des régions les plus pauvres de la pauvre Irlande et Böll avait 37 ans: «Le train se vidait de façon inquiétante. Je comptais encore dix-huit personnes en tout, dont nous six. Il nous semblait que nous roulions depuis une éternité à travers ce moor et ces pentes tourbeuses; et toujours pas de champ de légumes à l'horizon, dont la fraîcheur nous eût réconfortés; ni le vert tendre d'un carré de salades, ni celui plus foncé d'un semi de pois ou celui, encore plus sombre, d'un clos de pommes de terre; «Mayo, soupirions-nous tout bas. *God help us!*»

C'était vers le milieu des années cinquante, Dieu se ménagea une autre demi-journée pour parfaire la Création du monde et envoya le tourisme de masse sur sa bonne vieille terre et Mayo en bénéficia également d'une poignée. Mayo devint le but d'excursion pour les week-ends des habitants de Dublin et attira bientôt ceux de Londres, de Liverpool et de Birmingham, des descendants d'Irlandais qui avaient émigré aux Etats-Unis et en Australie en quête de leurs racines, car est bien malheureux celui qui ne sait pas d'où viennent ses ancêtres et de qui il tient ses cheveux roux. Dieu vint en aide à Mayo et Mayo s'aida et c'est ainsi que le long de la route où Böll voyageait en car avec deux femmes et trois enfants, des hôtels et des bars, des pubs et des snack-bars et des maisons de vacances furent ouverts et les paysans le long des routes et des plages discutèrent de la situation avec leurs femmes et construisirent également des maisons et mirent des panneaux *B&B* à la palissade: ici, on peut avoir un lit et un

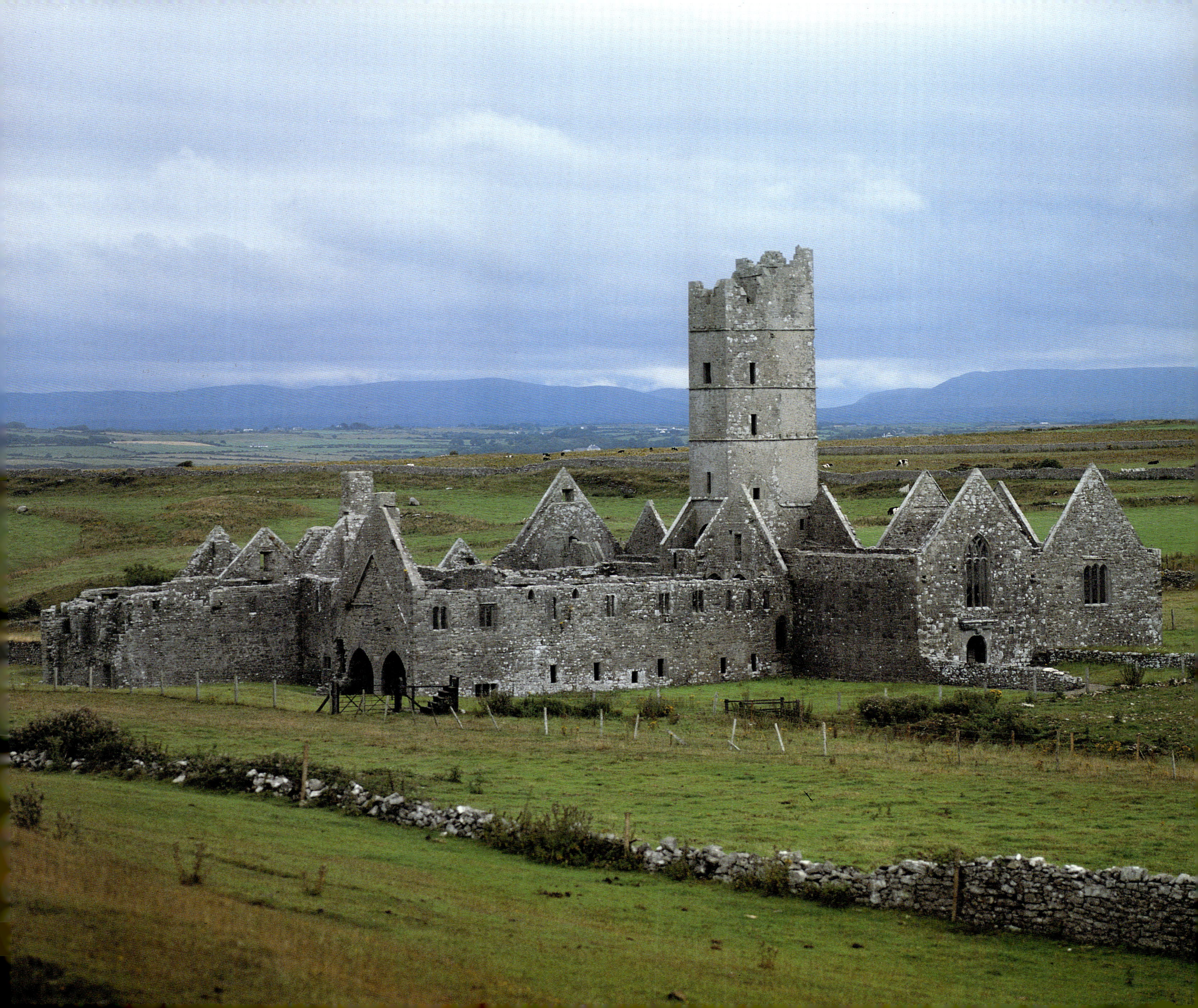

petit déjeuner copieux pour relativement peu d'argent.

La construction connut un boom à Mayo: quatre-vingt-dix pour cent de toutes les maisons à l'extérieur des villes ont été construites après le voyage des Böll. On peut aller à la pêche à Mayo et acheter ou louer le matériel nécessaire, on peut jouer au golf, louer des poneys ou même la parfaite copie d'une roulotte de gitans avec cheval et sac d'avoine et voyager ainsi à travers le pays. La majorité des touristes, toutefois, viennent en voiture, regardent, poursuivent leur chemin, descendent, photographient les falaises, la montagne de St-Patrick dont le sommet est si souvent coiffé de nuages, les couchers de soleil, les îles au-delà de la baie, les moutons, les ânes et les arcs-en-ciel qui descendent jusqu'au sol.

Une décennie durant, le tourisme à Mayo connut un taux de croissance annuel de plus de dix pour cent, c'est le seuil à partir duquel les banquiers commencent à se réjouir. James également, l'intelligent éleveur de bétail, se fit conseiller et discuta abondamment du projet avec Ann, son énergique femme. Et, aujourd'hui, ils ont une maison blanche à deux étages avec six chambres à deux lits, des salles de bains avec douche, baignoire, des WC, une salle à manger et un salon. Ils ont commencé avec un B & B, depuis un an ils sont passés dans la catégorie supérieure, sont classés comme *Farmhouse* et peuvent servir un dîner. Pas d'alcool toutefois, les coutumes sont strictes. Néanmoins, quel bond en avant n'ont-ils pas fait en quelques années! Ils ont appris à se servir de crédits, à traiter avec la clientèle, à aménager les chambres, à servir, encaisser, à rester aussi aimables quand un client arrive enfin à minuit et demande un thé. Et pour la cuisine – eh bien la quantité de sel utilisée par Ann pour le menu était bonne mais pourquoi tout mettre dans les haricots et pas un peu sur la viande? Il ne serait également pas mauvais qu'Ann utilise quelques épices. L'agent, qui expédie les dépliants pour la chaîne de fermes, promet des soirées intimes au coin du feu de tourbe – mais ici également c'est d'un feu électrique plus pratique qu'il s'agit.

Et il y a encore les sept enfants dont il faut s'occuper.

On se rappelle ici ce qu'écrivait Böll à propos de Siobhan, la jeune fille qui avait les yeux de Vivien Leigh assise au guichet de la poste. «Mais pourra-t-elle rester au pays? Ce serait une chance inespérée: deux de ses huit frères et sœurs, deux seulement auront cette chance; l'un d'eux peut-être gardera la petite pension de famille et l'autre pourra l'aider, s'il ne se marie pas, car cela ne saurait suffire à faire vivre deux foyers. Les autres émigreront ou devront chercher du travail dans le comté; mais où, et combien gagneront-ils?» Tout cela a changé, le boom dans le bâtiment – qui est à présent passé – a eu besoin de bras forts et l'hôtellerie a attiré des jeunes filles dynamiques. Siobhan, la jeune fille aux yeux de star, a épousé, je suppose, le jeune homme presque silencieux qui flirtait avec elle au guichet, ils ont eu entre six et neuf enfants dont cinq à sept trouveront du travail à Mayo s'il n'y a pas de crise dans le secteur touristique. Car le taux de croissance est tombé à zéro et les étés particulièrement pluvieux – et de toute façon les étés sont courts – certaines chambres restent vides, la crise jette de longues ombres sur Mayo. Quiconque veut émigrer doit aller loin, l'Angleterre est déjà surpeuplée.

«La route restait vide quelques secondes quand l'auto avait fait s'égayer un groupe important, puis les eaux se refermaient, les gouttes retombaient dans la rivière: jeunes écoliers irlandais souvent vêtus au petit bonheur de vêtements aux rapiéçages multicolores; ils se bousculaient en riant et ceux qui ne montraient pas de la gaieté n'en paraissaient pas moins insouciers; ils trottaient ainsi pendant des heures sous la pluie...» Aujourd'hui, il y a des cars de ramassage scolaire. Pour ce qui est du revenu, l'Irlande est à la traîne dans le peloton européen, mais cela ne se remarque pas quand on voit ses enfants. Sur les routes, Heinrich Böll a écrit: «Si l'on m'avait dit en Allemagne: «la route appartient aux autos», j'aurais ressenti cela comme un blasphème. Ici, en Irlande, je fus souvent tenté de dire: «la route appartient à la vache», et de fait, on expédie aussi librement le bétail au pâturage que les enfants à l'école: il suit la route en troupeau qui se presse, plein de morgue et de suffisance à l'égard des autos dont le klaxon s'affole, et dont le conducteur peut alors démontrer son humour, exercer son sang-froid et éprouver son adresse.» Et quelques lignes plus loin: «Certes non, la route n'appartient pas au moteur!»

Mais maintenant oui. Comme on n'a guère construit de routes de contournement, toutes les villes sont bloquées pratiquement à tout moment de la journée avec des voitures de toutes sortes et souvent d'âge vénérable. Et puis il y a les piétons, des mères avec quatre, six enfants. Des voitures en stationnement partout. La signalisation n'est peut-être pas si mauvaise, mais chaque fois deux autobus ou une caravane à trois étages en bouchent la vue. Les voitures sont balafrées à force de manœuvres; on entend le bruit d'une lampe qui se casse, de tôles qui se froissent, mais ce n'est pas grave. Dublin est l'enfer suivi de Galway. Il y a des milliers d'Américains en voitures de location japonaises à Limerick – et pas le moindre agent de la circulation en vue; mais ce n'est pas grave, tout finira par rentrer dans l'ordre, au plus tard en automne quand les touristes seront partis. «Il faudra longtemps en Irlande avant qu'on décide à qui appartient la route.» Ça l'est. Loin au dehors, entre les hameaux, un troupeau de vaches qui va d'un pâturage à l'autre, règne encore parfois sur la route. Le gamin, qui le conduit, ne songe pas à lever son bâton tout simplement parce qu'une voiture ne peut avancer. L'énervement n'est pas bon pour le lait. Lorsque Dieu a fait le temps, il en a fait beaucoup. Que sont donc cinq minutes?

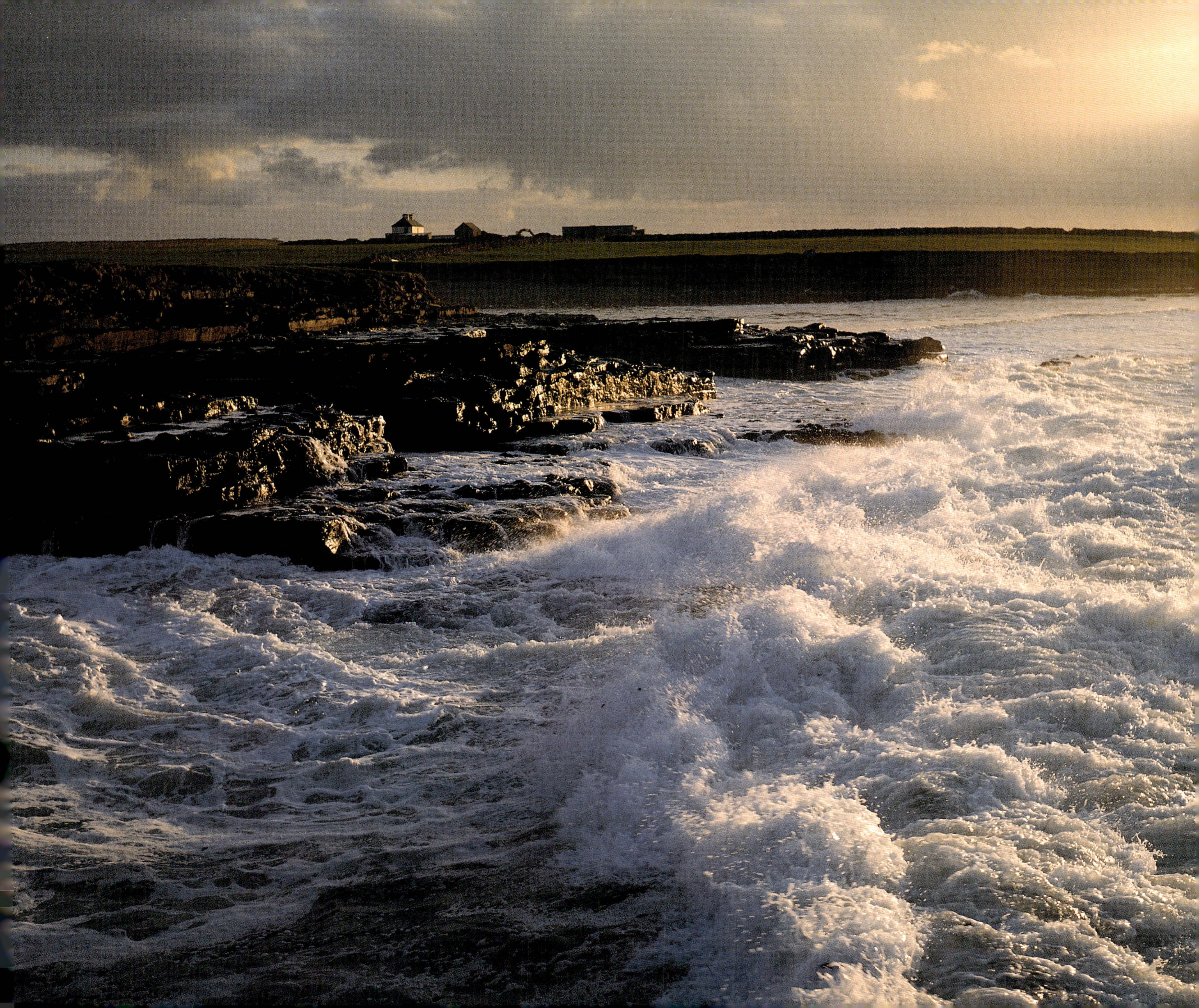

Et puis il y a les ânes, ces mélancoliques, qui semblent avoir tout vu depuis la création du monde. Jésus montait un âne, un âne a dû le dire à un autre et ainsi de suite jusqu'à aujourd'hui. Ici et là, ils tirent des carrioles avec de la tourbe extraite des marais ou des bidons de lait qu'ils amènent au centre de ramassage. Neuf paysans s'y dirigent en voiture, le dixième y va avec son âne. Le grand-père a ainsi encore une occupation et peut faire un brin de causette en attendant l'arrivée de l'imposant et étincelant camion-citerne. Pour le restant de la journée, l'âne se contente de brouter un peu. Les autres paysans doivent payer l'essence, ils reviendront peut-être à l'âne après la prochaine explosion du prix du pétrole. Parfois les bêtes grises s'envoient leurs saluts en brayant au-delà des collines comme des coqs au petit matin. Les buissons de fuchsias fleurissent à n'en plus finir, aussi hauts que des cerisiers, entremêlés de rhododendrons, de frênes, d'aunes, d'aubépines et des bras tentaculaires des mûres sauvages. Une nouvelle nuance de vert progresse, celle des pins et des épicéas, car l'Etat encourage le reboisement, ici sur un bout de terrain, là sur un versant, au nord de Mayo dans une vallée sur des kilomètres. Ce ne sont encore que des taches, mais dans ces forêts, en automne, les champignons jaillissent du sol.

Heinrich Böll décrit les Irlandais comme des fanatiques du cinéma – mais la télévision a également fait fermer les cinémas ici. Toute l'Irlande était devant le petit écran lorsque James Last – une de ces grands-mères était irlandaise si j'ai bien compris – s'est produit au cours d'un grand spectacle, un festival folklorique de tous les comtés. Un de ses musiciens endossait pour chaque numéro un maillot aux couleurs du comté – applaudissements frénétiques – les airs locaux étaient ensuite joués, le public chantait avec en se balançant au rythme de la musique les mains levées. Concours des meilleurs tourbiers! Pour juger les équipes de deux hommes, le jury avait dix critères allant de la rapidité avec laquelle ceux-ci travaillaient jusqu'à la régularité et la forme des briques qu'ils coupaient et la propreté du mur dont ils les extrayaient. Quel est l'Irlandais le plus rapide pour accrocher des langes? Les femmes ont eu là de quoi rire. Combien de temps les musiciens de Last ont-ils dû s'exercer avec des instruments inhabituels pour en extraire des sons justes? Même les cornemuseurs étaient membres de l'ensemble Last. Une merveilleuse soirée pour mes aimables hôtes qui n'eurent pas à s'occuper de moi; Last, not Loest pour une fois. L'Irlande tout entière resta debout jusque tard dans la nuit.

Une chose évidemment n'a pas changé, c'est la pluie. «La pluie ici est absolue, grandiose, effrayante.» Les trois premières minutes de pluie sont violentes, elles suffisent pour tremper quiconque ne peut se mettre à l'abri. Au bout d'un certain temps, on apprend à prévoir l'arrivée d'un nuage: encore trente secondes. Vingt averses par jour ne sont pas rares. Les cyclistes doivent également en venir à bout. Il n'y en a pas peu et deux tiers d'entre eux sont des filles. «Combien d'eau se rassemble au-dessus de quatre mille kilomètres d'océan, de l'eau qui se réjouit d'avoir atteint enfin des maisons, enfin des hommes, enfin de la terre ferme, depuis si longtemps qu'elle tombe seulement sur de l'eau, seulement sur elle-même. Est-ce que ça peut amuser la pluie de tomber éternellement sur de l'eau?» Elle tombe maintenant sur des Irlandaises, des Anglaises, des Françaises, des Allemandes, sur la route et remplit les nids de poules, sur les moutons blottis derrière les fougères, sur les vaches et les ânes, qui tournent le dos au vent, sur les marais, les haies, les toits de tôle. Puis elle s'arrête soudain, mais entre les montagnes à l'ouest le prochain nuage s'annonce déjà.

«Cette Irlande existe, mais celui qui, s'y rendant, ne la trouverait pas, n'aurait bien entendu aucun droit de recours contre l'auteur.» C'est ce qu'écrit Böll en épigraphe. L'Irlande de Böll n'existe plus, mais quiconque s'intéresse à une œuvre littéraire pacifique, chaleureuse, merveilleuse lira toujours avec plaisir son *Journal irlandais*. L'Italie non plus n'est plus celle de l'époque du voyage de Gœthe tout comme Swinemünde a changé depuis l'enfance de Fontane. Lorsque Heinrich Böll est mort, des journalistes français n'arrivèrent pas à décider quelle était sa meilleure œuvre, son livre le plus marquant. Mais ils n'eurent pas de mal à s'entendre sur son livre *le plus digne d'être aimé*, c'était son *Journal irlandais*. Il n'y a pas de meilleur endroit pour le lire que sur place par un soir humide et venteux. On ne doit pas oublier de remettre de la tourbe sur le feu et l'on peut aussi boire un verre de whiskey.

◁◁◁◁◁ *Irlande/Mayo, cultivateur avec un chariot à âne*
◁◁◁◁ *Irlande/Mayo, Lough Carra près de Castlebar*
◁◁◁ *Irlande/Mayo, abbaye abandonnée*
◁◁ *Irlande/Mayo, atmosphère crépusculaire au bord de la mer*

Die Wiege der Ahnen?

Gotland ist die wichtigste Urlaubsinsel der Stockholmer, sie durchstreifen das vieltürmige Visby, die Rosenstadt, denn Rosen ranken sich um Ruinen und blühen in den steilsten Gassen. Sie mieten sich in den Ferienhäuschen ein und ballen sich an den wenigen Sandstränden. Busladungen strömen zur Klosterruine von Roma. Eine Basilika stand hier, das Kloster war vom 11. Jahrhundert an ein geistiges und wirtschaftliches Zentrum, sein Einfluß strahlte bis ins Baltikum. Nach der Reformation wurde das Kloster säkularisiert, alle Gebäude verfielen, die Basilika war eine Zeitlang »der prächtigste Viehstall in ganz Schweden.« Rasch weiter zur Kirche in Dalhem mit der starken, reinen Architektur und den Glasmalereien aus dem 13. Jahrhundert. Um 1900 sollte sie zur schönsten Kirche Gotlands ausstaffiert werden, über und über wurde der Innenraum mit Wandmalereien bedeckt, und die sind auch danach, nämlich im Stil dieser Zeit; die Meister hatten durchaus örtliches Format. Die Kosten waren erheblich – immerhin, wir haben ein überdeutliches Beispiel für die Restaurierungswut von 1900, ein reinrassiges Stück Negativkunst.
Nicht weit entfernt zischt und rumpelt es zur Sommerszeit: In Hesselby ziehen gestandene Männer blaue Uniformen an, kostümieren sich als königlich-schwedische Eisenbahner und bringen eine Lokomotive in Gang, die einst auf der Strecke Roma-Slite schmalspurig dampfte. Ein paarmal am Nachmittag »verkehrt« jetzt über ein paar hundert Meter ein Zug mit zwei Waggons. Ernsthaft wird gespielt: Nach Fahrplan geht's los, jede Tour hat ihre Nummer, der »P 23« rattert von 17⁴⁰ Uhr bis 18⁰⁰ Uhr. Zehn Kronen kostet das Vergnügen, Kinder die Hälfte – ein stattlicher Kilometerpreis. Nach dem Dampftag verwahren die Hüter achtsam alle Reliquien, Lampen und Pläne und Reklamen. So ehrlich es in Schweden auch zugeht – zu ungestüm sollte man Eisenbahnfans nicht in Versuchung führen.

Im Norden, im Dörfchen Bunge, hat der Bewahrer alter gotischer Kunst, ein Schulmeister namens Erlandsson, ein Freilichtmuseum mit Häusern und Ställen, Wind- und Wassermühlen, Wind- und Wassersägewerken und natürlich mit etlichen der wertvollsten Bildsteine aufgebaut. Daneben steht ein Schulmuseum, besser: Eine Zweiklassenschule samt Lehrerwohnung unterm Dach im Stande von 1900 ist zu besichtigen. Die Flecken der Eichengallustinte im Holz sind echt wie die Landkarten und der Krimskrams in den Regalen der Lehrmittelecke: ausgestopfter Iltis, Projektionsapparat, Mikroskop und ein Kasten mit aufgespießten Schmetterlingen. Im Klassenzimmer ganz vorn steht ein Schreibgerät, dessen Entwicklungsstufe noch unterhalb der Schiefertafel liegt, ein drei Meter langer, dreißig Zentimeter breiter Kasten mit erhöhten Rändern, drei Längsriefen darin, die Zeilen nämlich. In den Kasten wurde feinster Sand gestreut, in ihn ritzten die Erstkläßler dann ihre Buchstaben. An dieser Sand-Bank übten sie, wischten aus, sie brauchten noch nicht einmal einen Griffel. Jedes Stöckchen oder der Zeigefinger taten's auch. Mit einem Brettchen strich der Lehrer glatt, und von vorne ging's los mit dem a und dem o und dem i mit dem Pünktchen drauf.
Nahe der südöstlichen Küste erheben sich Kalkklippen aus Heide, Feld und Kiefernwald: Torsburgen. Die Mauern Donars, so ist zu übersetzen. Hufeisenförmig umschließen sie eine Hochfläche, die offene Seite ist durch einen zwei Kilometer langen Steinwall abgeriegelt. Wer ihn aufschüttete und ob er eine hölzerne Bewehrung trug, ist unbekannt. Stammt er aus dem 3. Jahrhundert oder erst aus der Wikingerzeit? Die Baumasse ist größer als die aller Befestigungen von Visby. 1977 wurden zwei Lücken gegraben, Versuchsmauern mit Holzkernen errichtet, in Brand gesteckt, Sturm und Verteidigung simuliert – 1 200 Schweden machten daraus ein volks- und urtümliches Spektakel. Erkenntnisse blieben mager.

Man kann wandernd, schauend zu erfühlen versuchen, mehr nicht. Eine Grotte im Kalkhang wird als irdisches Heim Donars bezeichnet, seine Absteige hienieden. Er war der germanische Donnergott, der Mann mit dem Hammer, der Erfinder des Donnerstags, Wotans Vize. Ich bücke mich hinein – ich hätte mir's bei Götters komfortabler vorgestellt. Bei aller Prähistorie ist dieser Landstrich ein liebenswert stilles Stück Natur mit Reservaten, Mooren und hohen Kiefern. Ansichtskartenhäuschen, Parkplätze und Klos liegen weitab. Von einem Eisenturm schauen Schwindelfreie über ein gutes Stück der Insel bis hinaus aufs Meer.
Um Torsburgen geistern Theorien. Eine lautet, einmal hätten sich junge Männer, die das Los zur Auswanderung bestimmt hatte, hier verschanzt, sich dem Vertreibungsverbot widersetzend. Die Insel konnte nicht alle ihre Kinder ernähren; wenn nicht genügend freiwillig gingen, wurde durch Losentscheid nachgeholfen. Da beschließe ich...
Mal der Reihe nach. Die Chronik des Dorfes Marienthal in Pommern, gedruckt 1940, dem nahezu letzten dafür denkbaren Jahr, zeichnet die Geschichte der Loests nach, über meinen Urgroßvater heißt es: »Der Erbauer dieses Hofes ging mit wehendem weißen Bart über den Hof wie ein alter germanischer Edeling. Blau und blond waren Auge und Haar dieses alten, ja vielleicht ältesten Marienthaler Bauerngeschlechts, das wir bis in die Zeiten des 30jährigen Krieges zurückverfolgen können.« Und weiter: »In dem im Jahre 1879 abgebrannten alten Bauernhause (Versicherungsbetrug? Der Verf.) im Dorfe zeigte eine Fensterscheibe im Giebelfenster in Glasmalerei einen schwedischen Reiter unter dem Namen Christoff Loest. War er einst ein schwedischer Reitersmann gewesen?«
Und so beschließe ich: Von Gotland war er gekommen, als fünfter, reichlich überzähliger Bauernsohn, der unter Gustav Adolfs Fahnen die Schlachten von Breitenfeld und Lützen mitschlug und sich schließ-

Our ancestors' cradle?

lich 1642, so das älteste bekannte Datum, im abgebrannten Pommernland niederließ. Mit solcher Denkweise fühle ich mich in bester Gesellschaft, denn Freedi Linden fabelte sehr ähnlich, als er die »Iskra«-Gedenkstätte in Leipzig erfand, also jene Druckerei bestimmte, in der Lenin einst eine legendäre Zeitung habe herstellen lassen. Wer könne *beweisen*, so fragte er, daß Lenin *nicht* dort seine geheime Schrift in Auftrag gab? Das ist nachzulesen in dem wahrhaftigen Buch *Völkerschlachtdenkmal*, und analog zum alten Leipziger Sprengmeister frage ich hiermit: Wer könnte *beweisen*, daß Christoff Loest *nicht* von Gotland stammt? Ich stelle ihn mir vor, den alten jungen Schweden, wie er sein Ränzlein schnürte und von Eltern und Geschwistern tränenreich Abschied nahm und gen Visby stiefelte, wo die Werber schon mit Handgeld und einem guten Schluck Branntwein auf ihn warteten. Auf dem Wall von Torsburgen sitze ich und genehmige mir einen Schluck Sherry, zollfrei auf einem Fährschiff erworben, auf meinen Ahnen. Von einem Bauern nahebei kaufe ich hellen, festen Rapshonig, ein berühmtes reines Gotländer Naturprodukt. Ihn bringe ich mit als Erinnerung an die Tage, da mein Blut, wenn ich mal poetisch sprechen darf, noch auf Gotland floß.

▷ *Schweden/Gotland, Visby, Sankt-Marien-Kirche*
▷▷ *Schweden/Gotland, Bunge, Freilichtmuseum gotländischer Bauernkultur, Bildstein und Küche*
▷▷▷ *Schweden/Kalmar, Windmühlen auf Öland*

Gotland is the favourite island resort of vacationing Stockholmers. They stay in holiday chalets, crowd through the many-towered Visby – called 'Rose Town', for roses are rampant everywhere – and congregate on the few sandy beaches. Busloads of them are taken to the ruins of Roma Monastery, which, from the 11th century onwards, was a spiritual and economic centre of great importance whose influence extended into the Baltic region. The monastery was secularized after the Reformation, the buildings fell into decay, and for a time the basilica functioned as "the most magnificent cowshed in the whole of Sweden". The next stop is the church in Dalhem, with its powerful, pure architecture, and its 13th century stained glass windows. In 1900 it was decided that it should be made into Gotland's finest church. The interior was covered with murals in the manner of the period by provincial artists. The cost was considerable and the result is a devastating example of what passed for restoration around the turn of the century, a full-blooded example of negative art.
In nearby Hesselby strange hissing and rumbling noises are to be heard in the summer, when locals, dressed in the blue uniforms of the erstwhile Royal Swedish Railways, breathe the breath of life into a locomotive which once pounded along the narrow-gauge line from Roma to Slite. Now, pulling two carriages, it puffs up and down a short stretch of track a few times every afternoon. The game is taken seriously: there is a timetable, and every run has its own number: the "P 23" operates from 17.40 to 18.00 hrs. The trip is not cheap: ten kroner, children half-price. At the end of each day the railwaymen carefully lock up all the relics, the lamps, timetables, and posters – the Swedes are honest, but it would be foolish to tempt enthusiastic railway fans too far.
In the north, in the little village of Bunge, a Gothic art enthusiast, a school teacher called Erlandsson, has set up an open-air museum with houses and cowsheds, wind and water mills, wind and water sawmills, and, of course, many precious runestones. There is also a school museum, or rather a two-class school of the period around 1900, complete with teacher's apartment in the attic. The blots made in the wood by the oak-gall ink are just as genuine as the maps and the curiosities in the visual aids shelves: a stuffed polecat, a projector, a microscope, and a case of specimen butterflies. At the front of the classroom is a writing implement which is evidently a forerunner of the slate: a case three metres long and thirty centimetres wide, with raised edges, and three horizontal furrows in it – the lines. Fine sand was scattered in the case, and in this the first-form children scratched their letters. They could erase them quite easily and did not even need a slate-pencil, for any stick or finger would do as well. The teacher could erase the entire opus with a piece of board, and the whole exercise could begin again.
Near the south-east coast, limestone cliffs rise out of the surrounding countryside of heather, meadows, and pine forests: Torsburgen, which translates as Donar's Walls. Shaped like a horseshoe, they enclose an upland plateau; the open side is closed by a two-kilometre-long stone wall. Who built it, and whether there were any wooden additions is unknown. Does it date back to the 3rd century, or only to the Viking period? The amount of stone employed is greater than that of all the fortifications of Visby put together. In 1977, experimental walls were built with a wooden core, and set on fire; attack and defence were simulated by 1,200 Swedes, who made an uproarious spectacle of the operation. The scientific spin-off was meagre. The best thing is for the visitor to wander around the monument, and let his imagination go to work. There is a grotto in the rocky slope which is called Donar's Home, the god's pied-à-terre, as it were. Donar (Anglo-Saxon: Thunor) was the Germanic god of thunder, Wotan's vice-

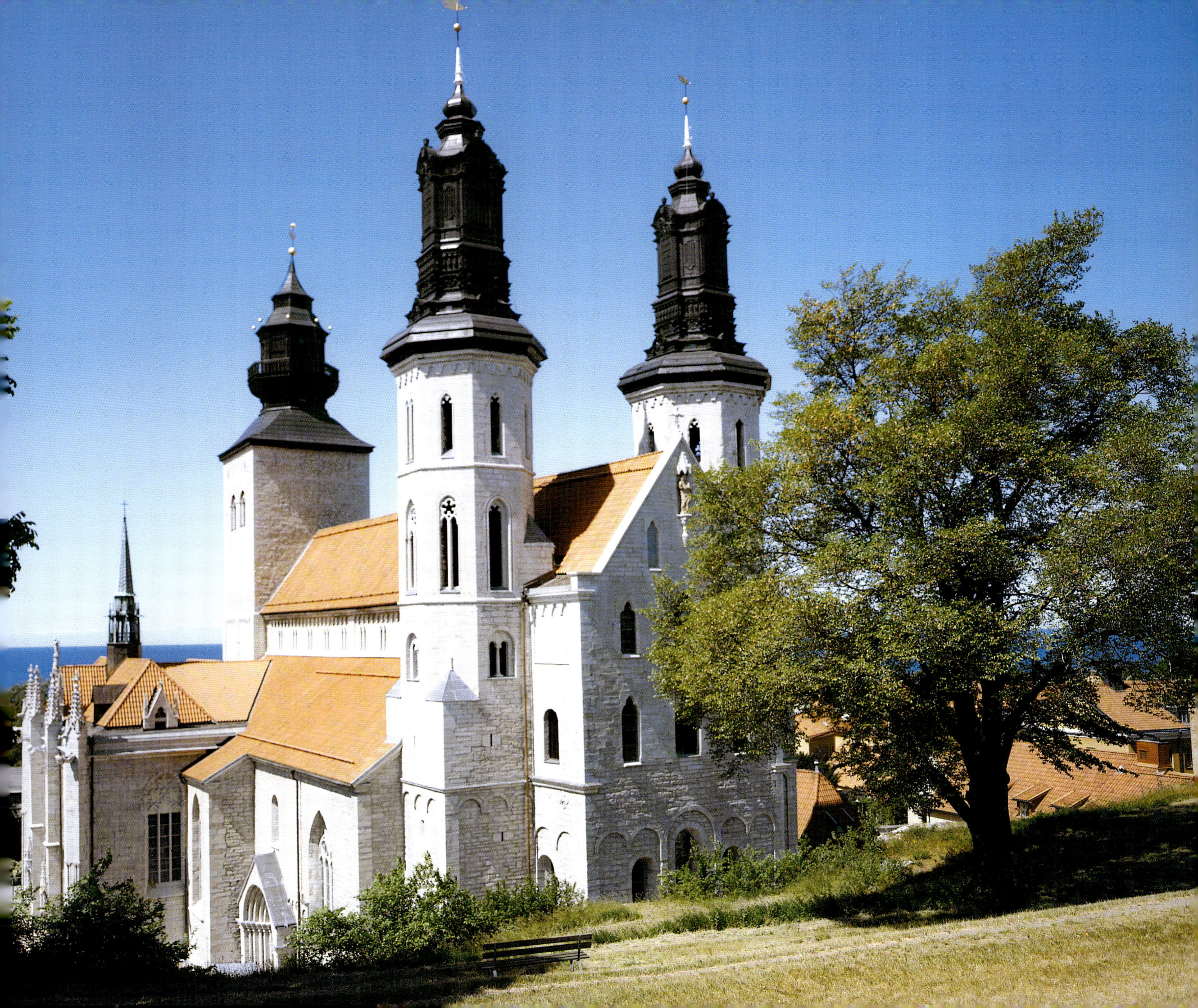

president, the man with the hammer, the equivalent of Thor. Donar gave the Germans their *Donnerstag*, as Thor gave the English their Thursday. I crouched to look inside the grotto – I would have expected a god to have a more comfortable pad. Despite its prehistoric aura, the countryside is pleasantly peaceful, with nature reserves, moors and tall pines. The souvenir stands, parking lots, and loos are all kept discreetly out of the way. There is a tall iron tower from which anyone who does not suffer from vertigo can view a good part of the island as far as the sea.

There are a number of theories about Torsburgen. One of them maintains that a group of young men, who had been selected for emigration, holed up here in defiance of the decree. The island could not provide food enough for all its children; when there were not enough volunteers, then lots were cast. And so I freely deduce...

But let's take it from the beginning. The chronicle of the village of Marienthal in Pomerania, published in 1940, traces the story of the Loests. In reference to my great-grandfather, it says: "The builder of this house strode across his land, white beard streaming in the wind, like a Germanic chieftain. They were blue-eyed and blonde, the members of this old – perhaps oldest – Marienthal farming family, which can be traced back to the time of the Thirty Years' War." It continues later: "In the old farmhouse, which burned down in 1879 [insurance fraud? – The author], a stained-glass pane in the gable window showed a Swedish rider, whose name was given as Christoff Loest. Was he originally a Swedish cavalryman, perhaps?"

And so I freely deduce: he came from Gotland, as the fifth, very superfluous son of a farmer, and fought under Gustavus Adolphus in the battles of Breitenfeld and Lützen, and finally, in 1642 – the oldest-known date in this connection – settled in devastated Pomerania. With such deductions I am in the best company, for Freedi Linden let his imagination run riot similarly when he declared that the legendary newspaper "Iskra" (The Spark) had been produced at a particular printing-works in Leipzig. Who could prove, asked Linden, that Lenin did *not* have his clandestine publication printed there? This 'argument' is advanced in the book *Völkerschlachtdenkmal* (Battle of Leipzig Monument), and analogous to this bit of reasoning, I maintain: who can prove that Christoff Loest did *not* come from Gotland? I can just imagine that old young Swede strapping on his knapsack, bidding his parents and siblings a tearful farewell, and marching off towards Visby, where the recruiters were already waiting with the king's shilling and a tot of brandy. Sitting on the wall at Torsburgen I permit myself a sip of sherry, bought duty-free on a ferry, and drink to my ancestor. From a nearby farmhouse I buy myself some firm, pale rape honey, a famous and pure Gotland product – as a memento of the day when, if I may put it poetically, my blood still flowed on Gotland.

◁◁ *Sweden/Gotland; Visby, St. Mary's Church*
▷ *Sweden/Gotland; Bunge, Gotlandish Open-Air Farm Museum, stele and kitchen*
▷▷ *Sweden/Kalmar; windmills on Öland*

Le berceau des ancêtres

Gotland est l'île qu'affectionnent les habitants de Stockholm pour leurs vacances, ils flânent à travers Visby, le chef-lieu de l'île aux nombreuses tours, la ville des roses aussi, car les roses grimpent autour des ruines et fleurissent dans les ruelles les plus raides. Ils louent de petites maisons de vacances et s'agglutinent sur les rares plages de sable. Les autobus chargés de touristes affluent vers le monastère en ruine de Roma. Il y avait une basilique à cet endroit, à partir du XIe siècle le monastère fut un centre spirituel et économique dont l'influence s'étendit jusqu'aux pays baltes. Après la Réformation, le couvent fut sécularisé, tous les bâtiments tombèrent en ruine, la basilique fut un certain temps «la plus somptueuse écurie de toute la Suède». De là, on se rend rapidement à l'église de Dalhem, une construction aux lignes droites et pures dont les peintures sur verre datent du XIIIe siècle. Vers 1900, on voulut en faire la plus belle église de Gotland, l'intérieur fut décoré de nombreuses peintures murales dans le style de l'époque par des artistes locaux, les frais furent considérables, mais on a maintenant un parfait exemple de la fureur de restaurer de l'époque, un pur morceau d'art négatif.

Non loin de là, en été cela siffle et chuinte: à Hesselby, des hommes robustes endossent des uniformes bleus, se costument en employés des chemins de fer royaux suédois et mettent en marche une locomotive qui était autrefois en service sur la ligne à voie étroite Roma-Slite. L'après-midi, un train avec deux wagons «circule» plusieurs fois sur quelques centaines de mètres. Le jeu est pris au sérieux, il se joue d'après un horaire bien établi, chaque tour a son numéro, le «P 23» pétarade de 17 h 40 à 18 h 00. Le billet coûte dix couronnes, les enfants payent demi-tarif, cela fait cher du kilomètre. La journée passée, les gardiens entreposent soigneusement toutes les reliques, lampes et plans et réclames. Même si l'on est honnête en Suède, il ne faut quand même pas tenter les fans des chemins de fer.

125

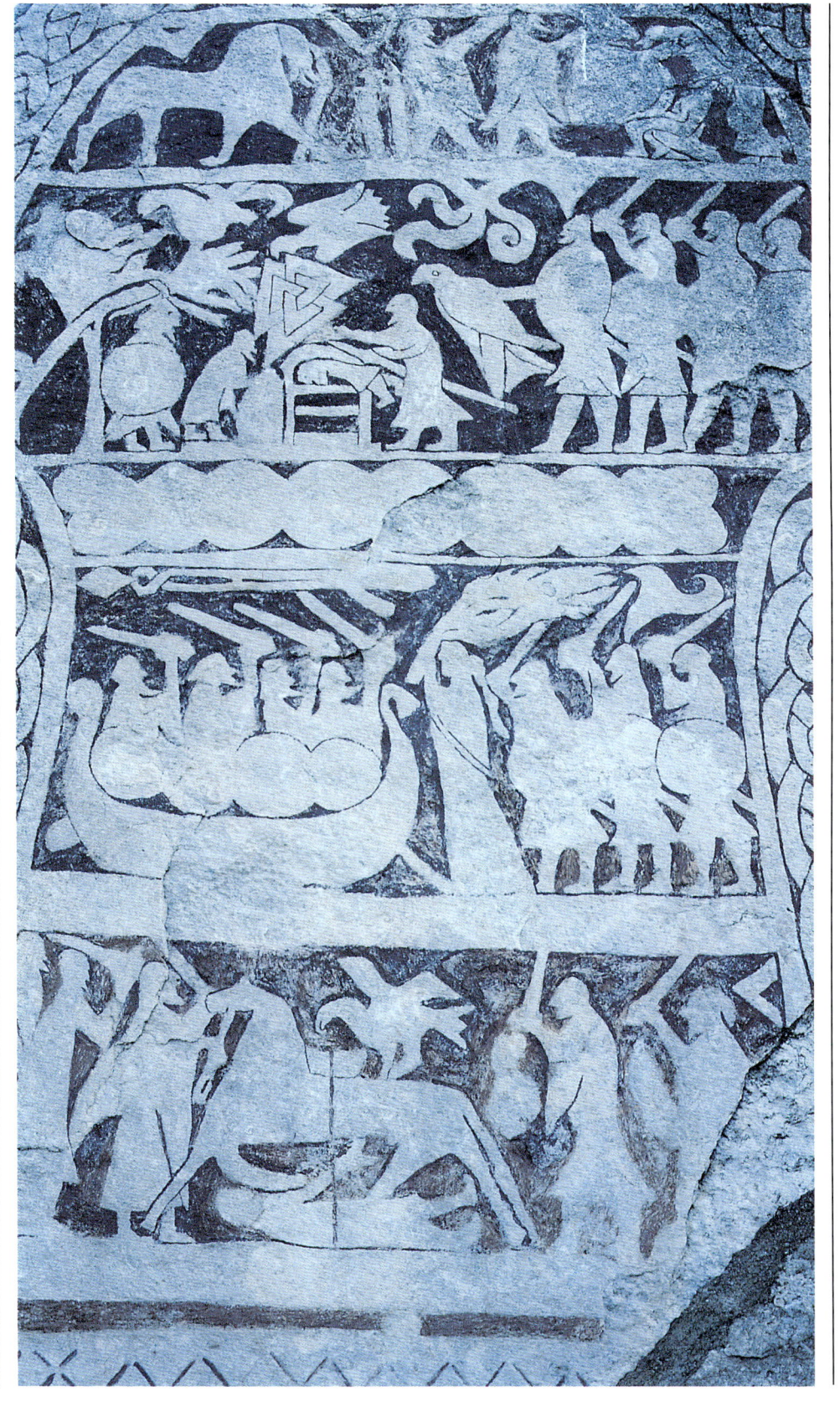

Dans le Nord, dans le petit village de Bunge, le conservateur d'art gothique ancien, un maître d'école du nom d'Erlandsson, a aménagé un musée de plein air avec des maisons et des étables, des moulins à vent et à eau, des scieries et évidemment toutes sortes de pierres runiques des plus précieuses. A côté se trouve un musée de l'école, mieux dit on peut visiter une école à deux classes avec logement de l'instituteur sous le toit telle qu'elle était en 1900. Les taches d'encre à base de noix de galle dans le bois sont authentiques tout comme les cartes géographiques et tout le fatras dans les rayons réservés aux fournitures scolaires: un putois empaillé, un appareil de projection, un microscope et une boîte avec des papillons épinglés. Dans la salle de classe, il y a tout devant une écritoire qui est antérieure à l'ardoise. Il s'agit d'une caisse de trois mètres de long, de trente centimètres de large avec des bords rehaussés, trois rainures en longueur à l'intérieur, c'est-à-dire les lignes. La caisse était remplie du sable le plus fin dans lequel les élèves de première classe traçaient leurs lettres. C'est avec ce banc de sable qu'ils s'exerçaient, effaçaient, ils n'avaient même pas besoin d'un crayon. Un petit bâton ou l'index faisaient tout aussi bien l'affaire. L'instituteur égalisait avec une petite planche et l'exercice recommençait du début avec le a et le o et le i avec son point dessus.

Près de la côte sud-est, des récifs calcaires s'élèvent au-dessus de la lande, des champs et de la forêt de pins: Torsburgen qui se traduit par les Murs de Tor. En forme de fer à cheval, ils entourent un haut plateau dont le côté ouvert est fermé par un mur de pierre de deux kilomètres de long. On ignore qui l'a construit et s'il portait une armature en bois. Date-t-il du IIIe siècle ou seulement de l'époque des Vikings? Cette construction est plus importante que toutes les fortifications de Visby. En 1977, on a creusé deux brèches, aménagé des murs expérimentaux avec noyaux en bois, on y a mis le feu, simulé l'assaut et la défense – 1 200 Suédois en ont fait un spectacle populaire et folklorique. Les résultats furent maigres. On peut se promener, laisser libre cours à son imagination, rien de plus. Une grotte sur le versant calcaire passe pour être la demeure terrestre de Tor, son pied-à-terre ici-bas. Tor ou Thor, c'est le dieu scandinave, le colosse armé d'un marteau, le Dieu du Tonnerre, des Eclairs et des Pluies bienfaisantes, l'adjoint de Odin. Je me penche dans la grotte – je dois dire que je m'imaginais la demeure des dieux plus confortable. Malgré toute la préhistoire dont elle est chargée, cette contrée est un coin de nature tout à fait charmant et calme avec des réserves naturelles, des marécages et de hauts pins. On est loin des maisons de cartes postales, des parcs de stationnement et des toilettes. D'une tour en fer, on peut, lorsqu'on n'a pas le vertige, contempler un bon bout de l'île et la mer au loin.

Toutes sortes d'histoires entourent Torsburgen. Selon l'une d'elles, des jeunes gens que le sort avait destinés à l'émigration s'étaient une fois retranchés ici pour s'opposer à leur expulsion. L'île ne pouvant nourrir tous ses enfants, c'est un tirage au sort qui décidait qui devait partir lorsqu'il n'y avait pas assez de volontaires. J'en conclus...

Mais une chose après l'autre. La chronique du village de Marienthal en Poméranie, publiée en 1940, retrace l'histoire des Loest. A propos de mon arrière-grand-père: «Le fondateur de cette ferme traversait la cour, sa barbe blanche au vent, comme un vieux noble germanique. Ils avaient les yeux bleus et les cheveux blonds, les membres de cette vieille famille de paysans, peut-être la plus vieille de Marienthal, dont on peut retrouver les traces jusqu'à l'époque de la guerre de Trente Ans.» Et plus loin: «Dans la vieille ferme brûlée en 1879 (escroquerie à l'assurance? L'auteur), la peinture sur verre d'une fenêtre du pignon représentait un cavalier suédois avec en dessous le nom de Christoff Loest. Avait-il été autrefois un cavalier suédois?»

C'est ainsi que j'en conclus qu'il était venu de Gotland; cinquième enfant d'une famille de paysans trop nombreuse, il avait participé sous les drapeaux de Gustave-Adolphe aux batailles de Breitenfeld et de Lützen avant de s'établir en 1642, c'est la plus ancienne date connue, en Poméranie, une région réduite en cendres. Avec ces déductions, je me sens en fort bonne compagnie. N'est-ce pas Freedi Linden qui affabulait ainsi lorsqu'il nommait l'imprimerie où Lénine avait fait imprimer autrefois un journal légendaire, le journal révolutionnaire russe, l'«Iskra» (L'Etincelle). Qui pouvait prouver, disait-il, que Lénine n'y avait *pas* donné à imprimer sa publication clandestine? C'est ce que l'on peut lire dans le livre *Völkerschlachtdenkmal* et, de la même manière que le vieux chef artificier de Leipzig, je demande ici: Qui pourrait prouver que Christoff Loest ne venait *pas* de Gotland? Je me l'imagine fort bien ce vieux jeune Suédois en train de nouer son petit sac, de prendre congé en pleurant de sa famille et je le vois s'en aller vers Visby où l'attendent déjà les recruteurs avec de l'argent et une bonne gorgée d'eau-de-vie. Je suis assis sur le mur de Torsburgen et je bois en souvenir de mon ancêtre une gorgée de xérès acheté hors taxe sur un ferry. J'achète dans une ferme toute proche du miel de colza, un miel clair et dur, un célèbre produit naturel de Gotland. Je l'emmène en souvenir des jours où mon sang, si je peux m'exprimer pour une fois de façon poétique, coulait encore à Gotland.

◁◁◁ *Suède/Gotland, Visby, église Sainte-Marie*
◁◁ *Suède/Gotland, Bunge, musée de plein air de la culture paysanne du Gotland, stèle et cuisine*
▷ *Suède/Kalmar, moulins à vent à Öland*

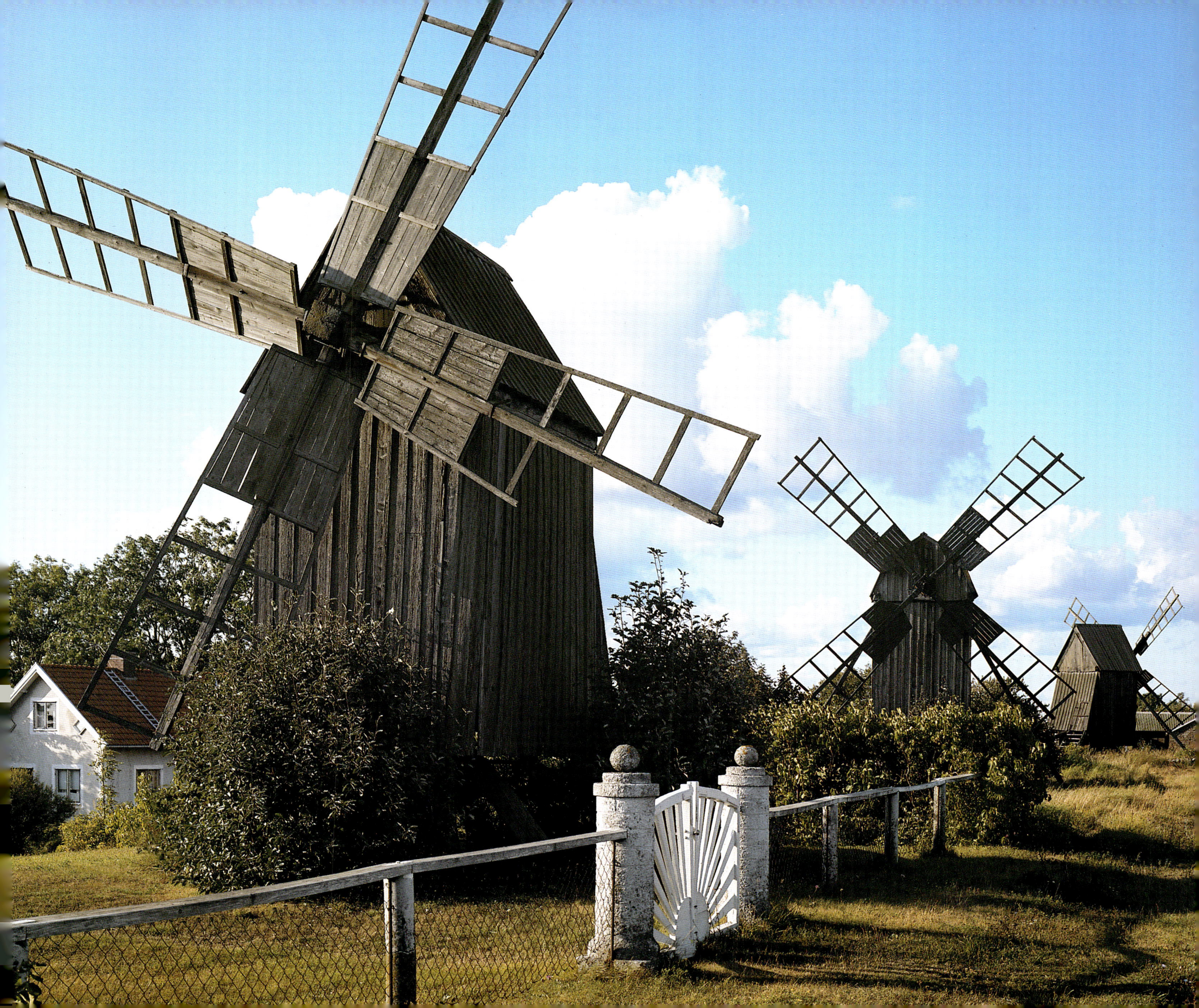

Recipes against the Devil

She had collected Icelandic, Scottish, and West Ukrainian fairy stories and ancient traditional tales, the poet told me in Kiev, and had found they all agreed on one thing: God banned the Devil to hell, but he will find ways of getting out if we forget the Good and ignore Traditional Customs. She pointed out some painted Easter eggs, spoke of pale birch-tree forests and dark pine forests. Chernobyl was a warning, she said, the Devil had grinned. Religious instruction should be included in school curricula again. Christmas should be celebrated, and Easter eggs should be painted with the symbols of the forest, the flowers, and the fields. In this way it would be possible to keep Beelzebub, who was always amongst us, in check.

If one accepts this reasoning, then the inhabitants of Heimaey, an island off the coast of Iceland, have told too few sagas, prepared too few fishheads in the manner of their forefathers, and bought too few books by Halldór Laxness. It started on 22nd January 1973, when a storm drove all the ships from the surrounding waters into the harbour. And on the same night, Helgafell, the holy mountain that towers above the town, and which had been silent for 5,000 years, erupted. A 1,600-metre-long gap opened up in the slope on the eastern edge of the town, extending from the crater to the sea. Fountains of lava shot into the night sky with deafening roars. Sirens sounded, the inhabitants of Heimaey leaped from their beds. Chunks of rock fell from the sky like bombs. Many people, some only scantily clad, ran towards the harbour to escape from the fiery glow, which was reflected in the clouds.

And now began a rescue operation which is looked back upon by all who experienced it with wonder – that is what mankind is capable of when life is endangered: magnificent solidarity, which is a legitimate source of pride. The rescue operation was mounted by fishing and coastguard boats, American helicopters from the NATO base at Keflavík, and

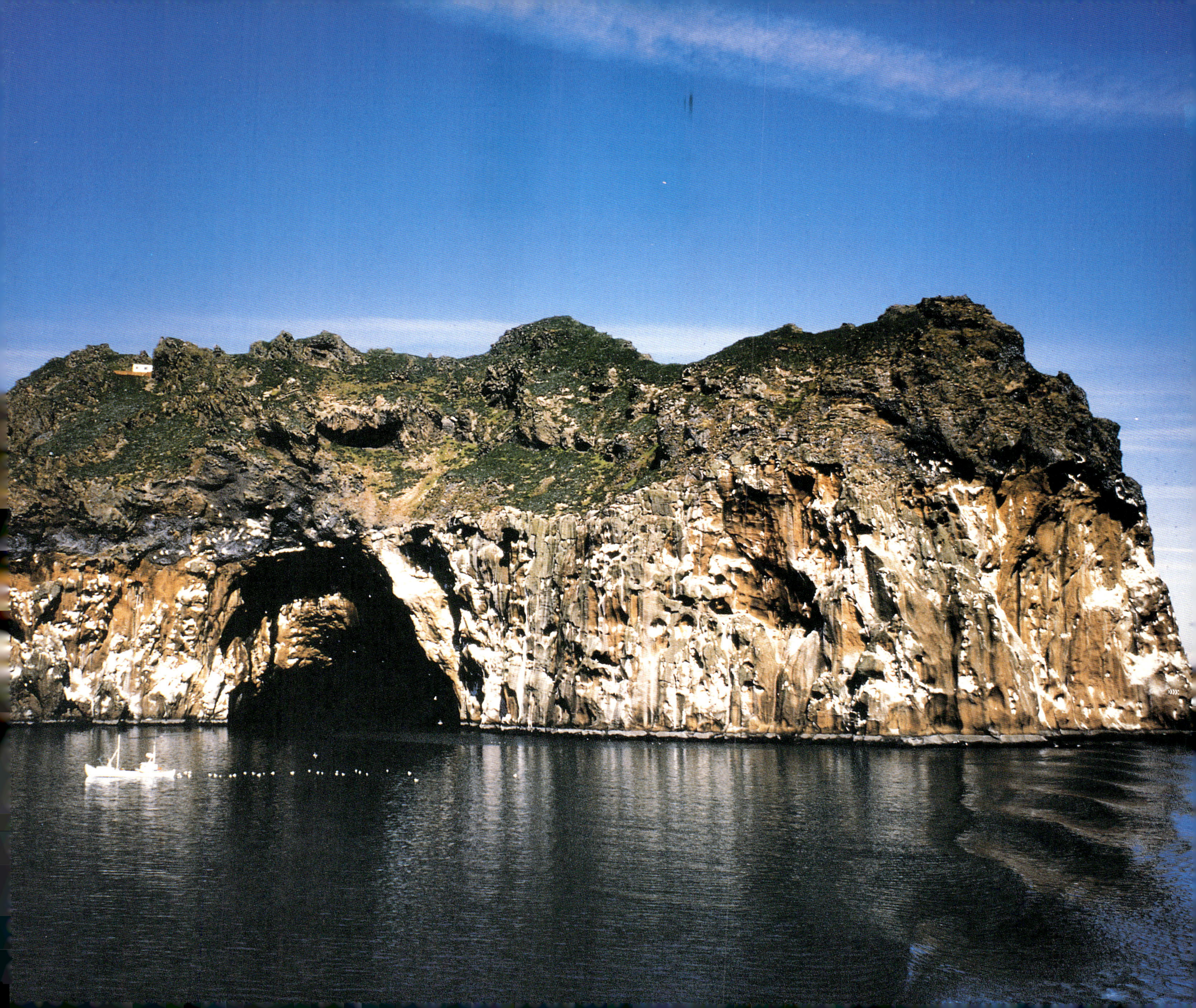

private planes. An air-lift was organized from Reykjavik. The last plane to take off among the pelting ash and pumice-stone was flown by Björn Palsson, a doctor. The whole operation was like a miracle, for no one was seriously hurt. Even 800 cars and a great deal of furniture were salvaged.

The lava advanced. Bulldozers piled up two ten-metre-high dams, the men wearing gasmasks against the poison fumes. Dust and ash whirled through the streets. On 22nd March the stream of lava poured over the dams and buried 380 houses. In the meantime huge pumps had been set up to douse the burning lava with sea-water. Gradually the hellish onslaught subsided, and by the end of June the danger was over. Now only clouds of steam poured out of the new, 215-metre-high cone.

The inhabitants returned, and began the job of cleaning up and rebuilding. With a water pipe they tapped the hot mountain; they will not be short of heating for a long time. Heimaey has long since regained its importance as a fishing harbour. At the eastern end of the town great walls of ash and lava tower.

Recalling the poet in Kiev, I buy some leather slippers decorated with symbols that look to me like runes. I wear them the same evening in my hotel. A wonderfully quiet night ensues.

◁◁ *Iceland/Vestmannaeyjar Islands; Heimaey, harbour entrance with rocks*
▷ *Iceland/Snæfellsnessysla; wooden church*
▷▷ *Iceland/Vestmannaeyjar Islands; view of Heimaey with Helgafell Volcano in the foreground*

Des recettes contre le diable

Elle a réuni d'anciennes légendes et des contes islandais, écossais et ouest-ukrainiens, me raconta une poétesse à Kiev et elle leur a trouvé la même consonance: Dieu a exilé le diable en enfer, mais il trouvera le moyen de s'en échapper si nous oublions le bien et les coutumes. La poétesse me parle des œufs de Pâques multicolores, de la claire forêt de bouleaux et de la sombre forêt de pins. Tchernobyl a été un avertissement, le diable a montré les dents. A l'avenir, il faudra à nouveau enseigner la religion dans les écoles. Noël doit être célébré et les œufs de Pâques doivent être ornés des symboles de la forêt, des fleurs et des champs. De cette manière on pourra bannir Belzébuth qui se trouve partout au milieu de nous.

Si l'on part de cette idée, les habitants de Heimaey, une île au large de la côte islandaise, ne se sont pas raconté assez de légendes, n'ont pas préparé assez de têtes de poissons à la manière de leurs pères et n'ont pas acheté assez de livres de Halldór Laxness. Cela a commencé le 22 janvier 1973 lorsqu'une tempête a poussé dans le port tous les bateaux qui se trouvaient alentour. Et la même nuit, le Helgafell, la montagne sacrée au-dessus de la ville, qui s'était tu pendant 5 000 ans, est entré en éruption. En bordure est de la ville, le versant s'est crevassé sur 1 600 mètres de longueur, de la bouche du volcan jusqu'à la mer. Des fontaines de lave ont jailli avec un bruit d'enfer dans la nuit. Les sirènes ont hurlé, des blocs de pierre sont tombés du ciel, les habitants de Heimaey ont sauté de leurs lits, beaucoup ont couru, certains à peine vêtus, jusqu'au port sous le brasier reflété par les nuages.

C'est alors que commença une opération de sauvetage dont tous ceux qui l'ont vécue parlent aujourd'hui comme d'une chose admirable: lorsque des vies sont en danger, les hommes peuvent faire preuve d'une merveilleuse, d'une formidable solidarité. Des cotres et des garde-côtes participèrent au sauvetage de même que des hélicoptères américains de la base de l'OTAN de Keflavík et des avions particuliers. Un pont aérien fut mis en place à partir de Reykjavík. Le dernier appareil qui décolla sous une pluie de cendres et de pierres ponces était piloté par le médecin Björn Palsson. Tous disent que cela tient du miracle que personne n'ait été sérieusement blessé. Huit cents autos et de nombreux meubles purent même être sauvés des maisons.

La lave attaqua. Des bulldozers érigèrent deux barrages de dix mètres de hauteur chacun, les hommes portaient des masques pour se protéger des gaz. Une pluie de poussière et de cendres continuait de balayer les rues. Le 22 mars, le fleuve de lave pénétra dans la ville malgré les barrages et engloutit 380 maisons. Entre-temps, on avait installé de gigantesques pompes qui déversaient de l'eau de mer sur les langues incandescentes. Lentement, la force du monde souterrain se tarit et à la fin du mois de juillet le danger était conjuré. Seuls des nuages de vapeur s'échappaient à présent du nouveau cône de 215 mètres de hauteur.

Les habitants revinrent chez eux et se mirent à reconstruire et à nettoyer. Avec une conduite d'eau, ils mirent la montagne toute chaude en perce; ils n'auront pas de souci à se faire pour leur chauffage d'ici longtemps. Dans l'intervalle, Heimaey, où des remparts de cendres et de pierres volcaniques se dressent sur sa bordure est, est redevenu un important port de pêche.

Songeant à la poétesse de Kiev, j'achète des pantoufles en cuir brodées de symboles qui pour moi ressemblent à des runes. Je les porte le soir à l'auberge. La nuit reste merveilleusement calme.

◁◁ *Islande/Vestmannaeyjar, Heimaey, rocher aux oiseaux à l'entrée du port*
▷ *Islande/Snæfellsnessysla, église en bois*
▷▷ *Islande/Vestmannaeyjar, vue sur Heimaey avec le volcan Helgafell au premier plan*

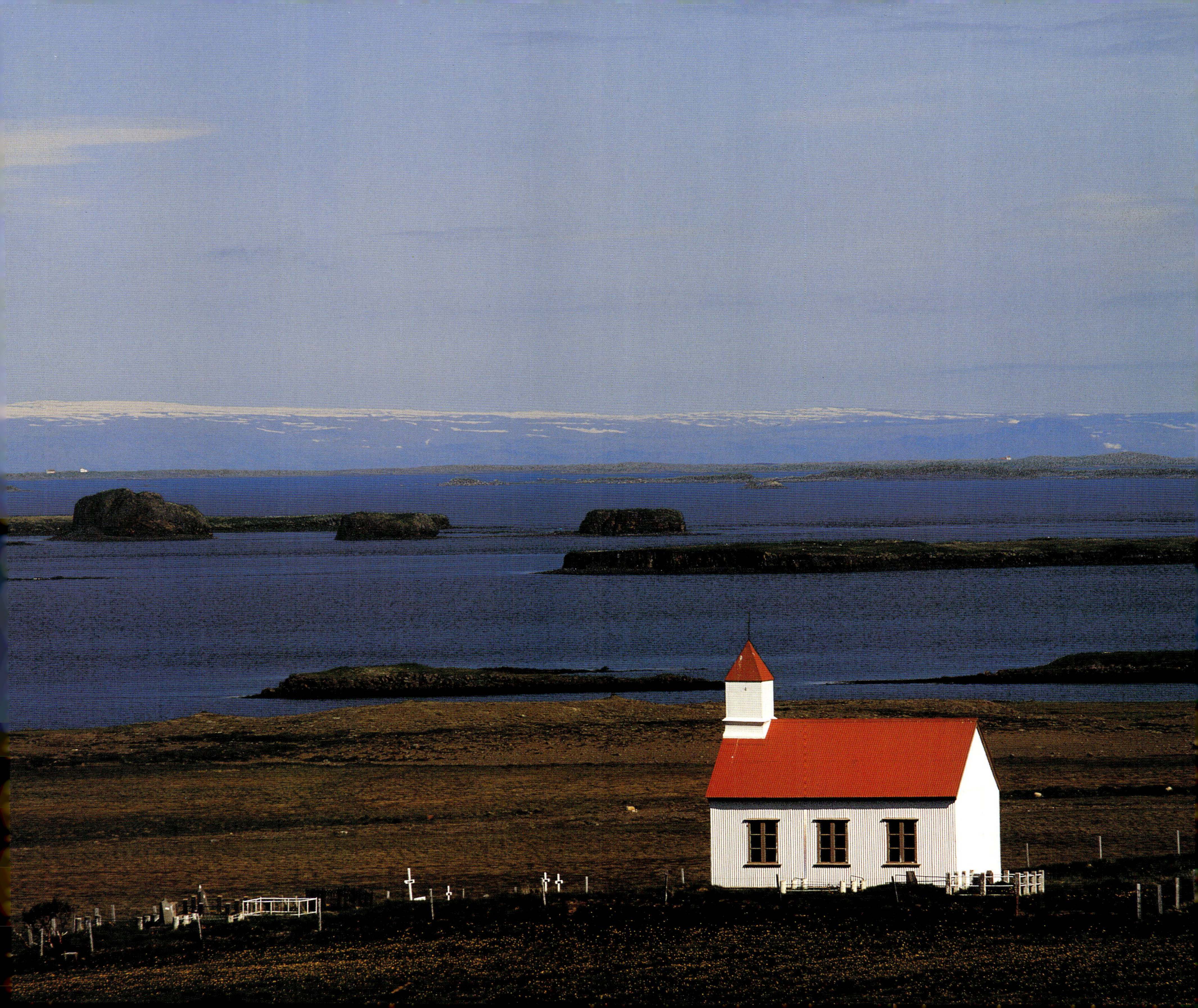

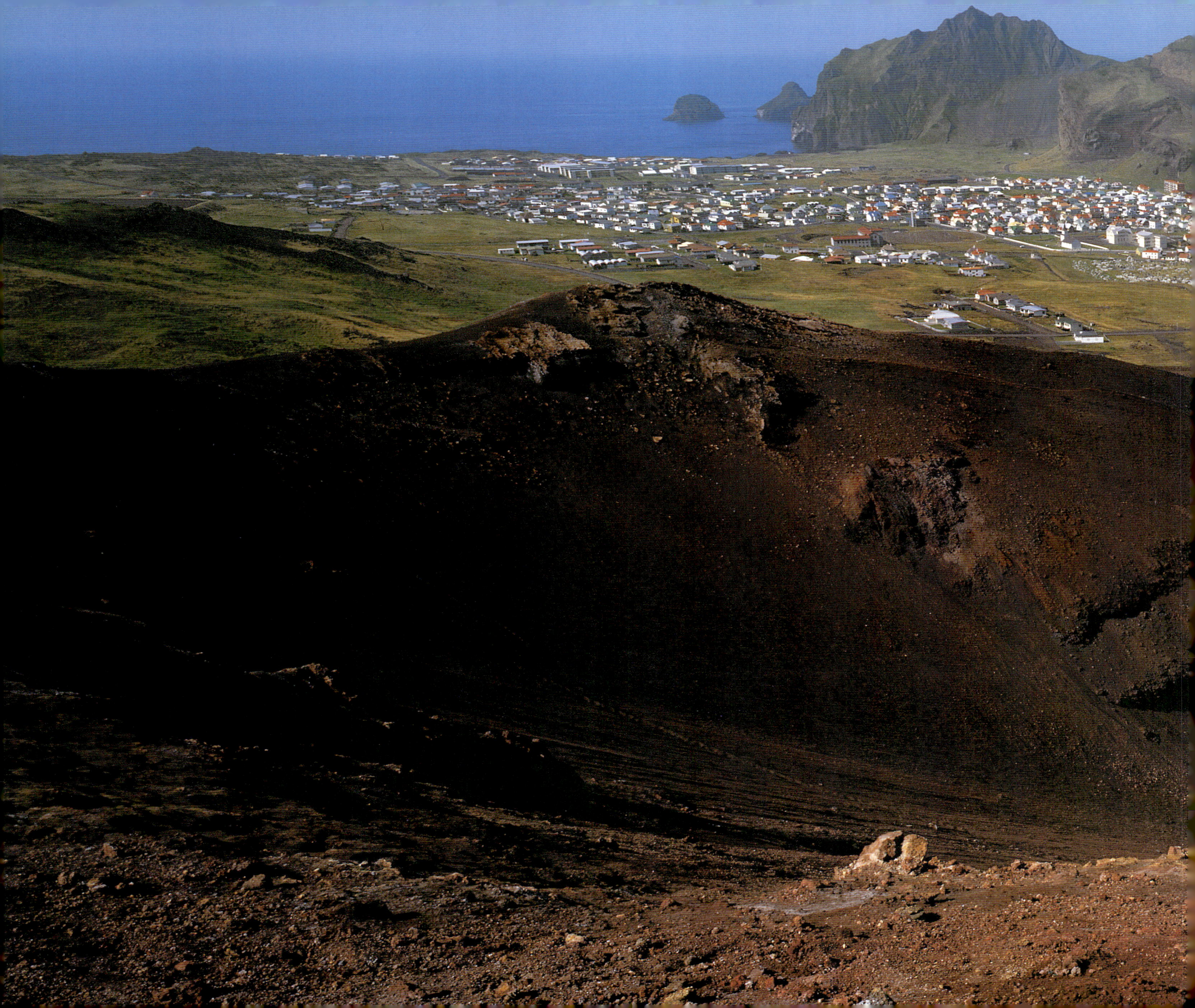

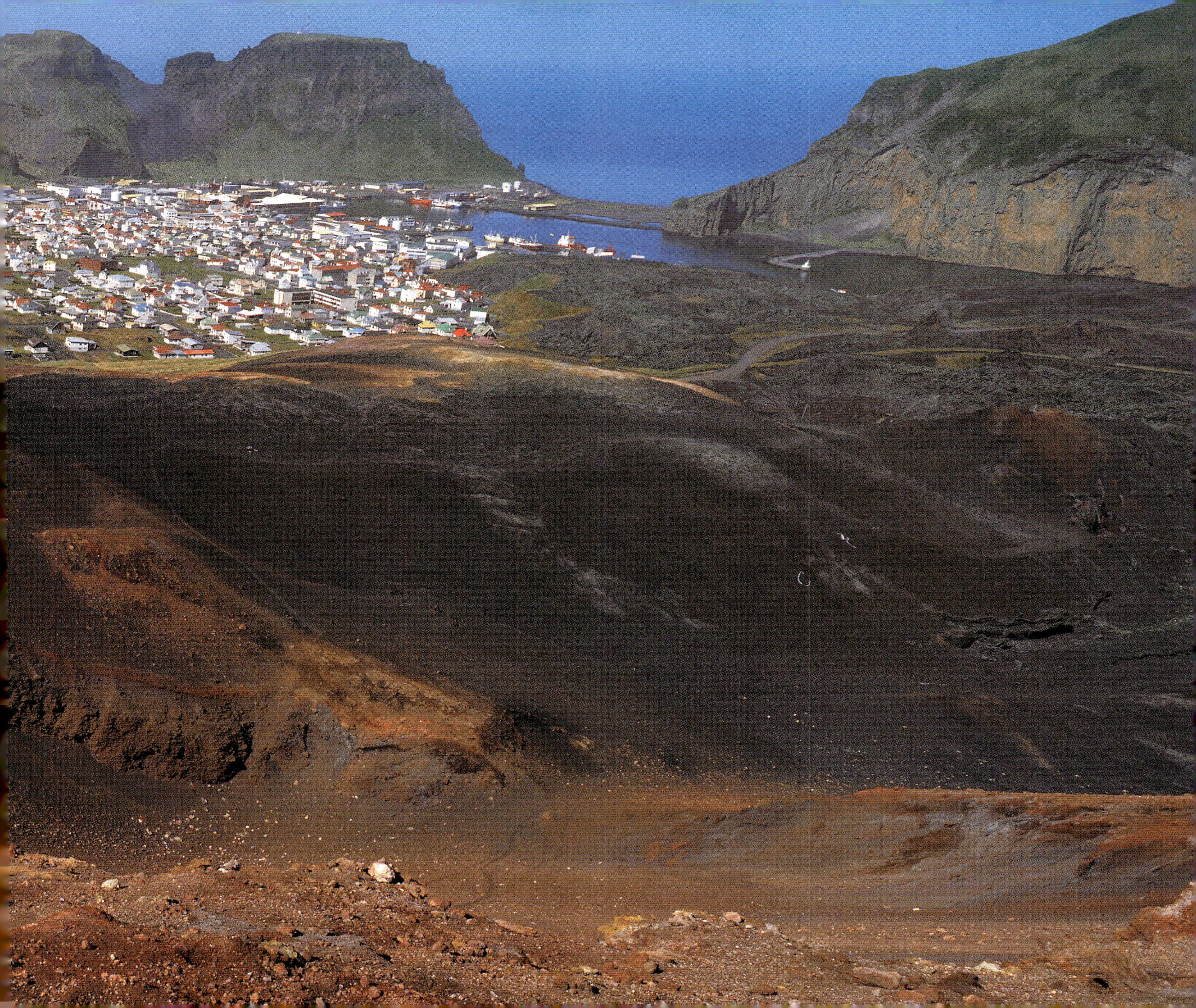

Torkilds Tor

Die größeren Inseln heißen Østerø, Suderø, Sandø, Strømø und Vågø, zusammen mit vielen kleineren, mit Schären und Felsklippen bilden sie die Färöer. Die Hauptstadt Tórshavn beherbergt knapp 15 000 Einwohner. Die Menschen dort leben von Fischfang und Schafzucht. Nein, Shetlandponys gibt's woanders. Die Inseln sind baumlos, irgendwo liegt ein wenig Braunkohle, im Grunde besserer Torf. Nur zwei Prozent des Landes sind das, was man kultiviert nennt.
»Nu er tann stundin kommin til handa!« Mit diesen Worten, die man sich gar nicht knorrig genug herausgestoßen vorstellen kann, rief 1888 Joannes Patursson seine Mitinsulaner zum Kampf für die Autonomie gegenüber Dänemark auf. Seitdem machen die Färinger ihren inneren Kram alleine, in Kopenhagen wird nur über Äußeres, Verteidigung und Münzwesen entschieden. »Jetzt ist die Zeit zum Handeln gekommen!« hieß Paturssons markiger Spruch. Heute möchten die wettergegerbten Nordleute durch ihre beiden Vertreter im dänischen Parlament gern ebenso auf die Pauke hauen lassen, nur sind sie leider arg verschuldet.
Auf schwedischem Boden, in Landskrona, handelten am 12.9.90 elf Insulaner nicht weniger unerschrocken als die freiheitsdurstigen Urgroßväter, denn sie besiegten vor 1 265 zahlenden Zuschauern den Europameisterschaftsgegner im Fußball Österreich mit 1 : 0. Torkild Nielsen hieß der Spätwikinger, der unten links ins Netz traf – Torkild, wenn das kein Name für einen Torjäger ist! Knudsen, pudelbemützt, hielt den eigenen Kasten rein, während der österreichische Fernsehsprecher rief: »Ich wage es noch immer nicht, vergleichbare Sensationsresultate aus dem internationalen Fußball heranzuziehen, weil – es darf nicht wahr sein, es darf nicht wahr sein! Jetzt, bitte, in Österreich beten, nicht schimpfen, sonst ist alles kaputt.«
Wer nach den Färöern kommt und sich vor dem ewigen Regen und dem suppendicken *Mjörki*, dem Nebel, zu Hartgebranntem und Hering in eine Kneipe flüchtet, sollte einen weiteren Namen parat haben: Jacobsen, er spielte Libero, außerfußballerisch wirkte er als Texter für die ABBAs und leitet eine eigene Band. Mit diesem Wissen gerüstet, dürfte es dem Fremdling nicht bange sein, binnen kurzem die Herzen der eingeborenen Tischgenossen zu erobern.
Nochmal: 12.9.90. Nielsen. Knudsen. Jacobsen. Und wer eine Runde schmeißen will, könnte zur Theke rufen: »Nu er tann stundin kommin til handa!«

▷ *Dänemark/Färöer, Siedlung Eidi auf Østerø*
▷▷ *Dänemark/Färöer, Blick auf Fugloy*

Torkild's Goal

The larger islands are called Österö, Syderö, Sandö, Stromö, and Vaagö, and, together with many smaller islands, islets and rocks, they make up the Faeroes. The capital, Thorshavn, has a population of just under 15,000. The people live on fishing and sheep-farming. The islands are treeless, there is some brown coal, which is hardly more than superior peat. Only two per cent of the land is what could be called arable.
"Nu er tann stundin kommin til handa!" With these words, which cannot be pronounced gutturally enough, Joannes Patursson called upon the islanders to fight for their independence from Denmark in 1888. Since then the Faeroese have looked after their own internal affairs, while everything related to foreign affairs, defence, and currency is decided in Copenhagen. "Now the time has come to act!" was what Patursson said. Today the weather-beaten Faeroese would like their two representatives in the Danish parliament to be just as energetic, but the islands are unfortunately too deeply in debt.
On 12th September 1990, on Swedish soil, in Landskrona, eleven islanders acted with no less determination than their freedom-loving ancestors, when in front of 1,265 paying spectators they defeated their Austrian opponents in the European Football Cup by 1 : 0. Torkild Nielsen was the name of the latter-day Viking who slipped the ball into the left-hand corner of the goal. Knudsen, wearing his woolly hat, successfully defended his own goal while the Austrian commentator cried: "I am still reluctant to quote comparable sensational results from past international matches because – it can't be true, it just can't be true! At this moment, everyone in Austria should pray, not curse, otherwise it's all over!"
Anyone visiting the Faeroes, and who flees from the eternal rain and the pea-soup *Mjörki*, the fog, into a pub for a snifter and a herring, should remember another name: Jacobsen, the centre-back, who, apart from being a footballer, was occupied as a lyrics

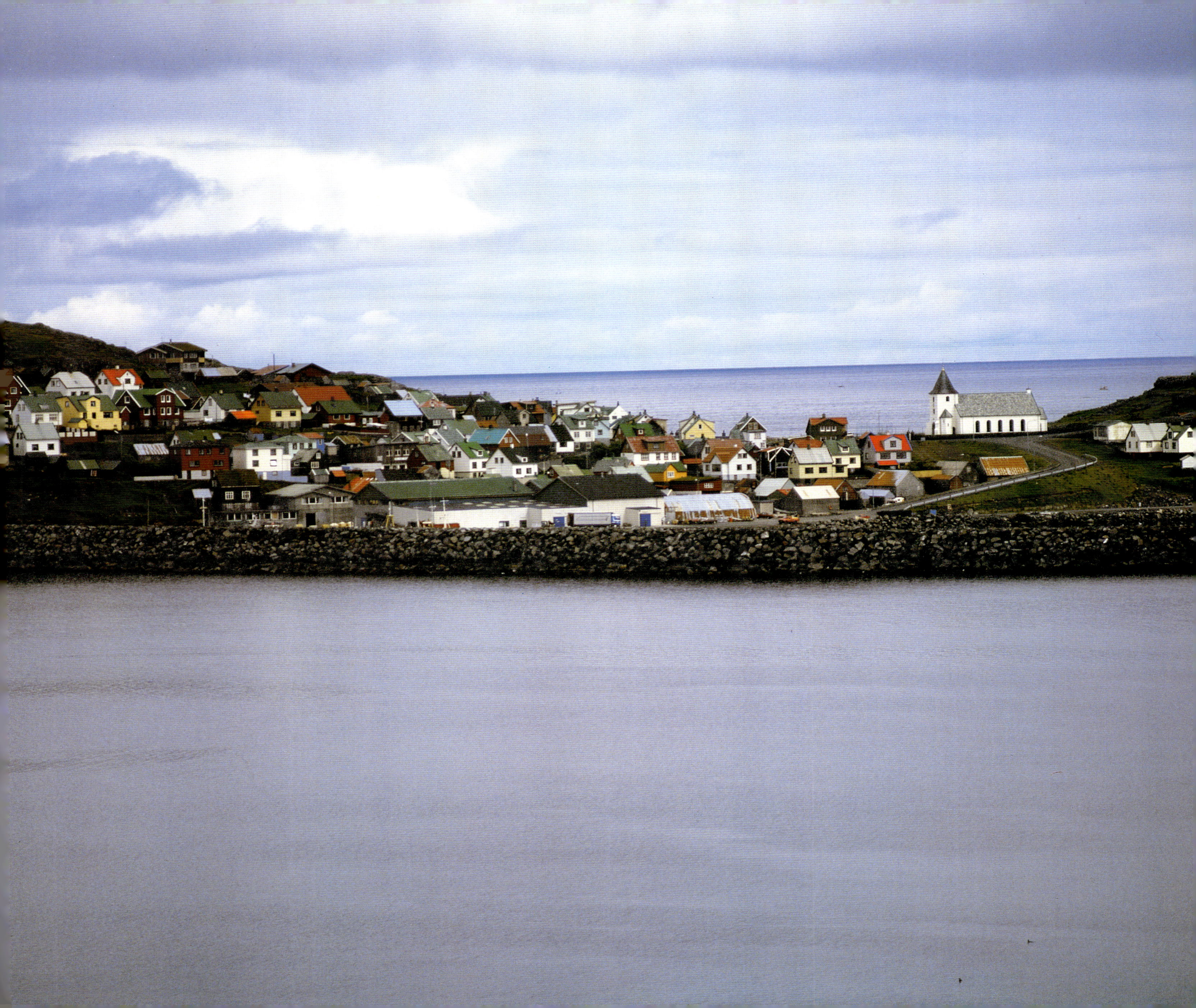

Le but de Torkild

Les plus grandes îles s'appellent Osterö, Suderö, Sandö, Strömö et Vaagö, et avec de nombreuses autres îles plus petites, avec des îlots rocheux et des écueils, elles forment les Féroé. La capitale Thorshavn a à peine 15 000 habitants. Les gens y vivent de la pêche et de l'élevage des moutons. Non, les poneys de Shetland sont ailleurs. Les îles sont sans arbres, il y a quelque part un peu de lignite, on fait de la tourbe de meilleure qualité. Deux pour cent des terres sont ce que l'on peut appeler arables.

«Nu er tann stundin kommin til handa!» C'est avec ces mots que l'on ne peut pas prononcer d'une façon assez gutturale que Joannes Patursson appela ses concitoyens, en 1888, à lutter pour leur autonomie à l'égard du Danemark. Depuis, les habitants des Féroé gèrent seuls leurs affaires d'intérêt local, à Copenhague on s'occupe uniquement des affaires extérieures, de la défense et du système monétaire. «L'heure est venue d'agir!» avait dit Patursson et aujourd'hui les insulaires à la peau tannée aimeraient bien taper sur la table par l'intermédiaire de leurs deux représentants au Parlement danois, mais ils sont malheureusement trop endettés pour se le permettre.

Le 12.9.90, sur le sol suédois, à Landskrona, devant 1 265 spectateurs, onze insulaires agirent d'une façon non moins intrépide que leurs arrières-grands-pères assoiffés de liberté en battant par 1 : 0 les Autrichiens, leurs adversaires au championnat d'Europe de football. Le descendant des Vikings qui réussit à marquer un but s'appelait Torkild Nielsen, un nom qui sonne bien pour un buteur. Knudsen, coiffé d'un bonnet fourré, gardait, lui, le but des insulaires pendant que le commentateur de télévision autrichien s'époumonait: «Je n'ose encore pas chercher des comparaisons avec un résultat aussi sensationnel dans le football international, car je ne peux pas y croire, ce n'est pas possible! Je vous demande maintenant en Autriche de prier, surtout pas d'insultes, autrement tout est fini.»

Quiconque se rend aux îles Féroé et se réfugie, pour échapper à l'éternelle pluie et à l'épais *Mjörki*, le brouillard, dans une auberge où on lui servira des harengs avec du schnaps, doit encore connaître un autre nom: Jacobsen. Jacobsen est libero, en dehors du football il a composé des textes pour les ABBA et dirige son propre orchestre. Nanti de ce savoir, l'étranger ne devrait pas avoir de mal à conquérir rapidement les cœurs de ses voisins de table indigènes.

Récapitulons: 12.9.90. Nielsen. Knudsen. Jacobsen. Et celui qui veut payer une tournée peut crier en direction du comptoir: «Nu er tann stundin kommin til handa!»

writer for the ABBA's, and led his own band. Armed with this knowledge it should not be hard for the stranger to win the hearts of the native pub-goers in no time.
To recap: 12.09.90, Nielsen. Knudsen. Jacobsen. And anyone willing to stand a round only needs to call out to the barkeeper: "Nu er tann stundin kommin til handa!"

◁◁ *Denmark/Faeroes; the village of Eidi on Österö*
▷ *Denmark/Faeroes; view of Fugloy*

◁◁ *Danemark/Féroé, colonie d'Eidi à Osterö*
▷ *Danemark/Féroé, vue sur Fugloy*

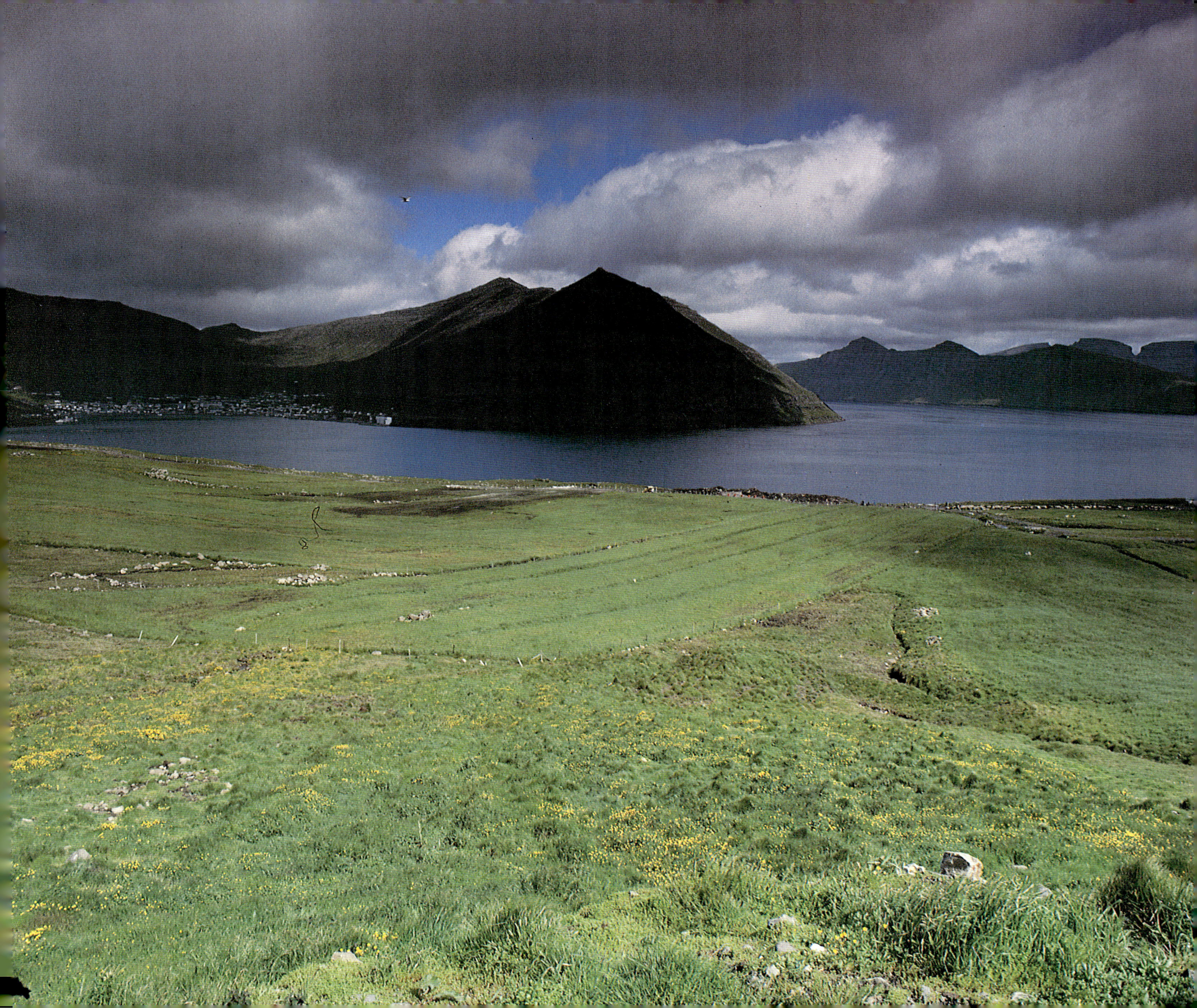

Dort töteten sie einen Bären

Um das Jahr 1000, lange vor Kolumbus, drangen norwegische Seefahrer über Island und Grönland bis Neufundland und Labrador vor. Leif Eriksson hieß ihr Anführer. Um 1300 wurde ihre Sage niedergeschrieben; die älteste Urkunde, der *Hauksbok-Kodex*, liegt in der Königlichen Bibliothek in Kopenhagen. In ihr ist zu lesen:

»Sie fuhren zur Westsiedlung und von da weiter zur Bäreninsel. Von dort segelten sie zwei Tage in südlicher Richtung. Dann sahen sie Land, setzten ein Boot aus, untersuchten das Land und fanden dort große, flache Steine, viele davon zwölf Ellen lang. Es waren dort auch viele Polarfüchse. Man gab der Küste einen Namen und nannte sie Helluland.
Von dort segelten sie wieder zwei Tage. Die Küste bog jetzt von der Südrichtung in die Südostrichtung. Sie fanden ein Land, das war mit Wald bedeckt und reich an Wild. Eine Insel lag südöstlich davor. Dort töteten sie einen Bären und nannten die Insel Bäreninsel, das Land Markland.
Von dort segelten sie südwärts weiter, der Küste nach, lange Zeit, bis sie an ein Vorgebirge, eine Landzunge, kamen. Das Land lag an der Steuerbordseite; es war ein langer, sandiger Strand. Sie ruderten an Land, fanden an dem Vorgebirge einen Schiffskiel und nannten es Kialarnes. Den Strand nannten sie Furdustrandir, weil es so weit zu segeln war an ihm entlang. Dann wurde die Küste buchtig, und sie liefen in eine Bucht ein.
König Olaf hatte Leif ein schottisches Sklavenpaar geschenkt. Der Mann hieß Haki, die Frau Hekja. Sie waren geschwinder als Hirsche. Diese Leute waren an Bord von Karlsefnis Schiff. Als man nun den Wunderstrand hinter sich hatte, setzte man die Schotten an Land und sagte ihnen, sie sollten nach Süden laufen, das Land untersuchen und zurückkehren, ehe drei Tage um wären. Die beiden waren in eine Tracht gekleidet, die sie ›Kjafal‹ nannten, und die so beschaffen war: Oben saß ein Hut daran, es hatte Löcher für die Gliedmaßen und keine Ärmel, zwischen den Beinen war es mit Knopf und Schlinge zusammengeknüpft, aber sonst waren sie nackt. Man wartete auf sie die verabredete Zeit, und als sie zurückkamen, hatte das eine einen Stengel mit Weinbeeren in der Hand, das andere eine frische Weizenähre. Karlsefni erzählte, sie glaubten gutes Land gefunden zu haben. Sie gingen an Bord, und man segelte weiter.
Man kam in einen Fjord, vor dessen Mündung eine Insel lag, die war von starken Strömungen umgeben, und man nannte sie deshalb Straumey. So viele Eidergänse nisteten auf der Insel, daß man kaum gehen konnte vor lauter Eiern. Den Fjord nannten sie Straumsfiordr. Dort brachten sie die Ladung aus ihren Schiffen ans Land und richteten sich ein. Sie hatten Vieh verschiedener Art bei sich, und es gab gute Weide dort. Sie kümmerten sich um nichts als um die Erkundung des Landes. Sie überwinterten dort, ohne für die Zukunft zu arbeiten.«

Diese kühnen Taten fanden unlängst ein Nachspiel. 1880 wurde im norwegischen Schlick ein recht gut erhaltenes Wikingerboot gefunden, diesem Vorbild nach bauten Abenteuersüchtige jüngst ein 17 Tonnen schweres und 17,5 Meter langes Fahrzeug, mit dem sie, 22 Männer stark, über den Atlantik rudern wollten. In Cherbourg wollten sie medienwirksam starten, über Norwegen, Island, Grönland und Labrador bis New York vorstoßen. Was das für einen Wirbel gegeben hätte! Jeder kann sich die Fernsehbilder von wettergegerbten Gesichtern, von Filzbärten und schwieligen Handflächen vorstellen. Klugerweise übten die Nachwuchswikinger zunächst auf dem Genfer See. In Lausanne machten sie bei böigem Wetter die Leinen los, und schon sehr bald mußten sie einen Teil der Segel herunternehmen. Nun wußten sie nicht mehr, wie sie manövrieren sollten. Gegen die bis zu drei Meter hohen Wellen kamen sie mit den Rudern nicht an, immerzu stachen sie damit in die Luft und verhedderten sich. Schließlich, nach einem Vorstoß von acht Kilometern, meldeten sie per Funk, sie seien in Not. Der Rettungsdienst von Morges holte sie alle, alle ans Ufer, das vollgelaufene Drachenboot im Schlepp.
Wie man hört, trockneten sich die Geretteten im Hotel gründlich ab und schlüpften in frische Pullover. Bei Sahnegeschnetzeltem und Rösti berieten sie die Lage. Über einen endgültigen Starttermin konnten sie sich leider nicht einigen.
Inzwischen ist nun das große Abenteuer, weltweit wurde darüber berichtet, einer anderen Crew zwischen Norwegen und New York bravourös gelungen.

▷▷ *Dänemark/Grönland, Thule, Boote an der Küste*

There they killed a bear

In about the year 1000, Norwegian seafarers voyaged via Iceland and Greenland to Newfoundland and Labrador. Their leader was called Leif Ericsson. In about 1300 their saga was written down: the oldest version, the *Hauksbok Codex*, is in the Royal Library in Copenhagen. It contains the following passage:

"They travelled to the Western Settlement, and thence to Bear Island. From there they sailed southwards for two days. Then they saw land, sent a boat, explored the land, and found there great flat stones, many of them twelve yards long. There were also many polar foxes there. They gave the coast a name, calling it Helluland.
From there they sailed for another two days. The coast now turned from south to south-east. They found a well-forested country rich in game. An island lay to the south-east of it. There they killed a bear, and called the island Bear Island, the country Markland.
From there they again sailed southwards along the coast for a long time until they saw a spur, a promontory. The land was on the starboard side; it was a long, sandy beach. They rowed ashore, found a ship's keel on the spur, and called it Kialarnes. They called the beach Furdustrandir, because it took so long to sail along it. Then the coast became indented, and they sailed into a bay.
King Olaf had presented Leif with a pair of Scottish slaves. The man was called Haki, the woman Hekja. They were swifter than deer. These people were on board Karlsefni's ship. After they had left the wonderful beach behind them, and entered the bay, they put the Scots ashore, and told them to run southwards, to investigate the country, and to return before three days had passed. The two of them were dressed in apparel they called 'Kjafal', which was made thus: there was a cap at the top, there were holes for the limbs and no sleeves; it was held together between the legs by a button and loop, but otherwise they were naked. The ship waited for them on the appointed day, and when they returned the one had a bunch of grapes in his hand, the other a fresh ear of wheat. Karlsefni said they believed they had found good land. They went on board, and the ship sailed on.
They reached a fjord before whose mouth lay an island surrounded by strong currents, and they therefore called it Straumey. There were so many eider-duck on the island that one could scarcely walk for all the eggs. They called the fjord Straumsfjordr. There they unloaded their ships and set up camp. They had brought various animals with them, and the grazing was good there. They troubled about nothing but exploring the country. They wintered there without preparing for the future."

These daring deeds generated an epilogue in our times. In 1880 a Norsemen's boat was discovered in Norway, well-preserved by the mud it was buried in. Recently some adventurous spirits built a copy of this original vessel, 17 tons in weight and 17.5 metres long. The intention was to row across the Atlantic with a crew of 22. They planned to start off in a flurry of publicity from Cherbourg, travelling via Norway, Iceland, Greenland, and Labrador to New York. What a sensation it would have been! It is easy to imagine the television pictures of weather-beaten faces, tangled beards, and blistered hands. The latter-day Vikings were cautious enough to practise first on Lake Geneva. They cast off in Lausanne in windy weather, and soon had to take down some of their sails. Manoeuvring became difficult, so did rowing in the waves running to as much as two to three metres high. Finally after having sailed about eight kilometres, they sent an SOS signal. The lifeguard service of Morges got them all safely ashore, with the half submerged Norsemen's boat in tow.
After putting on dry clothes, the stranded mariners settled down to a good meal and a discussion of what the next step should be. No agreement could be reached about a date for a new attempt, but their motto may well be: if at first you don't succeed, try, try again.
In the meantime – as reported in the international media – another crew has succeeded in making the perilous crossing from Norway to New York in a replica of a Norsemen's boat: their forefathers would have been proud of them.

▷▷ *Denmark/Greenland; Thule, beached boats*

Ils y ont tué un ours

Vers l'an 1000, bien avant Christophe Colomb, des marins norvégiens, après avoir passé l'Islande et le Groenland, poussèrent jusqu'en Terre-Neuve et au Labrador. Leur chef s'appelait Leif Ericsson. Vers 1300, on mit leur épopée par écrit; le plus ancien document, le *Hauksbok-Kodex*, se trouve à la Bibliothèque royale à Copenhague. On peut y lire:

«Ils se dirigèrent vers la colonie ouest et de là vers l'île des Ours. Quand ils aperçurent la terre, ils mirent une chaloupe à la mer, inspectèrent le pays et y trouvèrent de grandes pierres plates dont beaucoup avaient douze aunes de long. Il y avait également beaucoup de renards polaires. On donna un nom à la côte et on l'appela Helluland.
De là ils naviguèrent encore deux jours. La côte décrivait maintenant une courbe de sud en sud-est. Ils trouvèrent une contrée boisée et giboyeuse. Une île se trouvait devant au sud-est. Ils y tuèrent un ours et appelèrent l'île l'île des Ours, le pays Markland.
De là ils naviguèrent encore en direction du sud, en longeant la côte, pendant longtemps jusqu'à ce qu'ils arrivent à un cap, une langue de terre. La terre se trouvait à tribord; c'était une longue plage de sable. Ils accostèrent, trouvèrent sur le cap la quille d'un bateau et l'appelèrent Kialarnes. Ils baptisèrent la plage Furdustrandir parce qu'on pouvait naviguer très loin en la longeant. La côte se découpa ensuite en anses et ils entrèrent dans une baie.
Le roi Olaf avait fait cadeau à Leif d'un couple d'esclaves écossais. L'homme s'appelait Haki, la femme Hekja. Ils étaient plus rapides que des cerfs. Ces gens étaient à bord du bateau de Karlsefni. La merveilleuse plage une fois passée, on débarqua les Ecossais en leur disant qu'ils devaient courir vers le sud, explorer la région et revenir avant trois jours. Tous deux étaient vêtus d'un costume qu'ils appelaient «Kjafal» et qui était fait ainsi: un capuchon, des trous pour les membres et pas de manches, entre les jambes il était fermé par un bouton et un lacet, mais autrement ils étaient nus. On les attendit le temps convenu et, lorsqu'ils revinrent, ils avaient en main une branche avec des raisins et un épi de blé frais. Karlsefni raconta qu'ils pensaient avoir trouvé une bonne terre. Ils montèrent à bord et on continua à naviguer.
Ils arrivèrent dans un fjord devant l'embouchure duquel se trouvait une île entourée de forts courants et qu'ils appelèrent Straumey. Il y avait tant d'eiders qui nichaient sur l'île que l'on pouvait à peine marcher à cause de leurs œufs. Ils appelèrent le fjord Straumsfiodr. Là, ils débarquèrent leur chargement et s'installèrent. Ils avaient amené différentes sortes d'animaux et il y avait là de bons pâturages. Ils ne se soucièrent de rien hormis de découvrir le pays. Ils y passèrent l'hiver sans travailler pour l'avenir.»

Cette expédition téméraire a eu une suite il n'y a pas si longtemps. En 1880, on avait trouvé dans la vase norvégienne un bateau de Vikings assez bien conservé. Récemment, des jeunes gens avides d'aventures firent construire d'après son modèle un bâtiment de 17 tonnes et de 17,5 mètres de long pour un équipage de 22 hommes avec lequel ils envisageaient de traverser l'Atlantique. Ils voulaient partir de Cherbourg à grand renfort de publicité médiatique et gagner New York en passant par la Norvège, l'Islande, le Groenland et le Labrador. Quelle sensation cela aurait été! Chacun peut s'imaginer les images à la télévision de ces visages tannés, aux barbes laineuses, de ces mains calleuses.
Fort judicieusement, nos descendants des Vikings s'exercèrent d'abord sur le lac Léman. A Lausanne, ils larguèrent les amarres par un vent fort qui soufflait en rafales et très vite ils durent amener une partie des voiles. Ils ne surent bientôt plus comment manœuvrer. Avec leurs rames, ils ne pouvaient rien faire contre des vagues qui avaient jusqu'à trois mètres de haut, à chaque instant ils frappaient dans le vide et s'embrouillaient. Finalement, après avoir parcouru huit kilomètres, ils signalèrent par radio qu'ils étaient en détresse. Le service de sauvetage de Morges les ramena tous, absolument tous sur la rive, et l'on remorqua leur drakkar plein d'eau. Comme on l'a appris, les rescapés allèrent se sécher à l'hôtel. Après avoir enfilé des pullovers propres, ils s'attablèrent devant un émincé à la crème et du *rösti* et examinèrent la situation. Mais ils ne purent s'entendre sur une date définitive pour leur départ. Entre-temps – on en a parlé dans le monde entier – une autre équipe a réussi courageusement la grande traversée entre la Norvège et New York.

▷ *Danemark/Groenland, Thule, bateaux sur la côte*

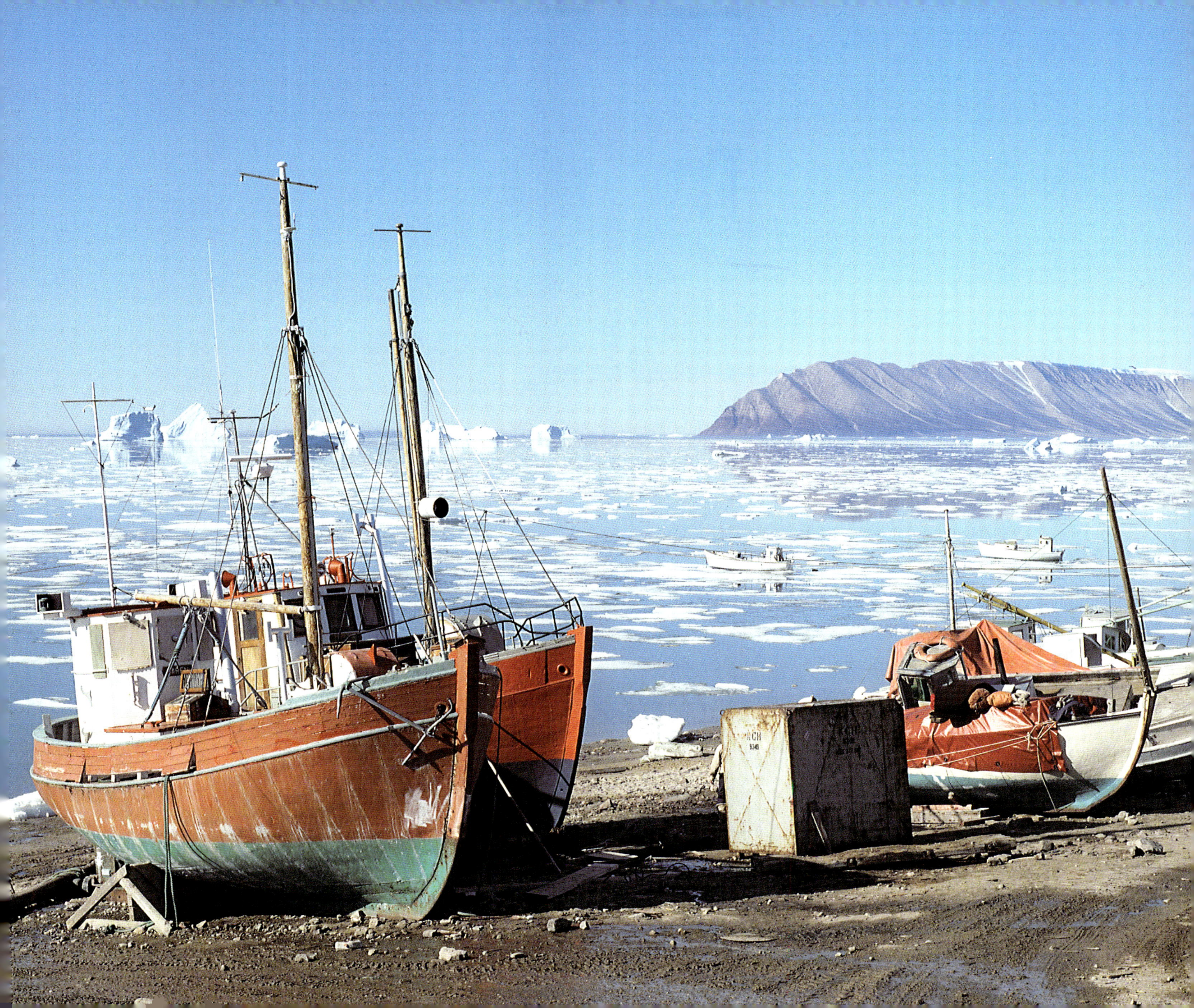

Saison in Key West

Es war, wenigstens auf See, wie vor dreihundert Jahren; Segelschiffe kreuzten – Freund oder Feind? Die Kanonen an Land waren puppig, Bastler hatten Mini-Rohre aufgestellt. Kinder und Hunde zurück! Am hohen, heißen Mittag wurde dann ein bißchen geballert. Nachdem der Gestank verzogen war, galt die Saison von Key West als eröffnet.
Sie beginnt um Weihnachten, hat am 1. Februar ihren Höhepunkt und zieht sich bis in den Mai hinein, dann werden Hitze und Schwüle unerträglich und jagen die Kosten für die Raumkühlung ins Schmerzliche. Diesmal zeigte das Martello-Museum, vor dem das Gefechtchen inszeniert wurde, allerlei Überbleibsel, die aus zwei 1622 im Hurrikan versunkenen spanischen Schiffen geborgen worden waren. Eine fröhlich-forsche Rede, rotes Band wurde zerschnitten, dann konnte besichtigt werden: Gold! Gold! Gold! schrien die Plakate. Das war aber auch fast alles. Barrengold ist langweilig wie alter Stangenkäse. Silbermünzen, Anker, verkrustete Schwerter und Beschläge, nun ja. Die Direktorin nannte diese Darbietung die »König-Tut-Show vom Meeresgrund«. Niemand lachte.
Es ist die US-Fernstraße Nr. 1, die von der nordöstlichsten Landesecke bis hier herunterführt. Sie läuft zuletzt auf dem Damm der Eisenbahn, die 1912 eingeweiht und 1935 schon wieder geschlossen wurde; eine Stahlbrücke verdiente das damals gern verwendete Wort »kühn«, heute dient sie als Photoobjekt, wenn hinter ihrem Gitter die Sonne versinkt. Neue Brücken werden neben die alten montiert, auf Pontons schwimmen Teile heran und werden von Kränen eingehoben. Hinter den Mangrovenwaldstükken schimmert immer wieder das Wasser. Die letzte Insel nach wohlgezählten 23 heißt Key West.
Die Inselstadt, sechs Kilometer lang und drei breit, hat bessere Zeiten gesehen. Es gibt vergleichbare Ferienorte in der Sächsischen Schweiz oder an der Ostsee, wo vor neunzig oder fünfzig Jahren das Bürgertum kurte. Zerbrochene Zäune, blätternde Farbe findet man genauso westlich Berlins, wo einst die Filmgrößen von Babelsberg ihre Villen besaßen. Key West hatte vor dem Zweiten Weltkrieg zum letzten Mal eine gute Zeit, seither ist nicht mehr viel geschehen. Damals lebte hier Ernest Hemingway. Key West verlangt, daß sich jeder Besucher dieser Tatsache bewußt ist.
Das Hemingway-Haus hat seine Vorgeschichte: 1851 machte sich ein gewisser Asa Tift daran, Korallenquader aus dem Grund zu brechen, so gewann er Keller und Baumaterial dazu, aus dem ein zweistökkiges Haus im spanischen Stil mit umlaufender Veranda und hohen Bogenfenstern gemauert wurde. 1931 zog Hemingway ein, zwölf Jahre lang lebte er hauptsächlich hier, später, bis kurz vor seinem Tode, kehrte er gelegentlich zurück. Was er anderwärts erlebte, brachte er hier auf Papier. Die Literaturgeschichtsschreibung notiert eifrig und widerspricht sich erheblich, was in Key West entstand; 65 Prozent aller seiner Werke seien es, heißt es lokalpatriotisch aus dem Mund der Erklärerin. Eine Hängebrücke ließ sich der Dichter zwischen Haupthaus und Gästehaus bauen, über sie schwankte er zur Schreibmaschine hin, die dort noch steht und die seine Fans durch ein Gitter beschauen dürfen. Sie war es, auf die er tippte: »›The marvellous thing is that it's painless‹, he said. ›That's how you know when it starts.‹« So beginnt *Schnee auf dem Kilimandscharo*.
Ernest, so nennt ihn die Erklärerin vertraulich, *Örnest*, ein T-Shirt trägt sie mit dem Konterfei des alten Mannes mit der Schifferkrause, hier und in jedem Andenkenladen der Stadt für sechs Dollar erhältlich. Für fünf Dollar kann man einen Ziegelstein kaufen, er stammt vom Weg hinter dem Haus, Örnest hat gewiß den Fuß darauf gesetzt. Eine Dachpfanne der abgewrackten Garage: drei Dollar. Überall dösen Katzen, an die fünfzig, wie zu der Zeit, als der Meister noch selbst fütterte. Sah er nicht aus wie Clark Gable? fragt die Erklärerin in die ergriffene Runde, während sie auf ein Photo zeigt; sie liebt ihn, kein Zweifel. Diese Terrakottakatze auf dem Schrank dort, Picasso könnte sie geformt haben, aber keiner weiß Genaues darüber, und signiert ist sie nicht. Von diesem Klo aus konnte Örnest, wenn er festsaß, sich mit seinen Freunden unten im Hof unterhalten. Früh hat sich die Welt für sein Leben wie für sein Schreiben interessiert, Jagdabenteuer, Unfälle, Narben gab es zu registrieren, Scheidung und neue Liebe, neue Liebe und Scheidung. Nahebei in »Sloppy Joe's Bar« soff er, davon zehrt der triste Schuppen heute noch. Ernest in Dutzenden verblichenen Photos an der Wand, Ernest auf den Bierdeckeln. Zwei Burschen schreien in die Mikrophone, fünf Kubikmeter Technik multiplizieren. Eine unglaubliche Menge von Flaschen hinter der Theke – bei Sloppy wird toll umgesetzt, wer auch nur zu einem Tagesausflug von Miami herübergekommen ist, meint, hier hereinschauen zu müssen. Ein *Whiskey*, ein Bier, der mühsame Versuch, etwas von dem Geist, der über den Feuerwassern des Teufelskerls schwebte, in den Adern zu spüren, Krach, daß du dein Wort nicht hörst. Ach ja, er verstand es schon, so zu leben, daß die Journalisten ihr Futter hatten. Nun schlagen sich die Biographen damit herum, herauszufinden, in welchem Grad er Held oder Maulheld war. Örnest, weiß die Führerin im Hemingway-Haus, trug als erster weit und breit kurze Hosen, und die Damen standen auf den Balkonen und starrten auf seine männlichen Waden. Sein Swimmingpool war der erste der Stadt. Im Keller, der sein Weinkeller war, wird jetzt Katzenfutter aufbewahrt.
Nach Kuba sind's nur 144 Kilometer. An der Südseite von Key West ragen Masten mit allerlei elektronischen Stacheln und Spitzen, in der Luft hängt »Fat Albert II«, ein Fesselballon mit schlau spähenden Anhängseln, seinen Vorgänger riß ein Hurrikan von den Seilen und schmiß ihn ins Meer. Kuba war meist Freund, seit einigem beginnt dort die andere Hemisphäre. Nach 1868 kamen Zigarrenmacher

herüber, ihre Industrie hatte den Gipfel um 1890, damals rollten hier 2 700 Frauen und Männer in 166 Betrieben pro Jahr 100 Millionen Zigarren. Damals war Key West die gesündeste Stadt Floridas, die volkreichste obendrein. Während der Prohibition in den zwanziger Jahren waren Boote mit Rum und Whiskey von Kuba unterwegs. Wenn die Regierungsbeamten in Miami in den Zug stiegen, um Key West trockenzulegen, warnten Bahnangestellte per Telegraph; dann wurden rasch alle Flaschen weggepackt. Die Gesetze, sagt Wright Langley, der Direktor des Historischen Büros, wurden in Key West schon immer locker gehandhabt, das zog Außenseiter an. Hier wurde und wird *Bolita* gespielt, eine verbotene kubanische Lotterie. Der Strom des Rauschgifts an Floridas Küsten spült wohl heutzutage auch hier etwas ans Land, und einiges bleibt gewiß hängen. In Key Wests vielen Kneipen, meint Wright Langley, sei jedenfalls alles zu haben. Dort drüben, sagt er, liegen zwei Dutzend beschlagnahmte Fischerboote an der Kette. Vor kurzem waren es noch mehr, aber da sie die Regatta behinderten, wurden etliche weggebracht. Das war so: Vor einigen Jahren ließ Fidel Castro eine Menge Leute, die seinen Sozialismus partout nicht mochten, aus dem Land. Für gutes Geld holten unsere Fischer an die 130 000 Kubaner – Sie haben richtig gehört! – übers Meer. Hier wurden die Pässe kontrolliert, dann stiegen die Auswanderer in Busse und fuhren weiter nach Miami oder sonstwohin. Das Übersetzen war anfänglich den Fischern gestattet, dann wurde es von unserer Regierung verboten. Manche machten trotzdem weiter; wer erwischt wurde, war sein Boot los. Rost, ja, Sie haben recht, die Boote werden nicht besser. Demnächst will die Regierung sie versteigern. Haben Sie übrigens an der Duval-Straße die armseligen Ruderboote gesehen, mit denen Flüchtlinge nach 1962 gekommen sind? Und das Floß im Martello-Museum, auf dem drei Pässe gefunden wurden, aber weder Mann noch Maus?

Die geschriebene Geschichte Key Wests beginnt 1815, damals verlieh Spanien die Insel dem Kaufmann Salas aus St. Augustine. Eine Wachsfigurenszene im Martello-Museum gestaltet nach, wie dieser 1821 das sumpfige Eiland an den Amerikaner Simonton verkaufte – die beiden staubigen Museumspuppen starren gläsern auf den 2 000-Dollar-Scheck. 1822 landete die US-Navy und hißte ihre Flagge, unverzüglich machte sie sich daran, die Piraten weit herum zu bekämpfen. Siebzehn Schiffe mit 1 100 Seesoldaten brachten bald an die 2 000 Bösewichter zur Strecke – im Museum grapschen gelbliche Räuberfinger noch immer in pappene Schatztruhen. Um 1850 siedelten sich hier Spezialisten für das Bergen gestrandeter Schiffe an, von den Bahamas brachten manche gleich ihre Häuser mit; heute sind die letzten, besten von ihnen die architektonischen Perlen der Altstadt. Um diese Zeit bauten die US-Streitkräfte zwei Befestigungen auf, Fort Martello und Fort Taylor. Im Bürgerkrieg fielen beide rasch und kampflos in die Hände der Nordstaaten und verstärkten den Blockadering. Um die Jahrhundertwende wurde Fort Taylor umgebaut. Ein Glücksfall, sagt Direktor Langley, war, daß damals Kanonen, Kugeln und Lafetten zur Verstärkung des Betons, als Moniereisen sozusagen, verwendet wurden, sonst hätte man sie eingeschmolzen. Nun kann man den Kriegsschrott heraushacken, einige Kanonen stehen schon blankgeputzt auf der obersten Plattform.

Das beste an diesem Fort ist, daß von ihm aus nie ernsthaft geschossen, daß es nie angegriffen und nie verteidigt wurde. Hier floß kein Heldenblut. Das beste an Key West sind seine Holzhäuser in einem Mischstil aus Neuengland- und Bahamaarchitektur, mit Elementen amerikanischer Gotik sowie viktorianischen, spanischen und New-Orleans-Motiven. Die meisten sind zweistöckig mit umlaufenden Veranden, die Geländer geschnitzt. Auf dem John B. Maloney House in der Simonton-Straße ragt ein Türmchen, von dem schaute eine Kapitänsgattin nach dem Segel ihres Mannes aus. Immer wieder photographiert: die Innentreppe mit dem geschwungenen Geländer im Gideon Lowe House. Unter Denkmalschutz: das E. H. Gato Jr. House in der Duval-Straße. Eines der schönsten Häuser hat sich Calvin Klein gekauft, der Jeans-König, der einen Dollar an jeder Hose verdient, 400 000 pro Woche.

Key West hat seine modernen, gepflegten, desinfizierten Zonen. Um den Swimmingpool des Hotels Pier House liegen Tag für Tag zu bräunende Körper. *For guests only*, natürlich. Wer ein 116-Dollar-Zimmer gemietet hat, mit Seeblick etwas darüber, hat Anspruch auf Abgeschiedenheit von örtlicher Problematik und das Recht auf einen hauseigenen Strand. Dreißig Meter etwa für ein paar hundert Gäste. Mancher geht bis zu den Waden hinein, murmelt: *cold!* und verzieht sich wieder auf seine Pritsche. Das Wasser hat an die zwanzig Grad. Nein, man ist nicht eigentlich zum Schwimmen hier, braun, braunst will man werden und wird es. Ein Mädchen mit Tablett versorgt mit dem Nötigsten: Drinks, Sandwiches, man kann unter Palmen unvermeidliche »Hämbörger«, Pommes oder Chefsalat einschieben. Kurz nach Mittag öffnen die Bars, haben schon um die *happy hour*, zwischen fünf und sieben am Nachmittag, ihre gute Zeit. Danach kann man zur Sache kommen. Den Swimmingpool nutzen gleichzeitig zwei, drei Enthusiasten, oft liegt er menschenleer. *Shocking* freilich, es gäbe ihn nicht. Manchmal, leider, ist zuwenig Wasser im Chlor.

▷▷ *USA/Florida, Landschaft bei Key West*
▷▷▷▷ *USA/Florida, Key West bei Nacht*
▷▷▷▷ *USA/Florida, Key West, Sloppy Joe's Bar*

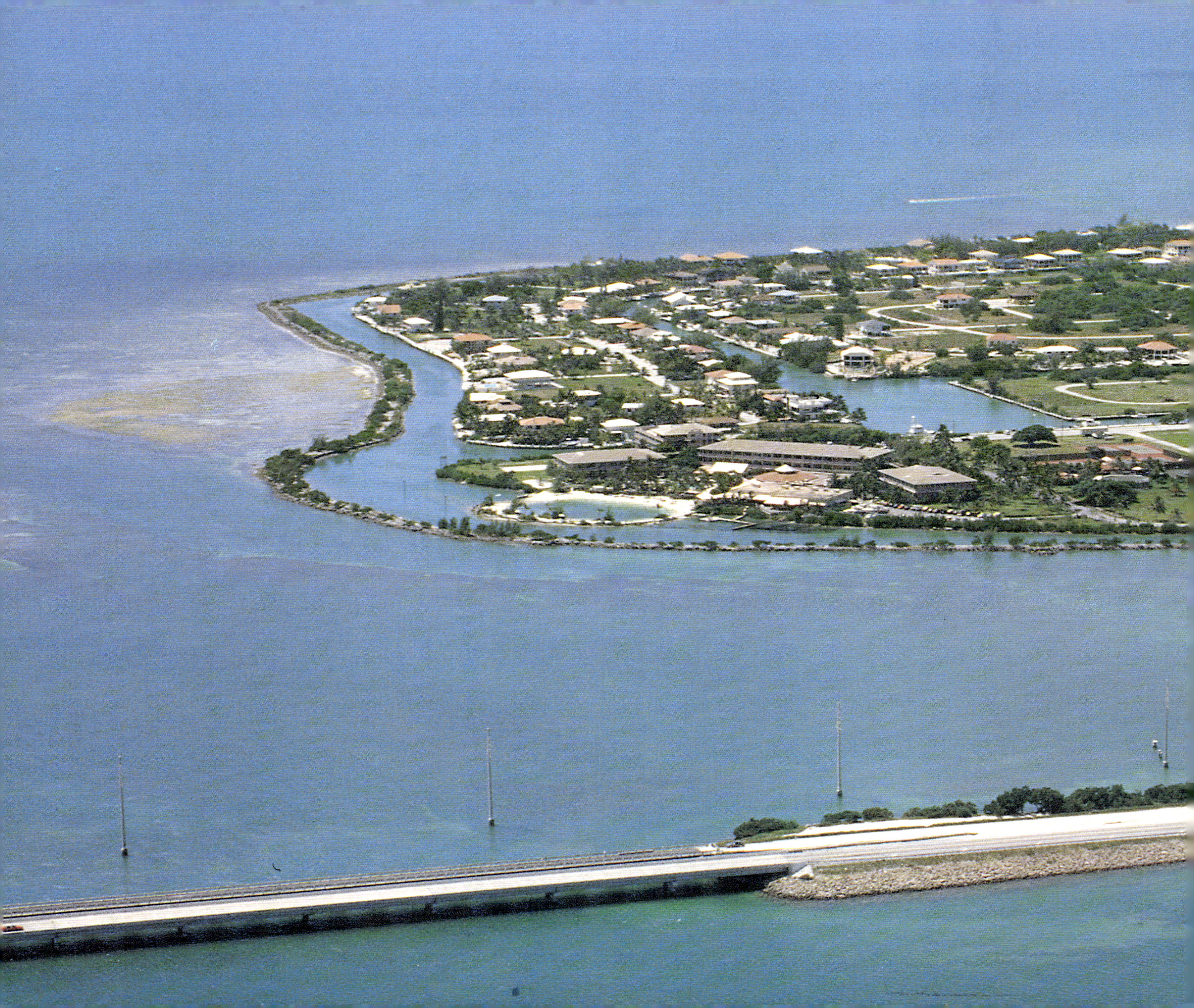

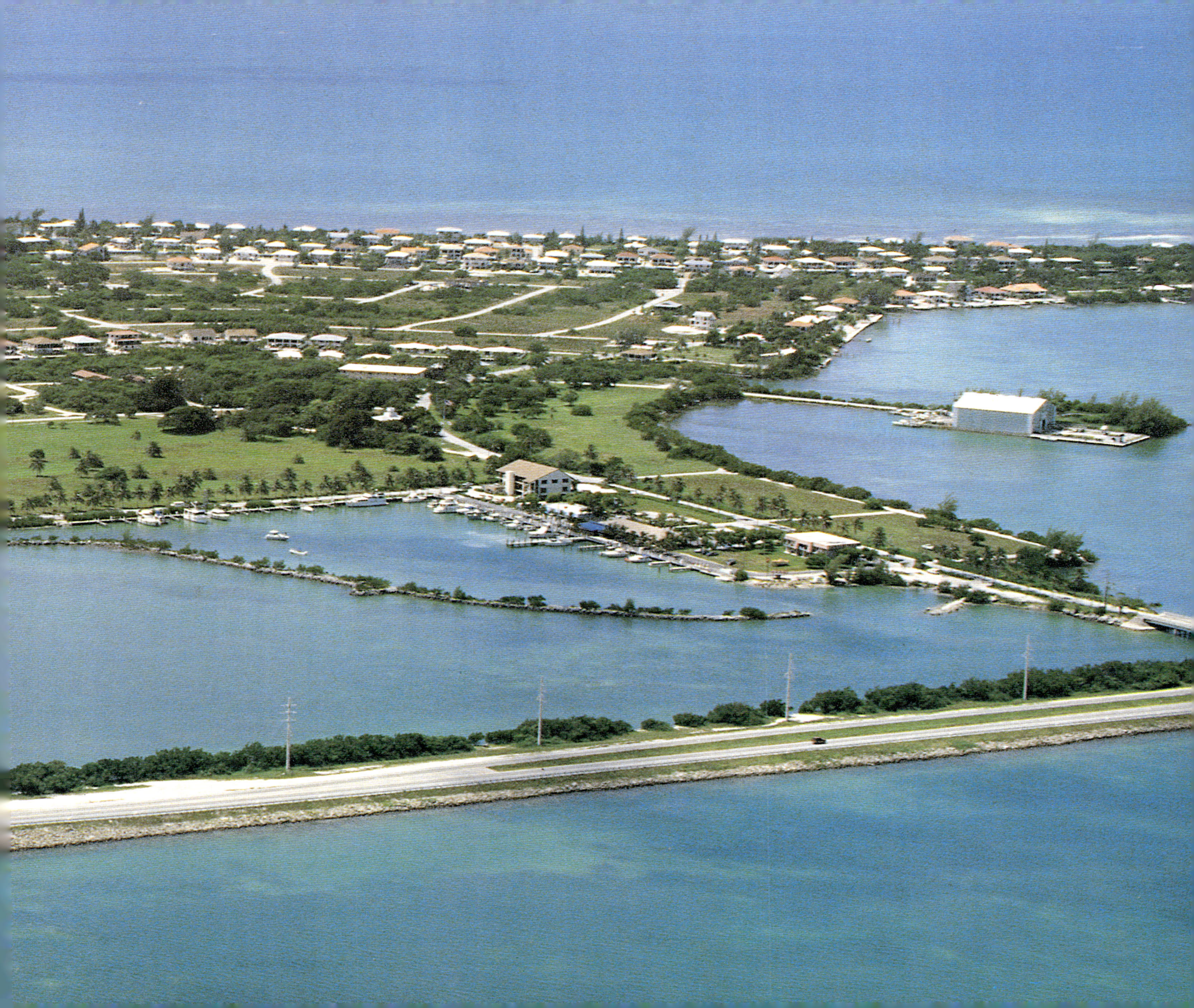

Season in Key West

It was – out at sea, at least – just like three hundred years ago; sailing ships manoeuvred – friend or foe? The cannon on land were tiny, mini-cannon made by D.I.Y. enthusiasts. Then: children and dogs stand back! As the sun reached its zenith, the guns were fired. After the acrid smoke had cleared, the Key West Season was declared open.

It begins around Christmas, attains its climax on 1st February, and drags on till May, when the heat and humidity become insufferable and the air-conditioning costs escalate. On this occasion the Martello Museum, in front of which the show had taken place, exhibited all kinds of relics retrieved from two Spanish ships which foundered in a hurricane in 1622. A lively speech, a snipping of red tape, and the exhibition was open: Gold! Gold! Gold!, screamed the posters. But that was about it. Bars of gold are boring, like slabs of old cheese. Silver coins, anchor, encrusted swords and accessories – well, all right. The Director called the exhibition the King Tut Show from the Depths of the Sea. Nobody laughed.

The US Interstate Highway No. 1 runs down here all the way from the extreme north-eastern corner of the country. The last section uses the embankment of the railroad which was opened in 1912, and closed again in 1935; a steel bridge, justly described at the time as spectacular, is now a popular subject for snaps when the sun sinks behind it. New bridges are being built next to the old ones, the parts arrive on pontoons and are hoisted into place by cranes. There is always a glimpse of water behind the patches of mangrove forest. The last island in the Florida Keys chain is Key West.

The island, taken up by city and seaport, measures 4 by 2 miles, and has seen better days. There are comparable resorts in Germany which were popular with the middle classes ninety or fifty years ago. Similar broken fences and peeling paint can be found in the west of Berlin where German film tycoons and stars had their villas. Key West experienced its last heyday before the second world war, when Ernest Hemingway lived there, a fact that every visitor is expected to appreciate. Since then nothing much has happened.

The history of the Hemingway house started long before his time: in 1851 a certain Asa Tift had coral cut out of his plot of ground to form a cellar, and with the material gained built a two-storey house in the Spanish style with a verandah running all round it and with high, arched windows. Hemingway moved in in 1931, and lived there almost continuously for twelve years, after which he returned every now and again until shortly before his death. Literary historians differ considerably as to what he actually wrote in Key West: the guide, inspired by local patriotism, maintains that it was 65 per cent of all his works. Hemingway had a suspension bridge constructed between his main house and his guest house, which he used when the urge to write came upon him. Through a screen, fans can view the typewriter he used. On it, for example, he wrote: "'The marvellous thing is that it's painless', he said. 'That's how you know when it starts.'" – which is how *The Snows of Kilimanjaro* begins.

Ernest, the guide calls him. Her T-shirt is adorned with a picture of the old man with the seaman's beard – a garment on sale here and everywhere in the town for six dollars. For five dollars you can buy a brick from the path behind the house – Ernest must surely have stepped on it. A tile from the derelict garage costs three dollars. Cats – getting on for fifty of them – doze everywhere, just as they did at the time when the Master himself fed them. "Didn't he look just like Clark Gable?" the guide asks as she shows her hushed listeners a photograph; she loves him, there is no doubt of that. That terracotta cat on the cupboard over there might have been made by Picasso, but nobody is sure, and it is not signed. From this loo, Ernest could chat to his friends down in the courtyard. The world took an early interest in his lifestyle as well as his writing: his hunting and shooting adventures, his accidents, scars, divorce and new love, new love and divorce. He drank in Sloppy Joe's Bar nearby, and the gloomy place still profits from it. There are photos on the walls, and on the beer mats. Two young guys bellow into microphones, hugely amplified. There is an unbelievable number of bottles behind the bar – Sloppy has a great turnover, for everyone, even if he is only on a day-trip from Miami, feels bound to drop in here. A whiskey, a beer, in an effort to get a feeling for the spirit that hovered above that go-getter's fire-water. You cannot hear your own voice for the noise. Oh yes, his way of life provided the press with plenty of gossip. Now the biographers are trying to make up their minds whether he was a big hero or merely a big-mouth. Ernest, the guide in Hemingway's house tells us, was the first man far and wide to wear short trousers, and the ladies stood on the balconies and stared down at his manly calves. His swimming pool was the first one in the town. The cellar – once his wine cellar – is now used for storing cat food.

It is only just over 85 miles to Cuba. Along the southern edge of Key West there is an array of masts bristling with all kinds of electronic spikes and probes, and flying above is "Fat Albert II", a captive balloon bristling with clever surveillance devices; its predecessor was torn from its anchorage and cast into the sea by a hurricane. Cuba was a friend for a long time, less so in more recent decades. From 1868 cigar-makers came from Cuba to Key West, the industry peaking in 1890, when 2,700 employees in 166 factories rolled 100 million cigars a year. At that time Key West was the most flourishing town in Florida, with the largest population. During the Prohibition, boats plied between Key West and Cuba with rum and whiskey. Whenever government officials boarded the train in Miami to dry out the island, railway employees sent a warning by telegraph, and the bottles were all spirited away. The laws, says Wright Langley, Director of the Bureau of History, have always been loosely applied in Key West, and that attracted a certain type to the place. *Bolita* – a forbidden form of Cuban lottery – is played on the island. Some jetsam from the stream of drugs heading for Florida's coasts no doubt also washes ashore here. Wright Langley says that at any rate there is nothing that you cannot get in Key West's many bars. Over there, he says, two dozen confiscated fishing boats are chained up. There were more of them until a short while ago, but they were removed because they obstructed the regatta. It all started some years ago when Fidel Castro allowed a whole lot of people who simply could not abide Socialism out of Cuba, said Langley. Our fishermen fetched about 130,000 of them – yes, you heard right! – for good money across the water. Their passports were checked here, then they were put onto buses, and taken on to Miami or some other place. At first the fishermen were allowed to bring them over, then it was forbidden by the government. But some of them continued doing so nevertheless; if they were caught their boats were confiscated. Sure, they're rusting – you're right, they don't improve with time. The government intends to auction them off. By the way, have you seen those delapidated rowing boats in which the refugees came over after 1962? And the raft in the Martello Museum, on which three passports were found, but no people?

The recorded history of Key West began in 1815, when the Spanish ceded the island to a certain Salas, a merchant from St. Augustine. There is a scene with wax figures in the Martello Museum showing Salas selling the swampy island to an American called Simonton in 1821 – the two dusty figures stare glassily at a cheque made out for $2,000. In 1822 the American Navy landed, hoisted their country's flag, and got to work clearing the area of pirates. Seventeen ships with 1,100 marines on board had soon captured nearly 2,000 pirates – in the museum grubby pirates' fingers still dig around in treasure chests of papier mâché. From 1850 specialists in salvaging wrecked ships settled on the island, some of them bringing their complete houses with them from the Bahamas, the finest of which are now the achitectural showpieces of the old part of town. In the same period the US forces constructed two fortresses: Fort Martello and Fort Taylor. During the Civil War, both of them fell quickly without a fight to Union troops, and furnished bases for the blockade. Fort Taylor was partially reconstructed at around the turn of the century: it was fortunate, says Director Langley, that the builders used the old guns, cannon balls, and gun carriages to reinforce the concrete – otherwise they would have been melted down. Now they can be salvaged, and a few cannons have already been restored and set up on the fort's topmost platform. The best thing about this fort is that it has never seen any serious fighting; it was never assaulted or defended, and no hero's blood was shed for it. The best thing about Key West are its wooden houses built in a mixture of New England and Bahamian styles, with American Gothic, Victorian, Spanish, and New Orleans influences thrown in. Most of them are two-storeyed with wrap-around balconies, and carved balustrades. The John B. Maloney House in Simonton Street boasts a little tower from which a captain's wife once kept look-out for her husband's ship. A favourite subject for snapshots: the curved staircase in Gideon Lowe House. A protected monument: the E. H. Gato Jr. House in Duval Street. One of the finest houses belongs to Calvin Klein, the Jeans King, who earns a dollar on every pair he manufactures: 400,000 per week.

Key West also has its modern, tidy, aseptic zones. Bodies lie sizzling round the guest-only swimming pool of the Pier House Hotel every day. Anyone who has taken a $116 room (plus surcharge for sea view) has a right to be spared confrontation with local problems and also to a private beach: about thirty yards for a couple of hundred guests. Every now and then a sun-bather ventures into the water up to his calves, murmurs "too cold", and retreats again. The water temperature is about 20° C. In fact, of course, the people are not here to bathe, but to tan, to get as brown as possible. A girl totes the necessities of life on a tray: drinks, sandwiches; alternatively one can consume the inevitable hamburger, chips, or salad à la chef in the shade of palm trees. The bars open shortly after midday, and turn over most during the "happy hour" between five and seven. Then life begins in earnest. The swimming pool is sometimes used by two or three enthusiasts at a time, but is often deserted. Yet it would be shocking if there weren't one. Occasionally there is too little water in the chlorine.

◁◁ *USA/Florida; near Key West*
▷▷ *USA/Florida; Key West by night*
▷▷ *USA/Florida; Key West, Sloppy Joe's Bar*

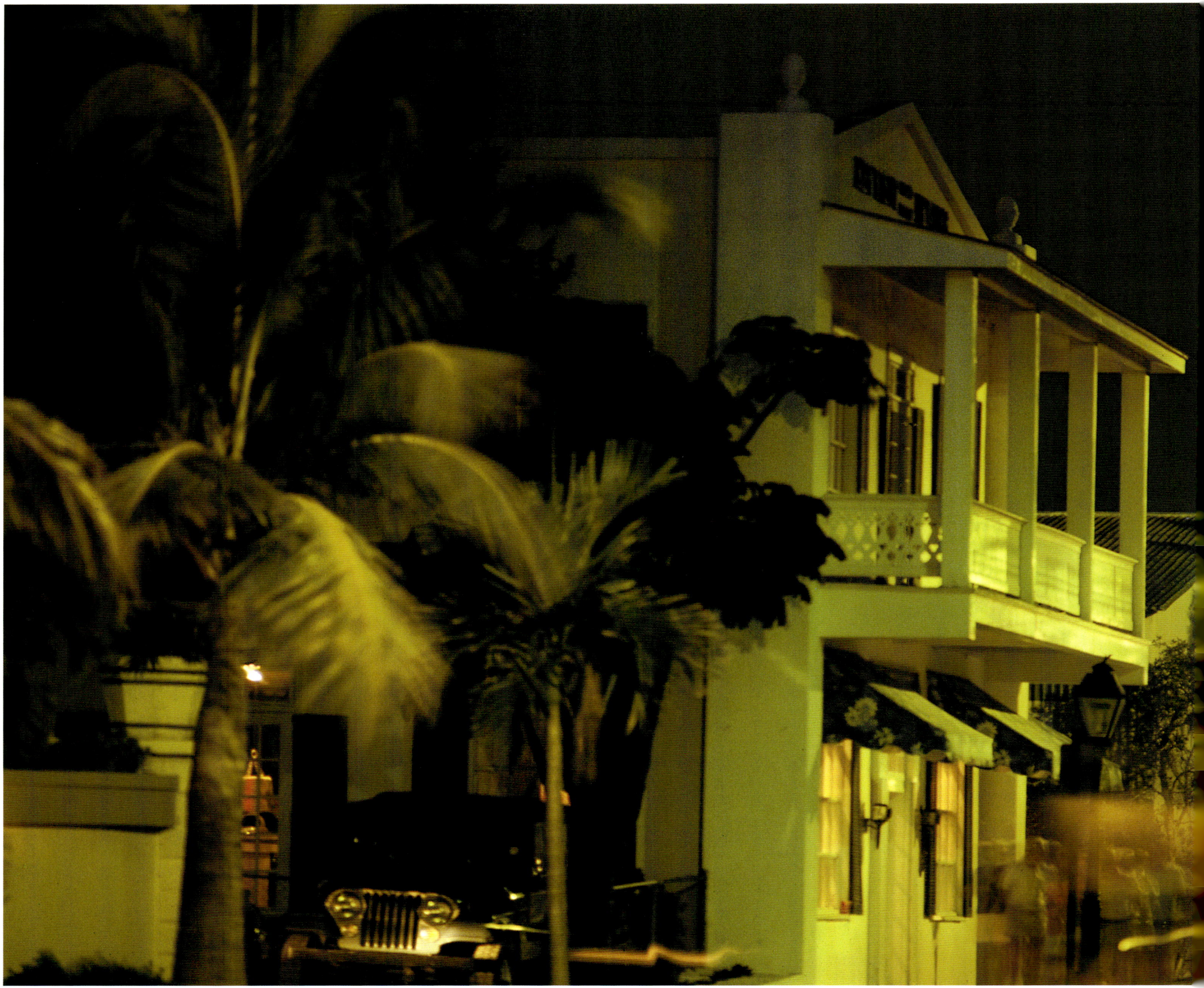

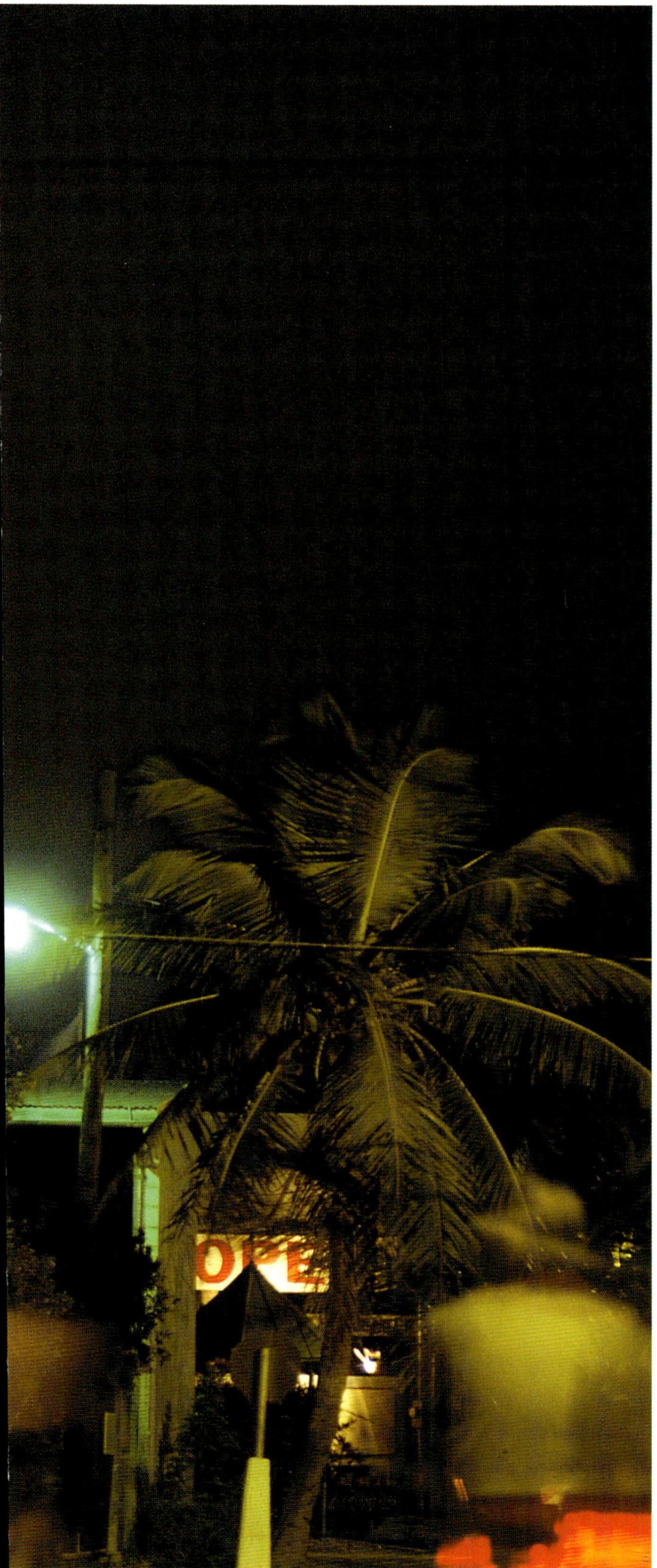

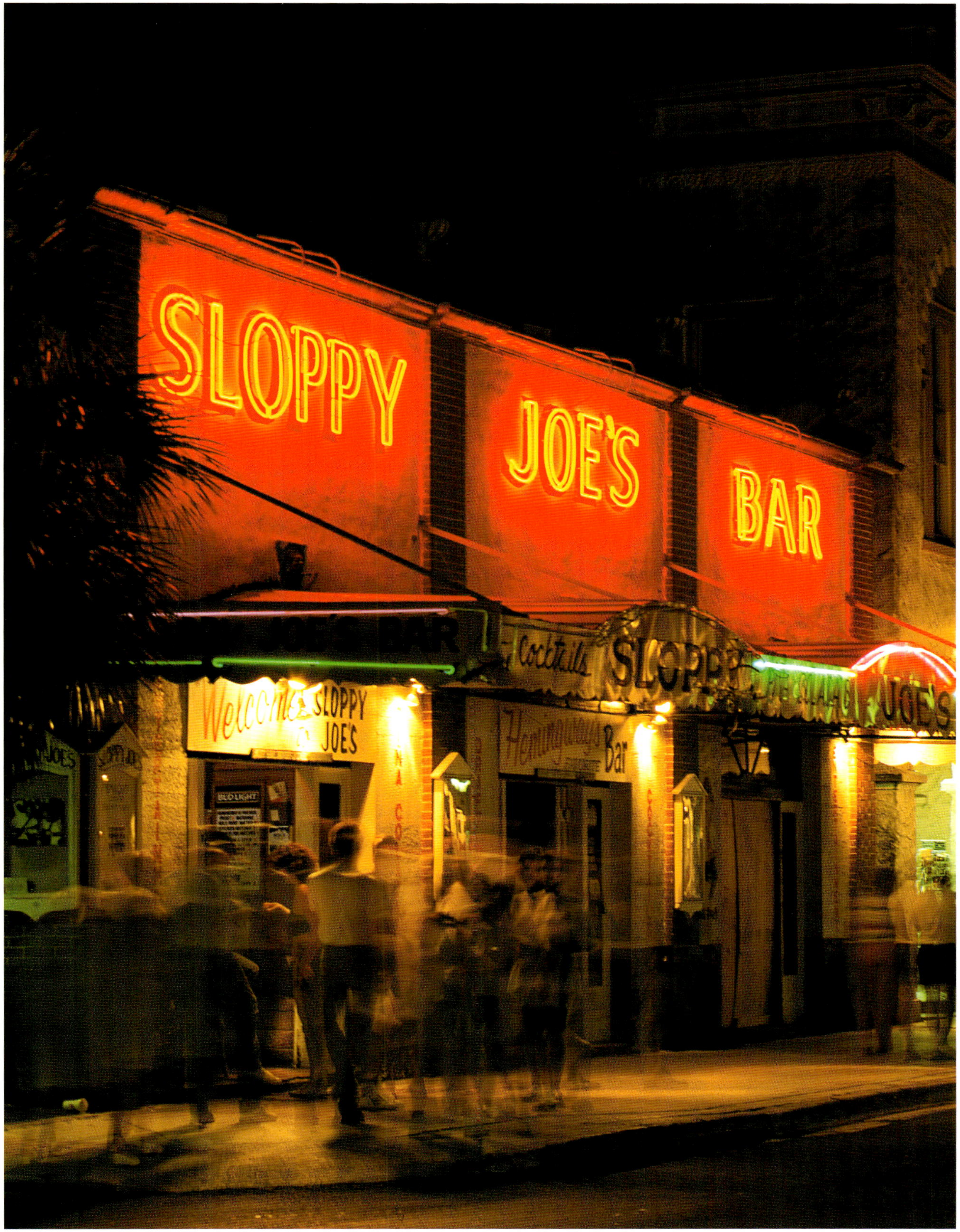
SLOPPY
JOE'S
BAR

La saison à Key West

C'était, du moins en mer, comme il y a trois cents ans; des voiliers croisaient au large – ami ou ennemi? A terre, les canons, genre modèle réduit, étaient en place, installés par des bricoleurs: Arrière les enfants et les chiens! En plein midi, on se mit à tirer quelques salves. L'odeur une fois dissipée, la saison de Key West fut déclarée ouverte.
Elle commence vers Noël, est à son apogée le 1ᵉʳ février et se prolonge jusqu'au mois de mai, après la chaleur et l'humidité sont insupportables et font grimper les frais de climatisation à des hauteurs vertigineuses. Cette fois, le musée Martello, devant lequel le combat avait été mis en scène, exposait toutes sortes d'objets retirés de deux bateaux espagnols qui avaient coulé en 1622 lors d'un ouragan. Un discours enthousiaste fut prononcé, on coupa un ruban rouge et la visite put commencer: De l'or! De l'or! De l'or! criaient les affiches. Mais c'était presque tout. L'or en barres est aussi ennuyeux qu'un vieux morceau de fromage. Des pièces d'argent, une ancre, des épées et des fermoirs rouillés, ça va encore. La directrice appelait cette exposition le «show du roi Tut des fonds marins». Mais cela ne fit rire personne.
L'US Highway 1 aboutit ici venant de l'extrémité nord-est du pays. Le dernier tronçon emprunte la digue de la ligne de chemin de fer qui, inaugurée en 1912, dut être fermée dès 1935. Un pont en fer, qualifié la fois-là à juste titre d'«audacieux», est aujourd'hui un motif de prédilection pour les photographes amateurs quand le soleil se couche derrière sa charpente. De nouveaux ponts sont construits à côté des anciens, des pièces sont amenées sur des pontons et soulevées par des grues. Derrière les forêts de mangroves, on aperçoit à tout instant la mer. La dernière des vingt-trois îles est Key West. Cette ville insulaire, de six kilomètres de long et de trois de large, a vu des temps meilleurs. Il existe des endroits de villégiature comparables en Suisse saxonne ou sur la mer Baltique où, voici quatre-vingt-dix ou cinquante ans, la bourgeoisie venait faire des cures. On trouve également des palissades abîmées, de la peinture écaillée à l'ouest de Berlin où les grands noms du cinéma avaient autrefois leurs villas. Key West a eu pour la dernière fois une période prospère avant la Deuxième Guerre mondiale, depuis il ne s'est pas passé grand-chose. Ernest Hemingway y habitait à l'époque. Key West exige que chaque visiteur en soit bien conscient.
La maison d'Hemingway a toute une histoire. En 1851, un certain Asa Tift se mit à extraire des morceaux de corail du sol, ce qui lui permit d'avoir une cave et des matériaux de construction pour une maison à deux étages de style espagnol avec une véranda qui fait le tour de la maison et de hautes fenêtres cintrées. Hemingway y emménagea en 1931, pendant douze ans il y vécut la plupart du temps, plus tard il y revint occasionnellement jusqu'à sa mort. Il écrivait ici ce qu'il vivait ailleurs. Mais les historiens de la littérature se contredisent beaucoup sur la quantité d'ouvrages conçus à Key West; soixante-cinq pour cent de ses œuvres, affirme la guide avec des accents de patriotisme local dans la voix. Le poète se fit construire un pont suspendu entre la maison principale et la maison réservée à ses hôtes; il l'empruntait pour aller s'installer devant sa machine à écrire qui est encore à sa place et que ses admirateurs peuvent regarder à travers une grille. C'est sur elle qu'il a tapé: «The marvellous thing is that it's painless», he said. «That's how you know when it starts.» Ainsi commence son roman *Les neiges du Kilimandjaro*.
Ernest, *Örnest*, c'est ainsi que l'appelle familièrement la préposée à la visite guidée. Elle porte un T-Shirt avec le portrait du vieil homme, en vente ici et dans tous les magasins de souvenirs de la ville pour six dollars. Pour cinq dollars, on peut acheter une brique qui provient du chemin derrière la maison, Örnest y a certainement posé le pied. Une tuile du toit du garage démoli: trois dollars. Partout des chats se prélassent, une cinquantaine environ, comme au temps où le maître leur donnait lui-même à manger. Ne ressemblait-il pas à Clark Gable, demande la guide à l'assistance émue, en montrant du doigt une photo; elle l'aime, il n'y a pas de doute. Ce chat en terre cuite sur l'armoire là, c'est peut-être Picasso qui l'a modelé, mais personne n'en sait rien au juste et il n'est pas signé. De ces toilettes, Örnest pouvait converser avec ses amis en bas dans la cour. Autrefois, le monde s'intéressait à sa vie comme à son œuvre, on parlait de ses aventures à la chasse, de ses accidents, de ses cicatrices, de ses divorces et de ses nouvelles amours. Tout près, au «Sloppy Joe's Bar», il allait se saoûler, le triste établissement en tire encore parti aujourd'hui. Ernest sur des douzaines de photos pâlies sur les murs, Ernest sur les couvercles de bière. Deux gars hurlent dans le micro, cinq mètres cubes de technique amplifient leurs hurlements. Il y a une quantité incroyable de bouteilles derrière le comptoir – chez Sloppy, les affaires marchent bien, tous ceux qui viennent ici, ne serait-ce que pour une excursion d'un jour à partir de Miami, croient devoir entrer dans le bar. Un whiskey, une bière, la tentative laborieuse de sentir dans ses veines l'esprit qui planait au-dessus des boissons fortes de ce diable d'homme. Du bruit à ne pas s'entendre. Ah oui, il savait vivre de manière à ce que les journalistes aient leur pâture. Les biographes cherchent maintenant à savoir dans quelle mesure c'était un héros ou un fanfaron. Örnest, dit la guide de la maison d'Hemingway, fut le premier à porter des culottes courtes et les dames de leurs balcons fixaient ses mollets virils. Sa piscine fut la première dans la ville. Dans la cave, qui était sa cave à vins, on entrepose maintenant des aliments pour chats.
Key West n'est qu'à 144 kilomètres de Cuba. En bordure sud de la ville, des mâts se dressent avec toutes sortes de piquants et de pointes électroniques, «Fat Albert II» est suspendu dans l'air, c'est un ballon captif avec des appareils de surveillance, son prédécesseur a été arraché par un ouragan qui l'a jeté à la

mer. Cuba fut généralement un pays ami, ce n'est plus le cas depuis des décennies. Après 1868, des fabricants de cigares cubains vinrent s'installer ici, leur industrie connut son apogée vers 1890, à l'époque 2 700 femmes et hommes roulaient par an cent millions de cigares dans 166 entreprises. A l'époque également, Key West était la ville la plus saine de Floride et de surcroît la plus peuplée. Pendant la prohibition dans les années vingt, des bateaux chargés de rhum et de whisky arrivaient de Cuba. Lorsque les fonctionnaires gouvernementaux montaient dans le train à Miami pour assécher Key West, des employés des chemins de fer prévenaient par télégraphe; on s'empressait alors d'enlever toutes les bouteilles. Les lois, dit Wright Langley, le directeur du Bureau historique, n'ont jamais été appliquées à la lettre à Key West et cela a attiré un certain type de gens. Ici, on jouait et on joue encore à la *Bolita*, une loterie cubaine interdite. Le courant de la drogue sur les côtes de Floride n'épargne pas non plus cet endroit. Dans les nombreux bistros de Key West, estime Wright Langley, on peut en tout cas tout avoir. Là-bas, dit-il, il y a deux douzaines de bateaux de pêche confisqués et immobilisés. Il n'y a pas longtemps, il y en avait encore plus, mais comme ils gênaient les régates, on en a enlevé pas mal. Cela a commencé il y a quelques années lorsque Fidel Castro a laissé partir de son pays un bon nombre de gens qui n'appréciaient pas du tout son socialisme. Moyennant une bonne somme d'argent, nos pêcheurs allèrent chercher dans les 130 000 Cubains – oui, vous avez bien entendu – pour les ramener ici. On contrôlait leurs passeports, puis les émigrés montaient dans des bus et partaient en direction de Miami ou d'ailleurs. Au début, le gouvernement autorisa les pêcheurs à faire la traversée puis il l'interdit. Certains continuèrent néanmoins mais celui qui était attrapé voyait son bateau confisqué. De la rouille, oui, vous avez raison, cela n'arrange pas les bateaux. Le gouvernement a l'intention de les vendre prochainement aux enchères. Avez-vous vu au fait dans la Duval Street les malheureux canots avec lequel des réfugiés sont venus après 1962? Et le radeau au musée Martello dans lequel on a trouvé trois passeports, mais absolument personne? L'histoire écrite de Key West commence en 1815, cette année-là l'Espagne céda l'île à un négociant de St-Augustine, un dénommé Salas. Au musée Martello, une scène avec des figures en cire montre Salas en train de vendre en 1821 l'île marécageuse à un Américain, un certain Simonton – les deux poupées poussiéreuses du musée fixent de leurs yeux de verre le chèque de 2 000 dollars. La marine américaine débarqua en 1822, hissa son pavillon et s'employa immédiatement à lutter contre les pirates alentour. Dix-sept bateaux avec 1 100 soldats réussirent bientôt à en mettre 2 000 hors d'état de nuire – mais, au musée, des mains de brigand jaunâtres continuent de fouiller avidement dans des coffres en carton. Vers 1850, des spécialistes du sauvetage des bateaux échoués vinrent s'installer ici, certains amenèrent même leurs maisons des Bahamas; aujourd'hui, les dernières, les meilleures d'entre elles sont les perles architectoniques de la vieille ville. Vers cette époque, l'armée américaine construisit deux fortifications, le Fort Martello et le Fort Taylor. Au cours de la guerre civile, ils tombèrent rapidement et sans opposer de résistance aux mains des Etats nordiques et vinrent renforcer le blocus. Au tournant du siècle, Fort Taylor fut transformé. Ce fut une chance que la fois-là, explique le directeur Langley, les canons, les boulets et les affûts aient été utilisés pour renforcer le béton, en quelque sorte en guise de fer pour béton armé, sans quoi ils auraient été fondus. A présent, on peut retirer toute la ferraille, certains canons se trouvent déjà bien astiqués sur la plate-forme supérieure. Ce qu'il y a de mieux dans ce fort, c'est qu'il n'a jamais été utilisé sérieusement, il n'a été ni attaqué ni défendu. Le sang des héros n'a pas coulé ici.
Ce qu'il y a de mieux à Key West, ce sont ses maisons en bois dans un style qui tient de l'architecture de la Nouvelle-Angleterre et des Bahamas, avec des éléments du gothique américain et des motifs victoriens, espagnols et de la Nouvelle-Orléans. Dans la Simon Street, la John B. Maloney House est surmontée d'une tourelle d'où la femme d'un capitaine cherchait des yeux le voilier de son époux. Un endroit que l'on photographie volontiers: l'escalier intérieur avec la rampe aux lignes incurvées dans la Gideon Lowe House. Classée monument historique: la E. H. Gato Jr. House dans la Duval Street. Calvin Klein, le roi du jean, qui gagne un dollar par pantalon, 400 000 par semaine, s'est acheté l'une des plus belles maisons.
Key West a aussi ses zones modernes, soignées, aseptisées. Chaque jour, des corps à bronzer sont étendus autour de la piscine de l'hôtel Pier House. Réservée aux clients de l'hôtel bien entendu. Celui qui loue une chambre à 116 dollars avec vue sur la mer est en droit d'ignorer les problèmes locaux et d'avoir sa plage privée. Trente mètres environ pour quelques centaines de clients. Certains entrent dans l'eau jusqu'aux mollets, murmurent: c'est froid et retournent s'allonger. L'eau a dans les vingt degrés. En fait, on n'est pas vraiment là pour nager, c'est bronzer que l'on veut et on bronze. Une serveuse apporte le nécessaire sur son plateau: sandwiches, drinks; sous les palmiers, on peut déguster les inévitables «Hambörger», les pommes frites ou la salade du chef. Peu après midi, les bars ouvrent, ils connaissent leurs heures d'affluence entre cinq et sept pour la *happy hour*. Après, la vie commence sérieusement. Deux, trois enthousiastes profitent en même temps de la piscine, souvent il n'y a personne. Ce serait évidemment scandaleux qu'il n'y en ait pas. Parfois, malheureusement, il y a trop peu d'eau dans le chlore.

◁◁◁◁ *Etats-Unis/Floride, paysage près de Key West*
◁◁   *Etats-Unis/Floride, Key West la nuit*
◁◁   *Etats-Unis/Floride, Key West, Sloppy Joe's Bar*

Weit besser durch Liebe

Mit drei Karavellen erreichte Christoph Kolumbus im Jahre 1492 das heutige San Salvador oder Watling Island, das zu den Bahamas gehört. Er schrieb in sein Tagebuch:

»Um zwei Uhr morgens kam Land in Sicht, von dem wir etwa acht Seemeilen entfernt waren. Wir holten alle Segel ein und fuhren nur mit einem Großsegel, ohne Nebensegel. Dann legten wir bei und warteten bis zum Anbruch des Tages, der ein Freitag war, an welchem wir zu einer Insel gelangten, die in der Indianersprache ›Guanahani‹ hieß.
Dort erblickten wir alsogleich nackte Eingeborene. Ich begab mich, begleitet von Martin Alonso Pinzon und dessen Bruder Vicente Yanez, dem Kapitän der Niña, an Land. Dort entfaltete ich die königliche Flagge, während die beiden Schiffskapitäne zwei Fahnen mit einem grünen Kreuz im Felde schwangen, das an Bord aller Schiffe geführt wurde und welches rechts und links von den je mit einer Krone verzierten Buchstaben F und Y umgeben war. Unseren Blicken bot sich eine Landschaft dar, die mit grün leuchtenden Bäumen bepflanzt und reich an Gewässern und allerhand Früchten war.
Ich rief die beiden Kapitäne und auch all die anderen, die an Land gegangen waren, ferner Rodrigo d'Escobedo, den Notar der Armada, und Rodrigo Sánchez von Segovia, zu mir und sagte, sie sollten durch ihre persönliche Gegenwart als Augenzeugen davon Kenntnis nehmen, daß ich im Namen des Königs und der Königin, meiner Herren, von der genannten Insel Besitz ergreife und die rechtlichen Unterlagen schaffe, wie es sich aus den Urkunden ergibt, die dort schriftlich niedergelegt wurden. Sofort sammelten sich an jener Stelle zahlreiche Eingeborene der Insel an. In der Erkenntnis, daß es sich um Leute handle, die man weit besser durch Liebe als mit dem Schwerte retten und zu unserem Heiligen Glauben bekehren könnte, gedachte ich sie mir zu Freunden zu machen und schenkte also einigen unter ihnen rote Kappen und Halsketten aus Glas und noch andere Kleinigkeiten von geringem Werte, worüber sie sich ungemein erfreut zeigten. Sie wurden so gute Freunde, daß es eine helle Freude war. Sie erreichten schwimmend unsere Schiffe und brachten uns Papageien, Knäuel von Baumwollfaden, lange Wurfspieße und viele andere Dinge noch, die sie mit dem eintauschten, was wir ihnen gaben, wie Glasperlen und Glöckchen. Sie gaben und nahmen alles von Herzen gern – allein mir schien es, als litten sie Mangel an allen Dingen.
Sie gehen nackend umher, so wie Gott sie erschaffen, Männer wie Frauen, von denen eine noch sehr jung war. Alle jene, die ich erblickte, waren jung an Jahren, denn ich sah niemand, der mehr als dreißig Jahre alt war. Dabei sind sie alle sehr gut gewachsen, haben einen schön geformten Körper und gewinnende Gesichtszüge. Sie haben dichtes, struppiges Haar, das fast Pferdeschweifen gleicht und über der Stirne kurz geschnitten ist, bis auf einige Haarsträhnen, die sie nach hinten werfen und in voller Länge tragen, ohne sie jemals zu kürzen. Einige von ihnen bemalen sich mit grauer Farbe (sie gleichen den Bewohnern der Kanarischen Inseln, die weder eine schwarze noch eine weiße Hautfarbe haben), andere wiederum mit roter, weißer oder einer anderen Farbe; einige bestreichen damit nur ihr Gesicht oder nur die Augengegend oder die Nase, noch andere bemalen ihren ganzen Körper.
Sie führen keine Waffen mit sich, die ihnen nicht einmal bekannt sind; ich zeigte ihnen die Schwerter, und da sie sie aus Unkenntnis bei der Schneide anfaßten, so schnitten sie sich. Sie besitzen keine Art Eisen. Ihre Spieße sind eine Art Stäbe ohne Eisen, die an der Spitze mit einem Fischzahn oder einem andern harten Gegenstand versehen sind. Im allgemeinen haben sie einen schönen Wuchs und anmutige Bewegungen.
Manche von ihnen hatten Wundmale an ihren Körpern. Als ich sie unter Zuhilfenahme der Gebärdensprache fragte, was diese zu bedeuten hätten, gaben sie mir zu verstehen, daß ihr Land von den Bewohnern der umliegenden Inseln heimgesucht werde, die sie einfangen wollten und gegen die sie sich zur Wehr setzten. Ich war und bin noch heute der Ansicht, daß es Einwohner des Festlandes waren, die herkamen, um sie in die Sklaverei zu verschleppen. Sie müssen gewiß treue und kluge Diener sein, da ich die Erfahrung machte, daß sie in Kürze alles, was ich sagte, zu wiederholen verstanden; überdies glaube ich, daß sie leicht zum Christentum übertreten können, da sie allem Anschein nach keiner Sekte angehören. Wenn es dem Allmächtigen gefällt, werde ich bei meiner Rückkehr sechs dieser Männer mit mir nehmen, um sie Euren Hoheiten vorzuführen, damit sie die Sprache [Kastiliens] erlernen.«

▷ *Bahamainseln/New Providence Island, Nassau, Händler in ihren Booten*
▷▷ *Kleine Antillen/Leeward Islands, Blick auf Sint Maarten*
▷▷▷ *Jamaika/Ocho Rios, Dunn's River Wasserfall*

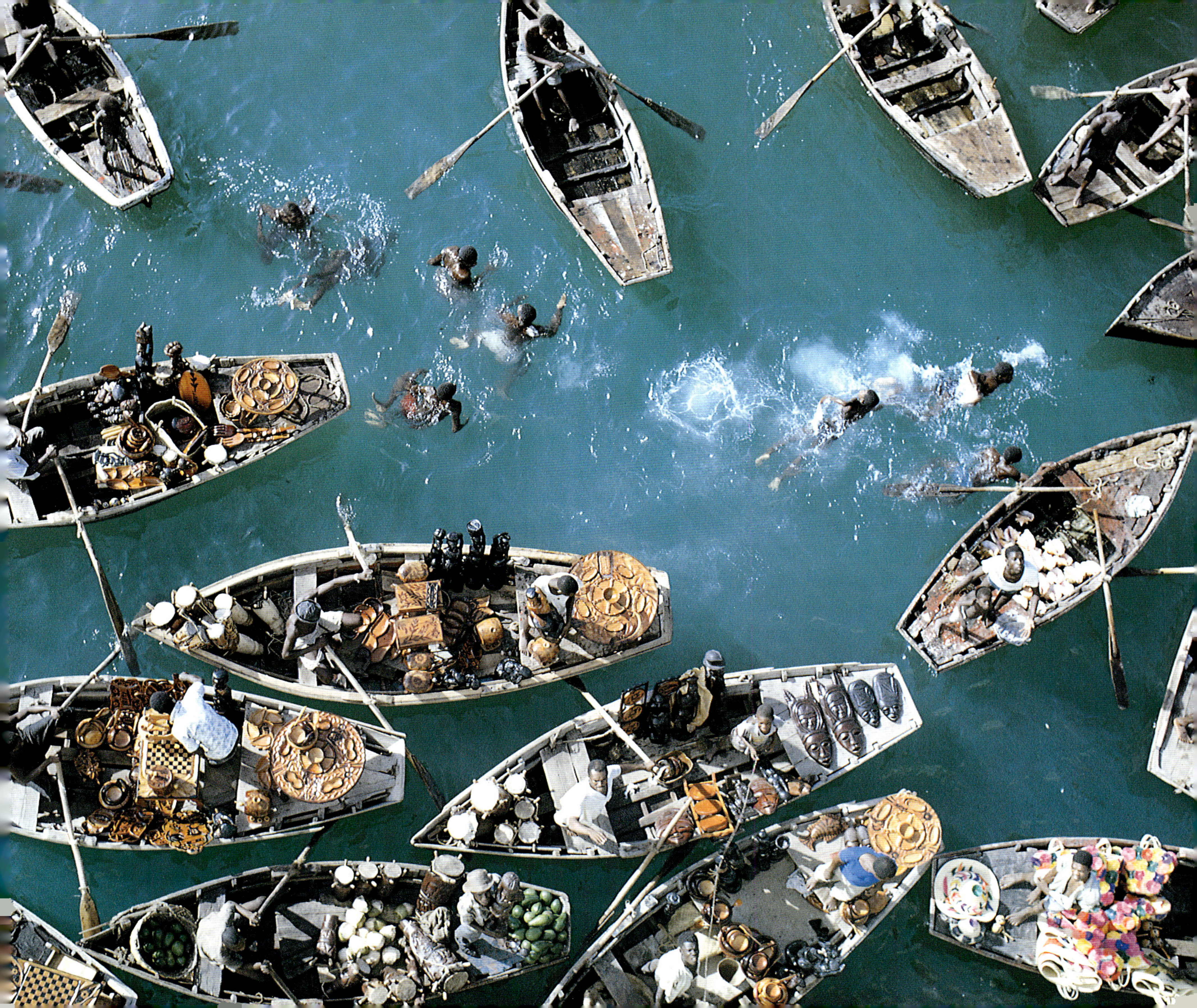

Much better with love

In 1492, with three caravels, Christopher Columbus reached an island he named San Salvador (probably the same island later called Watlings in the Bahamas). He wrote in his diary:

"At two in the morning we sighted land about six sea miles distant. We hauled in all the canvas except for one main sail. Then we hove to and waited till the break of day, which was a Friday, when we got to an island which, in the Indian tongue, was called 'Guanahani'.

There we straightaway saw naked natives. Accompanied by Martín Alonso Pinzón and his brother Vicente Yañez, the Captain of the NIÑA, I went ashore. There I unfurled the Royal flag, while the two captains swung two flags with a green cross which were carried on all ships, and which were adorned on the right and left of the cross with the letters F and Y, each letter bearing a crown. We saw a countryside planted with bright green trees, and rich in water and all manner of fruits.

I called the two captains and all the others who had come ashore, also Rodrigo d'Escobedo, the Armada Notary, and Rodrigo Sánchez of Segovia to me, and said that, as eye-witnesses, they should all take notice of the fact that in the name of the King and the Queen, my Lord and Mistress, I was taking possession of the island, and that they should prepare the legal records on the basis of the documents written on the said island.

Numerous natives of the island straightaway gathered at that place. In the knowledge that they were people who could much better be saved and converted to our Holy Faith with love than with the sword, I resolved to make them into my friends and so presented some of them with red caps, and necklaces of glass and some other trifles of little value, whereupon they appeared overjoyed. They became such good friends that it was a great delight. They swam out to our ships, bringing us parrots, hanks of cotton, long throwing spears, and many other things which they exchanged for things that we gave them, such as glass beads and little bells. They gave and took everything with gladness – but it seemed to me that they had little of anything.

They walk about as naked as God made them, both men and women, of whom one was still very young. All those that I saw were young in years, for I saw none older than thirty. They are all well-grown, have well-shaped bodies and pleasant lineaments. They have thick, bristly hair that almost resembles horsetails, cut short above the forehead except for a few strands which they throw back over their heads and wear full length without ever cutting them. Some paint themselves with a grey colour (they resemble the inhabitants of the Canary Islands, who have neither a black nor a white skin), others with red, white, or some other colour; some paint only their faces thus, or only the region of the eyes or the nose, while others paint their whole bodies.

They carry no weapons with them, which are indeed unknown to them; I showed them our swords, and, as they grasped them by the blades out of ignorance, they cut themselves. They possess no iron of any kind. Their spears are a kind of stick without iron which has a fish-tooth or some other hard object attached to the tip. In general they have good figures and move well.

Some of them had scars on their bodies. When I asked with the aid of sign language what was the reason for this, they gave me to understand that their country was subject to attack by the inhabitants of the surrounding islands, who tried to take them prisoner, and against whom they defended themselves. I was and still am of the opinion that it was inhabitants of the mainland who came there in order to enslave them. They must certainly make loyal and clever servants, as I discovered from experience that they were in a short time capable of repeating everything I said to them; furthermore, I believe that they could easily convert to Christianity as they by all appearances do not belong to any sect. If it please the Almighty, I shall take six of these men with me on my return in order to show them to Your Highnesses, so that they may learn the language of Castile."

◁◁ *Bahama Islands/New Providence Island; Nassau, traders in their boats*
▷ *Lesser Antilles/Leeward Islands; view of Sint Maarten*
▷▷ *Jamaica/Ocho Rios; Dunn's River Waterfall*

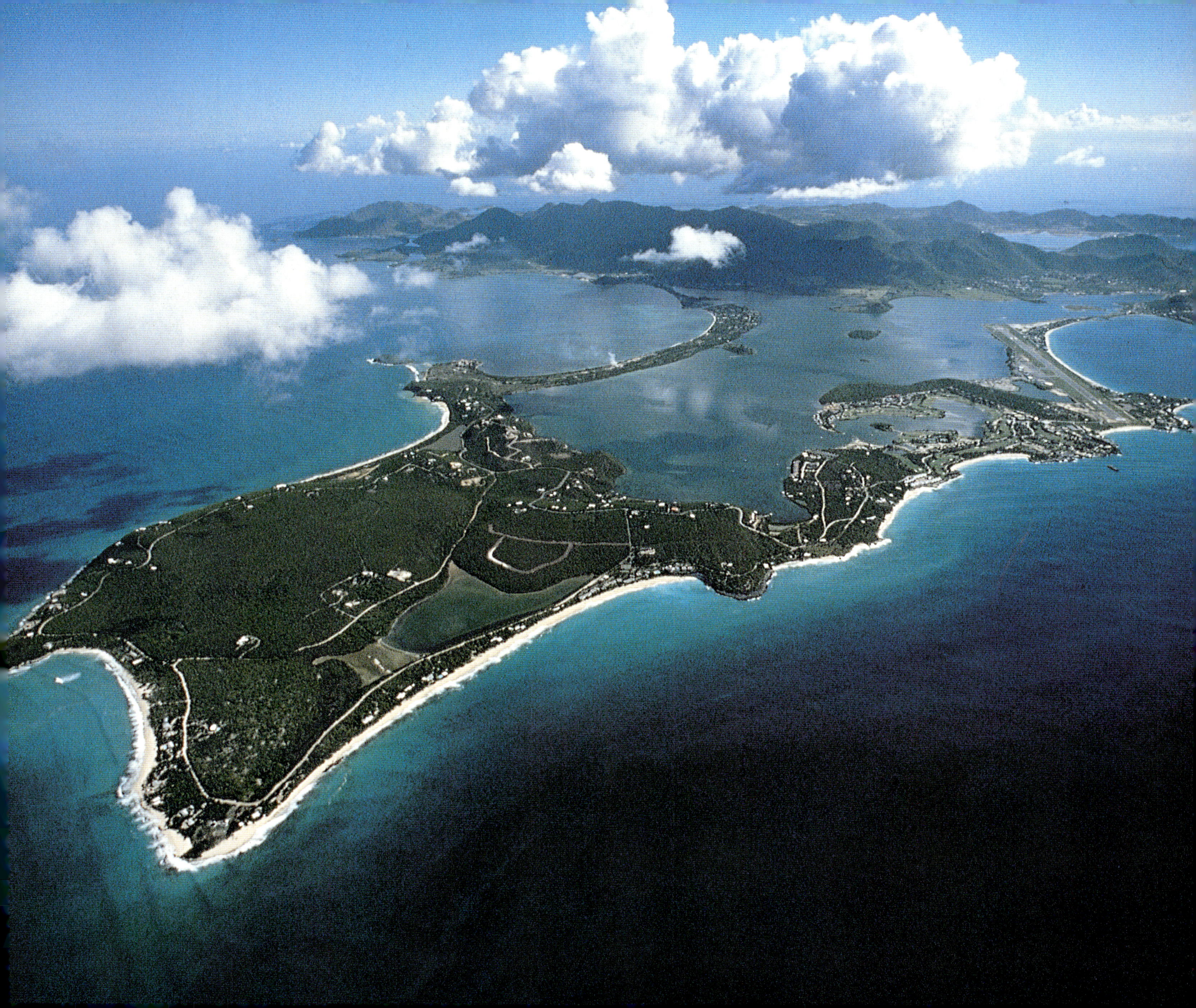

L'amour est d'une grande aide

En 1492, avec trois caravelles, Christophe Colomb atteignit l'île de San Salvador ou l'île de Watling, qui fait partie des Bahamas. Il écrivit dans son journal:

«A deux heures du matin, nous aperçûmes la terre à environ huit mille marins de distance. Nous rentrâmes toutes les voiles et navigâmes uniquement avec la grand-voile. Puis nous mîmes à la cape et attendîmes jusqu'au lever du jour qui était un vendredi. Ce jour-là, nous arrivâmes à une île que les Indiens appellent «Guanahani».
Nous y aperçûmes aussitôt des indigènes nus. Je descendis à terre, accompagné de Martin Alonso Pinzon et de son frère Vicente Yanez, le capitaine du NIÑA. J'y déployais le drapeau royal tandis que les deux capitaines de bateau agitaient chacun un drapeau que chaque navire a à son bord et qui a une croix verte entourée à droite et à gauche des lettres F et Y surmontées d'une couronne. A nos yeux s'offrit un paysage planté d'arbres d'un vert vif et riche en cours d'eau et en fruits de toutes sortes.
J'appelais les deux capitaines et également tous ceux qui étaient descendus à terre, aussi Rodrigo d'Escobedo, le notaire de l'armada, et Rodrigo Sánchez de Ségovie et leur dis qu'ils étaient témoins de ce que, au nom du roi et de la reine, mes souverains, je prenais possession de l'île et qu'ils devaient en dresser acte sur la base des documents concernant ladite île.
Immédiatement, de nombreux indigènes se rassemblèrent à cet endroit. Sachant qu'il s'agissait de gens que l'on arriverait bien mieux à sauver par l'amour que par l'épée et que l'on pourrait convertir à notre Sainte Foi, je songeais à m'en faire des amis et j'offrais à quelques-uns d'entre eux des capes rouges et des chaînes en verre et autres babioles de peu de valeur dont ils se réjouirent énormément. Ils devinrent de si bons amis que c'en était un véritable plaisir. Ils atteignirent nos bateaux à la nage et nous amenèrent des perroquets, des pelotes de coton, de longs javelots et bien d'autres choses encore qu'ils échangèrent contre des choses que nous leur donnâmes, telles que des perles de verre et des clochettes. Ils donnèrent et reçurent tout volontiers, mais il me semblait qu'ils manquaient de toutes choses.
Ils se promènent tout nus, comme Dieu les a créés, les hommes comme les femmes dont l'une était encore très jeune. Tous ceux que je voyais étaient jeunes, aucun n'avait plus de trente ans. Tous sont très bien bâtis, ils ont un corps aux proportions harmonieuses et une physionomie sympathique. Ils ont des cheveux épais, raides presque comme des queues de cheval, coupés court au-dessus du front à l'exception de quelques mèches qu'ils rejettent en arrière et qu'ils ne coupent jamais. Certains d'entre eux se peignent avec une couleur grise (ils ressemblent aux habitants des îles Canaries qui n'ont ni une peau noire ni une blanche), d'autres avec une couleur rouge, blanche ou autre; certains ne recouvrent ainsi que leur visage ou la région des yeux ou le nez, d'autres se peignent tout le corps.
Ils ne portent pas d'armes qui leur sont inconnues; je leur montrais les épées et, ne les connaissant pas, ils les prirent par le côté tranchant et se coupèrent. Ils ne possèdent aucune sorte de fer. Leurs javelots sont une sorte de bâton sans fer muni au bout d'une dent de poisson ou d'un autre objet dur. Dans l'ensemble, ils ont une belle stature et des gestes gracieux.
Certains avaient des cicatrices sur le corps. Lorsque, m'aidant de la langue des signes, je leur demandais ce que cela signifiait, ils me firent comprendre que leur pays avait été attaqué par les habitants des îles d'alentour qui voulaient les faire prisonniers et contre lesquels ils s'étaient défendus. J'étais et je suis encore d'avis qu'il s'agissait d'habitants du continent qui étaient venus pour les emmener en esclavage. Ils doivent être de fidèles et intelligents serviteurs, car j'ai remarqué qu'ils savaient rapidement répéter tout ce que je disais; en outre, je crois qu'ils pourraient facilement embrasser le christianisme, car il semble bien qu'ils n'appartiennent à aucune secte. S'il plaît au Tout-Puissant, je ramènerai à mon retour six de ces hommes pour les présenter à Vos Majestés afin qu'ils apprennent la langue de Castille.»

◁◁◁ *Les Bahamas/Ile de New Providence, Nassau, marchands dans leurs bateaux*
◁◁ *Petites Antilles/Iles Sous-le-Vent, vue sur Saint-Martin*
▷ *Jamaïque/Ocho Rios, cascade de Dunn's River*

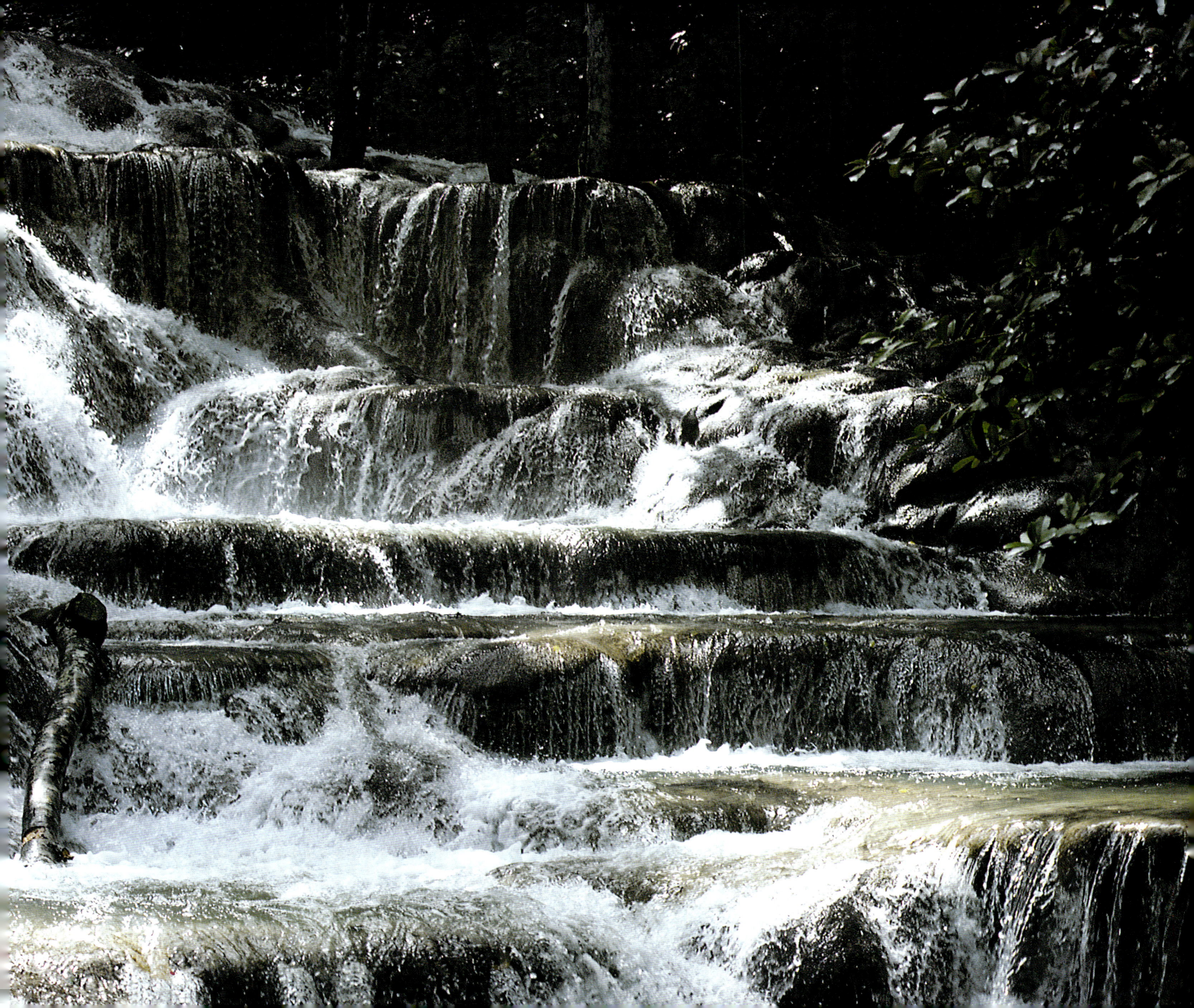

Karibik, irgendwo

Das Meer weit herum ist von Korallenriffen durchzogen. Für acht Dollar kann man mit einem Boot hinausfahren, durch den grüngläsernen Boden starren fernsehverwöhnte Augen hinunter. Jacques-Yves Cousteau hat das alles schon bizarrer, besser ausgeleuchtet, farbenprächtiger gezeigt; das gewöhnliche Riffleben stellt sich hier grau, alltäglich dar. Da: eine halb vergammelte Hummerfalle, hinausgetragen durch einen Sturm; und da schwärmen sie heran, die Yellowtail-snappers, makrelengroße, hübsche, zutrauliche Kerle, bläulichschimmernd mit gelbem Schwanz. Die Riff-Schausteller locken sie jedesmal mit einer Tüte voll Kartoffelchips unter ihr Boot. Ein kleiner Hai, neugierig, scheu. Blaß wirken alle Korallen im grünen Fenster, in den Schlünden und Schluchten des Riffs wimmelt Kleinleben, der breite Schatten des Bootes darüber und das Dieseltuckern verbreiten keinen Schrecken. Dann rasch die Rückfahrt, denn die zwei Stunden pro Tour sollen eingehalten werden, so rentabel ist das Unternehmen bei einer schwächlichen Saison nicht.

Man kann dieses Meer auch männlich befahren. Vorzugsweise tut man es in der Horde. Ein dazu bestimmtes Boot ist an die 50 Meter lang und nennt sich gern *The world's largest super cruiser*. Tagesfahrt, Rute und Köder inklusive, kostet bis zu 45 Dollar. Von manchen Booten hängen an die 80 Männer, Mann an Mann, ihre Schnüre ins Wasser. Köder an die Haken, ausgeworfen, eingezogen, Köder erneuert, ausgeworfen, eingezogen, Beute vom Haken, Köder – so geht das Stunde um Stunde. In der Kajüte gibt's Sandwiches, Cola und Bier. Viel Bier. Diese Angelmänner sind zu typisieren: zwischen 50 und 65, musklig, bäuchig, sie sehen aus wie Tankstellenpächter, Viehmakler oder Baustoffhändler, die zu ihren Frauen, Kindern und Angestellten gerecht, aber streng sind. Denen hat auch keiner was geschenkt. Sie tragen Mützen mit Schirmen, die für eine Bank in Minnesota oder eine Supermarktkette in Pennsylvania Reklame machen. Die Fische, die sie herausziehen, fallen in eine große, gemeinsame Kiste. Kein Jubel bei fetter Beute, kein sichtbarer Neid. Einige Aufregung entsteht, als sich einer der vier Frauen an Bord, noch dazu einer Deutschen, die Angelrute wild biegt, aber kein Großfisch zerrt am Haken, sondern eine Riesenschildkröte. Die beiden Profifischer, die immer zur Hand gehen, ziehen das wütende Tier mühselig näher, das bäumt sich, tobt. Da ist alle Trägheit weg, die uns in den Bassins der Aquarien anblinzelt, ein Urgetüm kämpft um sein Leben nicht weniger vehement als ein Hai. Doch Schildkröten dürfen nicht gefangen werden, so kurz wie möglich wird die Schnur gekappt, der Haken bleibt kurz hinter dem Vorderfuß an der narbigen Schwarte, das Tier schießt in die Tiefe. Gleich darauf ist wieder Alltag an Bord, Krabben und Fischinnereien werden auf die Haken gesteckt, die Spitze listig verbergend. Auswerfen, sachte die Rolle drehen …

Nach der Fahrt steigen die Männer, die Unterarme sonnenverbrannt, die Stirnen hell unter den Schirmen, in ihre großen breiten Autos und fahren fort. Ohne Fisch. Sie sind Angler, keine Fischesser.
Ich bin Fischesser.

▷ *Frankreich/Guadeloupe, Kleine Antillen, Leeward Islands, La Grande Anse*
▷▷ *Dominikanische Republik/Hispaniola, Samaná, Insel Cayo Levantado*
▷▷▷ *Grenada/Kleine Antillen, Windward Islands, Saint George's, Kreuzfahrtschiff im Hafen*

Somewhere in the Caribbean

The sea is full of coral reefs for a long way around. For eight dollars you can go out in a boat; eyes, spoilt by television, stare down through the greenish glass bottom. Jacques-Yves Cousteau has shown it all more effectively, with better lighting and more striking colours; here the life of the reef is grey, less exciting. What's that? – oh, a half-rotten lobster trap, washed out to sea by a storm; and then comes a swarm of yellow-tail snappers, mackerel size, pretty, friendly, with glinting blue bodies and yellow tail. The boatmen attract them by throwing a bag of potato crisps beneath the keel. A small shark appears, curious and shy. Through the green window the corals all look pale; their clefts and crevices are full of small animals, but the broad shadow of the boat and the chugging of the diesel engine does not seem to disturb them. Then it's a fast trip back, for the two-hour stint has to be kept to or the profit margin drops too low.

It is possible to enjoy a more manly type of ocean trip, preferably in a crowd. A fishing boat for this purpose is up to 50 metres long, and will probably be called "the world's largest super cruiser". A day's trip, including rod and bait, costs up to $45. As many as eighty men crowd onto some of the boats, shoulder to shoulder, their lines trailing in the water. Bait hook, cast line, reel in, renew bait, cast line, reel in, remove catch from hook, renew – the same ritual for hour after hour. In the cabin there are sandwiches, coke, and beer. Lots of beer. The anglers can be characterized as between 50 and 65 years old, muscular, and paunchy; they look as if they run filling stations, are connected with the building trade, or deal in cattle, and are strict but kind to their wives, children, and employees. They have got to where they are the hard way. They wear peaked caps advertising a bank in Minnesota or a supermarket chain in Pennsylvania. The fish they catch land up in a large communal crate. There is neither exultation at an especially big catch, nor

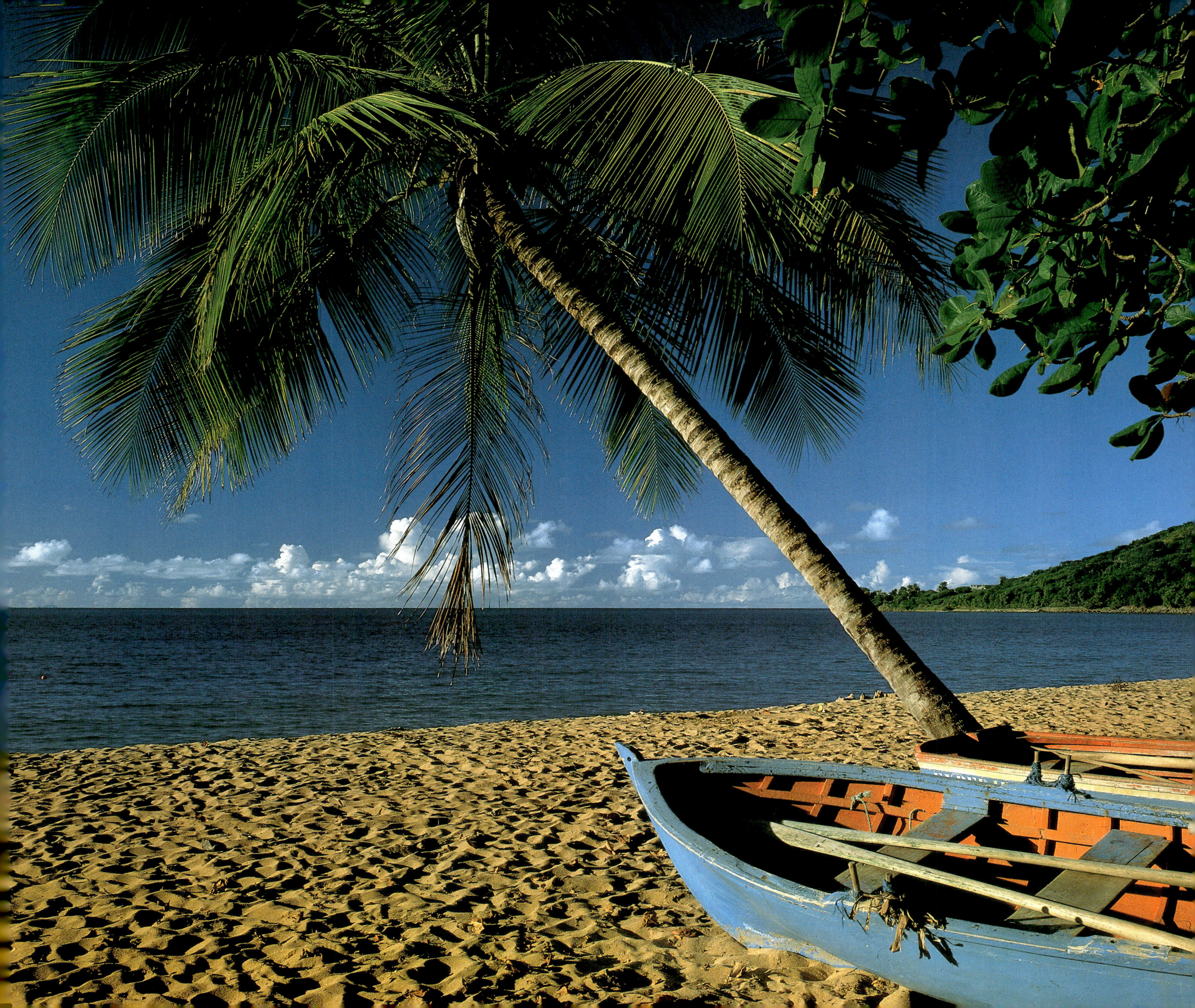

visible envy. Some excitement does stir when the rod of one of the four women on board – a German, to boot – bends dramatically; however, it is not a large fish that has been hooked, but a giant turtle. The two professional fishermen, who are always on hand, laboriously pull the furious animal closer; it thrashes about, and there is no sign of the sluggishness of the turtles we know from aquariums: a monster is fighting for its life no less frantically than a shark. But turtles are not allowed to be caught. The line is cut as close as possible to the hook, which remains in the leathery skin just behind the front leg, and the animal plunges back into the depths. There is an immediate return to routine: shrimps and fish entrails are attached to the hooks, points craftily concealed. Cast the line, reel in cautiously…
After the trip the men, forearms sunburnt, foreheads pale beneath the cap peaks, climb into their large cars and drive off. Without fish. They are anglers, and do not eat fish. – I do.

◁◁ *France/Guadeloupe; Lesser Antilles, Leeward Islands, La Grande Anse*
▷ *Dominican Republic/Hispaniola; Samaná, Cayo Levantado Island*
▷▷ *Grenada/Lesser Antilles; Windward Islands, St. George's, cruise-ship in the harbour*

Quelque part dans les Caraïbes

La mer est traversée de récifs coralliens tout alentour. Pour huit dollars, on peut prendre un bateau; là, des yeux habitués au petit écran regardent à travers le fond en verre teinté. Jacques-Yves Cousteau a déjà montré tout cela de façon plus bizarre, sous un meilleur éclairage, avec des couleurs plus somptueuses; ici, la vie des récifs se présente en gris, sous un aspect quotidien. Là, un piège à homards, à moitié abîmé poussé jusqu'ici par une tempête; et tout autour les *yellowtail-snappers*, aussi grands que des maquereaux, de bons specimens, pas peureux, aux reflets bleus et à la queue jaune. On les attire en jetant un cornet de pommes chips sous la quille. Un petit requin, curieux, craintif, s'approche. A travers la fenêtre verte, les coraux paraissent pâles, les gouffres et les gorges du récif fourmillent de petits êtres vivants, sur lesquels le bateau projette son ombre, mais le bruit de son moteur Diesel ne les effraie pas. Puis, c'est le retour en vitesse, car il faut respecter les horaires, deux heures par circuit, sans quoi l'entreprise n'est pas rentable.
On peut aussi explorer cette mer d'une façon plus virile. De préférence en horde. Le bateau choisi à cet effet a 50 mètres de long et se nomme volontiers *The world's largest super cruiser*. L'excursion d'une journée, ligne et appâts compris, coûte jusqu'à 45 dollars. Dans certains bateaux, il y a jusqu'à 80 hommes, côte à côte, qui laissent pendre leurs lignes dans l'eau. On accroche l'appât, on jette la ligne, on la ramène, on renouvelle l'appât, on jette la ligne, on la reramène, on détache la prise du crochet, réappâte – et cela se répète pendant des heures. Dans la cabine, il y a des sandwiches, du coca et de la bière. Beaucoup de bière. Ces pêcheurs ont des traits communs: ils ont entre 50 et 65 ans, sont musclés, ont du ventre, ils ont l'air de gérants de stations d'essence, de marchands de bestiaux ou de négociants en matériaux de construction; ils sont à la fois justes et stricts avec leurs femmes, leurs enfants et leurs employés. La vie ne leur a pas fait de cadeau. Ils portent des casquettes à visière qui font de la réclame pour une banque dans le Minnesota ou une chaîne de supermarchés en Pennsylvanie. Les poissons qu'ils attrapent sont jetés dans une grosse caisse commune. Pas d'allégresse en cas de grosse prise, pas d'envie apparente. Une certaine excitation se manifeste lorsque la ligne d'une des quatre femmes à bord, de surcroît une Allemande, se courbe terriblement et qu'il n'y a pas de gros poisson au bout, mais une tortue géante. Les deux pêcheurs professionnels, qui sont toujours là pour donner un coup de main, tirent péniblement l'animal furieux qui se cabre, s'agite. Ce n'est plus la bête indolente qui nous contemple dans les bassins des aquariums, c'est un animal qui lutte pour sa vie d'une façon aussi désespérée qu'un requin. Mais il est interdit d'attraper des tortues, la ligne est coupée aussi près que possible du crochet qui reste fiché derrière la patte de devant dans la carapace balafrée, la bête plonge dans les profondeurs. Immédiatement, c'est de nouveau le train-train à bord, les crevettes et les abats de poisson sont enfilés sur les crochets dont la pointe est soigneusement dissimulée. On jette la ligne, on la ramène lentement…
Le trajet terminé, les hommes, les avant-bras brûlés par le soleil, le front clair sous les visières, montent dans leurs grosses voitures et s'en vont. Sans poisson. Ce sont des pêcheurs, pas des mangeurs de poissons.
Je suis un mangeur de poissons.

◁◁ *France/Guadeloupe, Petites Antilles, îles du Vent, la Grande Anse*
▷ *République Dominicaine/Haïti, Samaná, île de Cayo Levantado*
▷▷ *Grenade/Petites Antilles, îles du Vent, Saint George's, bateau de croisière dans le port*

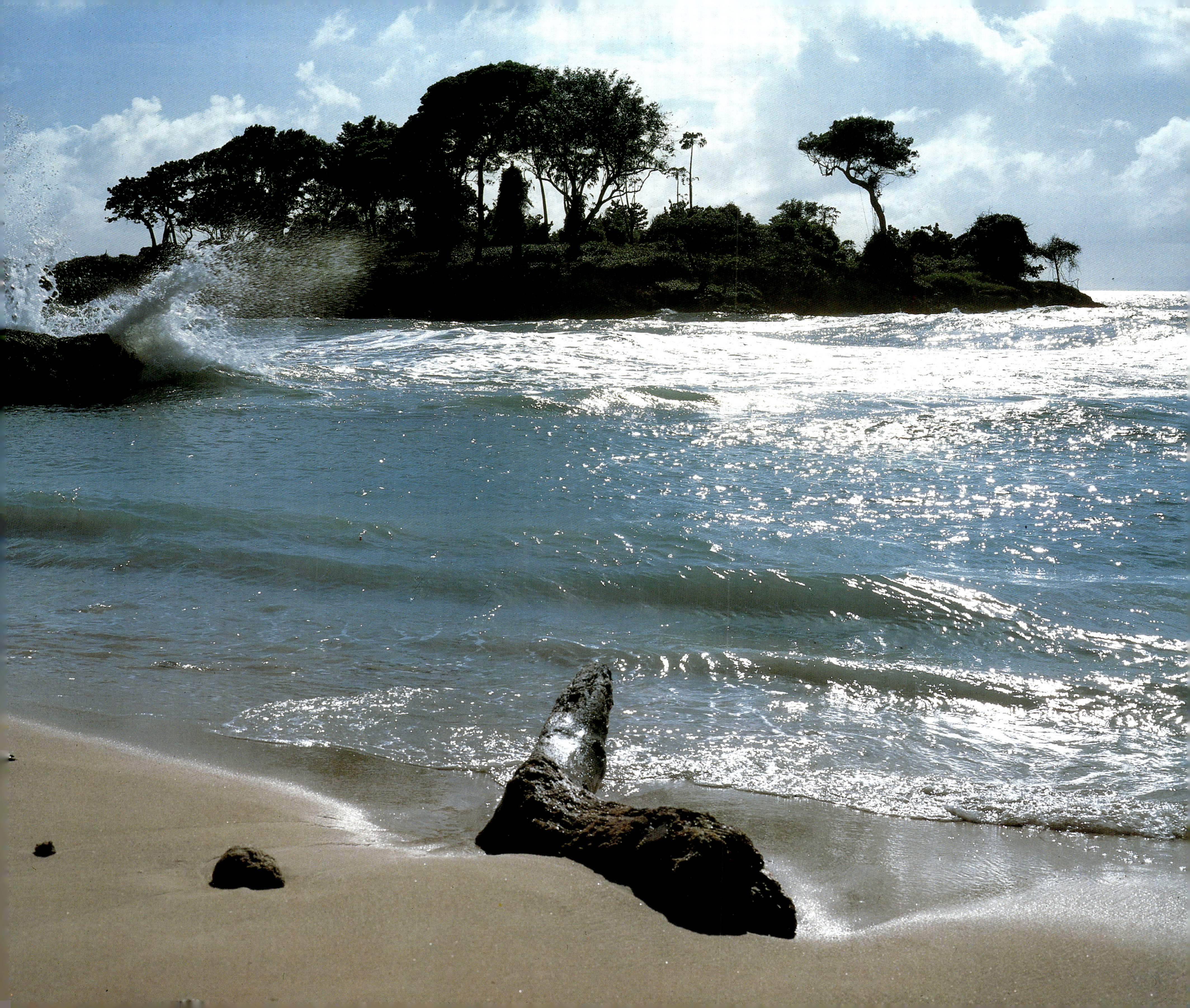

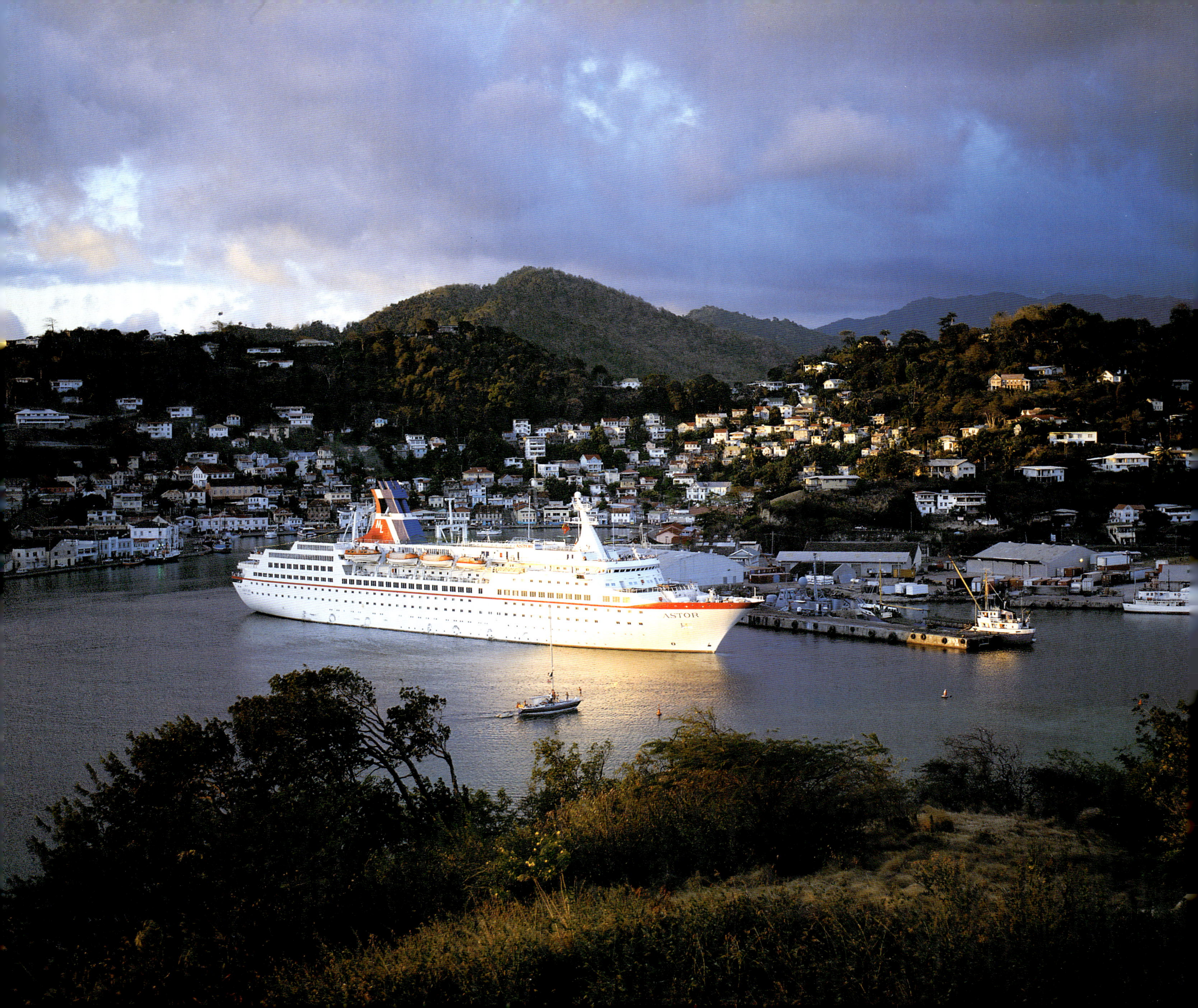
ASTOR

Tropisches Finale

Wer eine Stunde lang durch Havannas Straßen spaziert, dem wird die Lunge eng, die Zunge trocken und der Schlund rauh vom Gestank. Der Kopf dröhnt, denn Kubas Autofahrer hupen, wenn sie warnen wollen oder sich ärgern, wenn sie einen Kilometer vor sich eine Katze erspähen, einer Frau huldigen möchten, sich freuen übers Tempo oder bloß so. Also hinaus!

Anfänglich gewahrte ich nicht mehr als einen Schattenriß: Ein Mann rutscht von einem Dach. Oben wölben sich Schornsteinköpfe. Der Mann springt in die Tiefe. Da strebte ich auf der Autobahn nach Osten – einem Künstler war für seine Grafik eine große Reklametafel zugebilligt worden. Das war eine Stunde, bevor ich Paco Cardoso kennenlernen sollte.

Die Autobahn hat drei oder vier Fahrspuren auf jeder Seite, der Belag ist ordentlich und läßt bis 120 Stundenkilometer zu; 90 oder 100 sind erlaubt. Da bewegt sich verblüffend Vielgestaltiges: Ladas vor allem, Volvo-Busse für Touristen, abenteuerlich schrundiges Blech immer wieder, als hätten die Schrottplätze Geisterstunde gehabt, auch mal ein Straßenkreuzer aus vorrevolutionärer Zeit. Da tobt krachende Wut, zu der uraltes Metall fähig ist. Und da ist wieder eine Tafel mit dem Mann, der vom Dach springt, aber oben vermute ich keine Essenköpfe, sondern Männer. Tragen sie Helme? Ein anderer Künstler hat sich dieses Motivs angenommen und nicht gar so abstrahiert. Auf der Tafel dahinter blickt Che traurig wie gewohnt. *Socialismo o Muerte!*

Mir geht's gut mit Ausnahme dieses Problems: Der Stecker meines Rasierapparats paßt nicht in die Wand; hier wird auf US-Weise gezapft, und ein Adapter war nicht aufzutreiben. Mein Bart kratzt, ich werde altväterliches Gerät kaufen müssen.

Zur Schweinebucht will ich, wo 1961 die von der Insel Getriebenen und Geflohenen die bewaffnete Rückkehr probierten. In einer Touristenstation auf halbem Wege kehre ich ein zu Trunk und Postkartenkauf, und siehe da, ein Klingenapparat liegt in einer Vitrine, ich weise hin: Den da bitte! Da bietet ein Mann neben mir an: »Kann ich helfen?«
»Gern«, antworte ich erfreut. Sein Deutsch klingt knarrend und kantig, die Sätze sind klar. Das Geschäft ist rasch unter Dach, und ich frage: »Wo haben Sie denn so gut Deutsch gelernt?«
»In Borna bei Leipzig.«
»Kenne ich.«

Der Mann, der Paco Cardoso heißt, aber das erfahre ich erst später, lacht aus voller hemdoffener Brust, auf der ein Goldkettchen glitzert. »Im Kraftwerk hab' ich gearbeitet«, fügt er hinzu. »Acht Jahre.« Er trägt eine knallrote Schirmmütze und eine grüne Hose über dem strammen Bauch, unzählige silberweiße Löckchen bilden die Form eines Schutzhelms, dunkel stechen Brauenhaare wie ein Katerschnurrbart nach den Seiten. »Kohletransport, jetzt hier Zementtransport.«
»Beides gut«, erwidere ich dümmlich.
»Si! Sehr wunderbar!« Er stapft winkend davon, und ich fahre weiter auf den Küstenstreifen zu, von dem aus kubanische Exilanten die Insel zurückerobern wollten. In die Bahía de Cochinos drangen sie ein, einige landeten an der Playa Giron, und da man sich »Schweinebucht« leicht merken kann, wurde dieser Name für die Geschichtsschreibung ausersehen. Das Museum zeigt Karten und Fotos der Luftangriffe, vom Aufmarsch der Flottille, von den Absprungplätzen der Fallschirmjäger und der strategischen Konzeption, die dann mißlang. Am zweiten Tag schon griffen die Volkskubaner die Landeplätze an und drückten sie ein, am dritten Tag war alles vorbei. Und da ist er wieder, der Mann, von dem ich meinte, er rutsche vom Dach. Hier ist die Szene deutlicher ausgeführt, und ich erkenne, daß er von einem Panzer springt. Zwei Männer stecken die Köpfe aus der Luke. Ein Kampfbild von der Schweinebucht, aha.

Das Ende war so: An die 2 000 Gefangene wurden gezählt, dann listeten die Sieger genüßlich auf, wie viele Häuser, Plantagen, Bergwerke, Hotels und Banken sie und ihre Familien besessen hatten; propagandistisch wirkungsvolle Summen kamen zusammen. Im Austausch verlangte Fidel eine Anzahl von Traktoren, dazu Kondensmilch und Babynahrung. Im Zuchthaus Bautzen diskutierten wir damals diesen Sachverhalt gründlich durch und kamen zur einhelligen Meinung, wir fänden nichts dabei, gegen Artikel humanen Grundbedarfs freigetauscht zu werden, auch nicht gegen Klopapier.

Dann trete ich in den Tag fast dreißig Jahre später hinaus, und der Himmel ist noch immer so, wie ihn geschickte Fünfjährige abbilden: ein Bogen glatten blauen Papiers, darauf eirunde weiße Wolkenflecke, bei denen die Schere ganz zuletzt den Anfang nicht richtig erwischt hat.

Nach Trinidad fahre ich, der ältesten Stadt Kubas, die von der UNESCO geschützt und gefördert wird, dort labe ich mich an *Canchanchara*, dem Stadtgetränk, einer Mixtur von Rum, Zitrone, Wasser, Honig und gestoßenem Eis, und strebe fort an einen wunderfeinen Strand zehn Kilometer weiter. Dort liegen drei Hotels in respektabler Entfernung voneinander, »Ancon« ist das größte mit 208 »airconditioned rooms, all overlooking the sea«, wie der Prospekt rühmt. Letzteres stimmt aber nicht, denn ich wohne hintenraus zum Pool, wo es allnächtlich einem Grüppchen gefällt, zwischen eins und drei eine lärmige Party steigen zu lassen. Aus Lautsprechern dudelt ein Band von vierzig Minuten Länge rund um die Uhr: *Carmen, Yesterday*, verjazzt Beethovens *Fünfte, Goodnight Irene* und dann alles von vorn.

Und wen erspähe ich an der Bar über den Rand meines *Mojito*-Glases hinweg? Der Mann aus Borna ist es, der mir beim Kauf der Rasierutensilien beistand. Woher des Wegs? Gerade beginne er einen Dreitageurlaub zum Ausspannen von der Zementerei. Wir klagen über die Schwierigkeiten des kubanischen Baugewerbes, in dem mit so vielen Leuten und abgrundtief mieser Technik so wenig geschafft wird, und er nennt mir seinen Namen: Paco Cardoso. Zu einem anderen Mixgetränk rät er mir, man müsse alles einmal probieren. Es mundet heiter, und unten grummelt der Rum. An der Wand hängt wieder dieses Plakat, ich weise darauf und frage und höre: »Das ist Fidel.«

»Ach«, rufe ich, »und warum steht es nicht dabei?«
»Weil es jeder weiß. So war das am letzten Tag an der Schweinebucht: Als alles fast vorbei war, schnappte sich Fidel einen Panzer, preschte vor, da lag noch ein verlassenes Landungsboot nicht weit vom Ufer entfernt, und Fidel versenkte es mit einem einzigen Schuß.«

»Donnerwetter!« Was sonst hätte ich rufen können und sollen? Paco gerät ins Grübeln. Unterdessen fällt mein Blick auf eine absolute Schönheit am Nebentisch, eine elegante und lebenssprühende Augenweide. Nach gehabtem Mahl säubert sie mit prächtig lackiertem Nagel ihr blitzendes Gebiß. So kann ich ihre herrlichen Zähne Stück für Stück begutachten, nur R O 6 scheint kaum merklich verplombt zu sein.

»Und weißt du, wer der Kommandant dieses Panzers war? Das war ich.«
Ich schreie: »Sag bloß!«
»Ich hätte das Boot nicht versenkt – wozu? Da fegt Fidel in seinem Jeep ran, sieht mich aus der Luke schauen, ruft, ich soll mich rausmachen, er wuchtet sich hoch. Der Panzer rasselt vor, der Schuß sitzt genau in der Wasserlinie. Fidel springt ab, und dabei hat ihn der Fotograf erwischt.«

»Armer Paco«, murmle ich.
»Warst du bei der Tropicana, unsrer Supershow? Wir Kubaner haben Gefühl im Blut für ein wirkungsvolles Finale. Das kannst du dort bei den Mädchen beobachten, die schlank sind wie Königspalmen. Fidel setzte der Schlacht seinen dramatischen Endpunkt. Mit meinem Panzer. *Final Tropical!*« schmettert er mit jeweils gellendem Doppel-l am Schluß. »Fidel hat mich nicht vergessen, ich durfte rüber in die DDR.«

»So entsteht Weltgeschichte. Mensch, Paco.«
Wir probieren noch dies und das, steigen zum *Daiquiri* zurück und verabreden uns für den Strand am nächsten Tag. Als nächtens die Party losbricht, mache ich mich hinunter an den Pool und mische mit, und während das Tonband vom kubanischen Dauerhit, der die Frauen von Guantanamo preist, zur rumbaisierten Frühlingssinfonie wechselt, kommt mir wie der Blitz dieser Gedanke: Und wenn mich Paco auf den Arm genommen hat? Es wird doch so aufgeschnitten, wenn es um Kriegstaten geht. Vielleicht war Paco gar nicht Panzerkommandant, sondern bloß Ladeschütze?

▷ *Kuba/Blick auf Havanna*
▷▷▷ *Kuba/Straßenlaterne in Havanna*

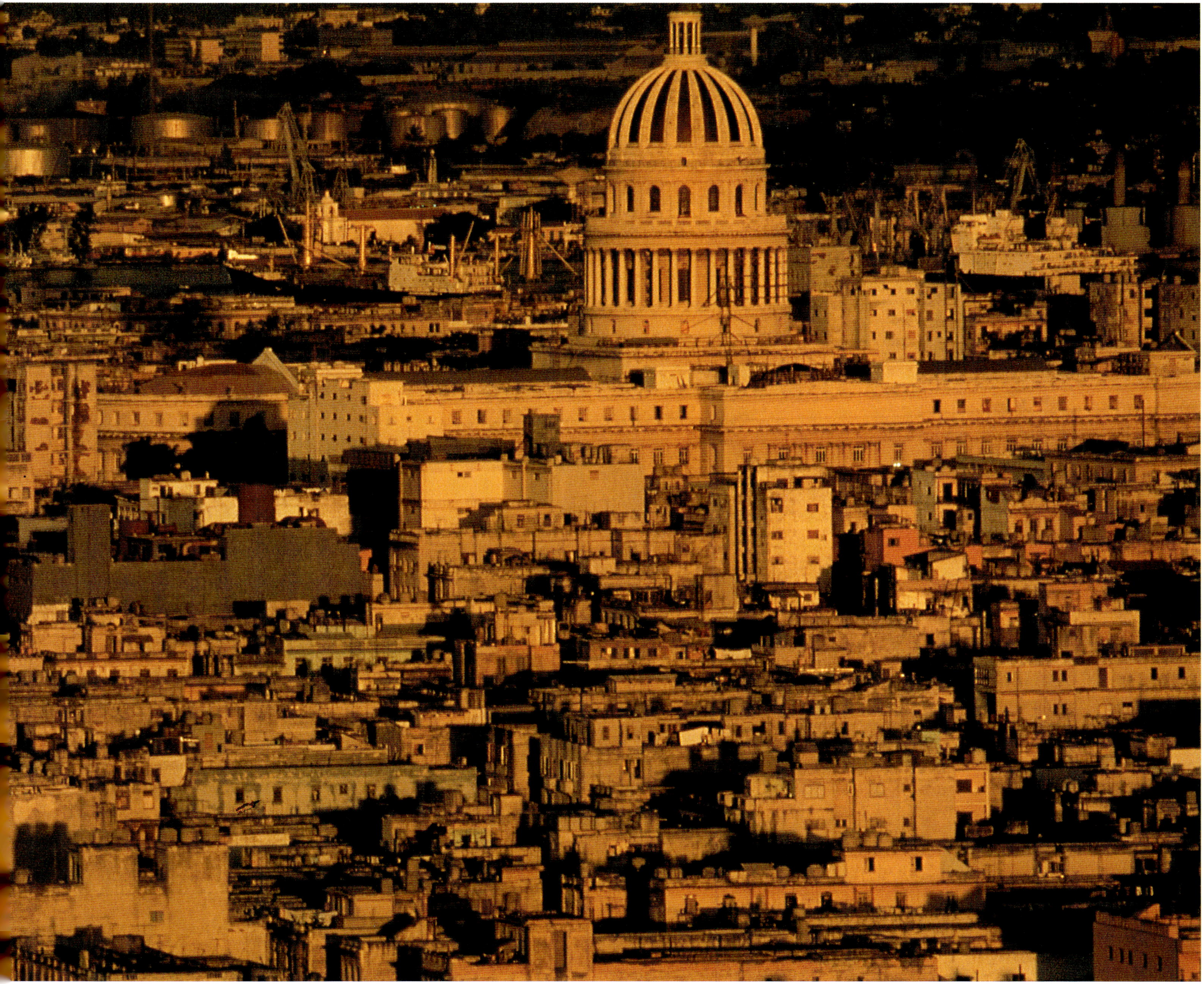

Tropical finale

A pedestrian in the streets of Havana will soon be gasping for breath, will soon have a dry tongue and an itching throat from the stink of exhaust fumes. His head swims, for Cuba's car drivers hoot to warn people, or when they are annoyed, when they see a cat a kilometre ahead, wish to pay their respects to a woman, are enjoying the feeling of speed, or are simply in the mood for hooting. There is only one remedy: leave town.

At first I only registered a vague shape: a man falling from a roof? Above him were chimney-pots. I was heading eastwards on the motorway – it was a large poster on a billboard. That was an hour before I was to get to know Paco Cardoso.

The motorway has three or four lanes on each side, the surface is reasonable, good for a speed of up to about 70 mph; 55 or 60 are allowed. There is an astonishing variety of vehicles underway: mainly Ladas, and Volvo buses for tourists, but also many unbelievably run-down rattletraps – straight, it would seem, from the scrap-yard, with an occasional pre-revolutionary American limousine. The noise is shattering. Oh, there is another poster with the man jumping off the roof, but this time I have the feeling that the chimney-pots are actually men. Are they wearing helmets? It is evidently a poster on the same theme by another artist, who has treated the subject in a somewhat less abstract manner. Behind it is a different poster showing Che looking sad as usual. *Socialismo o Muerte!*

I am fine except for one problem: the plug of my electric razor does not fit into the outlets; the American norm is used here and I could not find an adapter. My beard itches, I will have to buy myself a normal razor.

I am on my way to the Bay of Pigs, where Cuban exiles tried to return under force of arms in 1961. I stop off at a tourist station half way to Cochinos Bay to buy something to drink and some postcards, and what do I spy: a razor in a showcase. I point to it and say: I'd like that, please! Then a man standing next to me addresses me in German, and asks if he can help. That would be nice, I reply. His German sounds harsh, but is understandable. The purchase is soon made, and then I ask: "Where did you learn to speak such good German?"

"In Borna, near Leipzig."

"Oh, I know Borna!"

The man, whose name, as I learn later, is Paco Cardoso, laughs heartily. His shirt is unbuttoned to the waist, and a gold chain gleams against his chest. "I worked at the power plant", he adds. "For eight years." He is wearing a bright red peaked cap, and a pair of green trousers are stretched across his belly. His head is enclosed in a crop of silver-white curls like a helmet, and his dark eyebrows extend to both sides like a cat's whiskers. "Coal transport, and now cement transport here."

"Both very useful", is my idiotic answer.

"Si! Very wonderful!" He walks off, and I drive on towards the patch of coast, towards the place where the exiles invaded. They sailed into the Bahía de Cochinos; some landed on the Playa Giron, but Bay of Pigs is easier to remember.

The museum shows maps and photos of the air attacks, of the arrival of the flotilla, of the areas where the parachutists landed, and the strategic plan which failed. On the second day the People's Army attacked the landing places, and by the third day it was all over. And there again is the poster which I thought showed a man jumping off a roof. Here the scene is more clearly depicted, and I realize that he is jumping off a tank. Two men are sticking their heads out of the turret. So that is what it is: a scene from the battle at the Bay of Pigs!

About 2,000 prisoners were taken, after which the victors licked their lips and made a list of all the houses, plantations, mines, hotels, and banks that the captives and their families had owned. The impressive total had a satisfactory propaganda impact. In exchange for the prisoners, Castro demanded tractors, condensed milk, and baby food. In prison in East Germany myself at the time, I discussed Castro's offer with my fellow political prisoners, and we unanimously agreed that we would not at all mind gaining our freedom in exchange for basic necessities, not even for toilet paper.

Then, almost thirty years later I leave the tourist shop, and drive on to Trinidad, Cuba's oldest town, which is protected and sponsored by UNESCO. There I enjoy a *canchanchara*, the local drink, consisting of a mixture of rum, lemon, water, honey, and crushed ice, and afterwards continue on my way to a wonderful sandy beach six miles away. There I find three new hotels at a respectable distance from one another, the largest being the Ancon, with 208 "air-conditioned rooms, all overlooking the sea", as the prospectus claims. This is not quite true, as the room I am allotted looks out towards the back onto a swimming pool, where a small group has the habit of holding a noisy party between one and three every night. From the loudspeakers a forty-minute continuous tape runs round the clock: *Carmen, Yesterday*, a jazzed-up version of Beethoven's *Fifth, Goodnight Irene*, and then back to the beginning again.

And whom do I espy at the bar over the edge of my *mojito* glass: the man from Borna, the one who helped me buy my razor. What are you doing here? He is just beginning a three-day holiday away from the cement works. We complain about the problems of the Cuban building industry, which, with so many people, and such miserable technology, produces so little, and he tells me his name: Paco Cardoso. He advises me to try a different cocktail, saying one should try everything; it all goes down very easily, and the rum does its job. The same poster is on the wall here too; I point at it, ask, and am told: "That is Fidel!"

"Oh", I remark, "and why doesn't it say so?"

"Because everyone knows. That's what happened on the last day of the Bay of Pigs: when everything was nearly over, Fidel took over a tank, and advanced to a point where a deserted landing boat lay in the water just off the beach, and sank it with a single shot."
"How amazing!" Nothing else seems appropriate. Paco subsides into silence. In the meantime my attention has wandered to an absolute beauty sitting at the next table, an elegant, vivacious sight for sore eyes. After finishing her meal she cleans her gleaming teeth with a beautifully painted fingernail. This enables me to admire each magnificent tooth one by one; only Right Upper 6 seems to have a filling, but it is a small one.
"And do you know who the Commander of that tank was? It was me!"
"You don't say!", I cry.
"I would not have sunk the boat – what for? Fidel comes rushing up in his jeep, sees me looking out of the hatch, tells me to get out, and swings himself up. The tank rumbles forwards, the shot hits bang on the waterline. Fidel jumps out, and the photographer catches him at that moment."
"Poor Paco", I murmur.
"Have you seen Tropicana, our super show? We Cubans have a natural instinct for an effective finale. You can see that in the show, where the girls are as slim as palm trees. The battle ended effectively, too, with Fidel's dramatic action. With my tank. Final Tropical!" he bellows, with long drawn-out double L's at the end of each word. "Fidel did not forget me – I was allowed to go to the GDR!"
"That's how history is made. Great, Paco!"
We tried this and that, finally getting back onto the *daiquiri*, and agreed to meet on the beach the next day. When the nightly party got going, I joined the group round the pool, and as the tape was changing from the Cuban hit tune in praise of the women of Guantanamo to the rumba-like version of Beethoven's *Fifth*, I suddenly thought: What if Paco was having me on? War stories are usually tall stories. Perhaps Paco was not the tank commander, but only assistant gunner?

◁◁ *Cuba/View of Havana*
▷▷ *Cuba/Street lamp in Havana*

Final tropical

Celui qui se promène pendant une heure dans les rues de La Havane se sent bientôt oppressé, la bouche sèche et la gorge amère de tant d'odeurs. La tête bourdonne car les automobilistes cubains klaxonnent à tout propos: pour avertir ou lorsqu'ils se fâchent, qu'ils aperçoivent un chat à un kilomètre, qu'ils veulent rendre hommage à une femme, qu'ils se réjouissent de leur allure ou simplement comme ça.
Il n'y a plus qu'à quitter la ville. Au début, je ne vis qu'une silhouette: un homme glisse d'un toit. Au-dessus de lui, des tuyaux de cheminée. L'homme saute dans le vide. Je roulais sur l'autoroute en direction de l'est, un artiste avait obtenu un grand panneau publicitaire pour son affiche. C'était une heure avant que je ne fasse la connaissance de Paco Cardoso.
L'autoroute a trois ou quatre voies de chaque côté, le revêtement est convenable et permet de rouler jusqu'à 120 km/h; 90 ou 100 sont autorisés. Toutes sortes d'engins étonnants y roulent: des Ladas surtout, des bus Volvo pour touristes, de la tôle étonnamment crevassée comme échappée d'un parc à ferraille, de temps en temps également une voiture de l'époque prérévolutionnaire. Le vacarme est fracassant. Et puis revoilà une autre affiche avec l'homme qui saute du toit, mais maintenant je vois des hommes au lieu de cheminées. Portent-ils des casques? Un autre artiste a repris le même thème et l'a interprété de façon moins abstraite. Derrière, un autre panneau montre Che avec son air triste habituel. *Socialismo o Muerte!*
Je me sens bien à part ce problème: la fiche de mon rasoir électrique n'entre pas dans la prise de type américain et il n'est pas possible de trouver un adaptateur. Ma barbe pique, je vais devoir acheter un rasoir mécanique. Je me dirige vers la baie des Cochons où, en 1961, des exilés cubains ont tenté un retour armé. A mi-chemin, j'entre dans une station touristique pour boire quelque chose et acheter des

cartes postales, et que vois-je, un rasoir mécanique dans la vitrine, je le montre du doigt: celui-là, s'il vous plaît! Quelqu'un à côté de moi me dit: «Je peux vous aider?»
«Volontiers», je réponds tout content. Son allemand est rugueux, mais compréhensible. L'affaire est bientôt faite et je demande: «Où avez-vous si bien appris l'allemand?»
«A Borna, près de Leipzig.»
«Je connais.»
L'homme, qui s'appelle Paco Cardoso, mais je l'apprendrai plus tard, rit à gorge déployée, sa chemise est largement ouverte sur sa poitrine où brille une chaînette en or. «J'ai travaillé dans une centrale électrique», ajoute-t-il, «pendant huit ans.» Il porte une casquette à visière d'un rouge vif et son pantalon vert est tendu sur son ventre, d'innombrables bouclettes argentées lui font comme un casque protecteur, ses sourcils foncés ont de côté l'aspect d'une moustache de chat. «J'ai fait du transport de charbon, et maintenant du transport de ciment ici.»
«Ah, c'est bien», dis-je bêtement.
«Si! Très bien!» Il s'en va d'un pas lourd en me faisant un signe de la main et je poursuis ma route sur la bande côtière d'où les exilés cubains voulaient reconquérir l'île. Ils avaient envahi la Bahía de Cochinos, certains atterrirent à la Playa Giron et comme la «Baie des Cochons» est un nom plus facile à retenir, on le garda pour l'histoire.
Le musée expose des cartes et des photos des attaques aériennes, du déploiement de la flottille, des endroits où descendirent les parachutistes et du plan stratégique qui devait échouer.
Dès le lendemain, les Cubains attaquèrent la zone de débarquement, le troisième jour, tout était fini. Et le revoilà, l'homme dont je croyais qu'il glissait d'un toit. Ici, la scène est plus nette et je vois qu'il saute d'un char. Deux hommes sortent la tête de la tourelle. Une scène de la bataille de la baie des Cochons, c'était donc cela.

L'aventure se termina ainsi: on dénombra 2 000 prisonniers, les vainqueurs dressèrent avec plaisir la liste des maisons, plantations, mines, hôtels et banques que leurs familles possédaient, ce qui donna des chiffres très efficaces au niveau de la propagande. En échange des prisonniers, Fidel Castro exigea un certain nombre de tracteurs, ainsi que du lait condensé et des produits alimentaires pour bébés. A l'époque, dans la prison de Bautzen, en Allemagne de l'Est, où je me trouvais, nous discutâmes abondamment de tout cela pour arriver à la conclusion unanime que nous ne serions pas opposés à être échangés contre des articles de première nécessité, même pas contre du papier hygiénique.
Près de trente ans après, je suis en route pour Trinidad, la plus ancienne ville de Cuba, qui est placée sous la protection de l'UNESCO. Je m'y délecte d'un *canchanchara*, la boisson locale, un mélange de rhum, citron, eau, miel et œuf battu, je poursuis mon chemin jusqu'à une merveilleuse plage de sable fin à dix kilomètres de là. Trois nouveaux hôtels s'y trouvent à une distance respectable l'un de l'autre, «Ancon» est le plus grand avec 208 chambres climatisées avec vue sur la mer, comme l'indique le prospectus. Ce qui n'est pas tout à fait exact, car ma chambre donne sur la piscine où toutes les nuits un petit groupe fait la fête avec beaucoup de bruit entre une heure et trois heures du matin. Vingt-quatre heures sur vingt-quatre, les haut-parleurs diffusent un enregistrement de quarante minutes: *Carmen, Yesterday, la cinquième* de Beethoven en version jazz, *Goodnight Irene* et cela recommence.
Et qui est-ce que je vois au bar par-dessus mon verre de *mojito*? Ma connaissance de Borna, celui qui m'a aidé à acheter un rasoir. Pourquoi est-il là? Il a pris trois jours de vacances pour se détendre, oublier la cimenterie. Nous parlons des difficultés du bâtiment cubain où l'on fait si peu de choses avec tant de gens et une technique si misérable et il me dit son nom: Paco Cardoso. Il me conseille un autre

cocktail, il faut tout essayer une fois, c'est une boisson revigorante et au fond il y a du rhum. Il y a de nouveau cette fameuse affiche sur le mur, je la lui montre, pose une question et je l'entends répondre: «C'est Fidel.»
«Ah», lui dis-je, «et pourquoi ce n'est pas marqué?»
«Parce que chacun le sait. Le dernier jour, dans la baie des Cochons, alors que tout était presque terminé, Fidel a sauté dans un char, s'est avancé, il y avait encore un bateau de débarquement abandonné non loin du rivage, et Fidel l'a coulé d'un seul coup.»
«Sapristi!» Qu'aurais-je pu dire d'autre.
Paco se met à ruminer. Entre-temps, mon regard tombe sur une femme de toute beauté assise à la table à côté, élégante, pleine de vie, un régal pour les yeux. Après le repas, elle nettoie ses dents éclatantes avec un ongle merveilleusement bien verni. Je peux ainsi admirer ses dents l'une après l'autre, seule la 6 à droite en haut semble avoir un plombage, mais c'est un petit.
«Et sais-tu qui était le commandant de ce char? C'était moi.»
Je crie: «C'est pas vrai!»
«Je n'aurais pas fait couler le bateau – pour quelle raison? C'est alors que Fidel est arrivé en trombe avec sa jeep, il me voit regarder par la tourelle, il crie que je dois sortir de là, il s'installe à ma place, le char s'avance avec un bruit de ferraille, le coup touche exactement la ligne de flottaison. Fidel saute du char et c'est ce moment-là que le photographe a saisi.»
Je murmure «pauvre Paco».
«As-tu vu Tropicana, notre supershow? Nous autres Cubains, nous avons le sens des finales impressionnants. Tu peux voir ça dans le show où les filles sont minces comme des palmiers. Fidel a mis un point final dramatique à la bataille. Avec un char. *Final Tropical!*», lance-t-il en appuyant sur le l.
«Fidel ne m'a pas oublié, j'ai pu aller en RDA.»
«C'est comme ça que se fait l'histoire. Ça alors Paco.»

Nous essayons encore l'une et l'autre boisson, revenons au *daiquiri* et prenons rendez-vous sur la plage pour le lendemain. Lorsque la party commence, je descends à la piscine, je me mêle aux gens et pendant que le magnétophone passe de la chanson à succès cubaine qui vante les femmes de Guantanamo à la *cinquième* de Beethoven mise en rumba, une idée me vient subitement à l'esprit: «Et si Paco m'avait mis en boîte?» Il y a tant de vantardise quand il s'agit d'histoires de guerre. Paco n'était peut-être même pas commandant d'un char mais tout simplement un chargeur?

◁◁◁ *Cuba/Vue sur La Havane*
▷ *Cuba/Réverbère à La Havane*

Schwabenstreich

Auf diese Idee konnte nur ein wirklich versessener, ausgefuchster Briefmarkensammler kommen. Ich kenne einen Eisenbahningenieur in Stuttgart, der schickte, als die Argentinier die Falklandinseln besetzt hatten und Frau Thatchers Flotte auf dem Marsch nach Süden war, einige Briefe mit Rückporto an den erfundenen Sergeant A. Geffroy und den ausgedachten Lieutenant C. Milford postlagernd nach Stanley, der Hauptstadt jener Inselgruppe im südlichen Atlantik, auf der wenige Schafe und noch weniger Menschen leben und von der ältere Deutsche immerhin wissen, daß nahebei 1914 ein kaiserliches Geschwader von den Briten in Grund gebohrt worden ist. Sauber klebte der listige Schwabe Briefmarken in erforderlicher Höhe auf, steckte Reklamen Stuttgarter Kaufhäuser hinein, ließ sich die Einschreibezettel quittieren, und dann wartete er geduldig ab. Mit Postschiff und Flugzeug gingen die Briefe auf die weite Reise und gelangten auf die unwirtlichen Inseln, auf der die armen argentinischen Soldaten hungrig und kältezitternd auf den Feind warteten. Argentinische Zensuroffiziere fanden die Reklamen nicht geheimnisträchtig, versahen die Briefe mit ihren Stempeln und legten sie ordnungsgemäß in Fächern ab. Kein Geffroy, kein Milford fragte nach ihnen.
Nun stiegen die gutgenährten, bestausgerüsteten britischen Profis an Land und fegten die Argentinier wie Heu zusammen.
Britische Zensuroffiziere fanden die Briefe und erachteten den Inhalt als ungefährlich für die Regierung Ihrer Majestät, den Feldzug, das Volk und die Heimat. Auch sie reicherten die Briefe mit Freigabestempeln und Unterschriften an, und da die Gentlemen Geffroy und Milford noch immer nicht auftauchten, schickten sie die Briefe retour.
Nun schmücken sie die Sammlung des einfallsreichen Stuttgarters erheblich.
Merke: Wirklich hartleibige Bürokratie funktioniert noch besser als der blödeste Krieg.

▷ *Großbritannien/Falklandinseln, Pinguine auf Sea Lion Islands*
▷▷ *Großbritannien/Falklandinseln, Küste der Sea Lion Islands*
▷▷▷ *Großbritannien/Falklandinseln, Weide auf Carcass Island*
▷▷▷ *Großbritannien/Falklandinseln, Felsenküste*

Swabian ruse

Only a really one-track-minded stamp collector could have had such an idea.
I know a Swabian railway engineer who, when the Argentinians had occupied the Falkland Islands, and Mrs Thatcher's fleet was on its way south, sent a few letters with return postage to a non-existent Sergeant A. Geffroy and a fictitious Lieutenant C. Milford poste restante to Stanley, the capital of that group of islands in the South Atlantic, which is populated by a few sheep and even fewer people, and which in the minds of older Germans is associated with the Battle of the Falklands in 1914, when Vice-Admiral von Spee's German Pacific Squadron was destroyed by its British equivalent.
The wily Swabian stuck the right amount of postage on the letters, put some advertising material from local department stores in the envelopes, registered the letters, and then sat back and waited. The letters were sent off on their long journey and eventually arrived at the inhospitable islands where the poor Argentinian soldiers waited, hungry and cold, for the enemy to arrive.
Argentinian censors decided that the ads were not top secret material, stamped the envelopes, and stored them neatly. No Geffroy or Milford called for them.
Then the well-fed, well-equipped British professionals landed, and swept the Argentinians to one side like so much dust.
British censors found the letters, decided that the contents did not constitute a danger for Her Majesty's government, the campaign, the people, or the homeland. They too added their official stamps, and as there was still no sign of Geffroy and Milford, they sent the letters back.
Now they form highlights in the stamp collection of the inventive Swabian.
Nota bene: you can't keep a good bureaucracy down!

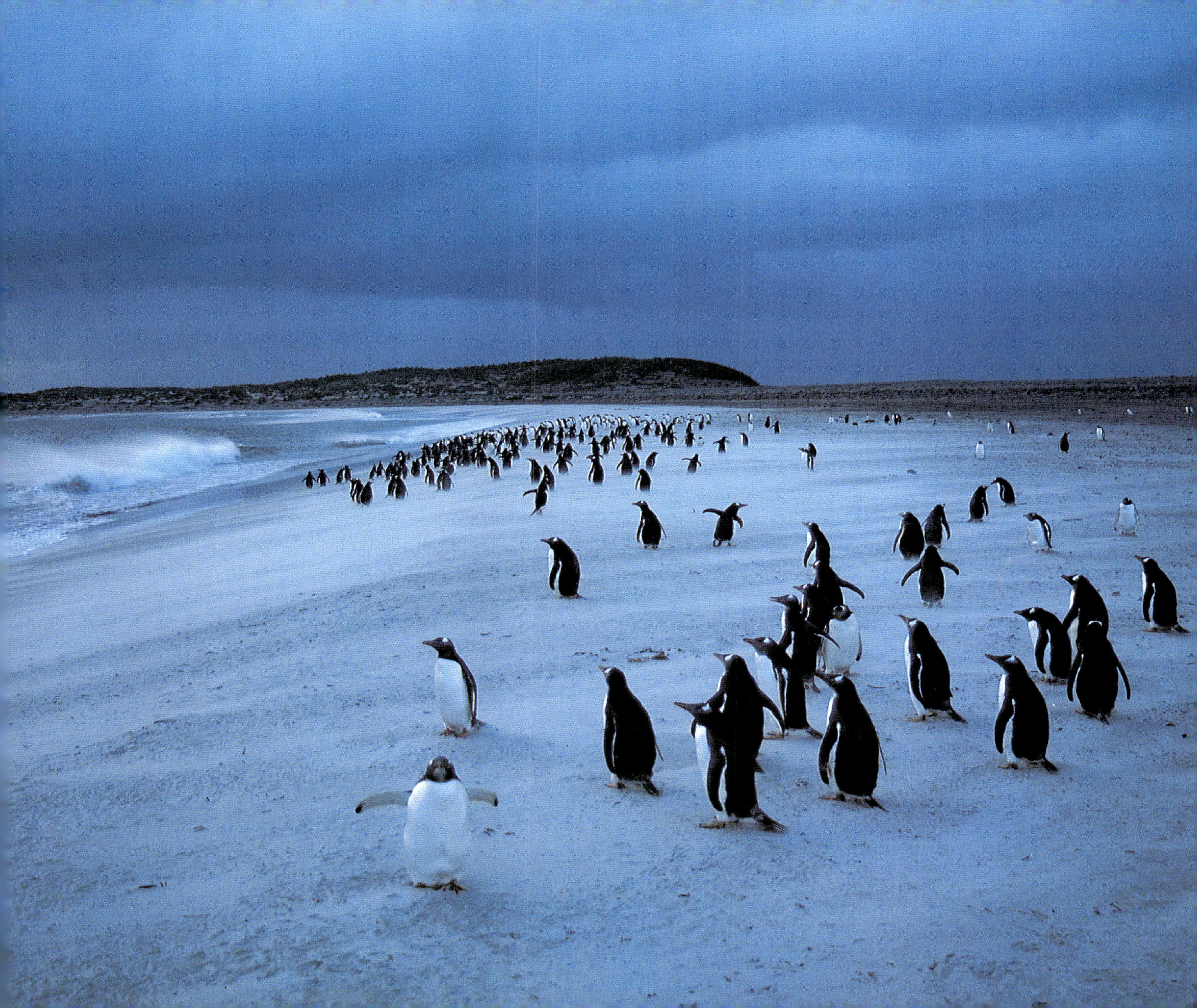

Un tour de Souabes

Seul un collectionneur de timbres vraiment passionné et malin pouvait avoir cette idée. Je connais un ingénieur des chemins de fer à Stuttgart qui, lorsque les Argentins ont occupé les Malouines et que la flotte de Madame Thatcher faisait route vers le sud, a envoyé quelques lettres avec port pour le retour à deux personnes fictives, un sergent A. Geffroy et un lieutenant C. Milford, poste restante à Stanley, la capitale de ce groupe d'îles dans l'Atlantique sud où vivent quelques moutons et encore moins de gens et dont les Allemands de la vieille génération savent tout de même qu'en 1914 une escadre impériale y a été coulée par les Britanniques.

Le rusé Souabe colla soigneusement le nombre de timbres requis sur les enveloppes où il avait mis des réclames de grands magasins de Stuttgart, envoya le tout recommandé et attendit patiemment. Les lettres partirent par paquebot et avion pour le long voyage et arrivèrent dans les îles inhospitalières où les pauvres soldats argentins affamés et tremblant de froid attendaient l'ennemi. Les officiers de la censure argentine ne trouvèrent rien à redire aux réclames, apposèrent leur cachet sur les lettres et les rangèrent bien proprement dans les casiers. Aucun Geffroy, aucun Milford ne vint les réclamer.

C'est alors que les Britanniques, bien nourris, bien équipés, débarquèrent et balayèrent en vrais professionnels et en un rien de temps les Argentins. Les officiers de la censure britannique trouvèrent les lettres. Ils jugèrent leur contenu inoffensif pour le gouvernement de Sa Majesté, la campagne, le peuple et la patrie. Ils apposèrent également leurs cachets et leurs signatures et, comme les gentlemen Geffroy et Milford ne s'étaient toujours pas manifestés, ils renvoyèrent les lettres qui vinrent enrichir considérablement la collection de notre Souabe plein d'imagination.

Nota bene: une bonne bureaucratie fonctionne encore mieux que la plus bête des guerres.

◁◁ *Great Britain/Falkland Islands; Penguins on Sea Lion Islands*
▷ *Great Britain/Falkland Islands; coast of the Sea Lion Islands*
▷▷ *Great Britain/Falkland Islands; pasture on Carcass Island*
▷▷ *Great Britain/Falkland Islands; rocky coast*

◁◁ *Grande-Bretagne/Iles Falkland, pingouins sur Sea Lion Islands*
▷ *Grande-Bretagne/Iles Falkland, côte de Sea Lion Islands*
▷▷ *Grande-Bretagne/Iles Falkland, pâturage sur Carcass Island*
▷▷ *Grande-Bretagne/Iles Falkland, côte rocheuse*

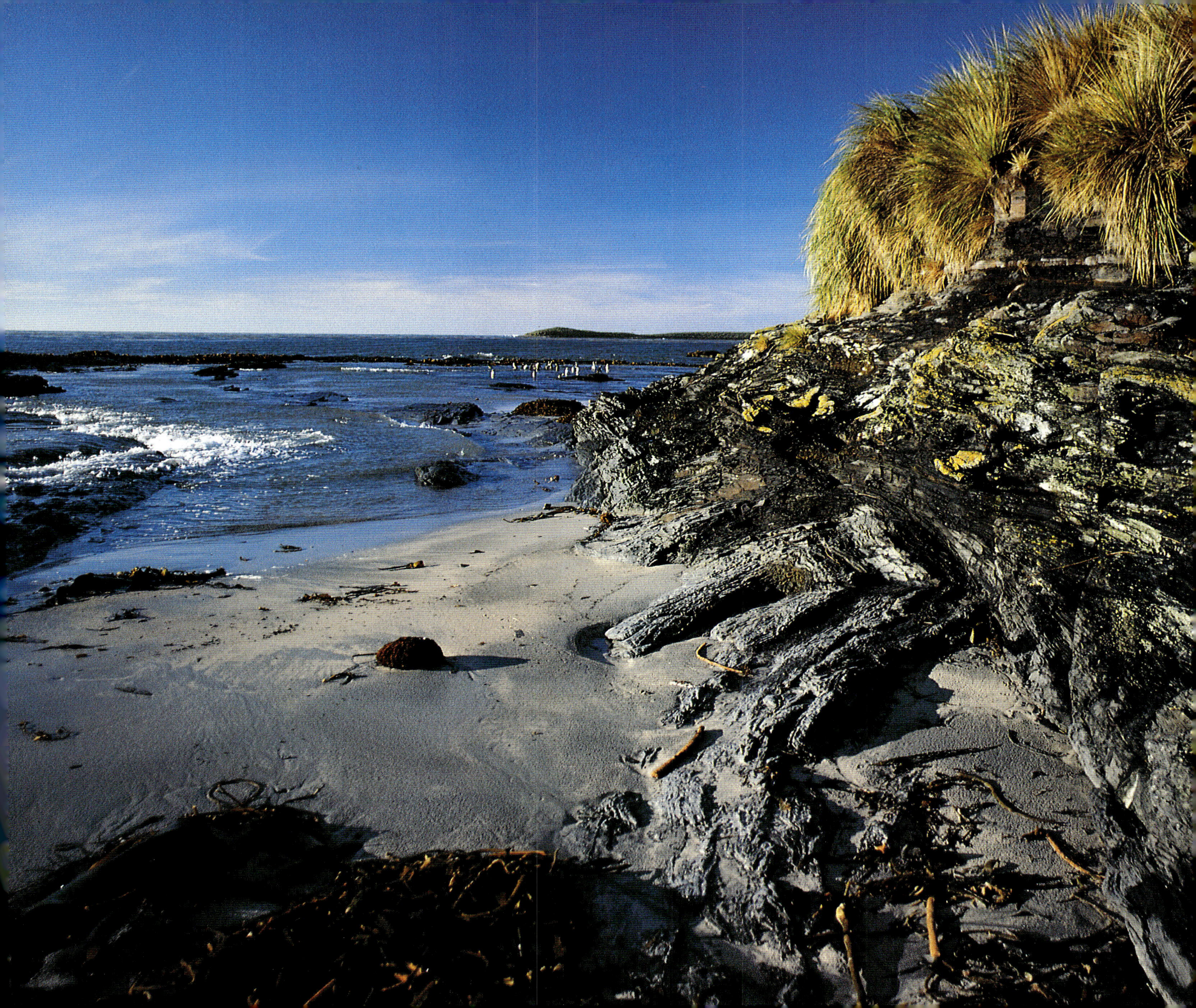

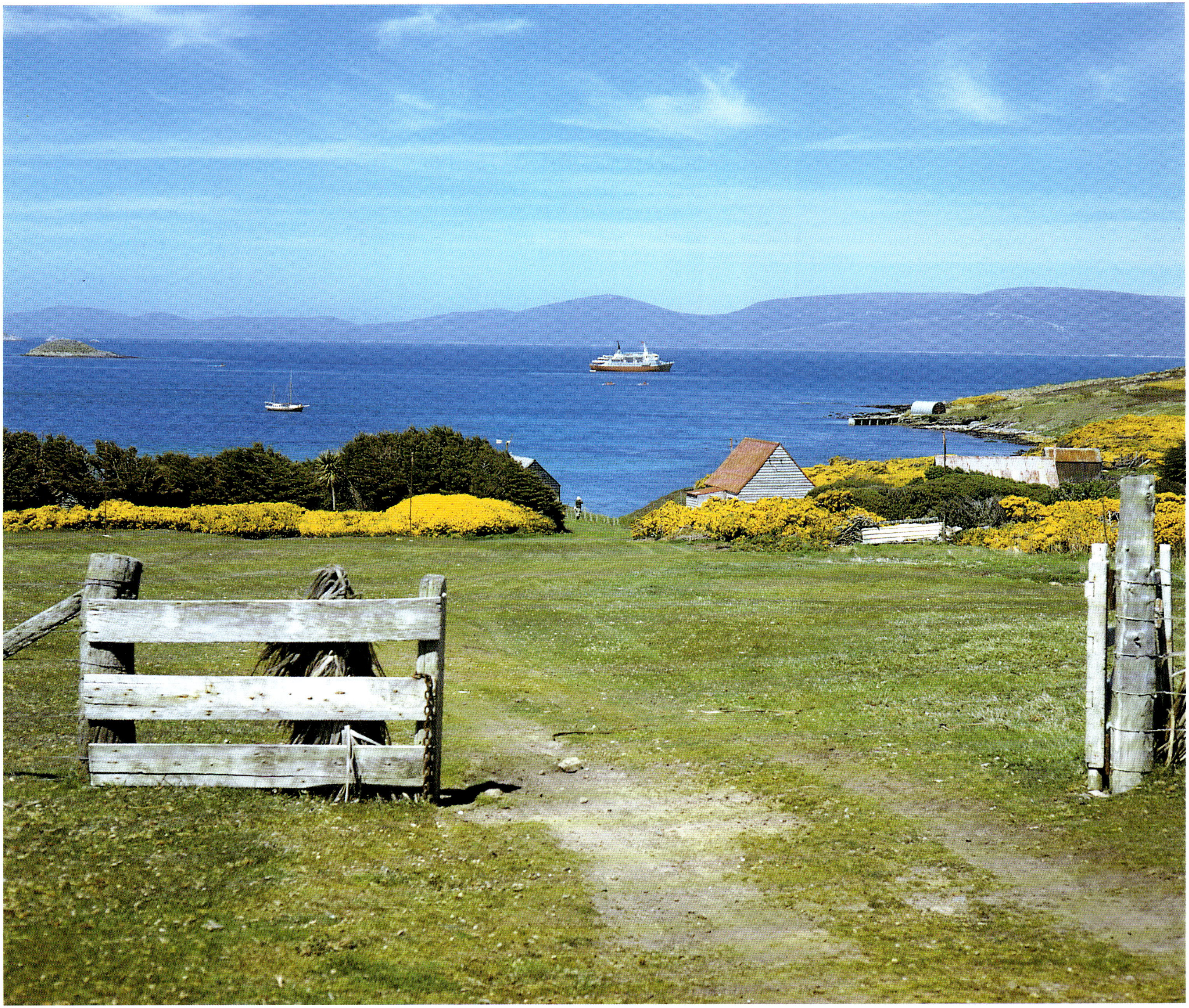

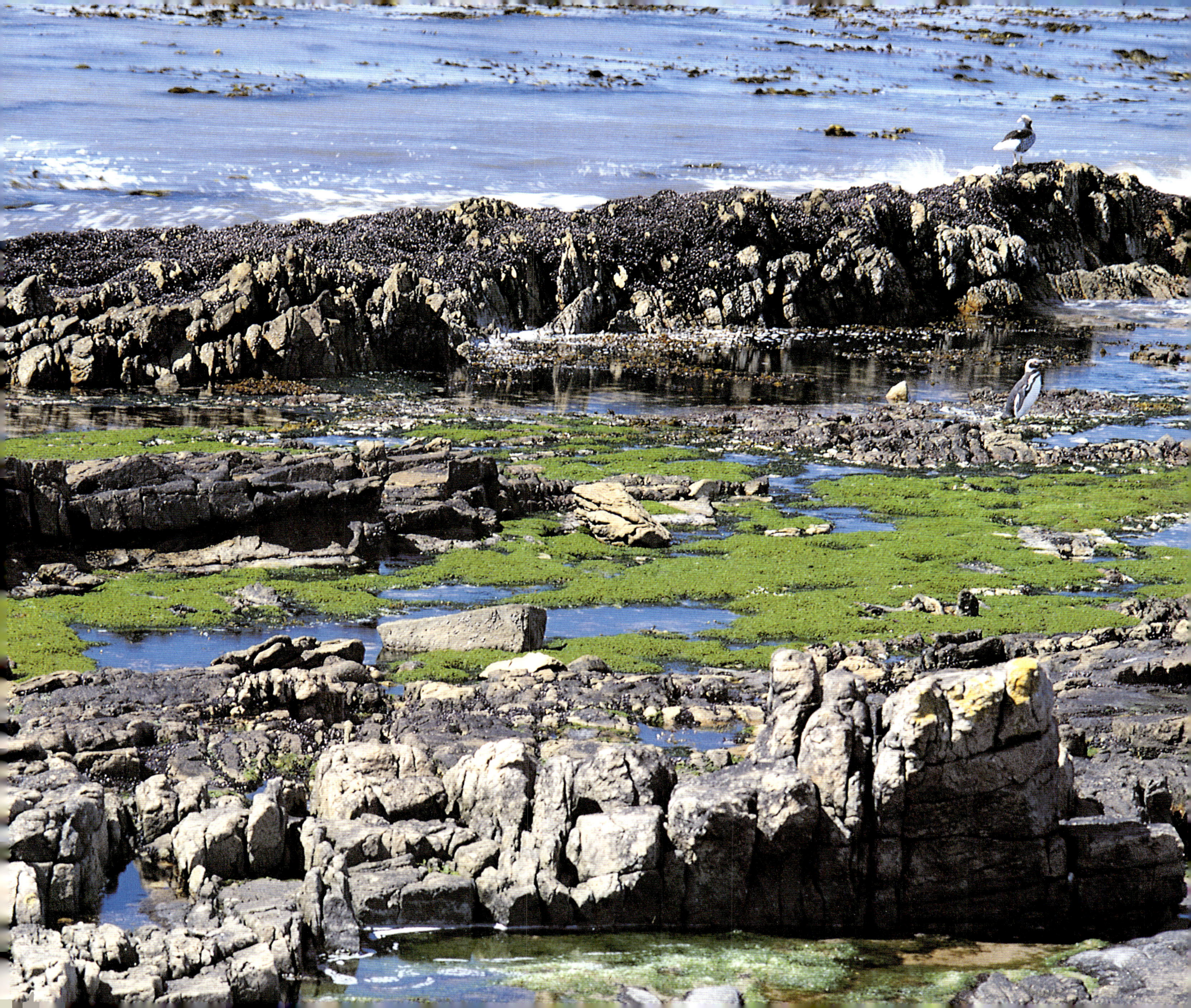

Wer kennt Mafia?

Natürlich jeder. Das ist diese Bande da unten. Eigentlich heißt es »Prahlerei« und ist abgeleitet vom arabischen *Mahjas*, was dasselbe bedeutet. Ihr Zentrum hat die Mafia in Palermo. Auswanderer haben die Seuche in die USA eingeschleppt, dort ist sie unter dem Namen *Cosa Nostra* bekannt. Binsenwissen.

Wir aber meinen die Insel Mafia, das ist natürlich für diesen Band, ein tansanisches Korallengebilde vor der Mündung des Rufiji-Flusses im Indischen Ozean. Sie ist 435 Kilometer im Quadrat groß und wird von etwa 20 000 Menschen bewohnt, der Hauptort heißt Kilindoni, hat einen Flughafen und steht auf den Mauern eines arabisch-persischen Handelsplatzes aus dem 12. Jahrhundert. Lexikonwissen.

Wir erteilen nunmehr Nachhilfeunterricht, denn Helgoland, das jetzt länger als hundert Jahre zu Deutschland gehört, wurde nicht gegen Sansibar eingetauscht, wie es Lehrer lehrten und lehren. Reichskanzler Caprivi hat damals nicht, wie die patriotische Presse spottend klagte, einen Hosenknopf gegen eine Hose gewechselt. Ein umfängliches Vertragspaket war geschnürt worden. Das Reich erhielt nicht nur Helgoland, sondern auch den Caprivi-Zipfel im heutigen Namibia, einen Steppenstreifen nach Osten bis zum Sambesi, etwas Küste in Tansania, dem damaligen Deutsch-Ost-Afrika, und eben das Eiland Mafia. Deutschland verzichtete auf neue Erwerbungen des Carl Peters (»Hängepeters«) in Uganda und Kenia, des weiteren wurde in Kamerun und Togo in beiderseitigem Interesse die Grenze korrigiert. Sansibar spielte nur insofern eine Rolle, als daß Deutschland die Schutzherrschaft Englands über Sansibar und Pemba anerkannte, sie waren bisher selbständig gewesen.

Das wichtigste Tauschobjekt gegen Helgoland aber war das fruchtbare Wituland, 1885 als deutsches Schutzgebiet anerkannt; der Sultan von Witu hatte schon 1867 um eine Oberhoheit gebeten. Er wollte Beistand gegen die Sklavenjäger, die seine Dörfer überfielen. Nun ließ Deutschland die Witus im Stich. Die erschlugen alle Deutschen und gaben dadurch den Engländern einen Vorwand zu einer Strafaktion. Ihren Sultan sperrten sie ins Gefängnis, in dem er vergiftet wurde, danach setzten sie einen ihnen hörigen Sansibarer ein.

Natürlich ist das alles sehr speziell für eine einzige Unterrichtsstunde, in der auch noch Herero-Aufstand und das Wirken der deutschen Schutztruppe behandelt werden müssen. Hendrick Witbooi. Hottentotten. Windhuk. Aber warum sollte ein quicker Schüler den Lehrer nicht einmal durch unerwartete Kunde verblüffen?

▷ *Tansania/Impression aus Sansibar*
▷▷ *Deutschland/Schleswig-Holstein, Helgoland, Blick auf die »Lange Anna«*

Mafia means something to everyone

Of course it does. It is that gang down there in southern Italy. In fact, the word means "boasting", and probably derives from the Arabic word *mahjas*, which means the same. The main "headquarters" of the mafia is in Palermo, Sicily. Emigrants carried the disease into the United States, where it is also known as Cosa Nostra. General knowledge.

But we are talking about the *Island* of Mafia, as befits this book, a coral formation belonging to Tanzania in the Indian Ocean just off the mouth of the Rufiji River. It is 435 square kilometres in area, and has a population of some 20,000; its capital, Kilindoni, boasts an airport, and stands on the foundations of a 12th century Arabian-Persian trading post. Encyclopaedia knowledge.

But now for a short tutorial: Heligoland, which has belonged to Germany for over a hundred years, was in fact not exchanged with the British in return for Zanzibar, as our teachers taught and still teach; Chancellor Caprivi did not, as the patriotic press maliciously claimed at the time, "exchange a pair of trousers for a trouser button". In fact, a comprehensive deal was arranged: the Germans received not only Heligoland, but also the Caprivi Strip – a slice of bushland in what is now called Namibia, stretching east towards the Zambezi –, a section of coastline in Tanzania, then called German East Africa, and the Island of Mafia. Germany renounced the new territories opened up by Carl Peters, the colonial pioneer, in Uganda and Kenya, and the borders in Togo and Cameroon were adjusted to the satisfaction of both sides. Zanzibar played only a supporting role, in as far as Germany acknowledged Britain's protectorate over Zanzibar and Pemba which had hitherto been independent.

The most important territory exchanged for Heligoland was fertile Wituland, recognized as a German protectorate in 1885; the Sultan of Witu had appealed for protection in 1867 against the slavers who ravaged his villages. But now Germany let the

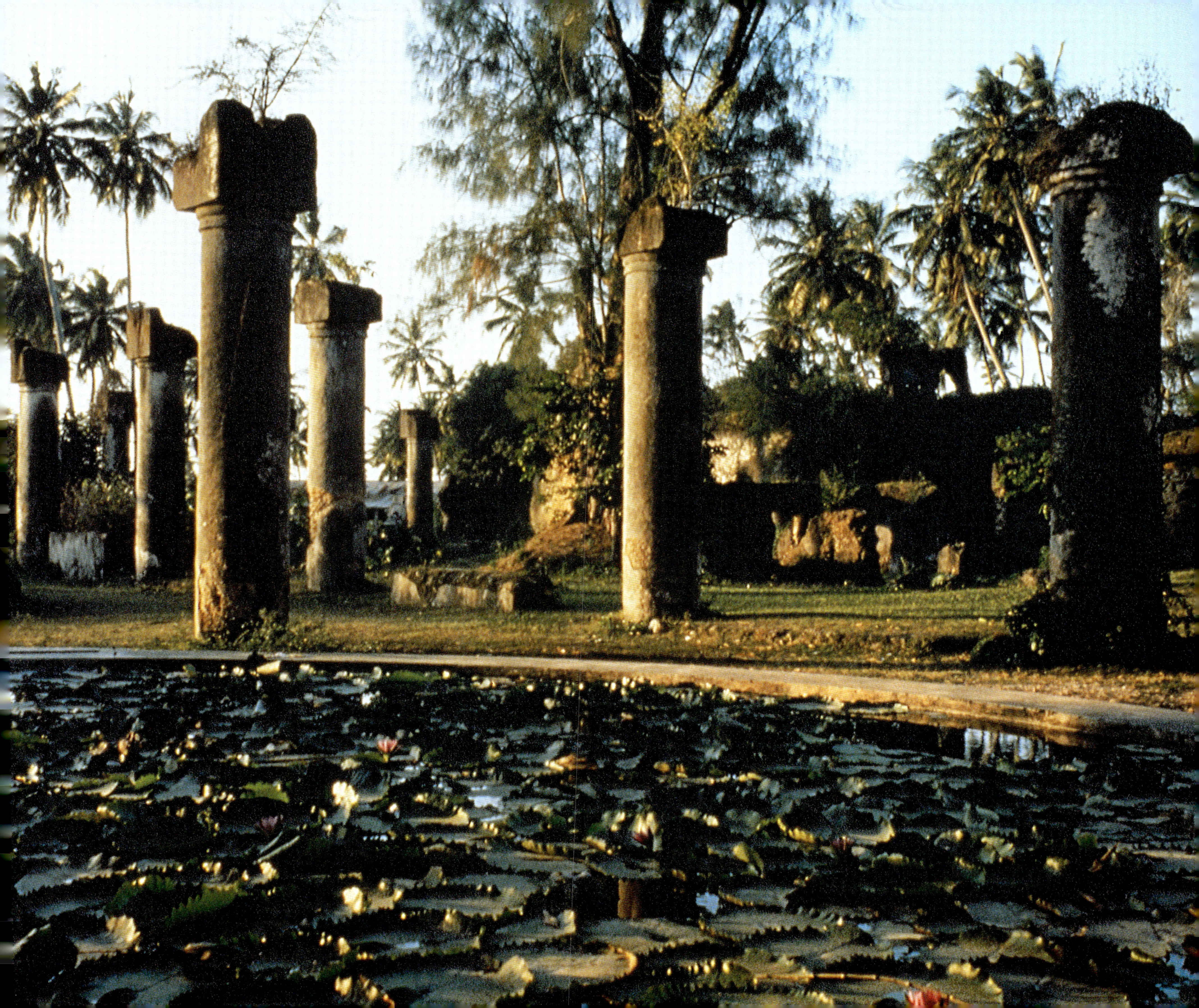

Witus down. In revenge they attacked and killed all the Germans, thus giving the British an excuse for a punitive expedition. The British put the Sultan in prison, where he died of poisoning, and established a tame Zanzibaran in his place.

This is all rather detailed for a single tutorial in which the Herero rebellion and the influence of the German protective forces, plus a number of other aspects should really be discussed, not forgetting Chief Witbooi of the Nama, and the Hottentots. But why should a diligent pupil not occasionally surprise his teacher by an unexpected attack of erudition?

◁◁ *United Republic of Tanzania/Impression of Zanzibar*
▷ *Germany/Schleswig-Holstein; Heligoland, view of "Lange Anna"*

Qui connaît la Mafia?

Tout le monde bien sûr. C'est la bande là en bas en Italie du Sud. Le vrai terme est en fait «vantardise» et vient de l'arabe *mahjas*, ce qui signifie la même chose. Le centre de la mafia est Palerme. Les émigrants ont introduit l'épidémie aux Etats-Unis. Là-bas, elle s'appelle *Cosa Nostra*. Tout ça, c'est archi-connu.

Mais nous, nous pensons à l'île de Mafia, une formation corallienne tanzanienne devant l'embouchure du Rufiji dans l'océan Indien. Sa surface est de 435 kilomètres carrés, elle compte environ 20 000 habitants, sa capitale s'appelle Kilindoni, elle a un aéroport et se trouve sur les fondations d'une place de commerce arabo-persique du XIIe siècle. C'est ce qu'indique le dictionnaire.

Ce n'est toutefois pas tout. Il faut savoir qu'Héligoland, qui appartient maintenant depuis plus de cent ans à l'Allemagne, n'a pas été échangée contre Zanzibar comme on l'enseignait et l'enseigne dans les écoles, le chancelier de l'empire, Caprivi, n'a pas la fois-là, comme la presse patriotique se lamentait en plaisantant, échangé une culotte contre un bouton de culotte. C'est un important traité qui avait été conclu à l'époque. L'empire reçut non seulement Héligoland mais aussi la pointe de Caprivi dans l'actuelle Namibie, une bande de steppe s'étendant vers l'est jusqu'au Zambèze, une portion de côte en Tanzanie, l'ancienne Afrique de l'Est allemande et puis justement l'île de Mafia. L'Allemagne renonça aux nouveaux territoires obtenus par Carl Peters, le colonisateur, en Ouganda et au Kenya, par ailleurs les frontières furent corrigées au Cameroun et au Togo dans l'intérêt réciproque. Zanzibar n'a joué un rôle que dans la mesure où l'Allemagne reconnut le protectorat de l'Angleterre sur Zanzibar et Pemba qui avaient été indépendants jusque-là.

Mais le principal objet d'échange contre Héligoland fut le fertile Wituland qui avait été reconnu en 1885 comme protectorat allemand; le sultan de Witu avait déjà demandé une protection en 1867 contre les chasseurs d'esclaves qui assaillaient ses villages. Mais l'Allemagne abandonna les Witus. Pour se venger, ceux-ci tuèrent tous les Allemands et donnèrent ainsi aux Anglais un prétexte pour entreprendre une action punitive. Ils mirent le sultan en prison où il fut empoisonné et le remplacèrent par un Zanzibarien qui leur était soumis.

Evidemment, tout cela est très spécial pour une seule leçon où il faudrait encore parler de la révolte des Hereros et de l'action de la force de protection allemande. De Hendrick Witbooi. Des hottentos. Windhoek. Mais pourquoi un élève ne pourrait-il pas une fois étonner son professeur par ses connaissances inattendues?

◁◁ *Tanzanie/Impression de Zanzibar*
▷ *Allemagne/Schleswig-Holstein, Héligoland, vue sur la «Lange Anna»*

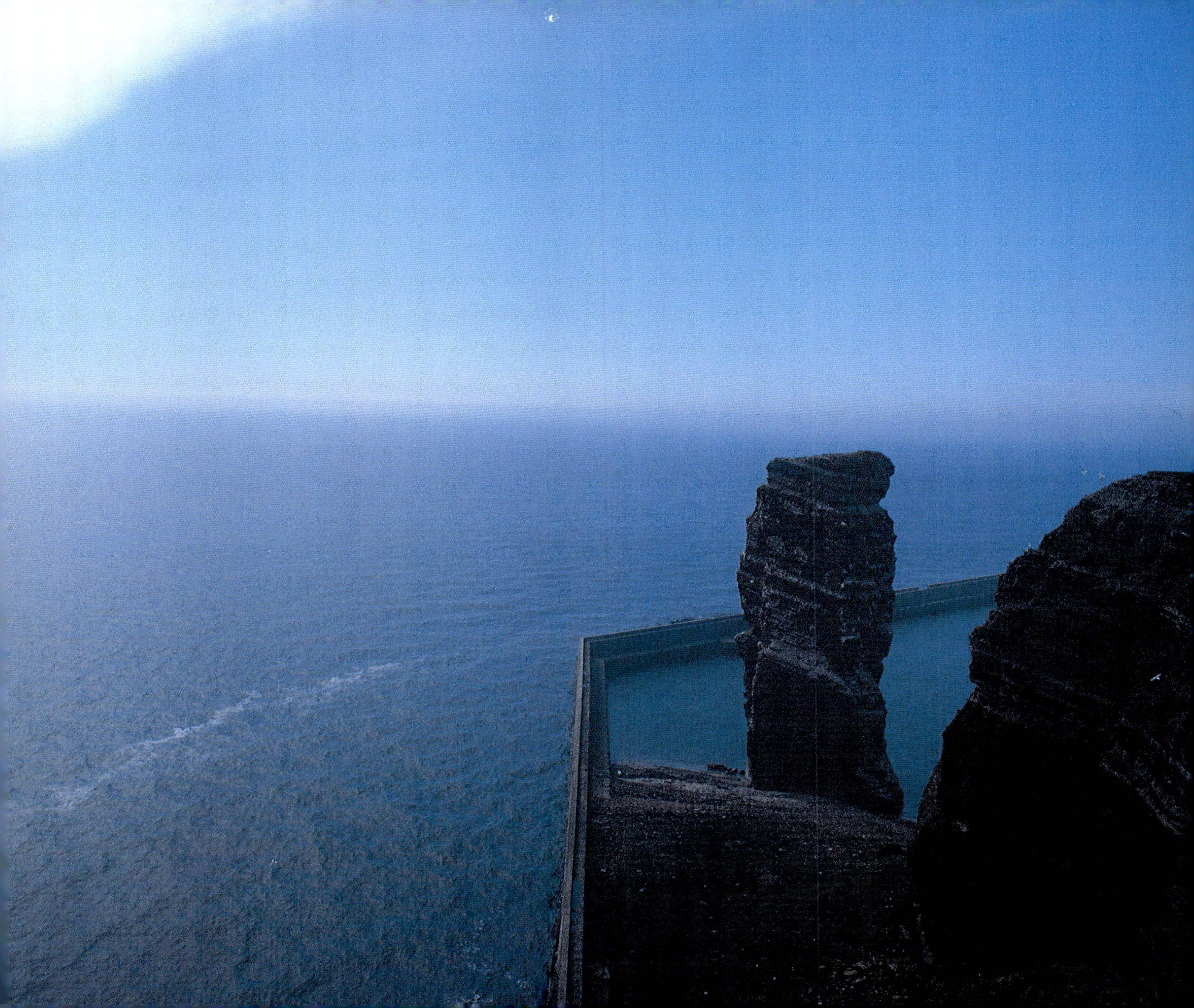

Marmor und Stangenspargel

Formosa hieß die Insel früher, das klingt in europäischen Ohren melodischer als Taiwan; portugiesische Seefahrer tauften es so. Taiwan – das assoziiert billige Textilien, Pfirsich- und Ananaskonserven und gefälschte Markenuhren.

Von Taipeh, der Hauptstadt an der Nordspitze der eiförmigen Insel führt an der Westseite eine Autobahn nach Süden. Bei Fengyan beginnt das Abenteuer des Ost-West-Highways ganz harmlos zwischen Reisplantagen, auf denen dreimal im Jahr geerntet wird, zwischen Kokospalmen und Bananenstauden. Bauern mit runden Strohhüten führen die Gespanne der Wasserbüffel wie vor tausend Jahren. Als der Krieg gegen Mao auf dem Festland verloren war und sich die Truppen Chiang Kai-sheks über die Meerenge geflüchtet hatten, gehörte es zu den waghalsigsten Unternehmen des Reststaates, eine Ost-West-Verbindung durch die Gebirge zu schlagen – das wird schnell deutlich, denn hinter den ersten Serpentinen ragen Felsen zu beiden Seiten nahezu senkrecht auf und engen die Fahrbahn bisweilen bis auf eine Spur ein. Die Armee entließ zehntausend Männer, damit sie diese Straße vortrieben, an die fünfhundert kamen in vier Baujahren um. Noch immer stürzen Steine herab, noch fordert die Straße Todesopfer. Kreuze und Tafeln am Rand stammen auch aus neuerer Zeit. In den Tempeln unten werden gelbe Zettel verkauft, *Buddha Money*, wer glaubt, damit die Götter günstig stimmen zu können, wirft sie an besonders abschüssigen und krummen Strecken aus dem Fenster. Doch auch bei stärkstem Gottvertrauen ist es angezeigt, vor Antritt der Fahrt die Bremsen zu prüfen.

Ganz oben liegt Lishan. Nahezu 2 000 Meter über dem Meer ist die Luft frisch, sie hat sich an Felsen und Schründen abgeregnet. Einige Gipfel erreichen mehr als 3 000, einer sogar stolze 4 145 Meter – das Wort »alpin« drängt sich in die Schreibmaschine, und mir wird bewußt, wie eurozentristisch dieser Vergleich ist. Die Alpen als Gebirge schlechthin, das Matterhorn als *der* Berg, mit dem sich jeder andere vergleichen lassen muß, Luis Trenker als *der* Gebirgler – aber was hülfe es uns, schriebe ich: feuerländisch, nur seidiger?

Lishan gilt als das Mekka der Pfirsiche. In den edelsten Lagen werden sie in der Reifezeit Frucht für Frucht mit Papier umwickelt; so hängen sie an den Bäumen, vor Wespen und anderem Geziefer geschützt. Ist der Pfirsich dann gepflückt, erzielt er einen Preis nicht unter fünf Mark. Geschenkkartons mit fünf in Seidenpapier gehüllten Prachtstücken werden um die hundert Mark herum angeboten wie Champagnerflaschen in den Nobelgeschäften vor der Kathedrale von Reims. Ein wenig darf gehandelt werden.

Heiß brennt die Sonne, breit schützen die Hüte, duftig-klebrig läuft Pfirsichsaft übers Kinn. Das Wort »paradiesisch« bietet sich an – gut, das Paradies lag keinesfalls in Europa.

Die Abfahrt nach Osten ist nicht weniger aufregend als die Auffahrt von Westen. Durch Klimazonen fällt die Straße bis hinunter in den Dunst der Reismoraste. In der Tarokoschlucht stehen Felswände bis zu tausend Meter vor dem Himmel. Und das ist nicht Stein schlechthin, nicht Granit oder Basalt oder ein anderes normales Hartzeug, sondern der Wildbach schäumt durch schieren Marmor. Millionen Jahre hat das Wasser gefeilt und geglättet, weiß und zartgrau schimmert das Wunder der Natur. In Höhlen und Grotten haben die Chinesen bunte Pagoden aufgestellt. Seinen Dank für gesunde Knochen nach der Niederkunft von den Gipfeln bei Lishan und das Glück, hier schauen zu dürfen, kann auch der hinüberwinken, dessen Götter anderswo oder nirgends wohnen.

Ganz unten dann ein paar Meilen nach Süden glitzern Hallen aus silberweißem Blech in der Ebene. Das, versichert der Direktor, sei der modernste Abpackbetrieb für *Asparagus*, den Stangenspargel, in ganz Asien. Ich schaue genau hin und versuche mir das Etikett einzuprägen, damit ich es wiedererkenne, wenn es mir demnächst in Bonn-Lannesdorf im EDEKA-Regal begegnet.

▷▷ *Taiwan/Chinesen mit roten Hüten bei einer Festveranstaltung*
▷▷▷ *Taiwan/Taipeh, Lungshan (Drachenberg)-Tempel (o.)*
▷▷▷ *Taiwan/Kloster auf der Insel im Sonne-Mond-See (u.)*
▷▷▷ *Taiwan/Taipeh, Großkaufhaus*

Marble and asparagus

It used to be called Formosa – the name it was given by Portuguese seafarers – which sounds more mellifluous to European ears than Taiwan. We tend to associate the name Taiwan with cheap textiles, tinned peaches and pineapples, and pirated brand names.

From Taipei, the capital at the northern tip of the egg-shaped island, a motorway runs down the west side to the south. The adventurous East-West Highway begins quite harmlessly between coconut palms and banana trees, among paddy fields which produce three crops a year. Peasants with round straw hats lead their teams of water buffaloes just as they have done for a thousand years. When the war against Mao was lost on the mainland, and Chiang Kai-shek's troops had fled across the Taiwan Strait to the island, one of the most intrepid deeds of the newly founded rump state was to carve an east-west road through the mountains; the boldness of this engineering feat soon becomes clear, when, behind the first serpentine bends, the traveller sees rock rising almost vertically on both sides of the road, reducing it to a single lane in places. The army released 10,000 men to hasten the building, and some 500 of them were killed in the four-year construction period. There are still occasionally rock-falls, and the road still claims casualties. Some of the crosses and signs along its edge are of recent date. Yellow leaflets – "Buddha Money" – are sold in the temples; anyone who believes that the gods can be appeased in this way buys some and throws them out of the car window at particularly dangerous places. But even the most fervent believer is well advised to have his car's brakes checked before setting off on the journey.

Lishan lies at the highest point. Up here, at an altitude of nearly 2,000 metres, the air is fresh. Some peaks rise to over 3,000 metres, one attaining the grand height of 4,145 metres: the word "alpine" springs to mind, and one realizes how Eurocentric this comparison is. To regard the Alps as the prototypical mountain range, and the Matterhorn as *the* mountain against which all others must be measured is rather provincial – but would it help if one wrote: like the Tierra del Fuego, but more silky?

Lishan is the heart of the peach region. In the ripening period the choicest fruits are individually wrapped in paper on the trees, and left to attain perfection, protected from wasps and other damaging influences. Once picked, each peach will cost a minimum of £1.75. Gift boxes containing five peaches wrapped in tissue paper are sold for about £35 – rather like bottles of champagne in the expensive shops round Reims Cathedral. A little bargaining is part of the game.

The sun burns down relentlessly on the wide-brimmed hats; sticky, aromatic pear juice courses down chins. The word paradisiacal comes to mind – well, the original Paradise was not in Europe either!

The run down to the east coast is no less adventurous than the run up from the west. The road passes through various climatic zones until it reaches the hazy moistness of the paddy fields. In the Taroko Gorge, the rock walls rise a thousand metres, and this is no ordinary granite or basalt, or some other common stone: the torrent through this gorge cuts its way through pure marble. The river has filed and polished the stone for millions of years, producing a shimmering white and grey natural wonder. The Taiwanese have erected colourful pagodas in the caves and grottoes. Thanks for safely surviving the journey across the mountains and for the privilege of being able to see this amazing sight can be rendered also by those whose gods reside elsewhere or nowhere at all.

Right down in the plains, a few miles further south, sheds made of silvery-white metal glint in the sun. This, says the director, is the most modern packing station for asparagus in the whole of Asia. I take a very close look, and try to remember the brand-name on the label so that I shall recognize it when it appears on the shelves of my local supermarket in Bonn-Lannesdorf.

▷▷ *Taiwan/Chinese with red hats, celebrating*
▷▷▷ *Taiwan/Taipei; Lungshan (Dragon Mountain) Temple (top)*
▷▷▷ *Taiwan/Monastery on the island in Sun-Moon-Lake (bottom)*
▷▷▷ *Taiwan/Taipei; department store*

Du marbre et des asperges

L'île s'appelait autrefois Formose, un nom plus mélodieux pour les oreilles européennes que Taiwan; ce sont des marins portugais qui l'avaient baptisée ainsi. Taiwan pour nous est associée volontiers aux tissus bon marché, aux conserves de pêche et d'ananas et aux contrefaçons.

De Taibei, la capitale à la pointe septentrionale de l'île ovoïde, une autoroute descend la côte ouest en direction du sud. L'aventure de l'autoroute est-ouest commence de façon tout à fait banale près de Fengyuan entre des rizières qui produisent trois récoltes par an, des cocotiers et des bananiers. Des paysans coiffés de chapeaux de paille ronds conduisent leurs attelages d'arnis exactement comme il y a mille ans. Lorsque la guerre contre Mao fut perdue sur le continent et que les troupes de Tchang Kaï-chek se furent enfuies par le détroit de Taiwan, l'une des ambitions les plus audacieuses de l'Etat tronqué fut de tracer une route d'est en ouest à travers la montagne; la témérité de cette entreprise saute aux yeux lorsque, après les premiers lacets, le voyageur aperçoit, s'élevant presque à la verticale des deux côtés de la route, des rochers qui réduisent par endroits la chaussée à une seule voie. L'armée démobilisa 10 000 hommes pour faire avancer les travaux, et quelque 500 d'entre eux périrent dans les quatre ans que dura la construction. Aujourd'hui encore des roches se détachent et la route fait des victimes. Certaines des croix et des plaques en bordure de la route sont récentes. Des billets jaunes, *Buddha Money*, sont vendus dans les temples; celui qui croit pouvoir ainsi apaiser les dieux en achète et les jette par la fenêtre aux endroits particulièrement dangereux. Mais même en faisant la plus grande confiance aux dieux, il est recommandé de vérifier les freins de son véhicule avant de commencer le voyage.

Lishan se trouve au point le plus élevé. A près de 2 000 mètres d'altitude, l'air est frais. Certains sommets atteignent plus de 3 000 mètres, l'un même 4 145 mètres, le mot «alpin» me vient à l'esprit, mais je me rends compte que cette comparaison est bien eurocentrique. Considérer les Alpes comme le prototype du massif montagneux, le Cervin comme *la* montagne avec laquelle toutes les autres doivent se mesurer n'a pas de sens, mais cela en aurait-il si j'écrivais: comme la Terre de Feu, mais en plus soyeux?

Lishan passe pour être le centre de la pêche. Lorsqu'ils vont arriver à maturité, les fruits sélectionnés sont enveloppés un par un dans du papier et laissés ainsi sur l'arbre; ils continueront à mûrir protégés des guêpes et autres insectes. La pêche une fois cueillie ne coûtera pas moins de 15 francs. Des paquets cadeaux contenant cinq pêches enveloppées dans du papier de soie sont vendus pour trois cents francs environ quasiment comme les bouteilles de champagne dans les magasins chic devant la cathédrale de Reims. Mais il n'est pas interdit de marchander.

Le soleil tape fort sur les chapeaux aux larges bords; le jus de pêche parfumé coule et colle sur les mentons. L'adjectif «paradisiaque» vient à l'esprit – bon, le paradis ne se situait en tout cas pas en Europe. La descente vers l'est n'est pas moins aventureuse que la montée de l'ouest. Traversant différentes zones climatiques, la route descend jusque dans la brume des rizières. Dans la gorge de Taroko, des parois rocheuses se dressent jusqu'à mille mètres d'altitude et ce n'est pas de la simple pierre, du granit ou du basalte ou toute autre roche ordinaire, le torrent qui traverse cette gorge bouillonne au milieu du marbre. Au cours de millions d'années, l'eau a limé et poli la pierre et produit cette merveille de la nature aux reflets blancs et gris clair. Les Taiwanais ont édifié des pagodes colorées dans les cavernes et les grottes. Et ceux dont les dieux résident ailleurs ou nulle part peuvent également rendre grâce au ciel pour être arrivés ici sains et saufs et jouir de cette vue.

En bas dans la plaine, à quelques kilomètres plus au sud, des halles en tôle argentée brillent dans le soleil. C'est, assure le directeur, l'entreprise d'emballage d'asperges la plus moderne de toute l'Asie. Je regarde bien l'étiquette pour pouvoir bien m'en rappeler et la reconnaître lorsque je la verrai sur les rayons de mon supermarché à Bonn-Lannesdorf.

▷ *Taiwan/Chinois avec des chapeaux rouges lors d'une cérémonie*
▷▷ *Taiwan/Taibei, temple de Lungshan (le mont du Dragon; en haut)*
▷▷ *Taiwan/Monastère sur l'île du lac du Soleil et de la Lune (en bas)*
▷▷ *Taiwan/Taibei, grand magasin*

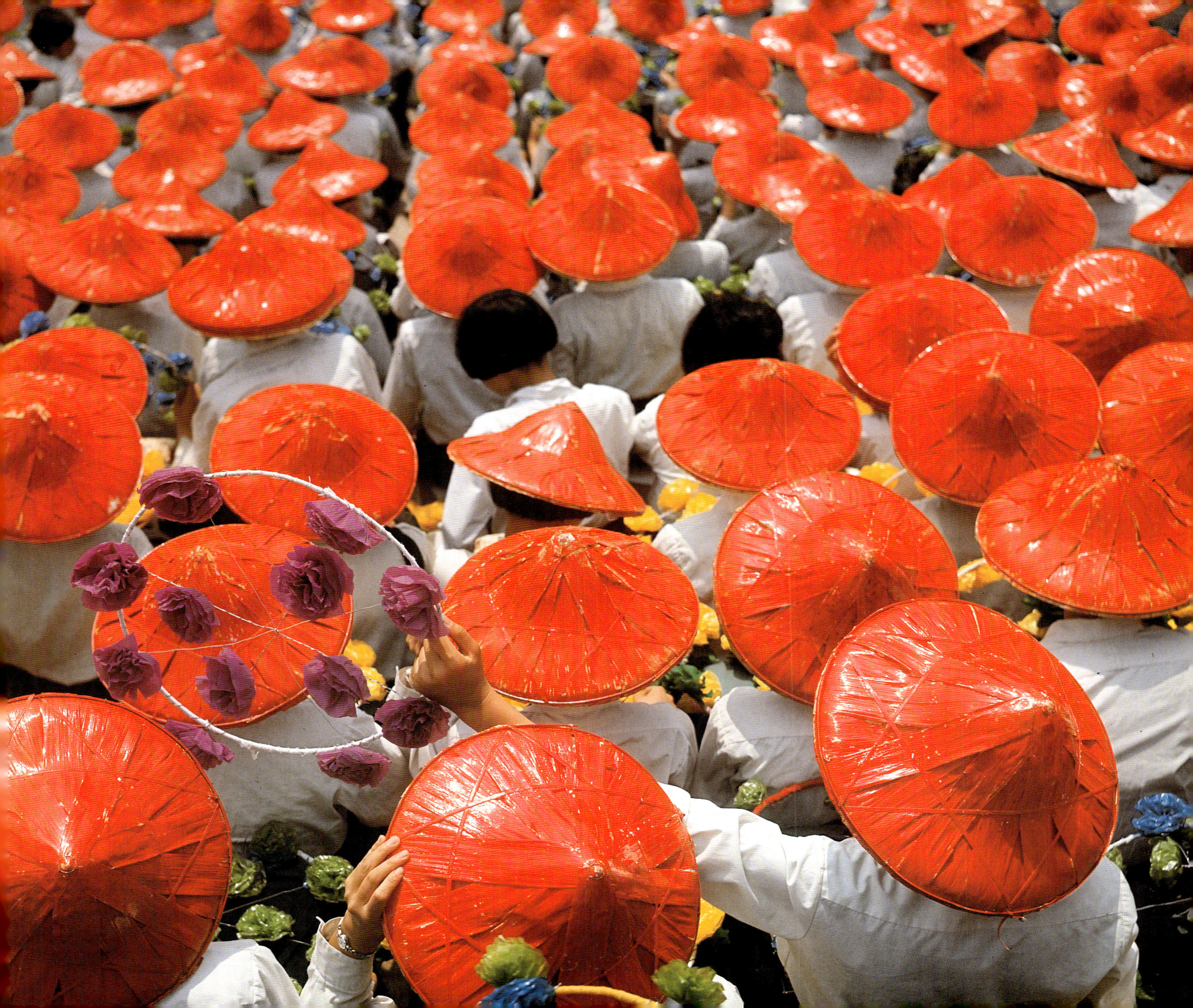

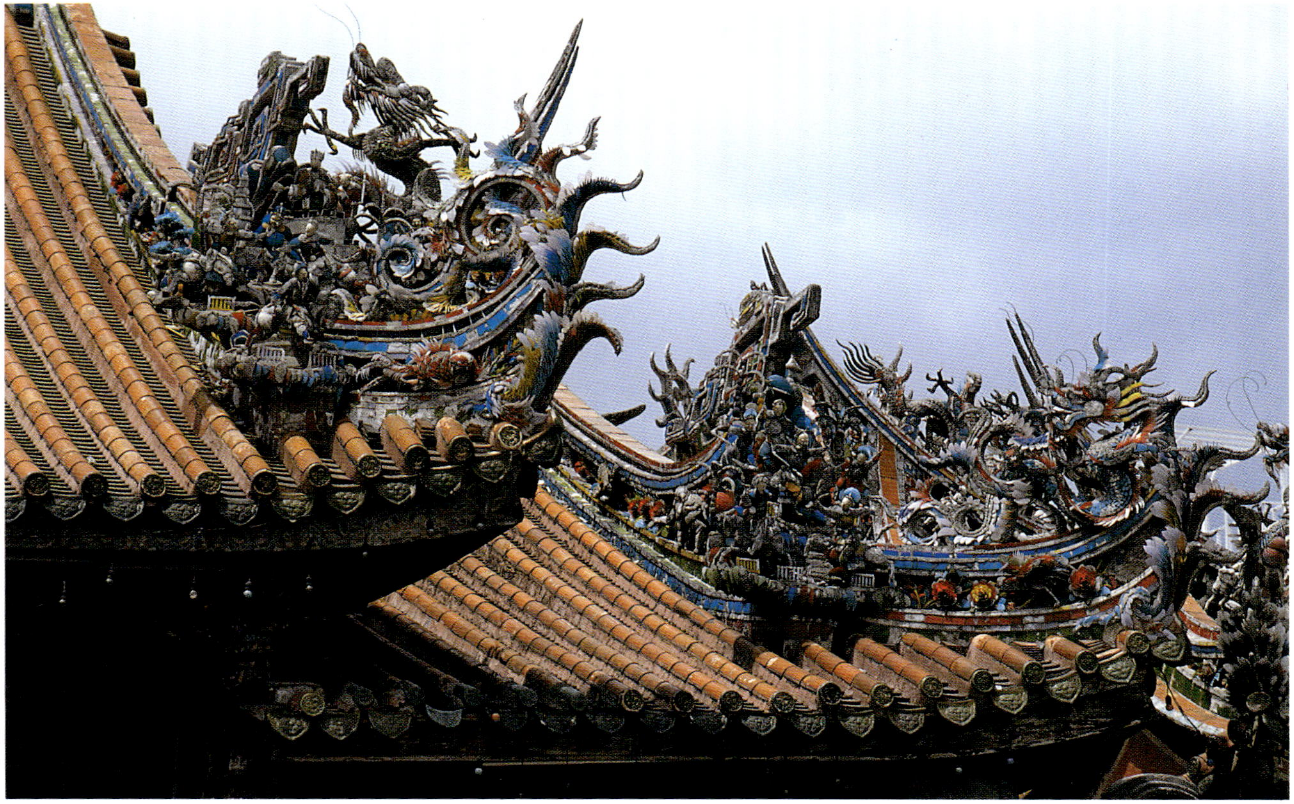

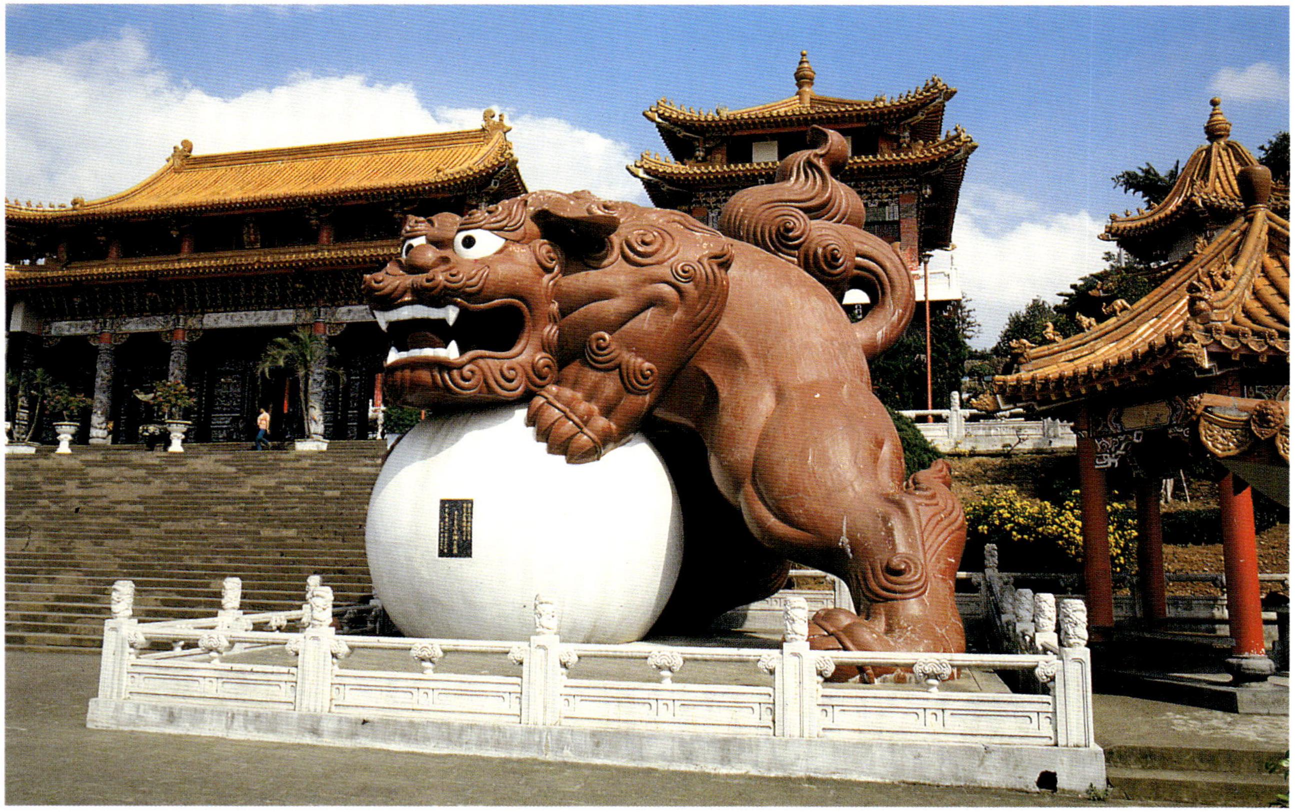

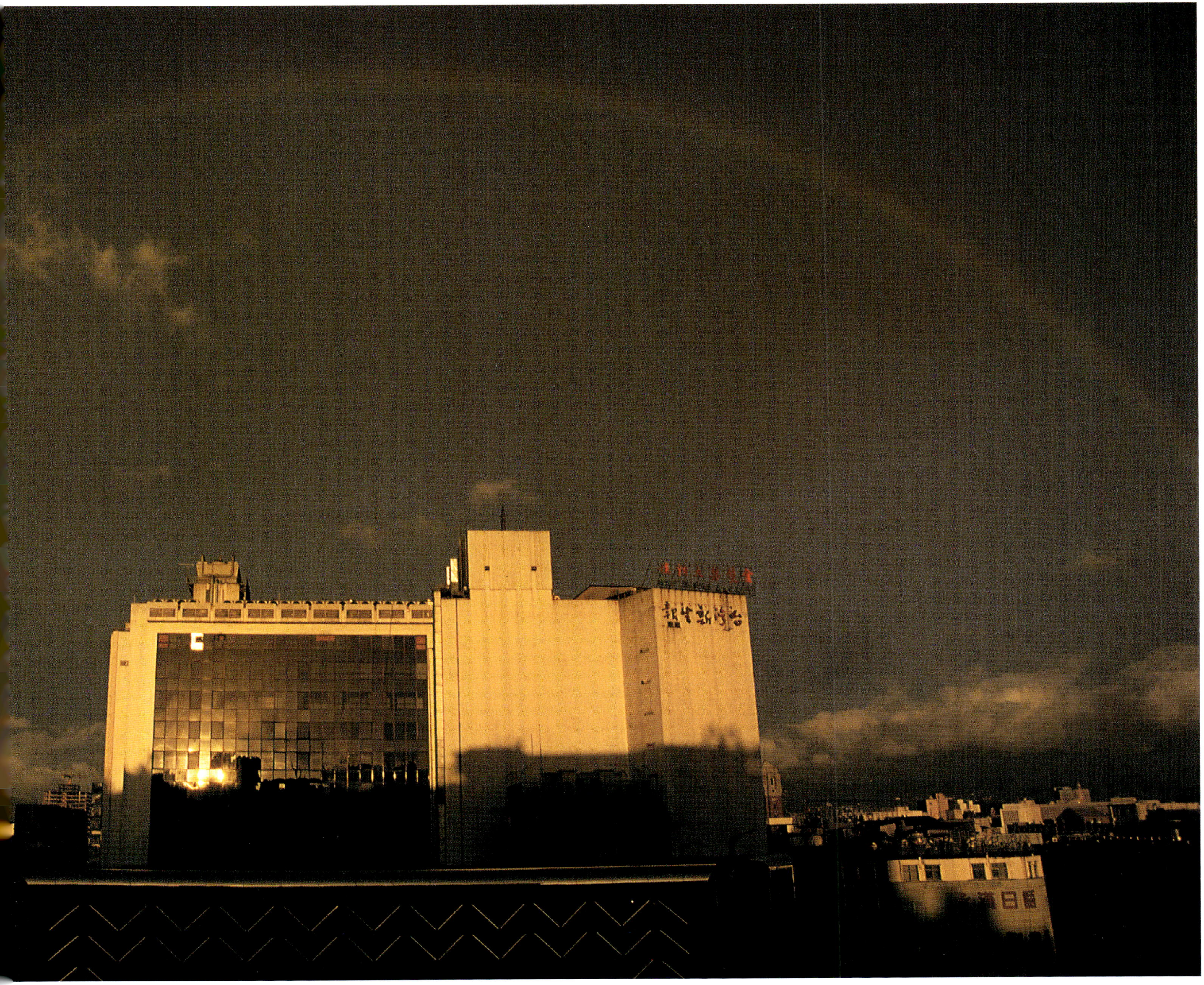
台灣新生報

Das mächtige Wachsen

Als die Meuterei auf der BOUNTY beendet und Kapitän Bligh und seine Getreuen davongejagt worden waren, suchte Fletcher Christian, der Hauptaufrührer, eine möglichst abgelegene Insel zum Überleben. Neun britische Seeleute, sechs polynesische Männer, zwölf polynesische Frauen und eines ihrer Kinder stapften nach monatelanger Irrfahrt durch die schäumende Brandung auf die Insel Pitcairn. Nun waren sie 3 100 Meilen von Südamerika, 2 100 Meilen von Neuseeland und 1 350 Meilen von Tahiti entfernt. Der englische Seefahrer Carteret hatte Pitcairn so beschrieben: »Am 2. Juli 1767 entdeckten wir die Insel Pitcairn, ich taufte sie nach unserem jungen Kadetten an Bord, der sie zuerst gesehen hatte. Sie ist unbewohnt, hat kaum vier oder fünf Meilen Umfang und ist nur wenig mehr als ein großer Felsen, der aus dem Meer ragt. Sie ist bewaldet, und wir sehen einen schmalen Bach, der an einer Seite hinunterfließt.«

Am 15. Januar 1790 fanden die Letzten der BOUNTY diese Beobachtungen bestätigt: Steilküste, keine Palmen. Soviel wie möglich schleppten sie aus ihrem Schiff an Land, acht Tage später ließen sie das Wrack in Flammen aufgehen; die Brücke zur Außenwelt war abgebrochen.

Zwei Jahre lang hatten die 28 Menschen ums Überleben gekämpft, dann entbrannte der erste Streit: Eine Frau starb, der weiße Witwer forderte eine der Frauen, die einem Polynesier zugesprochen worden war, als Ersatz. Ein Los wurde geworfen, das empfanden die Polynesier als Gipfel der Diskriminierung. Diese hatte schon gleich nach der Landung begonnen: Die Weißen hatten das Land unter sich aufgeteilt. Die *Blacks* rotteten sich zusammen, sie wurden verraten, zwei kamen um. Wenig später erschossen die Polynesier sechs Weiße. So ging es hin und her, bis nur ein Mann übrigblieb, John Adams. Aber alle Frauen hatten überlebt und unterdessen 23 Kinder geboren.

1808 landete ein amerikanischer Segler, 1814 fanden zwei britische Kriegsschiffe die Insel ein weiteres Mal, von 1824 an bekam sie öfter Besuch. 1825 vermaß Schiffsarzt Dr. Collie die Insulaner und staunte, denn mit 178 Zentimetern waren die Kinder durchschnittlich siebeneinhalb Zentimeter größer als die Eltern. Die erste hier geborene Generation war bärenstark, jedes Paar hatte sieben bis neun Kinder. Größe, Kraft und Fruchtbarkeit verminderten sich dann allmählich, 1938 betrug die mittlere Größe nur noch 173 Zentimeter.

Die Biologen sprechen vom Heterosis-Effekt, der sich äußert, wenn genetisch weit entfernte Populationen aufeinandertreffen: Die erste Generation ist den Eltern hoch überlegen. Nach einer Weile kommt alles ins gewohnte Gleis. Was auf Pitcairn geschah, gewinnt so Modellcharakter.

Wir wissen es alle: Unsere Kinder wachsen uns über den Kopf. Liegt es daran, daß mit der Industrialisierung um 1850 das Wandern von den Dörfern in entfernte Städte begann, daß sich nach 1945 Millionen von Ostpreußen, Pommern, Schlesiern und Sudetendeutschen unter die übrigen deutschen Stämme mischten und daß nicht bessere Ernährung und medizinische Betreuung den Ausschlag gaben? Dann müßten nachfolgende Generationen wieder kleiner, schwächer und unfruchtbarer werden. Der letzte Punkt ist, allen sichtbar, jetzt schon erreicht.

▷▷ *Pitcairn/Die Insel bei Sonnenaufgang*

The growth factor

When the mutiny on the BOUNTY was over, and Captain Bligh and the men who remained loyal to him had been set adrift in an open boat, Fletcher Christian, the leader of the mutineers, set out to find as remote an island as possible where he and his followers might survive. After months of wandering the seas, nine British seamen, six Polynesian men, and twelve Polynesian women with one child, waded through the foaming surf onto Pitcairn Island. They were now 3,100 miles from South America, 2,100 miles from New Zealand, and 1,350 miles from Tahiti.

The British Admiral, Philip Carteret, had described Pitcairn thus: "On 2nd July 1767, we discovered the island Pitcairn, which I named after our youngest cadet on board, who was the first to sight it. It is uninhabited, is scarcely four or five miles in circumference, and is little more than a large rock rising from the sea. It is wooded, and we can see a small stream which flows down one flank."

When the BOUNTY mutineers landed on 15th January 1790, they found just that: a steep coast, and no palm trees. They retrieved as much usable material as possible from the ship, and a week later set fire to the wreck: burning their bridge, as it were, to the outside world.

For two years the twenty-eight men and women struggled for survival, then the first row broke out: a woman had died, and the white "widower" demanded as a substitute a woman who had been allotted to a Polynesian. Lots were cast, which the Polynesians regarded as the height of discrimination. Discrimination had started directly after the landing, when the whites had divided the land up among themselves. The Polynesians banded together, but were betrayed, and two were killed. Shortly afterwards they shot six whites. The conflict continued until there was only one man left: John Adams. But all the women had survived, and had in the meantime given birth to 23 children.

La vigueur de croisement

In 1808 an American whaling ship came across the island, and in 1814 two British warships rediscovered it. From 1824 onwards, visits to Pitcairn were more frequent. In 1825 a ship's doctor called Collie measured the height of the islanders, and was amazed, for the children averaged 178 centimetres, or 7.5 centimetres more than their parents. The first generation to be born on Pitcairn were strong and fertile, each couple having between seven and nine children. The size, strength, and fertility of the islanders then gradually diminished, and in 1938 the average height was only 173 centimetres. Biologists call this phenomenon heterosis, or hybrid vigour, which is manifested when genetically unrelated peoples encounter one another: the first hybrid offspring are bigger and more vigorous than their parents. After a while the effect diminishes. Pitcairn provided an early documented example of this.

We have all noticed it: the next generation is taller than our own. Is this perhaps due not to better food and medical care, but to the fact that as industrialization began from about 1850 more and more people left the rural areas for the cities, and that in Germany there was a reshuffling of the population when, after 1945, millions of people from the remoter parts of the former empire mixed with the rest of the German tribes? If that is the case, then coming generations should turn out to be smaller, weaker, and less fertile again. As statistics clearly show, the third of these prospects has already come to pass.

Lorsque la mutinerie fut terminée sur le Bounty et que le capitaine Bligh et les hommes qui lui étaient restés fidèles eurent été chassés du bateau, Fletcher Christian, le chef des mutins, se mit en quête d'une île la plus reculée possible où il pourrait survivre. Après des mois d'odyssée à travers les mers, neuf marins britanniques, six Polynésiens et douze Polynésiennes avec un enfant débarquèrent dans l'île de Pitcairn. Ils étaient à présent à 3 100 milles de l'Amérique du Sud, 2 100 milles de la Nouvelle-Zélande et 1 350 milles de Tahiti.

L'amiral britannique, Philip Carteret, avait ainsi décrit Pitcairn: «Le 2 juillet 1767, nous découvrîmes l'île de Pitcairn, je la baptisais du nom de notre jeune cadet à bord qui avait été le premier à l'apercevoir. Elle est inhabitée, a à peine quatre ou cinq milles de périmètre et est un peu plus qu'un gros rocher sortant de la mer. Elle est boisée et nous pouvons voir un étroit ruisseau qui coule sur un de ses flancs.»

Le 15 janvier 1790, les mutins du Bounty purent confirmer ces observations: une côte abrupte, pas de palmiers. Ils débarquèrent tout ce qu'ils purent du bateau, huit jours plus tard ils mirent le feu à l'épave; ils avaient coupé les ponts avec le monde extérieur.

Pendant deux ans, les vingt-huit hommes et femmes luttèrent pour leur survie, c'est alors qu'éclata la première dispute: une femme mourut, le veuf blanc demanda pour la remplacer une femme qui avait été attribuée à un Polynésien. On tira au sort, ce que les Polynésiens considérèrent comme le comble de la discrimination. Celle-ci avait déjà commencé dès le débarquement: les blancs avaient réparti la terre entre eux. Les Polynésiens se rassemblèrent, furent trahis, deux d'entre eux furent tués. Peu après, les Polynésiens abattirent six blancs. Cela continua ainsi jusqu'à ce qu'il n'y ait plus qu'un seul homme, John Adams. Mais toutes les femmes avaient survécu et donné naissance entre-temps à vingt-trois enfants.

En 1808, un voilier américain y accosta, en 1814 deux bateaux de guerre britanniques redécouvrirent l'île, à partir de 1824 elle eut des visites plus fréquentes. En 1825, un médecin de bateau, le Dr Collie mesura les insulaires et fut fort étonné car, avec 1,78 m, les enfants avaient en moyenne sept centimères et demi de plus que leurs parents. La première génération née à Pitcairn était forte, chaque couple avait sept à neuf enfants. La taille, la force et la fécondité diminuèrent ensuite progressivement et, en 1938, la taille moyenne n'était plus que de 1,73 m. Les biologistes parlent d'hétérosis ou vigueur de croisement, un phénomène qui se manifeste lorsque se croisent des populations génétiquement très éloignées: les hybrides de première génération sont bien supérieurs à leurs parents. Au bout d'un certain temps, tout rentre dans l'ordre. Ce qui s'est passé à Pitcairn a ainsi un caractère d'exemple.

Nous le savons tous: nos enfants sont plus grands que nous. Cela tient-il au fait qu'avec l'industrialisation des années cinquante du XIXe siècle de plus en plus de gens ont quitté les villages pour les villes, qu'après 1945 des millions d'Allemands de Prusse orientale, de Poméranie, de Silésie et du pays des Sudètes se sont mêlés au reste de la population allemande et non pas à une meilleure alimentation et à de meilleurs soins médicaux? La génération suivante devrait être alors à nouveau plus petite, plus faible et moins féconde. Ce dernier point, c'est évident, a déjà été atteint.

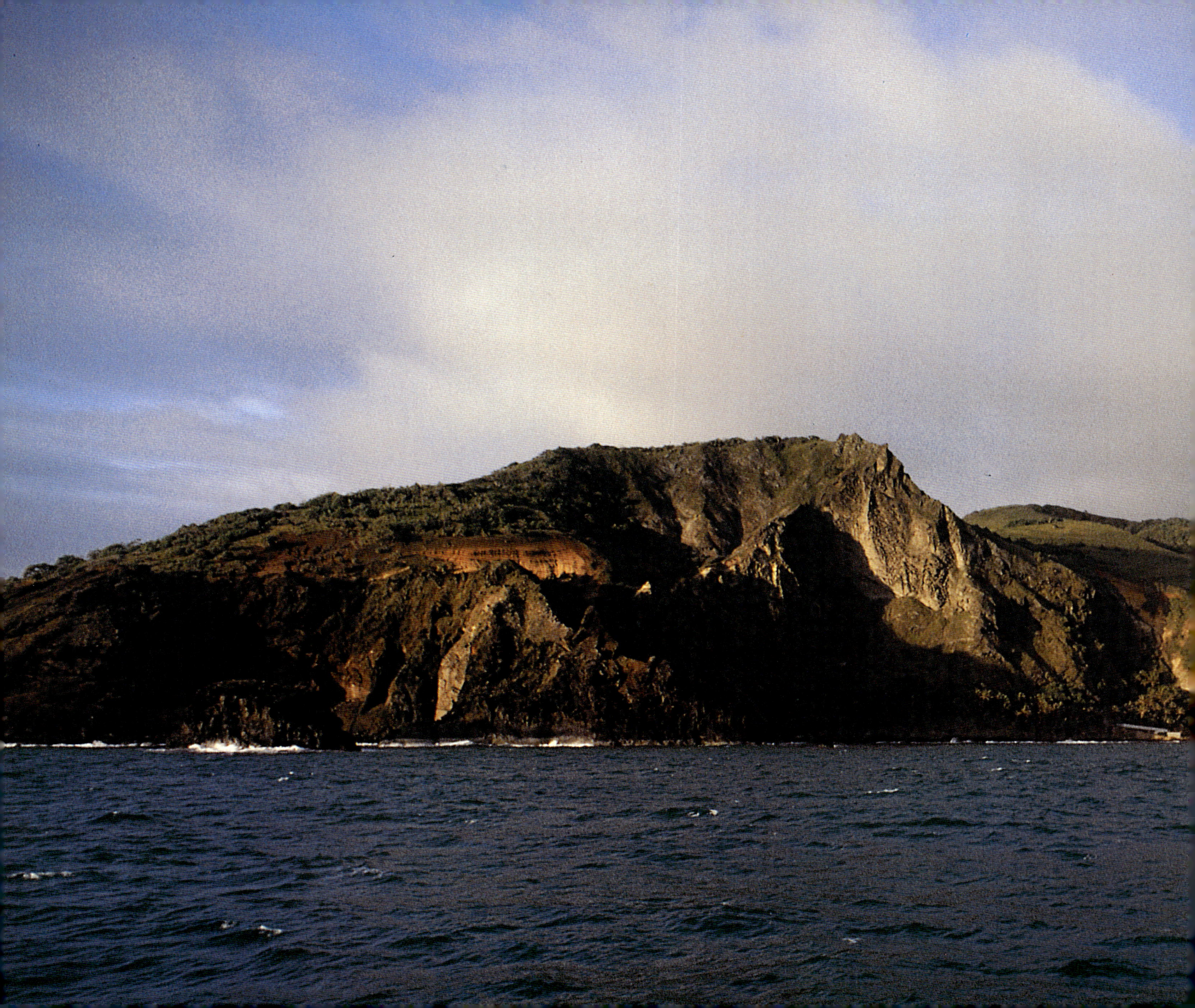

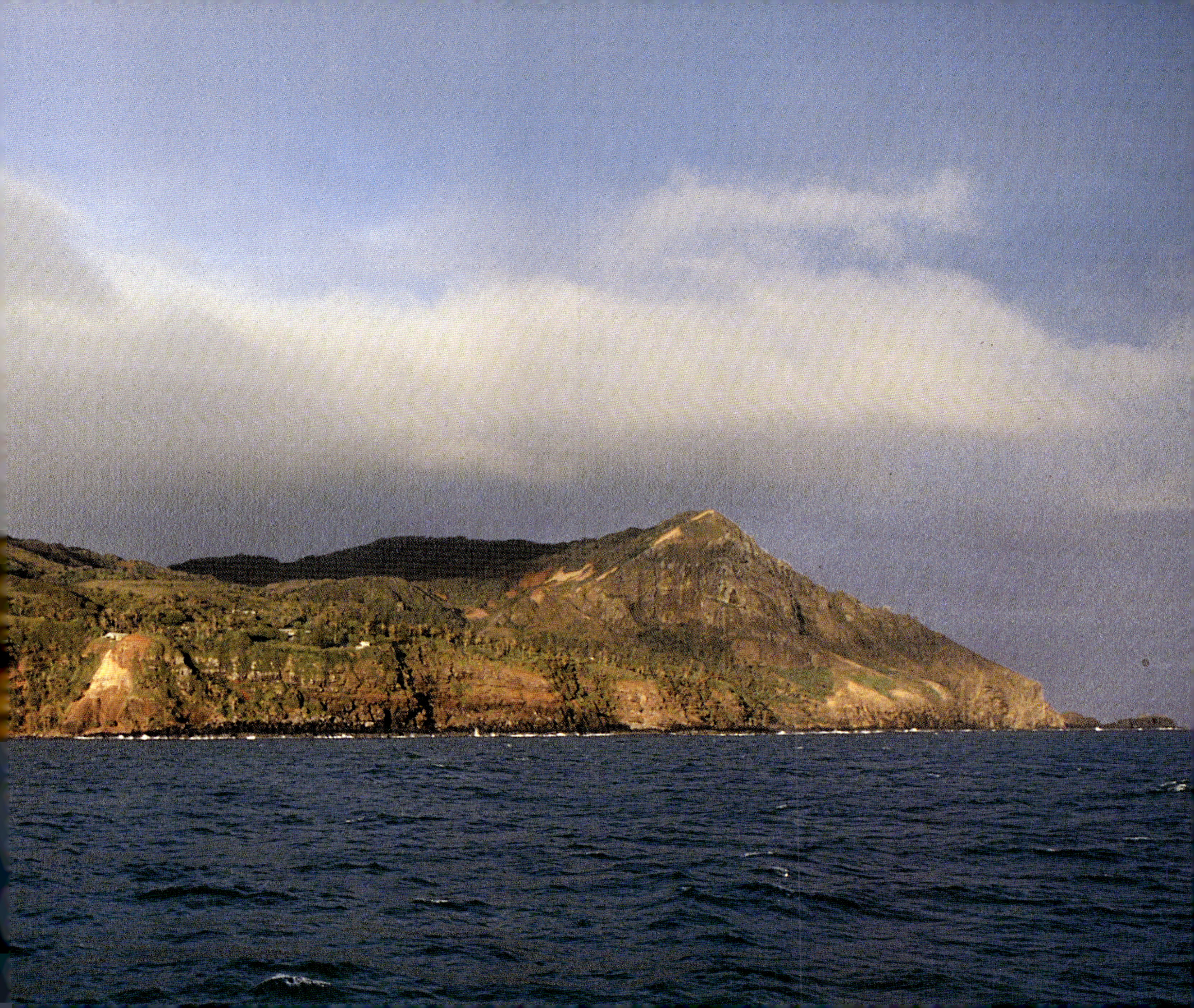

Bildnachweis

R. Cramm 125 (2)
S. Eigstler 13
K. Ender 49 o. (2)
H. Grossenbacher 171, 173
A. Heine-Stillmark 12
Huber 24, 36, 159, 161
G. Klammet 127
W. Klammet 26, 27, 30, 39, 95, 103, 105
Klammet und Aberl 8, 54/55 (Freigabe d. d. Reg. v. Obb., Nr. G42/1256), 57, 114/115
laenderpress Titelbild, 20, 25, 33, 89, 93, 153, 179, 183
F. Lazi 65
G. Müller-Brunke 47, 85, 87, 97
H. Müller-Brunke 2, 38, 61, 63, 99, 123
E. Nägele/W. Klammet 28, 29, 34, 35
ökofoto/Berger 48, 49 u.
ökofoto/Dörnbach 9, 18, 141, 174
Silvestris 15, 16, 17, 19, 21, 23, 59, 113, 119, 144/145, 155, 157, 162, 175, 184 o., 184/185
Transglobe 7, 10, 11, 14, 22, 31, 32, 37, 43, 51, 67, 68, 73, 75, 79, 81, 90, 108/109, 117, 129, 131, 132/133, 135, 137, 148/149, 149, 164/165, 169, 177, 184 u., 188/189

Quellennachweis

Die englische Übersetzung des Goethe-Zitates wurde entnommen aus: Penguin Classics, Goethe, *Italian Journey,* translated by W. H. Auden and Elisabeth Mayer.
Die französische Übersetzung dieses Textes zitieren wir nach: Gœthe, *Voyage en Italie.* Traduction nouvelle complète avec notes par le Dr. Maurice Mutterer. Paris, Librairie Ancienne Honoré Champion 1931. Die Textpassagen aus dem *Irischen Tagebuch* von Heinrich Böll entnehmen wir aus: *Journal Irlandais,* traduit de l'allemand par Charles Bladier. Editions du Seuil 1969.

Impressum

© MIRA Verlag
D-74653 Künzelsau
Maybachstraße 6
Alle Rechte, auch die der fotomechanischen Wiedergabe und der Übersetzung, vorbehalten.
Printed in Germany

Projektleitung:
Rudolf Werk
Text:
Erich Loest
Englische Fassung:
Desmond Clayton
Französische Fassung:
Marlène Kehayoff-Michel

ISBN: 3-89222-273-8